LA CLINIQUE DES CŒURS PERDUS

ŒUVRES DE H. G. KONSALIK

DANS PRESSES POCKET :

Le médecin de Stalingrad
Bataillon disciplinaire
Natacha
La maison des visages perdus
Le retour tragique
La route sanglante
Symphonie russe
Le dernier prisonnier
Le cœur de la VIe armée
Nuits d'amour dans la Taïga
Ils sont tombés du ciel
Dans un monde inconnu
Médecin des esprits perdus
Les fruits sauvages de la nuit
Noces de sang à Prague
Le destin prête aux pauvres
Je guérirai les incurables
Beaucoup de mères s'appellent Anita
Amour et sable chaud
Manœuvre d'automne
Le médecin du désert
La fille du diable
Je réclame la peine de mort
Le défi des hommes
Le canal silencieux
L'enfer vert
L'homme au visage d'ange
Une déesse ne pleure pas
Le médecin de la vallée
L'ange des oubliés
La menace
Le fils du soleil
La route infernale
Laska
Folles vacances
Ausweiss pour la nuit
Deux filles en liberté
La grande peur venue du ciel
Un été pas comme les autres
Alarme
Un heureux mariage

HEINZ G. KONSALIK

LA CLINIQUE DES CŒURS PERDUS

PRESSES DE LA CITÉ

Le titre original de ce livre est :
DAS HAUS DER VERLORENEN HERZEN

Traduit de l'allemand par
Gilberte MARCHEGAY

ISBN 2-266-01038-7

NE rien faire pendant tout un mois, une fois par an, quel rêve ! Couché sur le sable, enveloppé de chaleur solaire, écouter le bruissement de la mer, sentir sur sa peau la caresse du vent, s'abandonner à la certitude enchanteresse que l'on échappe à la monotonie des jours pour ne penser qu'à soi-même.

La nuit, le rayon lumineux du phare de Capo San Marco glisse sur la mer à peine ridée. Les lumières des navires scintillent au loin et sur le matin, les pêcheurs de San Giovanni di Sinis vous dépassent dans le cliquetis de leurs moteurs, au retour de leurs pêches nocturnes.

Le docteur Heinz Volkmar ne croyait guère aux vertus du « congé actif », bien que les hommes des grandes villes fussent par ce moyen assurés de se reposer au mieux. Il préférait la découverte de quelque côte isolée pour y déployer sa vaste tente-habitation bleu azur au toit d'un jaune lumineux, dotée d'une véranda aux vitres de tissu synthétique. Il savourait alors dans cette retraite des semaines de bonheur, conscient d'avoir honnêtement mérité ce farniente absolu.

Ses plus vives préférences allaient aux côtes de Sardaigne. Quiconque dans l'une de ces innombrables criques est devenu une miette de cette nature grandiose sait que s'enracine à jamais dans son cœur la nostalgie du retour sur cette île radieuse où, semble-t-il, il n'existe que des habitants heureux.

Naturellement c'est un mirage, mais le docteur Volkmar n'y regardait pas de si près, tout comme les autres touristes qui ne voient que les palmiers, la mer, les tavernes et les maisons blanchies à la chaux, et négligent les scènes de misère nichées dans ces murs qui éblouissent au soleil, et il faut le comprendre. Sa journée comportait rarement moins de dix heures de travail. Il se disait très heureux lorsqu'elle n'en avait que douze. C'étaient les conférences matinales avec le chef de clinique et tous les autres médecins, les discussions au sujet des malades nouveaux venus ; les plans d'opérations, la visite du matin pour autant que le travail au bloc opératoire n'était pas déjà commencé, les heures interminables à la table d'opération penché sur des corps ouverts, la tête et la nuque brûlées par les puissants projecteurs, les vapeurs de sang, la lutte ininterrompue — pas même l'espace d'une seconde — contre les complications et la course souvent à la vie à la mort contre la montre, puis les trois tasses de café fort dans le réfectoire des médecins, quelques bouchées avalées à la hâte, le contrôle de la salle des urgences et plus tard, lorsqu'il n'y avait plus d'incident dramatique à redouter momentanément, le trajet jusqu'à l'Institut de Recherches pour les transplantations où chiens, singes, moutons, plus trois porcs se trouvaient enfermés pour y périr un jour prochain au nom des progrès de la science humaine. Enfin, les soirées tardives : notations dans son journal de recherches personnel, lecture des journaux, étude de quelques articles traitant de médecine et, de temps à autre, un coup de téléphone : « Sortons-nous aujourd'hui ? Oui, il est tard déjà, je sais, mais nous pourrions dîner chez Yan Young… » Alors on mangeait à la chinoise avec la doctoresse Angela Blüthgen, assistante médicale de la section interne n° 1. Chevelure ondée, blond clair, tombant sur ses épaules et parfois aussi caressant ses jolis seins que nul ne pouvait éviter de voir. Trente ans, déjà divorcée, ayant fait un stupide mariage d'étudiants pour braver ses parents qui ne comprenaient pas qu'une jeune bachelière et un jeune stagiaire juridique exigeassent d'occuper la même chambre et le même lit. Au bout de quelques années, tout cela s'était révélé bien différent. Ni l'un ni l'autre n'avait réussi à se dissimuler les défauts de son partenaire. Angela s'enfuit vers la liberté et, peu après, eut lieu sa première rencontre avec le docteur Heinz Volkmar, au cours d'un congrès de médecins dans la ville d'eaux de Bad Reichenhall. On sympathisa, mais il ne fut pas question d'amour romanesque. De temps à autre, on couchait ensemble parce que c'était agréable et que l'on trouvait une certaine discipline dans le fait de ne faire l'amour qu'avec un seul partenaire et de n'être plus constamment à la recherche de l'indispensable. Cependant, jamais on ne laissait tomber ces mots : Restons-nous ensemble ? ou : Heinz, je t'aime ! Cette interrogation suffisait : « Sortons-nous ce soir ? » avec le rituel du dîner accompagné d'un vin bien choisi, d'un peu de gaieté et de désir dans le cœur et les reins, puis quelques heures de possession suivies de cette constatation presque prosaïque : « C'était bon d'être avec toi ce soir... » Suivait une nouvelle journée : la clinique, les discussions avec le patron, les opérations.

Une fois l'an, quatre semaines de suite, tout cela cessait. Alors il bourrait sa voiture d'équipements de campement, de canots pneumatiques, de combinaisons de plongée, en éprouvant à l'avance une grande joie, en se frottant les mains comme si l'on avait conquis tout le bonheur du monde, puis on démarrait, traversait les Alpes, toute la botte italienne jusqu'à Naples, afin de s'embarquer pour Cagliari.

La Sardaigne ! Les ailes des moulins tournaient dans le vent, des mulets gravissaient les sentiers montagnards, et si des autos ne s'étaient pas trouvées sur le parking, on aurait pu croire que rien n'était changé depuis plus de deux mille ans parmi les ruines dressées sur les crêtes montagneuses de Baroumini.

Jamais Angela n'était partie en congé avec lui. Lorsque Volkmar avait fait une prudente allusion, une fois, à cette éventualité, elle avait souri :

— Heinz, ce serait mortel ! Nous deux seuls quinze jours sous la tente dans une solitude totale au bord de la mer, n'ayant de distraction que la compagnie de l'autre sans pouvoir même y échapper ? Heinz, il s'agirait alors d'un véritable corps à corps ! Nous en viendrions aux mains ! Nous sommes deux individualistes. Lorsque nous faisons l'amour, c'est un bonheur que nous nous accordons, puis nous nous séparons et chacun redevient lui-même. C'est bien ainsi. Réunis tous deux plus longtemps, nous aboutirions au meurtre !

Pour la première fois, il lui avait alors demandé :

— Ignores-tu donc tout de l'amour, Angi ?

— Je le fuis ! Je me cache à son approche et s'il commençait tout de même à s'emparer de moi, je me rosserais plutôt moi-même ! Je ne suis pas femme à obéir à un homme, or c'est ce qu'un homme exige d'abord d'une femme !

— Pourrais-tu m'aimer ? avait-il demandé, profondément impressionné.

— Oui ! avait-elle répondu très calmement, c'est ce qu'il y a d'effrayant, et c'est la raison pour laquelle je m'en vais à présent. Ne me téléphone pas pendant les trois semaines à venir : il faut que je retrouve ma sérénité.

Il est nécessaire d'être au courant de la situation pour comprendre pourquoi, une fois de plus, en cette année 1967, le docteur Heinz Volkmar se trouvait seul étendu sur le sable de la baie de Capo San Marco où il choyait sa paresse. Un homme de quarante-deux ans, professeur de faculté, médecin-chef, taille 1 m 79, mince grâce à ses journées de douze à quatorze heures de travail, mais d'aspect nullement osseux, les épaules larges, les hanches étroites, pourtant rien d'un homme mannequin. Son épaisse chevelure brune montrait déjà des fils d'argent sur les tempes. Il s'habillait avec une élégance négligée et n'ignorait pas l'impression qu'il faisait aux femmes.

A vrai dire, on pourrait, à la réanimation, se passer de défibrillateurs et de réanimateur cardiaque, avait dit un jour son patron, le professeur Hatzport, lorsque Volkmar pénètre dans les services réservés aux femmes, leur circulation se stabilise d'elle-même et le plus vieux cœur se remet à tambouriner !

Volkmar accueillait de tels propos avec indifférence.

Le langage corporel des jeunes doctoresses et infirmières qui semblaient le guetter et, même en Sardaigne, les regards sans mystère qui le suivaient lorsqu'il partait en voiture pour Cabras et Oristano où il faisait ses courses aux supermarchés, tout cela ne comptait guère plus pour lui qu'une annotation dans son journal quotidien de chercheur. Il avait tout l'air de vouloir rester fidèle à la doctoresse Angela Blüthgen.

Voici que depuis huit jours déjà il se trouvait sur cette côte sarde où il était devenu d'un brun foncé. A trois reprises, il s'était lui-même occupé de ses repas en harponnant des poissons qu'il avait grillés sans tarder sur son réchaud de camping au gaz et ce soir aussi, il se réjouissait de ce que sa petite baie restât vierge de tout campeur en vacances. Quant à Angela, il lui avait écrit : « Il ne manque qu'une Ève à ce paradis... » Lorsqu'il avait glissé la lettre dans la boîte postale à Oristano, il savait qu'Angela en rirait. « Tu te fais une fausse image de moi, dirait-elle si elle se trouvait en face de lui, car au paradis je serais le serpent ! »

Au cours de cette neuvième nuit, dans sa grande tente, il advint qu'un bruit retentit dans la véranda, comme si quelqu'un se heurtait à la table entourée de fauteuils de jardin.

Le docteur Volkmar s'était accordé une petite fiasque de bon vin rouge. Le couchant avait resplendi d'une beauté indicible, le soleil s'engloutissait dans la mer, gigantesque ballon de feu, et les eaux commençaient à luire comme si elles recelaient de l'or jusqu'à ce que, virant au violet, elles se fondissent avec le ciel à l'horizon. C'était une raison suffisante pour vider une bouteille et se sentir heureux.

Le docteur Volkmar fut éveillé par ce bruit dans la véranda. Tout endormi encore, il sursauta et regarda fixement l'entrée de la tente fermée par une large fermeture Éclair.

— Y a-t-il quelqu'un ? demanda-t-il en italien. Ça ne vaut pas la peine de venir voler...

— Signore... lui répondit une petite voix plaintive. Pouvez-vous venir à mon secours, je vous prie...

Une jeune fille l'appelait à l'aide, cela suffit pour que le docteur Volkmar s'élance hors de son lit. Il enfila son short et ouvrit vivement la fermeture de la tente. Puis il éclaira l'antichambre de sa demeure avec sa lampe de poche. Sur l'un des transatlantiques, une jeune fille d'aspect gracieux et délicat se trouvait assise. Lorsque le rayon lumineux la frappa, ses yeux luirent, verts comme des yeux de chat. Sa chevelure noire était ébouriffée, son corsage déchiré sur une épaule et son pied gauche se trouvait déchaussé. Elle croisa ses bras sur sa poitrine en fixant sur le docteur Volkmar un regard qui trahissait étrangement une peur animale mêlée de confiance enfantine.

— Que vous a-t-on fait ? demanda le médecin.

Il fit un peu dévier le rayon de sa lampe parce que la lumière l'éblouissait. Elle se mit à trembler, baissa la tête et enfonça les ongles de ses doigts dans ses avant-bras.

— Ils... ils étaient deux, dit-elle tout bas.

Volkmar jugea inutile de demander quelles étaient les intentions de ces *deux*. Le corsage déchiré était éloquent. Il était choqué qu'ici, dans son paradis, une telle agression fût possible. Il déposa sa torche électrique sur la table, retourna à l'intérieur de la tente et revint avec la fiasque de vin.

Elle lui adressa un petit geste de reconnaissance, saisit la bouteille de ses petites mains, la porta à ses lèvres et but avidement le reste de vin rouge, puis elle déposa le flacon sur la table. Ce geste déplaça la lampe de poche dont la clarté tomba directement sur le bas de son corps, sur le léger renflement de son ventre et ses cuisses qui tendaient sa robe, ses jambes minces au pied gauche dénudé. Volkmar, d'un regard, vit tout et constata : elle n'a sur le corps que ce chiffon.

— Que faites-vous donc ici dans la région ? dit-il.

— Nous avions été danser...

— Ici ? Où donc ? Autour du phare ?

— A San Giovanni...

— Où peut-on y danser ? Je croyais qu'il n'y avait là que des huttes de pêcheurs.

— Et la taverne de Guilmielmo.

— Et vous avez couru de San Giovanni jusqu'ici ?

Elle le regardait avec de grands yeux de biche. A présent qu'elle laissait pendre son bras, il remarquait ses beaux seins fermes :

— Ils voulaient m'emmener chez eux à Cabras, mais ils ont roulé jusqu'à la côte. Je ne pouvais tout de même pas sauter de la voiture en chemin ! Seulement lorsqu'ils ont arrêté et qu'ils m'ont sortie de force de l'auto, alors seulement... — Elle avala sa salive et baissa de nouveau la tête. — Je me suis arrachée à eux et j'ai couru, couru toujours tout droit, le long de la mer... alors j'ai aperçu votre tente, signore...

— Enrico Volkmar ! dit-il, choisissant d'italianiser son nom.

— Je m'appelle Anna.

Ses yeux sombres luirent de nouveau, verts, dans le reflet de la lampe lorsqu'elle le regarda tout en rejetant en arrière sa chevelure emmêlée.

Elle a un beau front, pensa Volkmar. Mais il y a quelque chose qui ne « colle » pas ! Normalement, une aussi jeune et jolie fille ne s'en va pas seule danser ainsi nue sous sa robe. Elle n'a pas même un slip...

— Me viendrez-vous en aide ? demanda Anna.

Sa voix pouvait changer étrangement, passant d'un ton enfantin à celui d'une femme guetteuse qui se tient à l'affût. A présent, elle avait repris une toute petite voix qui donnait envie de lui prodiguer de rassurantes caresses.

— Ne vous est-il rien arrivé, Anna ? demanda Volkmar.

— Ils n'ont pas pu... Enrico, je les ai mordus, j'ai envoyé des coups de pied jusqu'à ce que j'aie pu me sauver.

— Et que puis-je faire pour vous ? — Volkmar eut un geste en direction de sa tente. — Si vous le voulez, j'ouvrirai pour vous mon lit pliant. Reposez-vous, dormez, et vous n'aurez plus peur. Je vais vous donner un médicament qui vous fera rêver d'arbres en fleurs.

Quant à moi, je me coucherai dans mon canot pneumatique avec une couverture, car il fait bon cette nuit.

— Je voudrais rentrer à la maison, dit Anna sur un ton plaintif.

— A Cabras ?

— Oui.

— Maintenant ? — Volkmar jeta un regard à sa montre de poignet. — Il va être une heure du matin, dit-il.

— Vous avez bien une voiture, Enrico.

— Il me semble préférable que vous passiez la nuit ici. Nous nous mettrons en route ensuite le matin venu, de jour, pour nous rendre à Cabras.

— Impossible ! Tout le monde croira que j'ai couché avec vous. — Elle serra ses petites mains l'une contre l'autre et les éleva vers lui dans un geste suppliant. C'était touchant même pour un dur à cuire tel que Volkmar. — Ils me mépriseront, me battront ! Quant à vous, on vous chassera, Enrico. On ne croira jamais que nous n'avons pas...

Elle se tut, mordit son poing droit et lui parut tout à fait désespérée.

Même si elle exagère, elle a raison, pensa Volkmar. Le code de l'honneur sarde était connu. Une jeune fille sans reproche qui retourne chez elle à l'aube avec un homme est soupçonnée. Surtout si cette jeune fille est nue sous sa robe. Il serait admissible alors qu'on ne s'étende pas en longues explications.

— Allons-y ! dit-il. Je m'en vais seulement m'habiller un peu différemment. — Il restait debout sur le seuil de sa tente et regardait par-dessus la tête de la jeune fille la mer obscure et ondoyante. Le ciel constellé était fantastique. — Et que se passera-t-il si les deux gars nous guettent ?

— Ils sont repartis dans leur voiture, j'ai entendu le moteur.

— Et pourquoi ne vous ont-ils pas poursuivie en voiture ?

— Je les ai mordus, griffés...

Il regardait Anna et fixa son regard en dessous de sa

taille. Elle s'en aperçut et d'un geste protecteur posa ses mains sur son bas-ventre.

— Étrange que votre défense ait pu les intimider autant... dit Volkmar peu convaincu. Enfin... nous partons dans dix minutes.

Il reprit sur la table sa torche électrique plongeant de nouveau Anna dans l'obscurité, puis s'en fut à l'intérieur de la tente pour s'habiller. Il s'assura qu'il avait sur lui les papiers de la voiture ; la carte verte de l'assurance se trouvait dans la voiture. Indécis, il resta debout, immobile et aspira sa lèvre inférieure entre ses dents.

Admettons que ces deux gars soient encore à l'affût aux alentours. Ils se doutent qu'Anna est installée dans ma voiture, car qui donc à cette heure s'en irait de la côte à l'intérieur des terres ? Ils m'arrêtent et exigent que je leur livre Anna. Naturellement, je refuse, et après ? J'ai fait de la boxe comme étudiant, mais je ne suis pas un sportif entraîné. Mes mains ont un toucher tellement sensible qu'elles sont capables de suturer des vaisseaux ; par contre, elles ne sont pas faites pour défoncer des crânes. Ce serait un combat inégal, perdu d'avance.

Il démêla sa chevelure en deux coups de peigne et sortit de nouveau sur la véranda. Anna était restée assise sur son transatlantique. Elle souriait lorsqu'il éclaira son visage.

— Ils ont sûrement des poignards sur eux, dit-il.

— Qui ?

— Les deux types.

— Dans ce pays, tout le monde porte un poignard sur soi.

— C'est bien ce que je pense !

Volkmar n'entrevoyait plus la possibilité d'enrayer la marche des événements. Anna était déjà sortie... Sa jolie silhouette se détachait comme découpée sur le fond du ciel étoilé. C'est ainsi que l'on se laisse glisser dans l'aventure, pensa Volkmar. On s'évade au sein de la primitive nature et tout à coup on s'éveille à l'hôpital avec la mâchoire fracassée. Que le monde a dû être beau avant la venue de l'humanité !

Lorsque par la suite il raconterait cet incident à son patron, le docteur Herbert Steinhauss, médecin-chef de la clinique des cas accidentels, il prévoyait sa réaction : « Quel idiot ! hurlerait celui-ci. Il lui tombe à l'intérieur de sa tente en pleine nuit une fille presque à poil, et que fait-il ? Il la ramène chez elle ! Mon vieux, tu as une fameuse couche ! Rien ne vaut une séance de paillasse ! C'est ça qui aurait impressionné ton Anna ! On ne te laissera plus t'en aller seul en vacances ! »

— Venez, Anna ! dit Volkmar qui sortit pour se placer à côté d'elle dehors, devant la tente. Il entoura ses hanches d'un bras et Anna le laissa faire, ce qui le rassura et le rendit plus insouciant.

La voiture de Volkmar se trouvait arrêtée à quelque quarante mètres vers l'intérieur des terres sur le sol raffermi. A l'endroit où il avait dressé sa tente, presque en contact direct avec la mer et le vent, aucune voiture ne pouvait s'aventurer, car elle se serait enfoncée dans le sable jusqu'aux essieux. Au-delà du ruban de la plage commençait la terre ferme, rocailleuse, avec des groupes de palmiers rabougris, des oliviers, des pins parasols et des cèdres aux formes bizarres tout courbés par le vent au cours des années et entremêlés de buissons.

— Vos parents sont-ils encore en vie, Anna ? demanda Volkmar.

Ils foulaient le sable meuble comme un tapis mouvant avec ce geste si habituel à ceux qui marchent sur une plage : de leurs orteils, ils lançaient le sable devant eux. Le bras de Volkmar étreignait toujours les hanches d'Anna. Il sentait jouer ses muscles et son séant se balancer au rythme de sa marche. Stupidement, il se souvenait de tous les noms latins de ces muscles-là, comme s'il donnait un cours d'anatomie.

— Mon père est boucher, dit Anna en appuyant sa tête contre son épaule. — Le vent soufflait ses cheveux sur le visage de Volkmar avec un chatouillement, une odeur de sel et de fleur de camomille. — Nous sommes une famille de six enfants en plus de mon père, de ma mère, de la Nonna, d'un oncle aveugle et d'un cousin idiot. Mais nous vivons heureux, Enrico. Papa te serrera dans ses bras lorsque je lui raconterai ce que tu as fait pour moi. Tu pourras certainement choisir à ta convenance quelques belles pièces de viande !

Ils avaient atteint la terre ferme et se dirigeaient vers un groupe de pins que dissimulait une obscurité totale. Puis ils jetèrent un regard en arrière vers la mer, parce que Anna s'arrêta soudain pour dire à mi-voix, avec une niaiserie enfantine : « Enrico, est-ce beau !... »

Lorsque Volkmar se détourna pour poursuivre son chemin, il était trop tard. Il était impossible de réagir assez vite, d'ailleurs cela n'aurait servi à rien.

Deux jeunes hommes se dressèrent devant lui dans l'obscurité, ombres dans la nuit blafarde. Ils n'avaient pas de couteaux à la main, mais de toute évidence ils étaient armés de mitraillettes. Les canons de leurs armes restaient dirigés sur Volkmar et une voix dure articula : « Haut les mains ! » Sous les pins, Volkmar distingua aussi une jeep bâchée de toile.

Anna qui le suivait se poussa devant lui en riant doucement :

— Il s'appelle Enrico et il parle bien l'italien. Il est seul. — Puis se tournant vers Volkmar, elle lui caressa presque tendrement le visage en avançant les lèvres pour lui envoyer un baiser : — Ce sont mes frères, Luigi et Ernesto, dit-elle. De bons garçons, Enrico. Si tu fais ce qu'ils veulent, il ne te feront rien. Mais si tu te défends, ils seront obligés de tirer ! Tu comprends ?

— Qui donc ne comprendrait pas ?

Volkmar se rapprocha et s'arrêta tout contre les canons des mitraillettes braquées sur lui. Ces garçons étaient une répétition masculine d'Anna. Seul, leur regard était moins doux. Ils jaugeaient Volkmar d'un œil critique, leur index posé sur la détente de leur mitraillette.

— Qu'es-tu ? demanda le plus âgé des deux. — C'était Luigi — Américain ? Anglais ? Suisse ? Allemand ?

— Allemand. Si vous aviez pris la peine de regarder

le numéro minéraloqique de ma voiture... Mais est-ce si important à présent ?

— Oui ! Allemand, c'est bon ! dit Ernesto.

— Ça dépend... Combien d'Allemands donneraient beaucoup pour n'être pas allemands. — Il adressa à Anna un petit signe de tête tandis qu'elle s'en allait vers la jeep pour changer son corsage déchiré. L'espace d'une seconde, il vit, dans la clarté imprécise des étoiles ses jolis seins nus, aussitôt recouverts d'une veste de jean. — Votre appeau est irrésistible, vraiment, remarqua Volkmar, mais de quoi s'agit-il ?

— Vous ne vous défendez pas ?

— Comment le pourrais-je ? Allez-y !

— Vous partez avec nous dans les montagnes et nous verrons ensuite.

— Un kidnapping soigneusement préparé ! — Volkmar eut un large sourire. Il s'avouait avoir encore eu peur quelques secondes auparavant, une peur folle, pour parler franc, car même un héros ne voit pas avec indifférence deux canons de mitraillettes braqués sur lui. Mais à présent, ayant surmonté le premier choc, il retrouvait la faculté de penser clairement et il s'étonna de trouver la situation comique. — Si vous ne teniez pas dans vos mains ces stupides pétoires, je vous dirais mon regret que vous ayez fait sur cette côte de Sardaigne la prise la plus inutilisable qui soit ! Le sexe d'Anna était pour moi un faux investissement ! Je puis vous l'expliquer...

— Suis-nous ! lança Luigi en agitant son arme. Ou faut-il t'aider ?

— Je ne me suis jamais défendu lorsque c'était inutile.

Le docteur Volkmar marcha vers la jeep et y monta. Anna était déjà assise sur la banquette du fond. Elle l'attira à son côté. Leurs cuisses se frôlèrent et le coude de Volkmar heurta ses seins lorsqu'il s'assit. Bien qu'il sût dans quel piège vulgaire il était tombé, ce nouveau contact lui fut agréable.

Devant lui, Luigi et Ernesto prirent place sur les sièges avant. Le moteur ronfla, la jeep se mit à cahoter avec un bruit assourdissant.

— Vous devriez vous offrir une nouvelle casserole ! dit Volkmar en s'adossant. — Puis lorsque la jeep se mit à rouler en vacillant dangereusement, il se retint en empoignant le mollet d'Anna. Cela se trouva ainsi. — Quant au moteur, reprit-il, c'est une catastrophe. Chaque piston accroche !

— Mais elle saura bien monter encore au sommet des montagnes ! répliqua Ernesto avec un gros rire. Et tu nous offriras une nouvelle et très belle voiture, Enrico...

— Voilà qui restera un rêve pour toi !

— Attendons, camarade !

— Il faut à présent que je te bande les yeux, dit Anna peu après qu'ils eurent atteint la route de Cabras. Mais si tu ôtes le bandeau...

— Je sais, je sais, alors tes frères tireront ! Allons ! Il tendit la tête vers elle et Anna noua dans sa nuque une large et épaisse ceinture de laine, puis elle le repoussa au fond de son siège. Certes, ce fut par hasard s'il sentit quelque chose de doux et de chaud effleurer ses lèvres.

— Anna, dit Volkmar en tâtonnant de sa main droite dans le vide. — Elle s'en empara et au contact de la chaleur qui enveloppa soudain ses doigts sensibles de chirurgien, il comprit qu'ils se trouvaient entre ses cuisses. — Tu es une... comment dit-on en italien ? Une *carogna !* une garce !

— Nous avons une jolie maison dans les montagnes. — Elle caressait sa main. — Tu te plairas sûrement chez nous. Espérons que Luigi et Ernesto ne seront pas obligés de t'abattre.

Le trajet dura trois heures. On traversa des villages, ce que comprit Volkmar au cliquetis des roues sur les pavés. Puis les voies devinrent plus étroites, on devait se trouver dans la région montagneuse où il n'y avait qu'un sentier pierreux. La jeep haletait et gémissait, les pistons grinçaient et le pot d'échappement rouillé grondait à croire qu'il servait d'exutoire à un réacteur.

A plusieurs reprises, Volkmar avait tenté d'entrer en conversation avec Ernesto et Luigi. Il voulait leur expliquer qu'ils gaspillaient leur carburant et qu'il n'était pas un otage pourvu de gros capitaux. Mais les deux frères ne lui répondirent pas et Volkmar dut en rester à la société d'Anna.

— Chacun peut commettre une erreur, écoute Anna, laisse-moi t'expliquer...

Elle posa un doigt sur ses lèvres et lorsqu'il le baisa, elle enfonça davantage sa main entre ses cuisses.

— Reste donc tranquille, dit-elle à voix basse, et essaie de dormir un peu.

— Avec ce vacarme et ces cahots ? Anna, c'est par trop idiot, ce que vous faites là...

Enfin, la jeep s'arrêta ; la capote de toile fut repliée en arrière. Anna tira Volkmar hors de son siège et lui ôta son bandeau. Autour de lui parut un paysage minéral, tout en rochers et parmi ces masses bizarrement découpées, rongées par l'érosion, on avait bâti une maison en pierres usées plantée sur un plateau comme une aire d'aigle. Un petit jardin avait prospéré aux endroits où le sol était meuble. Une rigole à ciel ouvert, aux parois boisées, s'en allait vers une chute d'eau ronflante qui jaillissait d'une muraille rocheuse escarpée.

Luigi et Ernesto ne s'occupèrent pas de Volkmar. Ils soulevèrent le capot de la jeep et examinèrent en silence le moteur fumant.

— Nous habitons ici, dit Anna.

— Sept enfants, le père, la mère et la grand-mère, récapitula Volkmar comme un bon élève.

— C'était un mensonge. Nous vivons seuls ici. Maman est morte et Papa a été tué au cours d'une vendetta. Et deux frères en plus... Nous nous sommes enfuis après que Luigi et Ernesto eurent supprimé la famille ennemie. Mais il y a la police, cette maudite police !

Volkmar regardait tout alentour. De jour, ce devait être merveilleux, ici ! Certainement, le regard plongeait dans l'infini et l'on avait ce sentiment de liberté absolue qui enivre. Mais Anna et ses frères y vivaient en bandits. Pour eux, la nature n'était qu'une forteresse.

Luigi et Ernesto parurent être d'accord pour estimer que la jeep ne serait plus capable de nouvelles prouesses. Ils laissèrent retomber le capot en regardant Volkmar avec hostilité, comme s'il était fautif d'un tel état de choses. Ernesto alluma une lampe à pétrole posée sur une cuvette et les précéda en allant vers la maison solidement construite en pierre, au toit fait de plaques de roches posées les unes sur les autres. Ils savaient que leur prisonnier ne chercherait pas à s'échapper de ce lieu. Ils déposèrent leurs mitraillettes et laissèrent Anna s'occuper de leur « hôte ».

— As-tu faim ? dit-elle en prenant celui-ci par la main pour le mener comme un aveugle vers la porte de la maison.

Luigi avait allumé trois lampes qui éclairaient une pièce aux murs blanchis, au mobilier fabriqué par les mains d'un amateur, et réchauffée par un gigantesque fourneau recouvert d'une plaque de fonte. Il y avait même un « grill » et partout des peaux de mouton sur les chaises, sur le long banc de mortier, sur le plancher mal équarri. Dans l'âtre rougeoyaient encore des tisons dont Ernesto ranima la flamme avec quelques morceaux de bois.

— Je peux préparer une pizza, ajouta Anna.

— Une pizza, c'est fameux ! jeta Luigi assis dans un fauteuil de bois, les deux jambes étalées sur la table pour mieux se reposer du voyage.

— N'aurais-tu pas faim, Enrico ?

— Aucunement.

Volkmar s'assit sur le banc recouvert de peaux de moutons et regarda Anna, tandis qu'elle sortait d'un placard pratiqué dans une niche du mur une boule de pâte destinée à la confection de la pizza qu'elle jeta sur une planche épaisse. Ernesto, qui était sorti, revint portant une bouteille d'une contenance de deux litres, puis il apporta quatre gobelets ignobles, peinturlurés de couleurs criardes, comme on en voit dans les boutiques de souvenirs, objets que les étrangers prennent pour de purs produits de l'artisanat sarde.

— Peut-être a-t-il sommeil ? dit Ernesto. Es-tu fatigué ?

— Pas vraiment.

Volkmar observait Anna tandis qu'elle surveillait la température du grand four de pierre. Elle parut satisfaite de la chaleur qui s'y était accumulée.

— Nous n'avons que des tomates et du fromage, dit-elle, mais je les assaisonnerai comme il faut et cela te semblera bon, Enrico.

— Sûrement.

C'était vraiment excellent. Volkmar mangea deux pizzas et but tant de vin que son cerveau s'embruma légèrement.

— Où pourrais-je dormir ? demanda-t-il lorsqu'il vit que les deux frères n'en étaient encore qu'au début de leur repas. Anna, avec une patience exemplaire, cuisait pizza après pizza. Ses cheveux alourdis de sueur et de vapeur de fromage, pendaient, cachant son visage.

— Va là-bas sur le banc ! lança Luigi en levant son verre à l'intention de Volkmar. Buvons au succès, camarade ! Tu es mon premier prisonnier !

— C'est ce que je craignais, répondit Volkmar en s'étendant sur les peaux d'agneaux. Seuls des amateurs se montrent aussi bêtes que vous dans votre métier.

Il se trompait.

Un jour vibrant de clarté solaire s'annonçait lorsque Volkmar sortit devant la maison le lendemain matin. Il s'étira, fit de profondes aspirations, puis découvrit la présence d'Anna, qui puisait de l'eau dans la rigole au coffrage de bois pour la verser dans un seau. Luigi et Ernesto aussi étaient déjà debout et souriaient à Volkmar comme à un vieil ami très cher, puis ils désignèrent une table placée sur une sorte de terrasse. Derrière un double parapet élevé sur une paroi verticale, le précipice béait. Quiconque prétendait prendre en ce lieu son café matinal, devait être insensible au vertige.

— Du pain, du fromage, du vin... cela te suffit-il ? s'écria Luigi. Nous t'avons attendu pour déjeuner, Enrico !

— Ça tombe bien. — Volkmar descendit les marches menant à la terrasse. — Votre hospitalité me touche.

— Anna a voulu qu'on te reçoive ainsi.

Ernesto serra la main de Volkmar, puis Luigi lui frappa l'épaule du plat de la main. Ils prirent place autour de la table. Anna éleva le seau d'eau et emplit les gobelets de fer-blanc, puis elle s'assit à côté de Volkmar.

Luigi eut un sourire grimaçant :

— Commençons par parler de nous, dit-il en piquant de la pointe de son couteau un morceau de fromage de brebis. — Combien vaux-tu ?

— Rien du tout.

— Peut-on demander pour ta libération un million de rançon.

— De lires ?

— De marks allemands.

— C'est ce que j'ai voulu tout le temps vous expliquer : si vous réussissez à obtenir dix mille marks seulement pour moi, je vous promets de croire aux miracles. Il n'y a rien à tirer de moi !

— Tu es un riche Allemand.

— Chaque Allemand n'est pas forcément riche. C'est idiot ce que l'on s'imagine à l'étranger !

— Qu'es-tu ?

— Médecin.

— Ernesto, il est médecin ! s'écria Anna. Nous avons un *dottore !*

Luigi semblait moins enthousiaste. Toute autre profession lui eût paru préférable. Un riche commerçant, le patron d'une fabrique, un bijoutier, un haut fonctionnaire ou un directeur de banque, pourquoi pas ? Mais un médecin ? Il est vrai qu'il y a médecin et médecin... Mais lorsque l'on pensait au vieux dottore Francesco Mammola à Fanni, la ville la plus proche, on ne pouvait que sourire avec dédain.

— Les médecins sont riches ! clama Luigi.

— Je suis médecin d'hôpital.

— D'hôpital ? — Luigi enfonça son couteau dans le fromage : — Merde !

— Je l'ai répété tout le temps, mais personne n'a voulu me croire, nous aurions pu nous séparer là-bas déjà, au bord de la mer.

— Il y a sûrement quelqu'un pour qui tu as une valeur ! s'écria Ernesto.

Qui ? Angela, pensa Volkmar. Elle donnerait ses économies. Mais celles-ci n'intéresseraient pas des kidnappeurs. Mon chef, le professeur Hatzport ? Il est millionnaire, mais il n'est guère probable qu'il vendrait pour moi sa villa de Grünwald et sa maison de Beaulieu sur la Riviera, pour envoyer les capitaux obtenus en Sardaigne. La Bavière, mon... « employeur » ? Voilà qui poserait des problèmes de compétence absolument insolubles.

— Personne ne paiera pour moi, dit Volkmar.

— Ta famille !

— Je n'en ai plus. Vous vous exterminez ici au moyen de la vendetta, chez nous la guerre s'en est chargée. Mon père fut le seul survivant. Il a vécu quatre-vingt-neuf ans, mais il est mort voici trois ans.

— Et l'hôpital ! cria Luigi qui, peu à peu, s'avouait qu'il n'avait ramené dans son repaire qu'une bouche de plus et non pas un de ces personnages qui pourvoient pendant des années aux besoins de votre table. Constatation déprimante.

— Essaie donc ! Ce serait un prodige si tu obtenais quoi que ce soit ! Je te l'ai dit !

Il sentait que l'humeur des frères avait changé. Cela ressemble à la crise qui suit une opération, pensa-t-il. Le corps réagit et ces deux acolytes se défendent contre la constatation de leur échec. Ça peut mener à une catastrophe, surtout lorsqu'on se trouve comme moi assis au bord d'un précipice.

— Je vais vous faire l'énumération de mes biens, reprit le docteur : un appartement de trois pièces loué à Harlaching, Allemagne, aucune fortune, mon auto que vous connaissez, mon équipement de camping avec la tente, six costumes, un smoking noir et un autre blanc, car si j'en ai le temps, je vais volontiers à l'Opéra, un compte en banque s'élevant à sept mille marks, une assurance-vie qui me procure une rente annuelle de mille deux cents marks à partir de mes soixante-cinq ans, mon mobilier d'un type courant. C'est tout. Comment pourriez-vous retirer de cela un million de marks ?

— Tu n'as pas une riche maîtresse ? demanda Anna avec désinvolture, mais elle l'observait du coin de l'œil.

— Non.

— Pourquoi ?

— Pourquoi n'as-tu pas toi-même un riche amant ? Pour toi il n'y aurait pas de problème.

— Et pourquoi y en aurait-il en ce qui te concerne ?

— Je suis marié à mon hôpital. Ça paraît une exagération, mais il en est ainsi. Il faut aussi qu'il y ait des types comme moi.

— Nous tenterons tout de même cette chance ! cria Luigi en se levant d'un bond. Qui me dit que tu ne bluffes pas ? Nous allons voir ce que diront les journaux lorsqu'on s'apercevra de ta disparition. Alors nous saurons exactement qui tu es et ce que tu vaux !

— Je suis moi-même curieux de l'apprendre ! conclut sincèrement le docteur Volkmar. Il est possible que nous nous retrouvions autour de cette table pour y pleurer ensemble, parce que chacun de nous aura constaté qu'il ne vaut pas ce qu'il s'était imaginé. Savez-vous ce qu'il en sera ? Cet entrefilet paraîtra dans toute la presse : « Le médecin allemand Heinz Volkmar a disparu en Sardaigne sans laisser de trace. Sa tente sur la plage de Capo San Marco a été trouvée vide. On suppose que le docteur Volkmar a été victime d'un accident au cours d'une baignade. Le docteur Volkmar ne laisse aucune famille. » Fini ! Et le lendemain déjà personne ne saura plus qui était ce docteur Volkmar — un gars qui valait « quatre lignes » du point de vue journalistique ! C'est ça que vous vous êtes approprié !

Il éclata de rire, s'approcha jusqu'à l'extrême bord du nid d'aigle et considéra le vaste paysage. A présent, ils peuvent me précipiter dans le vide, pensa-t-il. Je leur suis plus importun qu'une mouche.

Il tendit ses muscles. Quelqu'un le toucha par-derrière. C'était Anna, qui entourait ses épaules de ses bras et appuyait sa tête contre son dos.

— Je suis contente que tu sois presque aussi pauvre que nous, dit-elle.

— Voyez-moi cette vache imbécile ! rugit Luigi fou de rage en s'adressant à son frère Ernesto. Oh ! s'il pouvait seulement la violer, je pourrais l'abattre d'un coup de feu en remerciant le ciel.

Quatre jours passèrent avant qu'au Capo San Marco on s'aperçoive que la jolie tente d'un bleu azur, au toit jaune, était inhabitée. D'ailleurs, on ne s'en aperçut que par hasard : un détachement de carabiniers en inspection ayant vu la tente au bord de la mer pénétra à l'intérieur pour connaître l'identité du touriste solitaire.

Pour commencer, les deux hommes ne se doutèrent pas qu'ils étaient tombés sur un cas exceptionnel. Ce ne fut qu'au bout d'une heure, comme le propriétaire de la tente ne paraissait pas, que l'un des policiers entra dans la seconde pièce et vit le lit de camp défait, la combinaison de sport, la torche électrique sur le tapis de caoutchouc et la cantine ouverte, dont le contenu en désordre laissait supposer que l'on en avait sorti en hâte de quoi se vêtir.

La supposition selon laquelle l'étranger avait pu aller faire ses courses à Cabras fut réduite à néant, lorsque l'on découvrit dans le bois de pins une auto portant un numéro allemand. Elle n'avait même pas été fermée ; une carte routière gisait sur le siège avant droit et la carte verte de l'assurance glissa hors de celle-ci lorsque les carabiniers la déplièrent : elle portait l'adresse du propriétaire de la voiture : « Docteur Heinz Volkmar, Munich Harlaching. » Au moyen de leur poste émetteur radio monté sur leurs solides motos, les policiers signalèrent leur découverte à la centrale de police d'Oristano.

— Restez auprès de la tente ! répondit l'inspecteur en chef, nous envoyons une commission d'enquête !

Dès cet instant, l'existence du docteur Volkmar changea du tout au tout. S'il y avait eu quelqu'un prêt à verser pour lui un million, rien ne se serait passé de ce qui par la suite se révéla comme une effroyable réalité.

Au début, l'enquête se déclencha lentement.

La tente fut inspectée à fond et l'on photographia tout ce qu'elle contenait. Un jeune policier eut mission d'attendre et de dormir dans la tente trois jours et trois nuits, car on pouvait tout de même supposer que ce docteur Volkmar faisait une excursion dans l'intérieur de l'île à bord de la voiture d'un ami. Au bout de trois jours, les autorités compétentes furent convaincues qu'un drame avait eu lieu. Par le moyen d'un téléscripteur, des renseignements plus précis furent demandés à la police de Munich, laquelle enquêta dans la clinique et la maison habitée par Volkmar.

— Ça arrive régulièrement ! déclara au soir du troisième jour l'inspecteur de service des carabiniers d'Oristano en s'adressant aux journalistes en attente. — La mer est bleue et tiède, ce qui incite les étrangers à agir à la légère. Que savent-ils des courants dangereux qui se trouvent en dessous de la surface ? Ce docteur Heinz Volkmar aussi… — l'inspecteur lut ce nom, non sans peine — est victime de sa légèreté. Peut-être reviendra-t-il un jour porté par le flux et nous aurons la certitude de ce qui s'est passé. Aussi, écrivez donc qu'un accident mystérieux a tué, sans doute, le dottore allemand. Le mot « mystérieux » est toujours bon, il protège nos arrières ! S'il reparaît… Que voulez-vous faire contre un mystère ?

Luigi revint le quatrième jour d'Aritzo, un village montagnard dans le massif des Monti del Gennargentu, et jeta le journal sur la table. Son visage était inhabituellement sinistre. Il désigna de l'index l'article inquiétant et s'assit sur le banc de bois à côté de son frère Ernesto. Anna et Volkmar étaient installés devant une grande écuelle de bois et épluchaient des cœurs de salade.

— C'est là-dedans, gronda Luigi en frappant le journal du poing. Ernesto, lis donc, tu lis mieux que moi… O maledetto ! Si seulement nous en étions restés au vol dans les boutiques ! Lis !

Ernesto attira le journal à lui, parcourut l'article sans un mot et adressa à Volkmar un sourire grimaçant :

— Ils en font une tartine d'éloges en ce qui te concerne ! Tu es un homme célèbre, mais pauvre, tu n'es pas un bon homme d'affaires, Enrico.

— Lis ! rugit Luigi.

Ernesto se rassit comme s'il allait réciter des vers et rapprocha le journal de ses yeux :

« Dans une crique écartée de la baie du Capo San Marco, un touriste allemand, le docteur Heinz Volkmar, aurait disparu depuis quelques jours. Sa tente et sa voiture furent retrouvées intactes ; par contre, on n'a pas relevé la moindre trace de Volkmar. La police suppose que le médecin s'est noyé en se baignant. C'est d'autant plus mystérieux que le docteur Volkmar était un grand nageur et qu'il séjournait en Sardaigne pour la dixième fois. Toutes les recherches entreprises sont restées jusqu'à présent sans résultat. Le docteur Volkmar était considéré comme l'un des meilleurs opérateurs de chirurgie cardiaque d'Allemagne. Depuis des années, il se consacrait au problème des transplantations et à l'implantation des gros vaisseaux. Ses recherches avaient amené le problème jusqu'alors utopique du « second cœur » à un stade proche de la réalisation. »

Ernesto laissa tomber le journal et, effaré, dévisagea Volkmar :

— C'est toi ? Un type comme ça ? dit-il désemparé.

Le docteur Volkmar eut un geste comme pour éloigner cette question. C'est l'habituel baratin journalistique. Voyez donc, se disait-il. Ils reconnaissent tout de même mes travaux ! Jusqu'à présent, j'étais un fantaisiste, un rêveur du scalpel. Ce n'est qu'une fois mort que l'on consent à reconnaître que l'on a pris le chemin du second cœur et qu'il faut poursuivre dans ce sens ! Et le professeur Hatzport ? Il est venu deux fois dans le laboratoire pour voir les deux singes auxquels j'avais implanté un second cœur. « C'est techniquement parfaitement réussi, mon cher Volkmar ! avait-il dit. Mais la nature ne se laisse pas rouler ! Elle est mieux armée que vous avec la barrière immunologique, l'individualité biologique de chaque sujet, le stock génétique... Nous ne maîtriseront jamais cela. Avec le scalpel, on peut tout faire, mais nous serons toujours vaincus, précisément dans les transplantations, par les protéines ! Vous le savez aussi bien que moi ; Volkmar, dépensez donc votre énergie pour des problèmes plus réalisables ! »

Les singes vécurent deux jours. Par la suite, trois chiens survécurent neuf, douze et quinze jours. Après le quatorzième jour, le professeur Hatzport avait montré des signes évidents de nervosité. Mais lorsque la mort de ce chien fut annoncée, son univers retrouva son équilibre.

Et c'était noir sur blanc dans le journal !

Le docteur Volkmar avait indiqué de nouvelles voies : un petit salut. Il convient de ne dire aucun mal des morts.

— Tu peux vraiment transplanter des cœurs ? demanda Anna à voix basse. Tu pourrais nous faire, à tous, de nouveaux cœurs ?

— Non ! je m'y essaie seulement.

— Tu retires un vieux cœur que tu remplaces par un cœur jeune ? demanda Luigi, la tête un peu penchée de travers.

— A peu près ça.

— Ce sont des imbécilités ! — Ernesto désigna son front de l'index. — Ça n'existe pas !

— Pas encore ! Mais dans beaucoup de grandes cliniques, en Amérique, en France, en Angleterre et même en Afrique du Sud, des chirurgiens travaillent pour y parvenir. En Russie, on a réussi à greffer une seconde tête à un chien de berger. Le professeur Demichov a pu maintenir en vie ce chien à deux têtes pendant des semaines.

— Et c'est un type de cette sorte que nous avons ici ! conclut Luigi désespéré. Un vicieux qui coupe des têtes et vous déloge des cœurs pour les transplanter ! Nous sommes d'honnêtes bandits, Ernesto ! Anna, fuis-le ! Peut-être auras-tu demain un sein en surplus planté dans le dos ! — Il eut un rire hostile et se mit à fixer soudain avec gravité son prisonnier. Celui-ci avait repris le journal sur la table et relisait l'article le concernant. — Te voici mort à présent ! remarqua Luigi à haute voix. Tu lis ça toi-même ! Que faire de toi à présent ?

— Ne le touche pas ! s'écria Anna en poussant l'écuelle de bois contenant la salade préparée. Il est notre hôte !

— Jusqu'aux limites de l'éternité ! cria Luigi. Voulez-vous avoir les carabiniers sur le poil ? Ils nous poursuivent déjà comme des loups ! Il doit disparaître !

— Il restera ici ! cria Anna en réponse.

— On va l'expédier !

— Je me cramponnerai à lui. Que ferez-vous alors, hein ? — Elle pivota sur elle-même et se jeta contre Volkmar. — Luigi tue ses semblables comme des lapins ! cria-t-elle. Mais n'aie pas peur, il ne te tuera pas ! Pas toi ! Il tue...

— En cas de vendetta ! lança Luigi comme si c'était là une excuse suffisante. Allons, attendons, mais il faudra que tu paies ton écot, comme dans un hôtel, camerata ! Combien d'argent as-tu sur toi ?

Volkmar sortit son portefeuille de sa poche de pantalon et compta son argent : exactement sept cent vingt marks.

— Ça suffit pour trois mois, reconnut Ernesto.

— Réfléchissez bien que chaque jour que je passerai chez vous aggravera votre situation. Au bout d'un mois, je serai mieux que mort pour le monde et si je reparaissais, je ne pourrais donner aucune explication valable concernant ma disparition.

— Nous le savons ! — Luigi prit le journal et le jeta, froissé, en boule, dans le précipice. — Tu es pour nous un fameux casse-tête. Tes cœurs découpés ne sont rien en comparaison !

L'avocat Eugenio Soriano était un homme très considéré. Dans son cabinet situé sur le Corso Vittorio Emanuele, la somptueuse grand-rue de Palerme, les clients attendaient assis l'un contre l'autre, comme chez un médecin à la mode qui promet de prolonger votre jeunesse. Dans son second salon d'attente, installé dans le goût d'un boudoir 1900, y compris la peluche, les ors, les ciselures, un « butler » versait aux illustres personnages qui confiaient leurs intérêts au maître, un marsala huileux, ou un cognac qui comptait dix ans d'âge. Ces clients-là, maître Soriano les recevait lui-même, les autres étaient « expédiés » par trois jeunes collaborateurs, mais ils s'acquittaient de leur tâche avec une telle dextérité que chacun d'eux avait l'impression, en rentrant chez lui, que maître Soriano s'occuperait personnellement de son cas aussitôt que les pièces du procès lui seraient soumises. On n'en veut pas à un avocat aussi efficace qui habite en ville un palais ancien, possède une villa gigantesque au bord de la mer au cap Zafferano, près des ruines de Solunto, un yacht qui rivalise de taille avec un petit paquebot, à quoi il faut ajouter un *jet* personnel et six gardes du corps qui l'environnent constamment lorsqu'il se montre en public.

— Bien, avait dit une fois le premier juge de Palerme, Soriano a le meilleur cabinet d'avocat du pays. Mais quel étalage ! Il est impossible qu'il gagne autant par le seul moyen de son métier !

N'allons pas pour autant, en arriver à Dieu sait quelle conclusion. Le procureur général Antonio Brocca, dont on disait qu'il ne dictait ses textes à ses secrétaires que lorsqu'elles étaient assises devant lui le corsage ouvert, avait eu un geste qui mettait fin aux suppositions désobligeantes : Soriano est un homme d'honneur ! Qui le saurait mieux que moi ? Président du Golf-Club : devient-on un tel personnage avec une tache sur son veston ? Il a fondé un jardin d'enfants et une maison de retraite pour les vieillards et, depuis deux ans, il fait bâtir une maison de convalescence pour les enfants dans les montagnes de Camporeale. Inutile d'aller chercher plus loin ! La bienfaisance est la meilleure preuve de moralité.

Ce fut aussi le procureur général Brocca qui, ce jour-là, téléphona chez Maître Soriano et demanda à lui parler : « C'est urgent ! dit-il, quel que puisse être celui qu'il reçoit présentement ! »

Il recevait le Senatore Alfredo Acate, qui venait chercher sa rétribution mensuelle. Acate siégeait à la commission juridique du Sénat romain. Maître Soriano investissait une somme relativement modeste pour l'obtention d'informations émanant de la politique judiciaire du gouvernement.

— Avez-vous lu le journal du matin, Maître Soriano ? demanda le procureur Brocca. Pas encore ? Alors, ne tardez pas davantage à en prendre connaissance ; page 3, il y a une brève dépêche venue de Sardaigne : « Disparition mystérieuse d'un médecin allemand. » Vous avez trouvé ? — Le procureur général attendit que maître Soriano eût lu l'entrefilet. — Alors ? Qu'en dites-vous ? lança-t-il enfin.

— Que voulez-vous que je dise ? C'est un accident. Une noyade !

— L'année dernière, trois riches étrangers ont été enlevés en Sardaigne et n'ont pu être libérés qu'en contrepartie d'une importante rançon. On n'a jamais découvert les auteurs de l'enlèvement. A la vérité, lorsque la rançon fut versée, on ne s'est plus inquiété d'eux. On croit que ces bandes de rançonneurs se sont repliées dans les montagnes et on attend l'occasion d'une rencontre avec eux. Et puis voici la disparition mystérieuse d'un médecin allemand...

— Vous croyez ?

— Nous verrons s'ils se manifestent par des exigences. Mais c'est autre chose qui, pour vous, est intéressant, Maître Soriano.

Le procureur général se taisait. Il savait qu'au bout du fil, Soriano relisait le bref article dans le journal.

— Vous avez raison ! dit Soriano soudain. — Le procureur qui allumait justement une cigarette, sursauta, frappé par le ton dur de sa voix : — Brocca, vous faites dans vos pensées des rapprochements qui tiennent du génie !

— Un certain cardiologue, Maître Soriano ! Un célèbre chirurgien spécialiste des transplantations... Si ce n'est pas un coup de chance prodigieux...

— Je vais m'en occuper, Brocca. Vous avez mis le doigt sur quelque chose qu'il me faut d'abord considérer en toute tranquillité. Je vous remercie, Brocca !

Maître Soriano raccrocha. Ayant appuyé sur un bouton du tableau de commande de son téléphone, il se mit en communication avec un homme qui, après quelques sonneries, se présenta comme étant le docteur Nardo.

Soriano lui répéta la phrase du procureur général :

— Avez-vous lu le journal du matin ?

— Non, répondit Nardo.

Il était assis derrière un bureau blanc dans une vaste pièce protégée par des stores de la clarté brutale du soleil. Les murs aussi étaient blancs de même que les tablettes supportant des livres, le plafond et la blouse qu'il portait. Tout dans cette maison était blanc, stérile, immaculé : la maison de retraite Santa Maria di Caltanissetta. Maître Soriano était né à Caltanissetta il y avait exactement cinquante ans.

— Vous le lirez plus tard ! lança Soriano. Mais une seule question : connaissez-vous le docteur Heinz Volkmar ?

— Le chercheur dans le domaine des transplantations ?

— Vous le connaissez donc ?

— Pas personnellement, mais dans le monde médical il est...

— Merci, cela suffit.

Soriano coupa la parole au docteur Nardo qui n'y trouva rien de blessant. Lorsque le « parrain » parlait, les autres n'avaient qu'à écouter. Il y eut un craquement sur la ligne. Le docteur Nardo s'estima heureux que la conversation eût été aussi brève et que Soriano n'eût pas eu d'autres questions particulières à lui poser.

Une heure plus tard, le *jet* personnel de maître Soriano fusait dans le ciel sans nuages de la Sicile et mettait le cap sur la Sardaigne. A bord, il y avait quatre hommes élégamment vêtus, dont deux répandaient les effluves d'un parfum douceâtre. Ils se vautraient dans les sièges, buvaient du vin que leur servait le copilote et ne se parlaient guère.

Leur mission leur donnait du fil à retordre. Paolo Gallezzo était celui qui ne cessait d'éplucher les articles des journaux et qui avançait et rétractait tour à tour sa lèvre inférieure. Il était horloger et propriétaire d'un joli magasin à Palerme. Dans la « famille », on ne l'appelait jamais que « l'exécuteur ».

Il était facile de dire : « Amenez-le ! »

Quiconque connaît les massifs montagneux de la Sardaigne et la fierté des Sardes ne s'étonnera pas que Gallezzo et ses hommes aient eu quelques préoccupations.

— Amenez-le !

Dans quel but maître Soriano avait-il besoin d'un spécialiste du cœur ?

On peut tenir pour un grand avantage d'avoir des relations, des amis influents, de bonnes adresses, des recommandations qui vous ouvrent les portes les plus fermées. Il conviendrait aussi de connaître certaines des faiblesses, certaines des affaires pénibles et cachées de chaque personne dont on réclame des services.

Aussi le négociant en fruits exotiques, Adriano Oreto de Cagliari, ne s'étonna-t-il pas outre mesure lorsque quatre messieurs vêtus à la dernière mode, introduits par sa secrétaire qui avait furtivement appuyé sur le bouton du signal d'alarme, pénétrèrent dans son vaste bureau sans oublier de refermer la porte.

Adriano s'était mis à couvert derrière son énorme bureau et avait salué ses élégants visiteurs en leur montrant l'intérieur du canon de sa mitraillette. D'ailleurs, le signal d'alarme, que la jolie Lucia avait déclenché dans les entrepôts de la Compagnie fruitière sarde, avait rassemblé un commando composé de dix gorilles bons tireurs qui, en quelques minutes, devaient se trouver à pied d'œuvre.

— Il serait préférable de se comporter calmement ! conseilla Oreto à l'abri de son bureau dont le dessus faisait l'effet d'un blindage. Vous êtes bien entrés, mais vous ne sortirez pas ! Tas d'idiots, qui vous a simplement envoyés chez moi ?

— Il serait regrettable, Don Adriano, que des malentendus surgissent entre nous.

Paolo Gallezzo ôta son chapeau mou de teinte claire et s'assit dans un des fauteuils de cuir qui donnaient au bureau un aspect sérieux. Les trois autres acolytes se placèrent à droite et à gauche de la porte, les mains enfoncées dans les poches de leurs pantalons. Oreto savait que ce geste ne signifiait pas qu'ils avaient froid aux mains.

— Je dois vous saluer de la part de Don Eugenio, poursuivit Gallezzo.

— De la part de qui ? demanda Oreto derrière son rempart.

Dehors, on entendait des pas nombreux et l'on courait sur les dalles de marbre du vestibule. Ça marche, pensait Oreto, satisfait et fier. Il est vrai que cela n'a jamais été nécessaire, mais nous n'avons pas cessé de répéter la manœuvre comme sur les navires où l'on recommence les exercices de sauvetage en prévision d'un naufrage : ceintures et mise à flot des canots... Le monde est mauvais. Il faut s'attendre à tout.

— Don Eugenio Soriano...

— Palerme ? — La tête d'Oreto surgit au-dessus du rebord de son bureau. Il pouvait s'y risquer, même s'il s'agissait d'un piège. Dehors, devant la porte, ses hommes s'étaient massés. Il appuya sur une touche qui mettait en service un haut-parleur, dans son secrétariat, et dit : — Attendez encore ! J'ai ici quatre visiteurs respectables. Ils veulent me donner des explications... Quelle est la situation, Alfredo ?

— Bonne, Don Adriano. — L'homme qui s'appelait Alfredo semblait avoir encore le souffle court d'avoir couru : — Les portes sont gardées, les fenêtres surveillées, nous sommes vingt hommes prêts à intervenir.

— Très bien, Alfredo.

Oreto coupa le contact du haut-parleur et se redressa de toute sa taille derrière son bureau. C'était un sexagénaire alerte aux cheveux blancs soignés. Il eût, par exemple, parfaitement tenu le rôle d'un cardinal distingué. Cependant, ses yeux ne rayonnaient point de mansuétude cléricale. Ils regardaient chaque homme devant lui avec une expression à la fois dure et inquiète.

— Avez-vous besoin de ça? demanda Gallezzo en croisant ses jambes. Cette région est-elle tellement sauvage et inculte?

— Est-ce que Don Eugenio n'aurait pas d'amis? demanda Oreto en retour. — Qu'avez-vous à me dire?

— Il s'agit d'une information.

Gallezzo jeta le journal sur le bureau. Il avait encadré d'un trait de crayon rouge l'article concernant le docteur Volkmar. Adriano n'y jeta qu'un regard et secoua la tête :

— Je l'ai lu, Signori. Mais nous n'avons rien à voir avec ça, rien du tout! Nos intérêts sont situés dans le domaine économique et dans la section des divertissements. Que ferions-nous d'un médecin allemand?

— Nous étions convaincus que vous ne vous aventuriez pas dans de telles affaires, reprit Gallezzo. Mais Don Eugenio estime que vous pourriez tout de même nous aider à progresser sur notre voie... Qui a enlevé le docteur Volkmar? Qui, par ici, s'est spécialisé dans cette sorte de commerce? Dites-nous les noms qui vous reviendront en mémoire. Chaque nom est utile à connaître!

— Ce *dottore* est donc un homme si important? demanda Oreto. — Il relut l'entrefilet encadré de rouge et haussa les épaules : — Madonna! En êtes-vous réduits, à Palerme, à gagner de l'argent dans de telles affaires? Que se passe-t-il là-bas en Sicile?

— Des noms, Don Adriano! lança Gallezzo. Nous avons peu de temps et nous nous rongeons d'inquiétude.

— Pour le médecin allemand?

— Il a disparu depuis plus de quatre jours et personne encore n'a demandé de rançon.

— Peut-être s'est-il vraiment noyé?

— Des noms!

Adriano Oreto s'assit dans son grand fauteuil, posa sa

mitraillette commme un gigantesque ouvre-lettres sur le dessus du bureau et fixa le plafond :

— Qui donc serait suspect dans ce cas ? réfléchit-il tout haut, le visage tendu. On les connaît tous, ces chers frères et sœurs qui se rôtissent au soleil, mais qui travaillent dans l'ombre. Cependant, il peut y avoir des isolés, qui travaillent sans aide... des nouveaux dans le métier, des têtes folles qui refusent de reconnaître les avantages d'une organisation sérieuse. En ce cas, il est impossible de risquer une indication.

Ce qu'Oreto redoutait secrètement, Gallezzo l'exprima sans détour :

— Ce n'étaient pas des types avides de petits profits, Don Adriano. Par exemple, ils ont laissé sur place l'auto du docteur. On ne dédaigne pas couramment les prises de moindre valeur !

— Alors c'est sans espoir, Signori ! — Oreto éleva ses deux mains comme s'il proclamait tristement son incapacité d'assurer son concours dans un tel cas : — Si quelqu'un, en Sardaigne, s'avise de faire main basse sur un médecin, comment voulez-vous que je sois au courant ?

— Pourtant quelques noms pourraient tout de même nous être une aide véritable, Don Adriano.

Oreto répondit par un petit signe de tête. Puis il fit ce qu'il devait beaucoup regretter par la suite. Il livra les noms de dix personnes qu'il croyait capables de gagner leur vie par des kidnappings.

— Mais il n'y en a pas un, parmi eux, qui ne prendrait pas la peine de repeindre sur-le-champ une aussi belle voiture, dit-il encore. Ce sont tous des gars avisés...

Après quelques démonstrations de politesse, Gallezzo quitta le bureau de Don Adriano. Dans le secrétariat attendaient Alfredo et six hommes avec leurs mitraillettes prêtes au tir. Devant toutes les portes et devant la maison, se tenaient d'autres tireurs bien entraînés.

— Pas d'émotion, fratello ! lança Gallezzo sur un ton amical en dirigeant vers le sol le canon de sa mitraillette.

Tout ça est une erreur ! Qui, à présent, donnera encore un ordre, pour que nous quittions cette maison ?

— Nous vous accompagnons !

Alfredo regardait le haut-parleur et attendait, semblait-il, un ordre du « Don ». Oreto, de son côté, parut le deviner, car il y eut un craquement du haut-parleur et sa voix calme emplit la pièce.

— Laissez passer mes amis venus de Sicile ! dit-il.

— Compris, Don Adriano.

Alfredo fit un geste avec sa mitraillette. Comme s'ils étaient des prisonniers que l'on emmenait, ils quittèrent le bâtiment des bureaux et s'en furent en face retrouver la grande voiture que Gallezzo avait empruntée. Dans les embrasures des portes et derrière d'autres voitures parquées, il vit émerger des têtes.

— C'est réglé au poil chez vous ! reconnut-il. Vous êtes combien ?

— Assez pour déclarer la guerre aux carabiniers ! — Alfredo attendit que les quatre respectables visiteurs se fussent installés dans la voiture. Alors, il leva la main :
— Bonne chance !

D'un bond, la voiture démarra et roula rapidement hors de la cour des entrepôts de la Compagnie fruitière.

— Quelqu'un aurait-il une cigarette ? demanda Alfredo. — Il jeta sa mitraillette suspendue à sa bretelle dans son dos : — Il me faut respirer une autre odeur, ce parfum est à vomir !

Entre le matin et le soir, il y eut déjà trois morts. Mais personne ne le savait, car nul n'en parlait. Les morts étaient issus d'une classe sociale où la mort est un risque journalier. Il est vrai qu'ils laissaient derrière eux femmes et enfants, pères, mères, frères et sœurs qui, sincèrement bouleversés, manifestaient leur deuil, pleuraient, s'arrachaient les cheveux et jetaient des cris perçants. Mais tout cela se passait derrière des portes fermées et des volets clos, en quelque sorte dans le cercle étroit de la famille proche. Des médecins amis rédigeaient le permis d'inhumer qui confirmait un accident cardiaque. Ce n'était pas même mentir, car quiconque est frappé d'un coup de feu dans le cerveau ou au cœur, subit un arrêt de ce viscère. Il n'y avait d'effrayant que les circonstances qui accompagnaient ces cas de mort subite. On avait vu surgir quatre messieurs des plus respectables, qui avaient posé quelques questions après un petit signe de tête amical, puis sans transition ils avaient expédié l'interviewé dans l'au-delà. On ne pouvait rien faire contre ces procédés. Et même lorsque, scandalisé par de tels actes, on téléphonait à Don Adriano, on recueillait ce conseil clairement exprimé : « Tenez votre gueule ! Au nom de la Vierge, ne bougez pas ! Taisez-vous ! Nous nous en occupons... » Et on en restait là. Don Adriano se borna à déclarer qu'il n'avait rien à voir dans ces cas-là.

— Ces hétaïres parfumées ! hurla Alfredo lorsque Oreto réunit « le petit conseil » dans son bureau pour discuter de la situation. — Nous aurions tout de même dû les liquider !

— Faut-il nous mesurer avec Don Eugenio ? demanda Oreto avec un visage ravagé. Soyons heureux si pendant quelques jours nous pouvons encore jouir de notre belle et bonne tranquillité sarde. Nos amis siciliens ont leur morale particulière !

Tard dans la soirée, Gallezzo et ses compagnons atteignirent le village de Sorgono, au pied du massif montagneux de Gennargentu. Une indication les y amenait : à la banque d'Oristano, quelqu'un avait changé cent marks contre des lires ; c'était un individu qui ne possédait pas de lires et, comme on pense, moins encore de marks allemands. D'ailleurs, on n'en aurait jamais parlé si le caissier de la banque n'avait pas été une connaissance de Don Adriano. Car ce brave homme n'exerçait pas seulement ses talents dans la banque, il contrôlait aussi les trois bordels de la ville, évidemment pas pour son compte. L'argent produit par ce commerce était porté sur un compte appartenant à Oreto. Le nom du client aux cent marks avait le n° 5 sur la liste des dix noms qu'avait cités Don Adriano.

— Ces cent marks m'ont mis la puce à l'oreille ! dit le caissier. Le plus souvent, il venait me trouver avec quelque « Eurochèque » perdu. Nous avons échangé furtivement ces billets, car on est tout de même bon camarade. C'est un garçon à plaindre, ce Luigi... toute sa famille anéantie... la vendetta... comprenez-vous. Si, à présent, il a réellement enlevé le médecin allemand, c'est donc qu'il a changé de genre de travail. A chacun de moderniser son entreprise, n'est-ce pas ? Mais je ne le crois pas. Il faut que Luigi s'exerce encore et vieillisse dans le métier.

— Il est seul ? demanda Gallezzo aimablement.

— Non, ils sont trois : Luigi, Ernesto et Anna, frères et sœur, les derniers survivants de...

— Ça va ! — Gallezzo eut un geste qui refermait la parenthèse. — Où les trouverons-nous ?

— Renseignez-vous à Sorgono, au sujet de Luigi. Ils vivent quelque part dans les montagnes.

Ce fut ainsi que les envoyés de maître Soriano arrivèrent au nid d'aigle appelé Sorgono. Si le caissier resta en vie, il le dut sans doute à son emploi : il était protégé par une glace blindée, d'autre part la salle où se trouvait la caisse était pleine de clients et un carabinier se tenait devant la porte. Mais ce fut un pur hasard. Quoi qu'il en fût, Gallezzo dut reconnaître qu'on ne pouvait effacer cette trace.

Il y avait à Sorgono un supermarché où l'on trouvait aussi bien un clou, que du vin rouge, des limes d'acier, du bon salami bien sec, car il y avait sur des étagères poussiéreuses tout ce dont on pouvait avoir besoin dans cette solitude, et même une pyramide de vases de nuit en fer-blanc accueillait le client, mais ils se vendaient mal et représentaient une mauvaise spéculation de Ferrucio Stracia, possesseur de la maison. Sa clientèle ne se servait point de vases de nuit métalliques, les estimant trop beaux pour ce à quoi ils étaient destinés. On pouvait s'asseoir sur deux bancs devant des tables recouvertes de toile cirée auprès de trois grands tonneaux de vin. Ce coin intime dans le magasin de Stracia remplaçait la télévision et la radio, toutes les nouvelles s'y rassemblaient. Ici se trouvait aussi installé Luigi, qui s'offrait un verre de vin. Il avait changé les cent marks et acheté du lard, de la viande, du beurre, un sac de tomates et deux fiasques de vin. Anna avait écrit une longue liste des choses qu'il lui fallait encore rapporter, car leur hôte devait vivre selon son rang. Luigi décida de vider d'abord son verre, puis de faire les courses d'Anna conseillé par Stracia. Il était certain de trouver chez Stracia tout ce dont on aurait besoin.

Il était à peu près huit heures et demie du soir lorsqu'une petite fille âgée de sept ans à peu près entra dans le magasin de Stracia, et fit signe à Luigi :

— Il faut que tu viennes ! lança-t-elle de sa voix claire d'enfant. Une surprise t'attend !

Luigi regarda Stracia d'un air interrogateur. Celui-ci haussa les épaules.

— Qu'est-ce que cela signifie ? lança Luigi d'une voix claironnante.

La petite fille retourna en trottinant vers la porte avec un rire gêné.

— Une surprise...

— C'est idiot ! — Luigi posa son verre sur la table, enfonça la main dans l'une de ses poches et en sortit le griffonnage d'Anna qu'il tendit à Stracia d'un geste presque grandiose : — Vois donc si tu peux me procurer tout ça, Ferrucio... Qu'y aurait-il ici en fait de surprise ? Ou auriez-vous enfin une putain au village ?

Stracia éclata d'un rire bruyant, lut le feuillet et l'agita en l'air :

— Et qui paiera ?

— Moi, imbécile ! — Luigi rit à son tour : — Pourquoi n'aurais-je pas de la chance moi aussi ?

Il quitta le supermarché, se retourna indécis dans l'obscurité et reçut sur la nuque un coup formidable. Sans un cri, Luigi s'effondra. Deux hommes le traînèrent de côté vers sa jeep décrépite et Gallezzo donna cent lires à la petite fille qui considéra le billet d'un air effaré.

— Tu ne nous as pas vus, dit Gallezzo d'une voix douce.

Il lui répugnait de tuer des enfants. Il lui arrivait de

jouer pendant des heures dans le parc de la villa au bord de la mer avec les neveux de maître Soriano.

Dans la jeep, ils emmenèrent Luigi et s'arrêtèrent près d'un ruisseau descendant de la montagne pour lui tremper la tête dans l'eau. Il reprit vite conscience, voulut ruer et cogner autour de lui, mais trois hommes le contenaient solidement et le quatrième — c'était Gallezzo — lui enfonçait la lame d'un poignard dans l'avant-bras afin de le rendre plus compréhensif.

Luigi renonça à résister et guetta une occasion de s'enfuir.

— Nous pourrions devenir amis, si nous nous décidons à parler ensemble raisonnablement, commença Gallezzo d'une voix effroyablement calme.

Luigi connaissait ce ton, il n'était pas un débutant et jouissait dans les milieux du banditisme d'une sérieuse réputation parce que jamais encore — en dehors de la vendetta, naturellement — il n'avait tué un homme. Il donnait, il est vrai, une impression de cruauté, mais le connaissait-on de plus près, on savait que depuis l'extinction systématique de sa famille et l'extermination forcée et nécessaire qui suivit de la famille ennemie, les Fardella, il éprouvait, comme Anna sa sœur, un vrai dégoût pour la violence.

— J'entends ! grinça Luigi.

Il était suspendu entre les bras des trois hommes comme dans un étau.

— Tu as chez toi le médecin allemand Volkmar.

— Non ! lança Luigi bien trop vite.

Gallezzo hocha la tête :

— Luigi, ne serons-nous pas amis ? Est-on malhonnête entre amis ?

Il prit son poignard effilé et l'enfonça dans l'épaule droite de Luigi, pas trop profondément, mais assez pour déclencher d'atroces souffrances. Luigi se cabra dans l'étreinte de ses ennemis, mais il ravala ses douleurs.

— Sois gentil et mène-nous à ta maison, reprit Gallezzo aimablement. Nous savons que tu as encore un frère Ernesto et une sœur Anna, et puis votre cher hôte venu d'Allemagne, avec lequel il nous faut absolument avoir une conversation...

— Je ne connais aucun Allemand ! cria Luigi.

— Et les cent marks que tu as portés à la banque ?

— Trouvés sur la plage.

— Où tu as laissé l'auto et la tente du dottore. Luigi, pourquoi faut-il nous fâcher ?

La main gauche de Gallezzo s'éleva, un éclair jaillit de son poignard et l'oreille du prisonnier en fut tranchée. Son sang coula aussitôt à flots sur le côté droit de son visage et se répandit en ruisseaux sur son cou, son dos, sa poitrine. Il eut un gémissement sourd, baissa la tête et pria la Madone de lui pardonner ses péchés et d'élever une main protectrice au-dessus des têtes d'Ernesto et d'Anna.

— Allons, embarquons dans la voiture ! reprit Gallezzo d'une voix suave. En chemin, tu te rappelleras sans doute où tu as caché Ernesto, Anna et le docteur, Luigi ! Tu n'es tout de même pas né pour mourir coupé en rondelles !

Les hommes de Gallezzo soulevèrent Luigi et le traînèrent jusqu'à la jeep. Gallezzo se mit au volant et attendit que Luigi parle enfin. On l'avait assis sur la banquette du fond, encadré de deux hommes qui le retenaient solidement. Le troisième, assis en cet instant au côté de Gallezzo, avait reçu le couteau. C'était l'un de ceux qui répandaient l'odeur d'un parfum pénétrant.

— Où faut-il aller ? demanda Gallezzo.

Luigi se taisait. L'homme au couteau le piqua cette fois dans l'autre épaule.

— Luigi... dit Gallezzo presque sur un ton de regret. Songe que ton nez se trouve en péril, on peut le raccourcir...

— Le second chemin à droite, dit Luigi entre ses dents serrées, mais cinq hommes c'est trop pour la jeep, elle ne tiendra pas le coup ! Ça monte raide.

— Nous verrons.

Gallezzo démarra, trouva la bifurcation et jura lorsque la jeep se mit à sautiller sur le sol pierreux. A la clarté des phares, il reconnut sans peine que le sentier, plus on montait, offrait à tout nouveau venu sur ces terrains un péril mortel. A droite, le précipice béant ; à gauche, des rochers biscornus empiétaient sur le chemin. Il eût été sage de parcourir cette portion de l'itinéraire à dos d'âne ou de mulet.

— Mon ami ! s'écria Gallezzo en s'adressant à Luigi par-dessus l'épaule. Si tu nous conduis dans le précipice… ne t'en avise pas ! Réfléchis ! En Asie, ils ont mis au point une méthode qui consiste à dépouiller un homme de sa peau comme un lapin. Je m'y connais dans ce travail. Luigi, frérot, ne joue pas au héros !

— C'est bien le chemin ! haleta Luigi.

Il pensait à Ernesto et à Anna, et se demandait s'il ne serait pas préférable de ne plus rien dire et de mourir pour eux. Puis il se dit que ces quatre hommes trouveraient aussi sans lui le chemin de leur retraite montagnarde et qu'ils n'avaient qu'à attendre qu'Ernesto descende du sommet afin d'aller s'enquérir à son sujet à Sorgono. « Cherche-le ! dirait Anna, notre grand est de nouveau en train de boire ! » Et puis Ernesto n'était pas du tout un héros et parlerait dès le premier coup de couteau. Ç'avait été une erreur d'enlever ce médecin allemand. Il le comprenait à présent. Que la vie avait été paisible lorsque l'on se bornait à voler ou à exploiter l'étranger.

La jeep soufflait, se secouait, mais contrairement à ce que l'on aurait cru, elle tenait le coup et atteignait le but. Soudain, le sentier s'élargit, devint moins caillouteux ; on approchait du plateau et de la maison.

Luigi raidi tous ses muscles pour autant que ses souffrances le lui permettaient. Tout en lui brûlait, était incandescent, ses nerfs vibraient.

— C'est bien ça ! s'écria Gallezzo satisfait, voilà une maison qui ressemble à une forteresse, Luigi, elle est bien placée !

Luigi fit en réponse un petit signe de tête, puis brusquement, il se mit debout, ouvrit la bouche et rugit de toutes les forces qui lui restaient :

— Ernesto ! Anna ! Danger ! Danger !

L'homme à côté de Gallezzo secoua la tête. Il saisit

Luigi par les cheveux, le tira en avant, et lui enfonça le couteau entre les côtes. Il atteignit avec précision le cœur. Luigi toussa bruyamment et s'effondra. Il était déjà mort lorsque Gallezzo tourna la clé de contact.

Une seconde après, les quatre messieurs tirés à quatre épingles bondissaient hors de la jeep et couraient comme des lapins vers la maison. Le premier coup de feu fut tiré par l'une des fenêtres en forme de meurtrière située contre l'épaisse porte en madriers. La balle siffla contre la tête de Gallezzo qui se laissa aussitôt tomber à terre pour ramper le long de la murette enfermant le potager.

Le docteur Volkmar se tenait à côté d'Anna devant une autre fenêtre et surveillait la terrasse par une fente dans le bois des volets massifs. Ils étaient réunis devant le foyer lorsque avait retenti le cri de Luigi. Avec une rapidité ahurissante, Ernesto et Anna eurent une arme à la main et, d'un bond, furent aux fenêtres. Ernesto tira aussitôt sur l'individu qui, ombre imprécise, s'approchait en courant de la maison.

— C'est une faute, Ernesto ! remarqua Volkmar tout en essayant de percer l'obscurité du regard. Ils m'ont trouvé, ils ont emmené Luigi avec eux de force, inutile de lutter contre la police !

— Ce ne sont pas des carabiniers ! lui jeta Ernesto. Luigi n'a pas crié police, mais *danger !* Ce n'est pas la même chose : on veut t'enlever à nous, c'est ça !

— Laisse-les venir, laisse-les venir, répondit Anna en poussant le canon de sa mitraillette dans la fente du volet, puis elle rejeta la tête en arrière : — Mes cheveux me gênent, noue-les solidement, Enrico !

Volkmar regarda autour de lui, désemparé.

— Prends donc cette cordelette-là, près du fourneau.

Il courut vers l'énorme foyer maçonné et prenant un bout de ficelle grossière, il saisit la longue chevelure noire d'Anna et la lia. A présent, le front bien dégagé, elle viserait mieux. Ernesto tira encore. Une ombre bougea à gauche du potager.

Puis ils virent ce qui arrêta les battements de leurs cœurs : la jeep poussée par un homme atteignait la maison et, sur le capot, se trouvait étendu dans une attitude étrangement disloquée, Luigi.

— Ils l'ont tué... balbutia Ernesto. Luigi ! Luigi ! — Il se signa, se jeta le front contre le mur de pierre et sanglota. — Ces porcs ! Ces démons ! Luigi...

— Je pense que votre vendetta est terminée, dit Volkmar d'une voix enrouée.

— C'en sont d'autres ! — Anna frémit. Un homme s'élançait vers la porte de la maison. Elle tira. L'ombre fit un saut de côté et s'accroupit à couvert. — Ils veulent ta peau, Enrico, dit-elle haletante, d'une voix brisée. Ils ont forcé Luigi à tout leur dire. — Elle s'adossa au mur comme si ses forces l'abandonnaient et regarda Volkmar de ses immenses yeux noirs.

— Nous allons mourir, Enrico, comprends-le, nous n'avons plus qu'à mourir. Regarde Luigi ! Lorsque je mourrai, tu seras auprès de moi. Je t'aime. Viens, nous avons peu de temps...

Ernesto tira de nouveau. De son côté, deux ombres s'élançèrent dans la nuit et s'effondrèrent aussitôt sans qu'il pût savoir s'il avait atteint l'un des fuyards.

— Et si je sortais pour leur dire : Me voici, vous avez ce que vous vouliez ?

Volkmar entoura d'un bras les épaules d'Anna. Elle se serra contre lui et alors seulement il sentit combien elle tremblait fort. Elle était courageuse, mais elle avait peur de mourir.

— Reste ici ! dit-elle. — Puis elle déposa un baiser sur sa main qu'elle retint dans la sienne en caressant de sa joue son épaule : — Ça ne traînera pas. Pourquoi veux-tu mourir lentement ? Sais-tu ce que j'avais rêvé : tout le monde t'avait oublié là-bas... je pensais que personne ne te rechercherait, que tu passerais pour mort, noyé, emporté par la mer... Tu serais resté chez nous, Luigi et Ernesto nous auraient bâti une petite maison tout contre celle-ci et nous aurions été heureux...

Une sommité de la chirurgie cardiaque devenue bandit sarde...

— Tu aurais soigné les habitants des villages dans la

montagne. Personne n'aurait parlé. Je n'ai jamais connu aucun homme, Enrico...

— Tiens donc ta gueule ! rugit Ernesto devant la fenêtre. Ils viennent ! De tous les côtés ! Quatre types. Et ils se planquent derrière notre jeep !

Il tira, mais en visant volontairement à côté de la cible, autrement il lui aurait fallu tirer sur le cadavre de Luigi. Gallezzo et ses amis poussaient devant eux la jeep avec son effroyable figure de proue qui leur servait de bouclier. Ils arrivèrent ainsi à couvert jusqu'au pied de l'escalier montant à la porte de la maison.

— Luigi, dit Anna à mi-voix en serrant son arme dans ses mains, qu'ont-ils fait de Luigi ?

La voix de Gallezzo s'éleva dehors :

— Écoutez donc ! cria-t-il derrière la jeep. Nous n'avons pas d'intérêt à vous fumer comme des jambons ! Luigi était une tête brûlée : il vivrait encore s'il avait eu avec nous une conversation d'ami ! Vous avez chez vous le docteur Volkmar, nous ne voulons rien d'autre que parler avec lui. Bon Dieu, Ernesto es-tu idiot ? Nous sommes envoyés par Don Eugenio. Vous deux n'avez aucun intérêt pour nous !

Ernesto se taisait. Il ne connaissait aucun Don Eugenio, mais il savait ce que signifiait le mot *Don*... Lorsque la *Société* entrait dans le jeu, il était inutile de réfléchir davantage. Pourquoi Luigi avait-il résisté ? Madonna, qu'est-ce qu'un petit bandit des montagnes au regard de la très honorable Société ?

Ernesto approcha sa bouche de la meurtrière et rugit :

— Qui nous le garantit ?

Gallezzo sortit de son refuge et contourna la jeep, la tête haute. Ç'eût été un jeu d'enfant de l'abattre à présent. Mais ni Anna ni Ernesto ne levèrent leurs armes. Sur la troisième marche de l'escalier, Gallezzo s'arrêta et ôta son chapeau.

— Me voici, dit-il, j'attends !

— Je ne livrerai pas Enrico ! dit Anna d'une voix oppressée. Jamais ! Jamais ! Jamais !

— Le *Don*, Anna ! — Ernesto s'essuya le front. —

Nous sommes seuls ! Quel poids avons-nous face à la Société ?

— Mon Dieu, serait-il question de la Mafia ? — Le docteur Volkmar regardait fixement par la fente du volet la jeep et Luigi étendu mort sur le capot. — La Maffia est là dehors ?

— Vous l'appelez ainsi... — Ernesto tournait son arme comme un moulinet entre ses mains : — Il y a des rois visibles, d'autres qu'on ne voit pas... ce sont les plus puissants !

— Je tire ! cria Anna d'une voix stridente. Je tire ! je ne leur céderai pas Enrico ! Si c'étaient les carabiniers... mais pas ceux-là ! Pas ceux-là !

— Ça n'a pas de sens, Anna. — Ernesto déposa son fusil sur la table : — Il faut toujours savoir lequel est le plus fort.

Puis il se dirigea vers la porte, en poussa les trois énormes verrous, envoya un coup de pied dans le battant. D'un bond, Anna se jeta devant Volkmar et épaula son arme.

Gallezzo entra seul dans la maison. Il eut un regard bref pour Ernesto, regarda Anna avec une expression presque mélancolique et s'inclina légèrement devant le docteur Volkmar qui dépassait Anna d'une tête.

— Dottore, dit-il poliment, je suis porteur d'une invitation. Maître Soriano n'avait pas l'intention de dramatiser par des catastrophes l'hospitalité qu'il offre. Je regrette beaucoup certain incident pénible. Mais les humains sont bêtes le plus souvent... — Il ôta son chapeau de feutre blanc et le suspendit au canon de l'arme tenue par Anna, visiblement amusé par cette idée extravagante qui lui était venue. — Sur l'aérodrome de Cagliari, le jet de notre firme est en attente, Dottore, dit-il. Je suis chargé de vous remettre ce passeport délivré au nom d'Ettore Lumbardi. La photo n'offre, il est vrai, aucune ressemblance avec vous. Mais l'essentiel est que vous ayez un passeport dans le cas où un fonctionnaire trop zélé vous contrôlerait. En Sicile, tout se passera, en tout cas, bien autrement...

— En Sicile... répéta Ernesto à mi-voix. Maria mia ! La *Centrale !*

— Vous prétendez donc ajouter un chapitre amélioré à mon enlèvement ? dit Volkmar.

— Voyons, Dottore, vous êtes l'hôte de maître Soriano ! Les meilleurs tailleurs de Palerme seront dès demain matin au travail pour vous. Avant tout, il vous faut un smoking blanc pour les fêtes et garden-parties...

— Que me veut la Maffia ? lança Volkmar à haute voix.

Gallezzo fit une grimace à croire qu'il avait reçu une ruade dans les tibias.

— Dottore, évitez de prononcer ce mot : Maffia ! C'est faire allusion à une légende. Lorsque les journalistes manquent d'inspiration, ils inventent la Maffia !

— Et si je refuse de vous suivre ?

— Il refuse ! cria Anna sur une note farouche en lançant en l'air le chapeau de Gallezzo posé sur le canon de son arme.

Gallezzo restait impavide ; il méritait même que l'on s'en étonne franchement.

— Dottore, dites-moi, je vous prie, pourquoi vous voulez offenser maître Soriano en refusant son invitation. Alors qu'il vous honore, vous admire !

— Moi ? Ne faites-vous pas erreur ?

— Vos recherches concernant les transplantations d'organes...

— Ce maître Soriano serait-il également médecin ?

Volkmar s'écarta de la surveillance vigilante d'Anna, mais elle le suivit pas à pas, sa mitraillette prête au tir, il sentait sa poitrine appuyée contre son dos.

— Il est avocat, juriste, si je tentais d'énoncer tous ses titres, il ferait jour... Mais c'est à Palerme que vous verrez se lever le soleil. Un ciel matinal au-dessus de la Sicile évoque une soie azurée. — Gallezzo considérait Anna d'un regard pénétrant. Aucune menace n'émanait plus d'Ernesto, il comprenait la situation, mais une femme amoureuse est une tigresse. — Il accepte l'invitation, répondit-il à Anna.

— En êtes-vous sûr ? — Volkmar alla vers la porte et

regarda dehors. Devant l'escalier se trouvait la jeep avec le corps de Luigi. Trois hommes s'étaient groupés autour et fumaient en toute tranquillité. — Que me veulent-ils ? reprit-il. Non pas eux-mêmes, si j'ai bien compris, mais leur *société* ? Est-ce exact ?

— Presque, Dottore. — Gallezzo eut un sourire suave, le même avec lequel il avait tranché l'oreille de Luigi. — Vous connaîtrez de beaux soirs avec de la musique, de la danse, des femmes élégantes. Et puis une jolie demeure au bord de la mer avec un grand parc sera mise à votre disposition. Maître Soriano est connu pour son hospitalité inégalable et ses fêtes.

— Don Eugenio ?

— C'est ainsi que l'appellent ses bons amis. Vous en ferez partie, Dottore. Pouvons-nous partir ?

— A une condition !

— Acceptée ! lança Gallezzo généreux.

Il avait les pleins pouvoirs.

— On ne touchera pas à un seul cheveu d'Anna ou d'Ernesto ! Je vous préviens que je provoquerais pour vous les pires difficultés si ce qui est arrivé à Luigi devait se renouveler !

— Ne t'en va pas ! cria Anna en se cramponnant à lui. Enrico, ne t'en va pas !

— Hélas, nous ne pouvons pas vous emmener, lui dit Gallezzo comme s'il en était inconsolable. — Puis il plongea la main dans la poche de sa veste et en sortit une liasse de gros billets qu'il déposa sur la table à côté de la mitraillette. — Un témoignage d'intérêt de la part de Don Eugenio, dit-il à Ernesto désemparé. Il y a exactement un million de lires...

— Ce n'est pas avec ça que vous ressusciterez Luigi ! hurla Anna. Assassins ! Assassins ! Un million pour le meurtre de Luigi ! Je crache dessus ! Je crache !

— Il sera difficile d'en faire une femme du monde, remarqua Gallezzo tristement. Venez, Dottore. Il faut vous montrer le lever du soleil sur Palerme !

Volkmar acquiesça d'un signe de tête, il se détourna, prit entre les mains la tête d'Anna et déposa un baiser sur ses lèvres. Elle laissa tomber son arme et l'entoura de ses bras en pleurant. Elle s'effondra sur le banc de pierre près du foyer, jeta une peau d'agneau sur sa tête et sanglota à l'abri de cette toison. Ernesto alla vers elle, l'entoura d'un bras et, de sa main libre, fit signe à Volkmar :

— Va ! dit-il. Va-t'en ! Elle y survivra. Il faut que tu sois parti lorsqu'elle pourra de nouveau réfléchir raisonnablement.

Le docteur Volkmar quitta le hutte de pierre et passant rapidement devant Gallezzo, il descendit l'escalier. Avec soulagement, il constata que l'on avait emporté le corps de Luigi. Gallezzo courait derrière lui comme un poulain. Il ne laissait rien paraître de ses préoccupations. Pourtant, le moment le plus critique l'attendait peut-être à l'aérodrome de Cagliari. La police n'y manquait pas de représentants. Mais il comptait que le docteur Volkmar tenait assez à la vie pour ne prendre aucun risque. Quatre heures plus tard, le jet privé à double réacteur tournait dans le ciel nocturne en décrivant un immense paraphe au-dessus de Cagliari. Puis il s'éleva à une altitude de six milles pour mettre le cap sur la Sicile.

Par la radio sur ondes courtes, on captait déjà Palerme. Le pilote mit le contact du haut-parleur de bord. Lorsque des craquements retentirent dans l'appareil, Gallezzo eut un sourire entendu :

— Ici, Soriano, dit une voix un peu hachée par les perturbations atmosphériques. Mon cher docteur Volkmar, je vous salue en qualité d'hôte et vous souhaite un bon vol. J'espère que vous vous plairez chez moi. Si vous souhaitez quoi que ce soit... il ne me semble pas possible que je ne puisse satisfaire vos désirs. Je me réjouis de notre breakfast tête à tête !

Il y eut de nouveaux craquements. Terminé. Gallezzo fit un signe de tête accompagné d'un sourire épanoui.

— C'est comme ça, dit-il comme un enfant parlant de son père tendrement aimé. Dottore, Palerme vous plaira !

L'avion du matin en provenance de Rome atterrit sur l'aérodrome de Cagliari. Il avait à son bord le docteur assistant, Angela Blüthgen.

Ce à quoi Volkmar ne se serait jamais attendu et ce qui, selon tout ce qu'il savait d'elle, ne lui ressemblait pas du tout, avait eu lieu. Lorsque Angela avait appris le drame qui se déroulait en Sardaigne, elle avait paru hors d'elle-même et s'était jetée dans le premier avion pour Rome et la Sardaigne.

C'était agir comme par acquit de conscience à bien considérer la situation, car que faire, alors qu'il était évident que le docteur Volkmar s'était noyé en mer?

— Je veux voir l'endroit où cela s'est passé, avait dit Angela... et même s'il fallait aller en Australie... il faut que je voie l'endroit... Non, je ne peux plus l'arracher à la mer. Mais je veux... vous ne pouvez me comprendre !

Il y eut une visite atroce à l'un des entrepôts de la police où l'on avait rassemblé les affaires de Volkmar. Pire encore fut de se trouver devant sa tente et sa voiture pour dire : « Oui, c'est bien sa tente, oui, c'est sa voiture. Oui, il a porté cette combinaison de sport ; nous avons parfois fait des courses d'endurance sur les bords de l'Isar, il s'en revêtait alors... Oui, ce sont ses chaussures... »

Le dimanche matin, pensait-elle. La veille au soir, ils avaient été au concert ou au théâtre, puis c'était le souper dans un restaurant excellent, le trajet jusqu'à Harlaching, une demi-bouteille de champagne, le lit et son corps chaud, musclé, cet embrasement de son sang, de ses nerfs, suivi de l'épanouissement de tout son être. Plus tard, en fumant une cigarette, elle lançait alors son affirmation-bouclier chaque fois qu'il parlait d'amour : « Il ne faut pas surestimer l'importance des incidences biologiques... »

O Heinz, Heinz, si je pouvais reprendre ces paroles idiotes ! Cette maudite pose à l'émancipation, cette idiotie ! Que m'ont-elles apporté ? Que suis-je maintenant ? Une veuve qui n'ose avouer son chagrin, oui, une veuve, car je suis brisée !

Assise sur le sable de la petite baie de Capo San

Marco, à l'endroit même où s'était dressée la tente de Volkmar, elle regardait au loin par-dessus la surface scintillante de la mer. Il y avait encore là une boîte de conserve... était-ce son dernier repas ? Elle ramassa la boîte de fer-blanc ouverte et regarda à l'intérieur, les lèvres serrées contre le bord déchiqueté. Elle ne se trouvait pas du tout puérile, pleurait dans son cœur et se détestait pour ses nombreux défauts.

Dans les montagnes, Anna et Ernesto avaient enterré leur frère Luigi. Qu'un homme meure ou soit tué, c'est un incident qu'il faut accepter. Mais lorsque à l'aube, ils examinèrent Luigi et qu'ils virent comment on l'avait tué, lorsqu'ils virent les coups de poignard, l'oreille tranchée, les plaies de son martyre, ils se regardèrent longuement, prièrent devant le mort et l'enterrèrent sous une pyramide de rochers.

— Donne-m'en la moitié ! dit Anna plus tard lorsqu'ils se retrouvèrent à table dans leur maison. — L'argent était posé entre eux. — J'ai droit à la moitié, il était aussi mon frère.

Ernesto acquiesça d'un petit signe de tête et se mit à compter les billets... un à droite, un autre à gauche et ainsi de suite... C'était un vrai partage. Cinq cent mille ! dit-il lorsque les tas de billets furent constitués. Prends !

— Merci, Ernesto !

Anna prit l'argent qui lui revenait et en bourra une sacoche de cuir qu'elle portait en bandoulière, puis elle la referma.

— Et puis ? lança Ernesto.

— Je m'en vais en Sicile ! dit Anna. A Palerme. Je le retrouverai ! Jamais je ne l'oublierai !

— Enrico ?

— Aussi. Mais il s'agit de l'autre, le type aux cheveux laqués.

— Cinq cent mille lires ne suffiraient pas à te le livrer.

— Ça suffira, quoi qu'il arrive, même s'il me faut devenir putain pour ça !

Elle alla vers le fourneau et posa une poêle sur le feu.

Ils avaient encore trois œufs et un peu de lard. Un bon petit déjeuner arrosé de vin par-dessus le marché. Hélas, la vie pourrait être si belle...

Dans la soirée, Ernesto revint de Sorgono où il avait été prendre chez Stracia les marchandises achetées par Luigi. Mais il n'avait dit mot de la mort atroce de Luigi et s'était borné à expliquer que son frère avait été tellement soûl qu'il n'était pas encore en état de chercher ses achats. Lorsqu'il atteignit la maison dans la vieille jeep et appela Anna, celle-ci ne parut pas : elle était déjà partie.

Il avait craint cette décision rapide. S'asseyant sur les marches de l'escalier, il considéra le ciel nocturne taché de nuées.

Dieu te garde, Anna, pensa-t-il. Madonna protège-la ! Me voici seul, moi, le dernier de ma famille. Madonna, protège-moi aussi.

Palerme, la nuit, du haut des cieux, est une révélation.

Le pilote fit perdre de la hauteur au jet. Il volait si bas au-dessus de la ville que c'était à croire qu'il allait effleurer les tours de la cathédrale illuminée par des projecteurs, ou encore l'église de San Giovanni degli Eremiti.

Il était interdit, il est vrai, de voler si bas au-dessus des toits, mais il fallait bien atterrir sur l'aérodrome qui était celui de l'appareil. Pourquoi ferait-on des difficultés lorsqu'il s'agissait de maître Soriano ? A quoi bon perdre son temps...

Sur la piste d'atterrissage, ils étaient déjà attendus par une grande limousine américaine. Un chauffeur en livrée d'un rouge sombre ôta respectueusement sa casquette et ouvrit la portière. Le docteur Volkmar et Gallezzo montèrent dans la voiture tandis que les trois autres messieurs s'en allaient à pied vers les bureaux de l'aéroport où, sur le parking, se trouvait en attente une Lancia d'un modèle courant.

Le trajet contournait Palerme par une route secondaire qui menait à la côte. « Nous avons aussi une autoroute qui va à Catane, expliquait Gallezzo, mais les autoroutes ne manquent pas en Allemagne et les routes en bordure de mer sont plus belles, même la nuit. »

Ils roulèrent au bord du golf de Palerme, aperçurent les bateaux sur la mer, les villas dans les bosquets de palmiers et les chaînes de projecteurs des installations portuaires, vrais colliers de perles lumineuses.

Puis brusquement, ce fut la solitude. Une route étroite tourna pour descendre vers le Capo Zafferano. Sur la toile de fond bleue des cieux nocturnes se découpèrent les puissantes ruines de Solunto. Au loin, le rayon d'un sémaphore en mer balayait les flots. Un haut mur blanc suivait la route sur la droite.

— Le parc ! lança Gallezzo fièrement. Maître Soriano dispose du plus beau parc de Sicile. Plus de cent jardiniers irriguent les plates-bandes et les corbeilles de fleurs. Il a même fait creuser un lac artificiel, seulement on ne peut pas y aller en bateau, car il y a fait mettre des crocodiles. — Gallezzo souriait gentiment. — Maître Soriano est un ami des bêtes et s'il suivait ses goûts il installerait un zoo ! J'ai déjà assez de singes, dit-il... C'est à nous qu'il pense en parlant ainsi. Quel gai luron, Don Eugenio...

La voiture s'engagea dans une large avenue, franchit une grande grille de fer forgé aux deux battants ouverts et passa silencieusement devant une imposante maison qui ressemblait à un palais mauresque. Devant la haute porte d'entrée en glaces, des torchères brûlaient, tandis que deux domestiques en livrée blanche impeccable attendaient l'invité de marque.

D'un point difficile à situer, dans quelque arrière-cour entourée de bâtiments cubiques couronnés de jardins suspendus, montait un grondement sourd. Le docteur Volkmar sortit de la voiture avec une expression d'étonnement.

— Ce sont quatre lions, Dottore, expliqua Gallezzo. Je vous le répète, Don Eugenio est un passionné des animaux. Nous avons ici une ménagerie avec une vaste cour où les lions folâtrent en liberté. Pendant la nuit, ils sont évidemment encagés, si l'on peut dire car Don Eugenio leur a fait bâtir une maison qui... ne m'en veuillez pas, Dottore... est peut-être plus belle que la vôtre.

— Certainement, d'autant plus que je n'en possède pas. Sans doute que l'argent, ici, compte pour rien.

— Ou pour peu de chose.

Gallezzo eut un large sourire.

— Naturellement, il faut le gagner, mais c'est une joie de travailler pour maître Soriano.

— Dire qu'on permet cela ! lança Volkmar.

Le rugissement des lions se tut.

— Qui donc pourrait interdire quoi que ce soit à Don Eugenio ?

Gallezzo prit les devants. Ils pénétrèrent dans un vaste hall climatisé, dans le style oriental aux colonnes délicatement ciselées et aux cloisons en stuc très fouillé à la mode marocaine. Sur le dallage de marbre blanc se succédaient des tapis d'une splendeur de rêve. Des lampes dorées déversaient une lumière douce, bienfaisante, quasi érotique. Un majordome aux épaulettes dorées comme celles d'un général d'opérette s'avança à la rencontre du docteur Volkmar d'un pas solennel. Gallezzo rit doucement.

— C'est le butler, Dottore. Un vrai, importé d'Angleterre, Mr Reginald Worthlow. Ce qui le trouble, c'est son uniforme. Don Eugenio a dû patienter six mois pour lui faire abandonner son raide habit de butler britannique. Mais il a gardé la démarche d'un homme portant son dinner-jacket rayé !

Mr Worthlow s'inclina avec une extrême distinction, assena à Gallezzo un regard méprisant et s'adressa au docteur Volkmar en allemand :

— Puis-je vous montrer vos appartements, Monsieur le Docteur ? dit-il. Voulez-vous me suivre, s'il vous plaît ?

— Vous parlez allemand, Mr Worthlow ? lança Wolkmar agréablement surpris.

— Je parle sept langues, répondit-il. Dans laquelle préférez-vous que je m'adresse à vous ?

— Que choisissez-vous vous-même, Worthlow ?

— Les invités ont le droit d'avoir des préférences, pas

moi... — Mr Worthlow eut un sourire discret : — La langue dont on se sert habituellement dans cette maison est l'italien, mais nous nous conformons naturellement au choix de l'invité.

— Alors mettons-nous d'accord, Worthlow, dit Volkmar cordial. Avec vous, je parlerai anglais, autrement je m'exprimerai en italien.

— Vous êtes trop bon, Sir... — Worthlow précéda Volkmar ; ils gravirent de larges escaliers de marbre et suivirent de somptueuses galeries à colonnes entourant des cours intérieures jusqu'à ce qu'ils eussent atteint un vaste vestibule meublé de groupes de fauteuils entourant un bar. Mr Worthlow s'arrêta et désigna une série de portes aux panneaux ouvragés : — Votre « suite », Sir. Nous sommes ici dans le hall central. La porte au fond à gauche est celle de la bibliothèque, à côté se trouve une sorte de cabinet de travail suivi d'un salon avec chaîne stéréo et télévision. La porte qui se trouve tout à fait sur la droite est celle de votre chambre à coucher suivie d'une salle de bains. Vous disposez aussi d'une petite piscine avec terrasse contiguë. Vous y avez vue directement sur la mer.

— Formidable ! Et tout ça pour un unique invité ?

— Nous avons dans notre complexe quatre maisons d'hôtes semblables, Sir. Mais celle-ci est la plus belle.

— Et les lions ?

— Se trouvent de l'autre côté, il ne faudrait pas que les invités soient dérangés par leurs rugissements. — Worthlow longea le fond du hall et ouvrit toutes les portes en prenant soin de donner chaque fois de la lumière dans les pièces. Jamais encore le docteur Volkmar n'avait vu une telle exhibition de luxe, pas même dans un film. — Dans chaque pièce, vous trouverez un téléphone qui vous permettra d'appeler un valet ou moi-même, Sir.

— Ce sera sans doute nécessaire, Worthlow ! dit Volkmar avec un rire un peu hésitant. Tout seul, je me perdrais ici et j'en arriverais à atterrir tout de même chez les lions !

— Pas encore, Sir... répondit Worthlow dignement.

Wolkmar tourna vivement la tête, mais les yeux de Worthlow avaient une expression neutre, glaciale, ainsi qu'il convient à un butler britannique.

— Le téléphone n'est qu'un téléphone intérieur, Sir, ajouta Worthlow.

— C'est ce que je pensais.

— Si vous voulez téléphoner dans les bureaux, je vous donnerai volontiers la communication.

— Après en avoir demandé l'autorisation à Don Eugenio ?

— Nous respectons une certaine discipline intérieure. Sir, vous n'avez pas de bagages ?

— Demain, je serai habillé de pied en cap, Worthlow.

Le docteur Wolkmar pénétra dans sa chambre à coucher — une salle de bal dotée d'un lit d'apparat à deux places sur lequel était étalée une couverture de vison blanc. Les miroirs encastrés dans les murs revêtus de stucs mauresques lui renvoyaient de tous les côtés son image. Derrière une porte en glaces, éclairée par un réflecteur placé au-dessus de la surface, luisait l'eau de la piscine. Des palmiers, des buissons fleuris ondulaient sur les toits en terrasses au gré du vent de mer. Des sièges blancs, commodes, aux épais rembourrages, étaient placés autour de la piscine au-dessus de laquelle une marquise avait été repliée.

— Un conte de fées ! constata Volkmar d'une voix oppressée. J'ignorais qu'il y avait des lits aussi vastes.

— Sur le plan des divertissements personnels aussi, les désirs de nos hôtes sont à tout instant réalisables, Sir.

— Tiens ! Vous avez dit ça avec une incomparable élégance britannique, Worthlow. Mais dès à présent, je vous remercie. Je n'aurai pas de désirs à vous faire connaître.

Worthlow s'inclina et s'éloigna d'un pas mesuré. Il ferma sans bruit la porte de l'immense hall. Volkmar erra dans la chambre en s'arrêtant par moments en proie à l'indécision. Il se demandait si Gallezzo ne reparaîtrait pas, mais il semblait bien qu'on préférât le laisser seul avec ses réflexions. Il fallait du temps, même pour un homme comme le docteur Volkmar, avant de dominer les impressions d'une telle ambiance.

Il alla vers le bar qu'il trouva — pouvait-il en être autrement ? — parfaitement installé. Rien n'y manquait. En appuyant sur un bouton électrique, on faisait jaillir le nombre de cubes de glace désiré pour un cocktail ou un longdrink. Dans un percolateur automatique, l'eau bouillait.

Volkmar se décida simplement pour une vodka au bitter lemon et alla s'asseoir dans l'un des fauteuils profonds recouverts de brocarts mauresques. Il but son verre lentement et bien qu'il ne fût pas buveur, il sentit soudain que les premières gorgées le détendaient intérieurement. Il comprit nettement sa situation : on l'avait enfermé dans la plus somptueuse des prisons, un palais-cage !

Mais pourquoi ? Un maître Soriano n'avait nul besoin d'échanger un chirurgien allemand contre une somme d'argent dérisoire. Ce que l'on pouvait réclamer comme rançon pour le médecin enlevé n'atteignait pas ce qu'avait pu coûter cette piscine ! C'était, certes, une affaire peu digne d'intéresser un maître Soriano !

Alors pourquoi ?

Volkmar se leva, fit tinter les glaçons dans son verre et inventoria ses appartements. Près de la chaîne stéréo se trouvait un coffret sculpté rempli de disques. Il choisit Beethoven joué par Sviatoslav Richter au piano et s'assit au bord de la piscine en essayant de mettre de l'ordre dans ses idées.

Quel intérêt pouvait avoir la Maffia à l'égard d'un médecin allemand ? Si maître Soriano était malade, il avait à sa disposition les meilleurs médecins de l'univers. Avec son jet personnel, il pouvait les ramener à Palerme de tous les coins du monde. Les honoraires ne comptaient pas. Fallait-il que ce soit absolument un chirurgien allemand qui risquait d'utopiques et passionnantes expériences dans le domaine des transplantations ?

Le docteur Volkmar ne trouvait pas de réponse à toutes ces questions. Il se résigna donc à patienter momentanément, s'étendit sur le lit monumental dans la douceur du vison blanc et essaya de dormir.

Pour la première fois, un concerto de Beethoven agit sur lui comme un somnifère.

Il avait bien dormi, beaucoup nagé, contemplé la mer par-dessus le mur de son jardin en terrasse, il avait, le matin venu, répété la visite de *sa demeure* et plus encore que pendant la nuit, il avait été stupéfait d'admiration pour l'harmonie qui unissait l'architecture à la décoration intérieure.

Mr Worthlow parut après avoir déclenché un carillon de sonnettes en ouvrant la porte du grand hall, carillon qui remplaçait le timbre. Volkmar lui avait ouvert. Worthlow apportait sur un plateau un rasoir électrique avec un choix d'eaux de toilette françaises, de crèmes et même de poudres...

— Le breakfast est prêt, Sir, dit-il en déposant son grand plateau dans la salle de bains.

Volkmar secoua la tête en examinant ces divers produits de beauté :

— Cela existe donc aussi pour les hommes, Worthlow ?

— Une esthétique heureuse n'est pas l'apanage d'un seul sexe, Sir...

Et Worthlow passa une brosse à habits sur les vêtements assez fripés de Volkmar. Geste touchant qui signifiait que dans toutes les situations un gentleman reste un gentleman.

Après un parcours à travers des patios à ciel ouvert où clapotaient les fontaines dans des coupes de marbre étagées, ils atteignirent la terrasse d'où un escalier menait dans le parc. Sous un vélum de soie orangée se trouvait une table ronde toute servie ; l'argenterie y brillait au soleil. A droite et à gauche d'une grande porte qui menait à l'intérieur du bloc architectural principal, se tenaient les deux valets en livrée blanche.

Lorsque le docteur Volkmar arriva sur la terrasse, un homme mince, de taille moyenne, se leva d'un fauteuil placé devant la table. Sa chevelure bouclée luisait d'un blanc azuré comme les glaciers au lever du soleil. Autrement, il ne présentait aucune particularité remarquable. Il portait un simple pantalon blanc, des souliers de cuir blanc, une chemise blanche aux larges raies d'un rose pâli, ses manches étaient roulées jusqu'au coude, son col avait trois boutons ouverts. Sur sa poitrine velue aux poils blanchis, un médaillon incrusté de rubis était suspendu à une chaînette d'or. Différemment des autres riches Italiens, il ne portait pas de brillants aux doigts ni de gourmette d'or au poignet. Ses mains étaient nues pour un Méridional, ce qui avait tout l'air dans cette région et ce milieu d'une provocation à la modestie, à la discrétion.

Tel était maître Eugenio Soriano.

D'un pas ailé, il avança à la rencontre du docteur Volkmar en lui tendant les bras, comme à un frère qui revient de loin.

— Soyez le bienvenu ! s'écria-t-il d'une voix au timbre vibrant de sincérité. Pardonnez-moi de vous parler dans ma langue maternelle, car mon allemand est pitoyable pour une oreille germanique ! Mais je sais que vous parlez fort bien l'italien. — Il saisit les deux mains de Volkmar et les secoua : — Soriano, ajouta-t-il.

— Je m'en doutais. — Volkmar jeta un regard au parc immense. Par-dessus ses murs, on apercevait les ruines de Solunto. Un ciel de soie... Gallezzo n'avait pas menti. Seuls, les lions et les crocodiles troublaient Volkmar. — Un paradis, dit-il distraitement en suivant Soriano qui retournait vers la table ronde où Worthlow versait déjà le café. — Qu'est-ce qui me vaut cette distinction ? reprit le médecin.

— Je vais tout de suite vous l'expliquer. Je suis loyal. — De toute évidence, ce n'était pas un sarcasme, Volkmar s'en rendit compte avec ébahissement. — Mais déjeunons d'abord, reprit l'hôte. J'ai commandé pour vous un breakfast reconstituant composé d'œufs, de saucisson, de viande froide et de fromage. Quant à moi, je préfère les repas légers de pain et de laitages, avec des fruits et peut-être une tomate, le tout accompagné d'un espresso. Mais vous ne serez pas privé de votre petit déjeuner allemand, cher Docteur Volkmar !

Ils s'installèrent autour de la table. Les deux domestiques, plantés de chaque côté de la porte, disparurent à l'intérieur des appartements. Worthlow fit le service en silence, c'était à peine si l'on remarquait sa présence. Soriano, qui s'était enfoncé dans son fauteuil, grignotait un morceau de fromage. Volkmar cédant à une faim farouche posa une grosse tranche de roast-beef froid sur un petit toast. Soriano parut satisfait de ce spectacle.

— Le tailleur sera là dans une heure, reprit Soriano. Deux maisons de vêtements masculins vous procureront le nécessaire, des chaussures au linge de corps, car, pauvre malheureux, vous avez tout perdu.

— Cela a dû rester dans ma tente plantée à Capo San Marco, en Sardaigne. Je n'ai qu'à aller récupérer le tout !

— Vous vous êtes noyé, vous le savez bien ! On a pu le lire dans tous les journaux. Un noyé ne saurait revenir subitement à la vie.

— On pourrait expliquer cette erreur.

— Mais pourquoi, mon cher Docteur ? Quel affolement causerait ce coup de théâtre !

Volkmar déposa son toast sur son assiette. Soudain, celui-ci avait un goût amer, une terrible révélation s'imposait à lui. En parler exigeait déjà un grand effort et beaucoup de domination de soi.

— Vous voulez me faire entendre que je suis mort à jamais ?

— Devons-nous provoquer des conflits violents dans ce qui fut l'univers de votre passé ?

— Il me faudra vivre chez vous jusqu'à la fin de mes jours ?

— Vous déplairiez-vous chez moi ? Que vous manque-t-il ? Dites-le... on vous le procurera aussitôt !

— La liberté.

— Vous l'avez. — Soriano sourit suavement en sirotant son espresso. Il avait des gestes élégants, presque précieux. — Est-ce que l'espace vital que je vous offre ne serait pas assez vaste pour un seul homme ? Qui donc dispose d'autant d'espace et de luxe en dehors d'ici ? Qui donc voit chacun de ses vœux exaucé ? Vous n'avez qu'à parler... La liberté ! Qu'est-ce que la liberté ? Il n'y a rien de plus relatif que la conception de la liberté ! Il faut à l'un une chambrette meublée, à l'autre tout un État !

Mr Worthlow versa encore du café. Mais Volkmar ne buvait plus :

— Que prétendez-vous faire de moi, Don Eugenio ? demanda-t-il.

Soriano semblait s'amuser à s'entendre appeler Don par Volkmar. Il croisa les jambes.

— Vous ferez la connaissance de quelques-unes des personnalités les plus importantes de la Sicile, dit-il. Il se trouve même parmi elles un conseiller d'État.

— Alors rien à espérer de l'avenir ! répondit Volkmar sèchement.

Soriano fit un signe de tête joyeux. Il avait un penchant pour l'humour noir.

— Au repas de midi, vous aurez l'occasion de faire la connaissance d'un collègue, le docteur Pietro Nardo, chirurgien comme vous. Il est directeur officiel de l'une des maisons de retraite que j'ai fondées, mais sa principale activité, qu'il exerce avec tout un groupe de médecins, est consacrée aux transplantations d'organes, surtout à des transplantations cardiaques.

— Voilà qui est dit enfin ! lança le docteur Volkmar d'une voix sourde. C'est donc la raison...

— Oui.

— Et pourquoi ce passage par un tunnel ? Avec votre argent, vous pourriez établir tout un centre de recherches !

— Ces moyens seront mis entre vos mains, Docteur Volkmar. — Soriano éleva en l'air sa tasse à café. Mr Worthlow continuait à verser de l'espresso. — Et pourquoi dans ces conditions ? On vous expliquera ça à l'issue du déjeuner. A quinze heures, le Grand Conseil se réunira.

— J'ai déjà lu quelque chose d'analogue. — Volkmar avalait péniblement sa salive : le parlement de la

Maffia, pensait-il, les chefs de toutes les « familles ». — Un Conseil introuvable dont les décisions influencent même la conduite de l'État.

— Lu ! dites-vous ? s'écria Soriano. Qu'est-ce que cela ? Vous les connaîtrez tous personnellement. Des hommes remarquables doués du regard cosmopolite pénétrant ! Je vous garantis que vous vous plairez dans notre cercle d'amis.

Le docteur Volkmar ne répondit pas. Une apparition qui s'accordait à ce paradis lui coupa le souffle. Par le vestibule orné de deux rangées de colonnes, une jeune fille venait vers eux. Sa longue robe blanche se gonflait dans le vent, parsemée de grandes fleurs rouges, aussi transparente dans le soleil qu'un voile, révélant qu'elle portait sur son corps parfaitement formé un bikini doré. Sa chevelure noire, luisante comme de la laque, descendait jusqu'à ses hanches et ondoyait à chacun de ses pas. Des yeux brun-vert en forme d'amande dominaient son visage, ses lèvres s'arquaient comme des pétales d'un rouge éclatant.

— Ma fille, dit Soriano. Ma fille Loretta.

Il faut pardonner quelque maladresse à un homme aussi fasciné par une femme. Lorsque le docteur Volkmar se leva d'un seul élan, il renversa la cafetière d'argent.

Mr Worthlow posa aussitôt une serviette sur la grande tache brune. Loretta resta immobile devant le docteur Volkmar et lui tendit sa main fine. Elle ne portait qu'une bague : un rubis limpide large comme un pouce, qui reflétait les rayons du soleil.

— C'est le docteur Volkmar, dit Soriano en prenant sur le plateau des fromages un morceau de fromage de brebis.

— Papa m'a parlé de vous et j'étais vraiment curieuse de vous connaître. — Elle sourit, lorsque Volkmar, très gauchement encore, lui baisa la main. — Vous aimez Beethoven, Dottore ?

Volkmar se sentit rougir.

— J'ai fait trop de bruit, la nuit dernière ? demanda-t-il en retenant involontairement la main de Loretta dans la sienne.

Elle ne la lui retira pas. Sa chevelure répandait une fragrance suave et âpre à la fois.

— Vous aviez ouvert votre porte donnant sur la terrasse. Mon appartement est proche du vôtre, moi aussi je dors volontiers la fenêtre ouverte.

Worthlow poussa un fauteuil vers Loretta et alors seulement, lorsqu'elle voulut s'asseoir, Volkmar vit qu'il retenait sa main d'une étreinte solide. Il ne savait pas s'il devait s'en excuser et il ne réussit qu'à sourire niaisement. Il attendit que Loretta se fût assise et eût des deux mains éparpillé sa longue chevelure sur ses épaules. Alors il s'assit aussi.

— Je vous ai donc réveillée ? demanda Volkmar se retenant désespérément à Beethoven.

Il se creusa en vain la cervelle pour y trouver d'heureuses tournures de phrases et des sujets de conversation. Les yeux de Loretta l'irritaient et augmentaient sa timidité, dont il n'avait jamais encore subi les effets, surtout pas en face d'une femme. Elle le regardait franchement avec un intérêt évident.

— J'aime Beethoven, dit-elle. C'était Richter qui jouait, n'est-ce pas ? J'ai tout de suite reconnu son toucher !

— Loretta a été élevée dans un couvent par des religieuses du Cœur sanglant de Marie. — Maître Soriano tendait sa tasse à Worthlow. — Ces sœurs se sont entendues à martyriser leurs élèves en les accablant de leur enseignement étouffant. Il est remarquable qu'elles n'en aient pas supprimé Beethoven. Car ce génie était plutôt coléreux et savait dire merde à l'occasion.

— Papa !

Loretta semblait supporter difficilement le soleil matinal. Elle ouvrit sa robe de gaze et la fit glisser de ses épaules ; le bikini doré scintilla sur son corps souple et bronzé.

— Elle estime que je suis vulgaire ! reprit Soriano. Avec ça, je suis président du cercle culturel parlermitain et mécène des représentations d'opéras nouveaux. La vie vous glisse des doigts, Dottore, surtout si l'on est avocat ! On ne voit qu'injustices et crimes et l'on est tenté de dire : il n'est pas un individu au monde qui n'ait son bâton merdeux. Même Loretta a ses travers : elle a volé des fruits dans la cuisine du couvent !

— J'avais faim !

— On était en carême !

— C'était Richter, en effet, dit Volkmar.

Soriano le regarda décontenancé : — Vous dites ?

— Sviatoslav Richter, le pianiste, votre fille me posait une question à son sujet.

— Ah ! vous en êtes encore là !

Il jeta un regard à Mr Worthlow. Le butler consulta la montre qu'il avait dans son gousset suspendue à une chaîne d'argent.

— Encore dix minutes, Sir.

Soriano se leva, grignota encore une miette de fromage et plongea ses mains dans un rince-doigts où flottait une rondelle de citron. Worthlow lui tendit une grande serviette pour qu'il essuie ses mains.

— Voulez-vous me suivre, Docteur Volkmar ? dit-il ensuite. On va distribuer leur pitance aux lions et aux crocodiles. Avez-vous déjà assisté à ce spectacle ? C'est grandiose !

— Je ne voudrais pas abandonner ainsi Signorina Loretta...

Volkmar se rendait compte de la niaiserie de son refus, mais il était totalement désemparé. C'est à vous dégoûter de tout, pensait-il, faut-il qu'à quarante-deux ans, moi médecin, je me trouve ici, réduit à désirer le corps d'une femme à demi nue, comme un misérable puceau ? Il tenta de s'imaginer, comme pour y trouver un refuge, le corps d'Angelina Blüthgen, mais sans en retirer le moindre soulagement. Chez elle, tout avait été si peu compliqué et l'on savait à l'avance le déroulement de la nuit jusqu'au lendemain matin. Quant à ses autres expériences amoureuses, elles avaient été analogues : tendresse et abandon, serments auxquels nul ne croyait et que l'on oubliait d'ailleurs rapidement.

Avec Loretta, tout semblait dès à présent totalement différent. Ses yeux brun-vert en amande regardaient Volkmar comme si elle lisait dans ses pensées. Le vent de mer chaud et chargé de sel se jouait dans sa chevelure.

— Je vais avec vous, dit-elle de sa voix caressante.

Elle se leva, jeta sur ses épaules une gandoura de gaze. Volkmar se leva d'un seul élan, elle posa une main sur son bras et il crut sentir ses doigts appuyer doucement sur son épiderme. Mais ce pouvait être une erreur. Cependant, Volkmar était prêt en cet instant à croire bien des choses qu'il eût traitées jadis de phantasmes de la puberté. La présence de Loretta le paralysait. Oui, c'est le mot exact, pensait-il, et c'est vrai médicalement, mon cerveau se trouve ramolli, paralysé ! Je ne peux plus réfléchir à quoi que ce soit, je ne suis plus qu'*yeux !* Je ne vois plus qu'elle. Rien ne compte plus et le pis est qu'on est incapable de se défendre contre un état aussi amoindrissant !

Maître Soriano les précéda. Worthlow resta en arrière pour surveiller les domestiques qui desservaient la table du petit déjeuner.

— Nous commencerons par les crocodiles, dit Soriano. Ils passent pour d'immondes créatures aux yeux de la plupart des gens.

— Dont je fais partie, déclara Loretta.

Le docteur Volkmar frémit lorsqu'elle passa son bras sous le sien. Ils avancèrent d'un même pas, serrés l'un contre l'autre. Lorsqu'il tournait un peu la tête, il voyait la rondeur de ses seins dans le soutien-gorge de son bikini doré, la ligne fuyante de son corps, le petit triangle doré qui cachait son sexe et ses longues jambes qui semblaient effleurer à peine les dalles de marbre. Elle plane, pensait Volkmar. Voilà où j'en suis déjà ! Je suis assez fou pour le croire. Cependant, on ne l'entendait pas marcher. Aucun claquement de ses hauts talons dorés. Elle doit peser tout juste un peu plus de cent dix livres, pensait-il. Comment parvient-elle à marcher dans un tel silence ?

C'est à peine s'il vit le parc merveilleux, mais lorsqu'ils se trouvèrent devant un grand étang et virent les lézards géants déambuler dans leur armure cornée sur les pentes d'une petite île pour se précipiter dans l'eau avec de grands claquements de queue et avancer vers eux dans les remous de leur nage rapide, Volkmar s'arracha tout de même à la contemplation de Loretta.

Deux hommes portant des tabliers de caoutchouc arrivaient poussant une grande charrette chargée de quartiers de viande sanguinolents qui s'égouttaient sur leurs chaussures. Avec un trident, ils piquaient les morceaux dans l'amoncellement de viandes dont ils jetaient de grosses portions dans l'étang. L'eau bouillonnait, des masses blindées de plaques de corne s'élançaient au-dessus de la surface, des gueules armées de rangées de dents acérées se jetaient sur la viande saignante et la hachaient menu. Des os craquaient avec un pincement caractéristique, des blindés reptiliens se heurtaient avec dans leurs yeux à fleur de tête une lueur meurtrière... Du sang, du sang, du sang.

— Nous consommons chaque jour deux bœufs, expliqua Soriano. Nous avions d'abord donné de la viande de cheval, mais depuis que Loretta est devenue une écuyère enthousiaste, nous avons changé de menu ! D'ailleurs, Loretta apprécie aussi les steaks !

Soriano rit, bon enfant. Deux énormes crocodiles se battaient pour un quartier de viande et s'ils avaient l'air de jouer, on comprenait vite qu'il s'agissait d'une lutte à mort.

— Il faut vous habituer aux sarcasmes de Papa, Dottore, dit Loretta en serrant sous le sien le bras de Volkmar. Moi non plus, je n'aime pas ces bêtes, je les déteste !

Soriano observait la lutte des deux sauriens comme s'il s'agissait d'un combat sportif. Lorsqu'ils se jetaient sur les lambeaux de chair sanglants et se barraient réciproquement le passage de toute leur masse couverte de plaques luisantes et leurs queues en dents de scie, en ouvrant leurs gueules effrayantes pour les refermer aussitôt, il remontait rythmiquement ses sourcils en penchant la tête de côté tout à sa contemplation béate.

Le docteur Volkmar allait dire que ce spectacle avait assez duré, lorsqu'il découvrit quelque chose dont la réalité ne lui parut pas tout d'abord admissible. Cependant, sa conscience de médecin se rebella contre toute tentative de nier cette constatation... Il tenta de se raisonner : ce n'est pas vrai ! Tu t'es trompé ! Tourne la tête, tu n'as rien vu ! Tu fais erreur.

— Et maintenant les lions ! entendit-il dire à maître Soriano.

— Est-ce obligatoire ? répliqua Volkmar. Votre demeure offre des visions plus agréables.

— Avez-vous déjà observé sérieusement un fauve, Dottore ? Cette puissance, cet instinct préhistorique, cette cruauté impitoyable, cette conscience radieuse d'être plus fort que tous les autres et grâce à cela de posséder la certitude de les dominer tous ? Mais j'obéis à vos désirs, vous êtes mon hôte et vous devez vous sentir à votre aise sous mon toit. Loretta non plus n'aime pas les lions. Il est remarquable de constater combien une fille peut être différente de son père. Dès l'enfance déjà, je jouais avec des chats revenus à l'état sauvage dans la vieille ville de Palerme et je n'ai jamais été mordu. Ainsi, que me proposez-vous, Dottore ?

— Que diriez-vous d'une séance de nage ? lui demanda Loretta en se suspendant de nouveau au bras de Volkmar. Papa ne pourrait pas nous suivre dans l'eau, car il ne nage jamais, tout en étant possesseur du yacht le plus cher de toute la Sicile ! Que se passerait-il s'il tombait à la mer ?

— On le sauverait ! répondit Volkmar en regardant l'endroit exact qui l'avait tellement troublé. Il n'y a pas de crocodiles en Méditerranée...

Soriano jeta un vif regard à l'adresse de Volkmar. L'espace d'une seconde, son visage se pétrifia, puis il revêtit son sourire radieux et habituel.

— Allons, c'est d'accord, vous nagerez en compagnie de Loretta et je vous regarderai avec plaisir.

Il les précéda. Ils atteignirent la terrasse où se trouvaient à présent des chaises longues capitonnées. Un grand bar avait été poussé sous la marquise.

Mr Worthlow « mixait » déjà trois « drinks ». Il savait le cordial qui était nécessaire à quiconque revenait de la contemplation des crocodiles.

— Je vais me changer, dit Loretta en se détachant du bras de Volkmar.

— Vous portez pourtant un bikini de rêve !

Volkmar l'aida à revêtir sa robe de gaze.

— Il y a de l'eau de mer dans la piscine, elle ne convient pas au lamé d'or !

— Quelle fille économe ! constata Soriano lorsque Loretta se fut éloignée en planant, dans le sens le plus exact du terme. Il prit le cocktail des mains de Worthlow et le passa à Volkmar.

— Elle a hérité ça de sa mère. Marie-Hélène ma femme — que le sauveur l'ait en sa sainte garde ! — était issue d'une famille de bourgeoisie ancienne de Trapani. Elle a porté toute une décennie le même voile pour se rendre à la messe dominicale, même lorsque déjà j'avais bâti cette maison-ci. Elle est morte de leucémie voici trois ans. Je lui ai fait faire un cercueil d'or comme pour un pharaon, que j'ai placé dans un mausolée en marbre de Carrare. Je l'ai beaucoup aimée. C'était une sainte. Loretta a hérité quelques-unes de ses qualités.

— Espérons qu'elle tient d'elle la plupart de celles-ci, dit Volkmar en appuyant sur le double sens de sa réponse.

Soriano leva les sourcils :

— J'ai l'impression, Docteur, que vous ne vous sentez pas à l'aise chez moi, ce qui m'afflige. Que puis-je faire pour vous ?

— Contre le bord de l'étang des crocodiles se trouvaient deux os... Volkmar fit une profonde aspiration et avala son cocktail d'un trait — ... qui n'étaient autres qu'un os d'avant-bras humain et une omoplate de même provenance.

— Vraiment ? lança Soriano impavide.

— Vous pouvez faire confiance à mes connaissances anatomiques.

— Qui les mettrait en doute, Docteur ? Naturellement, un chirurgien reconnaîtra aussitôt un humérus et une omoplate. Oh ! voici Loretta... Sa mère aussi était une beauté, un peu plus épanouie seulement jusqu'à ce que la leucémie la ronge.

— J'attends vos explications, Don Eugenio.

— Worthlow vous remettra un caleçon de bain.

— Inutile, j'en ai un sur moi. Lorsqu'on m'a kidnappé, j'allais me coucher avec.

Loretta portant un bikini très collant et tout blanc se tenait sous les rayons éclatants du soleil, contre le rebord de marbre de la grande piscine et des deux bras leur adressait des signaux.

— Ceci encore, reprit Soriano d'une voix paisible en regardant au fond de son verre de cocktail, Loretta épousera un riche et honnête homme, elle aura toute une bande d'enfants et deviendra une brave mère de famille italienne. Elle est mon unique enfant.

— Je comprends, Don Eugenio.

— Vous êtes, d'ailleurs, un homme d'une haute intelligence, Dottore... Eh bien, allez vous jeter à l'eau ! Dans une demi-heure, le tailleur et deux messieurs arriveront qui feront de vous un homme d'une élégance suprême.

A quinze heures, le Grand Conseil s'était rassemblé dans la salle à manger.

Deux hommes eussent été heureux d'avoir l'autorisation d'y assister : l'éditeur du Bottin mondain italien et le premier procureur de la ville de Rome. Tant de personnalités connues, célèbres même, qui se trouvaient être en attente d'une condamnation à un emprisonnement à vie, se trouvaient rarement réunies. Seuls les problèmes les plus délicats occupaient le Grand Conseil. Par exemple, lorsque les U.S.A. renvoyaient un « Don » qui se voyait obligé de se cacher pour quelque temps au sein de son pays natal bien-aimé, ou encore s'il s'agissait de coordonner le trafic de l'opium ou d'ouvrir à la drogue des marchés nouveaux. La dernière fois que le Grand Conseil s'était réuni dans la maison de maître Soriano, afin de discuter de l'entrée dans une nouvelle activité des plus prometteuses, il s'agissait du trafic de matières chimiques destinées aux combats modernes. Mais on ne put aboutir à une conclusion. Mis à part deux membres du Conseil, l'unanimité s'était faite sur la constatation selon laquelle les limites de l'activité de l'honorable société se trouvaient là où le danger d'autodestruction menaçait. En revanche, on avait acheté une fabrique pharmaceutique en France, par l'entremise d'une société française par actions, naturellement, dont le comité de direction était contrôlé par la « Société », et qui produisait principalement un médicament puissant contre la douleur sous forme de gouttes ou de pastilles et qui n'était pas soumise au contrôle sévère de la loi contre les stupéfiants. La marge bénéficiaire était énorme, la clientèle s'enfla à vue d'œil comme une avalanche. Nul ne dit mot par la suite des accidents du système biliaire qui s'ensuivirent.

Il arrivait donc rarement que le Grand Conseil se réunît. Et cette fois, il s'agissait seulement d'examiner d'un œil critique le docteur Volkmar. Des tailleurs d'élite avaient fait de lui, en l'espace d'une heure, un homme qui pouvait orner par sa prestance la couverture d'un journal de la mode masculine. Il portait un costume blanc finement rayé de noir coupé sur mesure, une chemise noire et une cravate de soie blanche, des chaussettes blanches et des souliers de cuir blanc si moelleux et légers qu'il croyait marcher pieds nus. Ensuite, on lui avait confié deux smokings, l'un d'un gris argenté avec jabot brodé et, naturellement aussi, l'obligatoire tenue du soir de teinte crème. Les pantalons noirs étaient tissés dans la laine la plus fine et la plus légère, et les escarpins de cuir verni qui les accompagnaient avaient un chic inégalable. Le docteur Volkmar, lorsque le tailleur et ses acolytes se furent éloignés, se retrouva devant la grande psyché de sa salle de bains considérant son reflet d'un œil critique. Derrière lui, Worthlow emballait son ancienne défroque dans un carton. On la brûlerait, car elle offensait l'ordonnance raffinée de la maison.

— Worthlow, dit Volkmar pensivement, soyez franc ; n'ai-je pas l'air d'un gangster ?

— Vous avez une silhouette qui supporte l'élégance, Sir, répondit le butler. Si je puis me permettre cette remarque, je dirais que je ne voudrais pas être une femme qui vous rencontrerait...

— Que se passe-t-il ici, Worthlow ?

— Sir, nous n'avons plus que dix minutes...

— Vous savez ce qui se passe ici ?

— Oui, Sir.

— J'ai remarqué quelque chose...

— Il convient dans cette maison de garder son cerveau et son cœur comme un trésor où l'on enferme ses observations... surtout au moment où l'on y est intégré...

— Je n'y suis pas intégré ! — Qu'est-ce que cela pouvait bien signifier encore ? Volkmar sortit dans la vaste antichambre précédant ses appartements. Worthlow le suivait, le carton sous le bras. — Et je n'ai pas l'intention de me laisser par la suite « intégrer » comme vous dites, ni par le moyen de costumes flatteurs ni par celui de l'argent ou de la jolie Loretta ! Worthlow, comment une fille telle que Loretta peut-elle jouer ce jeu ?

— Miss Loretta ne se doute de rien.

— Elle n'est tout de même pas aveugle !

— Depuis sa naissance, elle est traitée comme un ange. Son univers a toujours été beau, pur, heureux. Elle n'a appris que ce monde peut être misérable et mauvais qu'une fois, lorsqu'une de ses camarades de classe lui a dit : « Va-t'en, bâtarde de maffiosi ! » Maître Soriano n'a pas perdu son calme, il a seulement exigé que le père de la jeune fille s'excuse au nom de sa fille. Cet homme, qui possédait une fabrique de marmelade, n'a pas daigné le faire et il a écrit une lettre où il s'exprimait ainsi : « Je suis heureux de la soif de vérité dont a témoigné ma fille. »

— Et alors ? (Volkmar se doutait du dénouement.)

— La fabrique fut incendiée. Totalement. Aucune perte en vies humaines, cela se passa la nuit. Les experts découvrirent que le sinistre avait été provoqué par un court-circuit. Le père de la jeune fille avide de vérité s'en fut, un mois plus tard, s'excuser auprès de Maître Soriano. Il ne trouvait nulle part des fonds ni aucun crédit pour reconstruire sa fabrique. Maître Soriano la racheta par pure générosité et le père de la jeune impertinente, en pleurant de joie, baisa les mains de Don Eugenio.

— On en attend sans doute autant de moi ? lança le docteur Volkmar en secouant violemment la tête. Chez moi, on se heurtera à une résistance, Worthlow !

— Je me montrerais moins catégorique, Sir. — Worthlow consulta sa grosse montre d'argent : — Il faut nous hâter, Sir...

— Une question encore, Worthlow : qu'êtes-vous, butler ou geôlier ?

— Si vous le permettez, Sir, je suis votre ami.

— J'ai de l'amitié une autre conception !

— Aussi n'êtes-vous ici que depuis un jour, Sir. — Worthlow ouvrit brusquement la porte aux sculptures de style mauresque : — Ces messieurs vous attendent avec impatience...

Impatience n'était pas le mot qui convenait. A la vérité, la curiosité torturait tout le Grand Conseil. Maître Soriano n'avait fait qu'allusion à la question qui devait être débattue, mais précisément cette réserve avait donné libre cours aux spéculations les plus débridées.

Ils se calmèrent un peu lorsque le docteur Pietro Nardo, une demi-heure avant l'apparition du docteur Volkmar, exposa le problème grosso modo. Il négligea les détails médicaux et les expressions professionnelles que la plupart des membres de ce cercle ignoraient d'ailleurs et se contenta d'expliquer le côté technique de la question. C'était quelque chose que tous comprenaient.

— Eugenio, tu es fou ! lança le gros Don Giacomo de Catane. Totalement fou ! Je n'aurais pas été étonné si tu avais dit : nous allons inaugurer un bordel sur la place Saint-Pierre ! Mais ça ! Mes chers amis, je suis profane en la matière, mais si *ça* était possible je retournerais au lit avec ma vieille ! Que diable, je préfère m'occuper d'un commerce de citrons plutôt que d'utopies !

— Je crois au succès parce que je veux le succès, répondit Maître Soriano à haute voix. Mon hôte est le meilleur opérateur en chirurgie cardiaque — seulement il ne le sait pas encore ! Ses moyens furent jusqu'à présent limités : je lui ouvrirai les nouvelles dimensions de la médecine !

— C'est la première affaire que nous aurons à bâtir sur un sol aussi mouvant qu'un pudding ! dit Don Franco de Messine. — Il avait noté quelques phrases de l'exposé fait par le docteur Nardo et les parcourait à présent. — Tout ça n'est qu'hypothèses, théories, fantaisies, contes de ma Mère l'Oye sous les projecteurs de la salle d'opération !

— As-tu un cœur, Franco ? demanda Soriano d'une voix glaciale.

— Oui, et alors ? cria l'homme de Messine.

— Que paierais-tu si ce cœur se détruisait irrémédiablement et que tous les médecins te disaient : Vous êtes fichu, Don Franco, sans espoir... priez, mon cher. Pour le mieux, fondez une chapelle. Et puis voilà que quelqu'un viendra te dire : Comment fichu ? Vous avez un cœur à bout de course, Don Franco ? Est-ce là un problème ? Je vais vous placer un autre cœur bien neuf, jeune. Quel prix y mettrais-tu ?

Don Franco dévisageait maître Soriano avec un visage aux joues frémissantes. Il avait blêmi tant il avait été terrifié par ce que Soriano lui suggérait.

— Tout ce que je possède, dit-il d'une voix enrouée. Madonna ! Tout ! Si l'on pouvait vivre encore... mais on ne peut pas... — Il abattit son poing sur la table et se leva d'un bond : — On ne le peut pas, pas du tout ! — Sa voix se brisa, mais de son gros poing il continuait à marteler la table — Personne n'en est capable ! Je n'y crois pas ! La médecine s'arrête ici !

— Au contraire, la nouvelle médecine commence ici seulement. — Maître Soriano s'adossa dans son fauteuil sculpté : — Bertoldo, de quoi ta mère est-elle morte ?

Don Bertoldo de Syracuse essuya son large visage.

— D'une péritonite, c'est-à-dire d'une inflammation de l'appendice.

— Tu as dit en ce temps-là que le médecin avait évoqué le destin. De nos jours, une ablation de l'appendice est une plaisanterie et pour les « suites » possibles, nous avons les antibiotiques. Les révolutions en médecine sont plus durables que les révolutions politiques.

— Mais elles s'arrêtent au cœur ! reprit le gros Don Franco. D'ailleurs, ce n'est pas une affaire à risquer.

Le point critique était atteint. Dans ce cercle d'honorables personnalités rien ne comptait que le résultat. Par quel moyen on l'atteignait était secondaire. Si l'on s'engageait dans une entreprise, ce n'était que lorsqu'on savait dès le début que le risque et le profit étaient au moins à égalité. Les écueils en affaires, tels que les camarades américains en contournaient parfois, n'étaient pas appréciés en Sicile. La sécurité comptait d'abord mais, dominant tout, il y avait la considération de la Société, le nom sans tache que l'on devait conserver à tout prix. On devait pouvoir se rendre sans honte, le dimanche, à la communion.

Maître Soriano regarda le docteur Nardo, l'espace d'un clin d'œil. Le médecin prit la parole :

— Le nombre des individus morts de défauts du cœur inopérables ne peut être cité qu'approximativement, dit-il. Combien de malades circulent avec un cœur atteint, victimes des infarctus dits « silencieux » ! Je ne saurais vous lire la liste complète des accidents cardiaques qui mettent la vie en péril ni davantage les expliquer, fût-ce à un collègue, mais il est certain que dans les milieux auxquels nous comptons nous adresser se trouvent quelques centaines de malades qui, si la méthode d'opération est au point, seraient sauvés. Disons qu'en principe une « vie nouvelle » pourrait être estimée à la valeur de 500 000 à un million de dollars, selon la situation financière du patient. Ainsi avec cent cas, nous aurions déjà amassé cent millions de dollars !

— Idiot ! lança Don Bertoldo à haute voix. Seuls, les analphabètes calculent de la sorte ! Comment peut-on attendre d'une utopie une rentabilité stable ? Eugenio, que t'arrive-t-il ? Depuis quand fais-tu commerce d'étoiles ?

— Demandons l'avis du docteur Volkmar !

Maître Soriano appuya sur un bouton placé près de sa table ; un émetteur miniaturisé envoya aussitôt un signal et, dans la poche de l'uniforme de Worthlow, il y eut de légers crissements. Le butler se trouvait avec Volkmar dans la salle à manger et poussait justement l'un des battants de la grande porte.

— Bonne chance, dit-il à mi-voix, et rappelez-vous, Sir : faites de votre cœur une forteresse !

Le Grand Conseil se leva au grand complet comme au commandement. Vingt-huit regards se tournèrent vers le docteur Volkmar. Le silence qui l'accueillit était comparable à un mur contre lequel il se trouvait précipité. Maître Soriano contourna sa table pour le saluer comme s'ils ne s'étaient pas vus depuis longtemps.

— Vous êtes superbe ! dit-il à voix basse. Il n'est pas exagéré de dire que seuls les tailleurs italiens font d'un individu du sexe masculin un homme dans toute l'acception du mot ! — Puis à voix haute, il poursuivit : — Permettez-moi de vous présenter mes amis qui, certainement, seront bientôt les vôtres ? Le docteur Nardo, un collègue pour vous...

Volkmar serra la main de Nardo. Sicilien typique, pensa-t-il, grand, presque gracile, à la chevelure de laque noire, l'œil noir-brun. Un homme du type que les femmes du nord de l'Europe recherchent avidement, lorsqu'elles voyagent en Italie.

— Enchanté, dit Nardo avec une nuance de réserve. Je me réjouis à l'avance d'une bonne collaboration avec vous, mon cher collègue.

Volkmar dédaigna d'expliquer qu'il n'y aurait aucune collaboration possible. Il se tourna vers la table en fer à cheval et considéra les célèbres Messieurs siciliens avec un intérêt sincère. Il pensait aux paroles de Worthlow. Lorsque ce Grand Conseil se rassemblait, il y avait plus de pouvoir réuni dans une même pièce que dans mainte conférence internationale au sommet. L'influence de ces hommes ne s'arrêtait pas au niveau d'un pouvoir ministériel.

Ces messieurs se rassirent comme après une fervente minute de silence. Don Franco essuya, une fois de plus, son large visage. Don Giacomo demanda, dans son impatience, avant même que Soriano eût pu passer au sujet constituant le but de la réunion :

— Vous êtes donc l'homme qui peut transplanter des cœurs ?

— Non.

Volkmar ressentit un soulagement à lancer clairement ce non, dur et précis.

— Tiens ! s'écria Don Franco. Que nous a-t-on donc raconté ?

Maître Soriano ne parut pas le moins du monde surpris. Il retourna à sa table et s'assit. Le docteur Volkmar crut se tenir devant une cour de justice, seul, sous les regards du Grand Conseil. Nardo s'était effacé au fond du tableau et se trouvait assis contre un écran de cinéma déroulé à l'avance. La démonstration avec photos tirée de la clinique expérimentale que l'on se bornait à désigner dans Palerme comme l' « asile social de la vieillesse » était encore en perspective.

— Facilitons, si vous le voulez, les débuts de notre camaraderie, Dottore, commença suavement maître Soriano. Nous formons une grande famille et vous, comme nouveau membre de celle-ci, vous devez être présenté à notre Société. Vous êtes chirurgien...

— Oui, répondit Volkmar.

— Au cours de vos recherches, vous vous êtes intéressé aux transplantations cardiaques et, dans ce domaine, vous passez pour expert...

— Je ne me permets pas d'en juger.

— Je le sais, Dottore. Vous avez réussi à faire vivre des singes et des chiens pendant des semaines avec des cœurs transplantés. Au plus tard dans huit jours, nous aurons ici les photocopies de tous vos travaux scientifiques. Mes collaborateurs les recherchent sans trêve. Un télex de Munich que j'ai reçu voici une heure, rapporte un commentaire de votre chef de clinique ainsi conçu :

« Avec l'accident tragique dont fut victime le professeur Volkmar, la recherche dans le domaine des transplantations d'organes a fait une perte irréparable. Je crains que nous soyons retardés d'une année au moins dans nos activités. Le docteur Volkmar s'intéressait à des méthodes d'opération tout à fait nouvelles et à des recherches qui minimiseraient surtout le risque de rejet dans le processus des transplantations cardiaques... »

Le docteur Volkmar secoua la tête en souriant :

— Le professeur Hatzport aurait déclaré cela à la presse ? Incroyable ! Il y a trois semaines, il s'agissait, concernant le même sujet, d'un tout autre exposé !

— La notoriété des morts est le trône des vivants ! — Maître Soriano déposa le télex sur la table. — Est-il exact, docteur, que vous ayez découvert de nouvelles méthodes ?

— Peut-être. Nous n'en sommes qu'au début.

— Mais vous êtes convaincu que l'on peut transplanter des cœurs ?

— Oui. Techniquement, le problème est presque résolu, mais il ne l'est pas sur le plan de l'immunité biologique. Sur mille ou deux mille individus, il en est deux peut-être dont les protéines et protides s'harmonisent entre elles. Mais je m'exprime en profane. L'autodéfense des corps a de nombreuses composantes que nous ignorons encore en partie ou, même si nous les connaissons, nous ne les dirigeons pas à notre gré.

— Merci, Dottore. — Maître Soriano était satisfait. Volkmar en avait dit plus qu'il ne s'y attendait. Il s'était préparé à une résistance muette, à un silence glacial. A présent, il pouvait risquer une proposition : — Nous vous avons prié d'être notre hôte pour nous assurer votre présence. Vous disposerez de tous les moyens financiers et techniques afin de poursuivre vos recherches. Salles d'opération, laboratoires, animaux destinés aux expériences, vous attendent déjà. Le docteur Nardo travaille depuis des années aux mêmes problèmes avec des succès divers. Dans les montagnes de Camporeale on construit présentement une grande clinique de pédiatrie et un home d'enfants. Une aile de celui-ci contiendra un service de cardiologie installé selon les toutes dernières découvertes dans ce domaine. Il vous offrira des possibilités de travail dont nul autre chirurgien ne dispose en ce monde. Vous, Docteur Volkmar, serez directeur de ce service de cardiologie. Nous nous réjouissons de pouvoir vous annoncer cette nouvelle. Nous en aurons terminé la construction et l'installation dans six mois. — Maître Soriano adressa à Volkmar un petit signe de tête qui exprimait une fierté quasi paternelle : — N'est-ce pas là une surprise, Dottore ?

— On peut le dire — Volkmar lança un regard circulaire : — Je refuse !

Comme prévu, Soriano leva la main lorsqu'il vit que Don Bertoldo et Don Franco voulaient poser une question :

— Nous en reparlerons, Dottore. Notre avantage est de n'être pas harcelés par la fuite du temps. Posez cette question à votre conscience professionnelle : je puis œuvrer pour l'humanité tout entière et je dis non ! Est-ce juste ? Qui vous offrira jamais de telles possibilités ? Personne ! Avec nous, vos expériences ne se borneront pas à être faites sur des rats, des lapins, des chiens, des singes, mais vous pourrez aussi expérimenter sur des humains...

Sans un mot, le docteur Volkmar tourna les talons et sortit. Il s'élança vers la terrasse et se laissa tomber dans l'un des fauteuils capitonnés en se couvrant le visage des deux mains. Il ne sursauta qu'en attendant un claquement derrière son dos.

— Un whisky ou un longdrink corsé, Sir ? demanda Worthlow.

— Un cyanure, je vous prie ! — Volkmar appuya sa tête en arrière contre le dossier de son fauteuil. Worthlow « mixait » contre le bar roulant une boisson du plus beau vert. — C'est effroyable, Worthlow ! dit-il d'une voix enrouée. Ils prétendent établir un commerce avec des cœurs comme marchandise ! Ce sont des fous ! Ne s'agirait-il que de se procurer des cœurs à transplanter...

— C'est le moindre des problèmes, Sir, répondit

Worthlow en tendant à Volkmar un grand verre contenant le « drink ». Pour Don Eugenio, tout est accessible, même un donneur ou plusieurs donneurs de cœurs.

Volkmar étreignit son verre des deux mains, se ramassa sur lui-même et ferma les yeux. Soudain, il tremblait de froid sous le soleil sicilien.

Il ne revit pas Loretta au cours de cet après-midi. Worthlow lui révéla qu'elle venait de se rendre à Palerme pour y faire des achats. Mais maître Soriano vint s'asseoir auprès de lui et il affichait la plus belle humeur. Le Grand Conseil regagna ses pénates. Volkmar entendit s'éloigner tout un parc de voitures.

— Ils *marchent,* laissa tomber Soriano en se faisant apporter par Worthlow un grand gobelet de lait froid. Je les ai convaincus. Le docteur Nardo leur a encore montré des photos très impressionnantes. Ces jours prochains, nous aurons à évaluer la masse de trésorerie qu'il nous faudra assurer.

— *Nous* n'en ferons rien, Don Eugenio ! — Le docteur Volkmar évita de regarder Soriano en face. — Je m'y refuse ! Et je me demande alors ce que vous allez faire !

Quel est cet homme ? pensait-il. L'étang aux crocodiles lui revint en mémoire. Il y avait deux versions possibles. La première : Soriano sachant que l'on regarderait le repas des animaux, avait fait déposer des ossements humains de la manière la plus visible sur le rebord fangeux du bassin. En ce cas, il s'agissait d'un sadique. Seconde version : Soriano avait vraiment nourri ses crocodiles de restes humains et avait été lui-même péniblement surpris à la vue de ces débris tellement visibles. En ce cas, il serait Satan dans la peau d'un homme.

Mais comment un tel monstre pourrait-il être le père de Loretta ?

— Il me semble que je deviens pour vous un problème, Don Eugenio, dit Volkmar d'une voix qui semblait rouillée, tout en s'admirant lui-même de réussir à rester calme. — Vous ne pourriez pas me livrer aux crocodiles, ce qui serait l'effondrement de votre plan, vous avez besoin de moi, le chirurgien, et bien vivant ! D'autre part, vous ne pouvez me forcer à faire quoi que ce soit ni par la terreur ni par contrainte physique. Car chaque fois, vous vous en prendrez au médecin, dont l'esprit, la dextérité manuelle vous sont nécessaires. Comment voulez-vous sortir de ce dilemme ?

— En vous convainquant.

— Impossible, je ne veux pas ! Vous me retenez ici en prisonnier de luxe. Je dois installer un service de cardiologie, transplanter des cœurs, vivre toute mon existence dans cette cage dorée en vrai robot, en homme dont vous voulez étouffer la personnalité dans l'éclat d'un entourage éblouissant !

— Avec les plus jolies femmes de Sicile, si vous voulez ! Ne l'oubliez pas ! — Soriano buvait son lait froid avec délice :

— Dottore, c'est l'avantage que j'ai sur vous : je détiens votre personne et vous n'avez aucun moyen de vous enfuir jamais d'ici. Vous n'êtes pas simplement médecin, vous êtes médecin par passion, un « mordu » de votre profession et de vos recherches. Si vous vous obstinez au refus, vous pourriez en mourir d'ennui. Vous ne pourriez tenir le coup, sachant qu'à six kilomètres d'ici à vol d'oiseau se trouve une clinique où le docteur Nardo vous attend avec une équipe de cinq médecins. A vos ordres !

— Une équipe de transplantation cardiaque peut compter jusqu'à sept spécialistes et infirmières.

— Je vous en propose cinquante, si vous le désirez ! Avec moi, il n'y a pas de limites !

— Je sais, dit Volkmar sèchement, aussi j'en reste à mon non ! Et alors, Don Eugenio ?

— Quelle belle journée ! lança maître Soriano en étirant ses bras. — Worthlow lui prit son verre des mains. — Qu'allons-nous entreprendre à présent, Dottore ?

— Peut-être irons-nous nourrir les lions ?

— Zéro pour vous ! — Soriano rit de bon cœur. — J'ai, au fond du parc, un petit chemin de fer. La contrefaçon exacte d'une locomotive à vapeur. Voulez-vous rouler sur quelques-uns de ses parcours ?

— Non. Faites-moi conduire à l'aérodrome de Palerme, d'où je prendrai mon vol pour l'Allemagne.

— Impossible, puisque vous êtes mort !

— On peut expliquer les erreurs. Voici ce que je vous propose : je ne ferai jamais allusion aux jeux dont vous régalez vos hôtes.

— Ça ne va plus, Dottore... — Soriano leva les bras dans un geste de regret. — Après-demain, on découvrira sur la rive de Capo Mannu votre cadavre... nous avons choisi le lieu de cette découverte en nous servant de notre connaissance des courants marins.

Volkmar sentit une chape glacée s'abattre sur ses épaules. L'horreur avait eu raison de lui. Il restait le regard rivé à l'eau scintillante de la piscine et sentait son cœur battre jusque dans sa gorge.

— Vous tuez et vous en parlez comme d'un cocktail que l'on vient de « mixer » ! C'est une bêtise ! lança Volkmar en conclusion, d'une voix étranglée.

— Quoi ?

— Me faire échouer sur la côte. La carte de ma denture que possède mon dentiste dévoilera la fausseté de cette mise en scène.

— Nous prenez-vous pour des dilettantes, Dottore ? La nuit dernière, tandis que vous dormiez profondément — je vous avais fait servir un « drink » bien tassé — nous avons ouvert votre bouche pour photographier vos dents ! Le noyé qui viendra s'échouer après-demain sur la rive, portera les mêmes plombages, les mêmes traces de soins dentaires que vous. Votre dentiste n'aura pas de peine à les identifier. D'ailleurs, votre denture constituera la seule preuve de votre identité car tandis qu'il dérivait dans l'eau, votre cadavre aura dû rencontrer une hélice de navire qui l'aura rendu méconnaissable... — Maître Soriano frappa cordialement l'avant-bras de Volkmar : — Vous conviendrez, Dottore, que vous êtes absolument mort ! Même si je le pouvais et voulais, il ne me serait pas possible de vous ressusciter ! Opérerez-vous ?

— Non !
— Mais vous dînerez ce soir ?
— Peut-être.
— Dans le cercle de famille : Loretta, vous, moi.
— Qu'en diriez-vous si je parlais de tout cela à Loretta ?

Volkmar s'attendait à voir Soriano bondir, furieux, car selon ce que lui avait dit Worthlow, il n'existait qu'un être au monde qui fût sacré aux yeux de Soriano : sa fille. Si Don Eugenio était vulnérable, c'était uniquement par Loretta. Mais Soriano ne bougea pas de son siège et se contenta de joindre les mains. Il appuya son menton sur le bout de ses doigts et considéra Volkmar d'un air pensif :

— Qu'y gagneriez-vous ?
— Vous en seriez profondément atteint !
— Vengeance inutile, car vous êtes présentement mort pour tout le monde et alors vous le seriez *vraiment !* Qui en retirerait le moindre avantage ? Vous ? La médecine ? La recherche dans le domaine de la cardiologie ? Moi ? Ce serait une ineptie totale. Tout ce que l'on fait devrait avoir une chance de réussite, même la vengeance. Vous n'avez pas la moindre chance, Dottore, hormis celle de rester ignoré il est vrai, mais aussi grâce à mon aide de vous savoir le plus grand chirurgien sous le soleil ! Ne vous l'ai-je pas déjà dit ? Vous faut-il jouer au héros comme tous les Allemands ? Laissez donc cela, Volkmar, ça ne rapporte rien !
— Si ! le respect de soi-même ! — Volkmar serra les poings. — Vous parlerez tant qu'il vous plaira, je n'opérerai pas ! A présent, disposez de moi. Considérez-moi pour ce que je suis : un mort !

Il se leva et marcha vers la piscine. Il avait conscience de ce que maître Soriano ne se montrait aussi patient que parce qu'il espérait que Volkmar saurait tout de même juger raisonnablement la situation. Mais Volkmar se disait : il ne peut me forcer à quoi que ce soit ! Rien au monde ne me déciderait à aller à la table d'opération pour Soriano et d'y ouvrir

un thorax... ni même celui d'un chien ou d'un singe.
Mais le docteur Volkmar se trompait grandement.

Anna avait réussi à trouver à Cagliari un bateau qui allait à Naples et sur lequel on désirait engager une fille de cuisine. Elle monta à bord, s'installa dans la cabine minuscule qui lui fut attribuée au troisième entrepont, exactement au-dessus de la salle des machines, et se présenta devant le cuisinier-chef. Dans son costume de paysanne des montagnes, elle faisait peu d'effet et c'était calcul de sa part. Elle voulait accomplir ce voyage en évitant une lutte continuelle avec des mâles énamourés et, pour cette raison aussi, elle avait rogné sa chevelure avant de quitter sa hutte montagnarde. A présent, Anna avait l'air d'un poulet plumé un peu crasseux et stupide. Elle avait bourré la liasse de cinq cent mille lires entre ses seins dans un sachet de toile suspendu à un cordon. Cette cachette lui paraissait la plus sûre. On lui remit une blouse blanche et une petite coiffe de toile ronde. La première des filles de cuisine la plaça au tapis roulant de la machine à essorer la vaisselle. Un steward qui portait une pile d'assiettes sales au lave-vaisselle lui pinça les fesses. Elle rua comme un cheval, atteignit l'homme à la cuisse et fort près du point précis qui met aussitôt un mâle hors de combat.

— Charogne ! lança le steward en se rattrapant à l'essoreuse. Crois-tu qu'un officier voudra de toi dans son lit ?

— Laisse-moi tranquille ! répliqua Anna qui rangeait les assiettes dans les casiers du lave-vaisselle. Va donc t'en chercher une autre !

— Tu te rinces sans doute chaque soir l'entrejambe à l'encens ? Va donc, tu n'es pas si belle ! dit-il en s'éloignant vers la sortie en boitillant.

On se le dit : la nouvelle envoie des coups de pied ! On laissa Anna en paix et la nuit, elle se blottit sur son étroite couchette ; en dessous d'elle vibraient les machines ; il faisait chaud dans sa logette, car il n'y avait naturellement pas de système d'aération automatique. Elle se déshabilla, s'étendit nue sur la couverture rêche et caressa ses jolis seins, son ventre et la toison qui frisait noire entre ses cuisses.

Je te trouverai, Enrico, pensait-elle. Attends seulement que je sois à Palerme… et toi aussi je te trouverai, brute en costume sur mesure ! Tu as poignardé Luigi. Où que tu ailles, tu ne m'échapperas pas ! Je veux t'entendre hurler, hurler, hurler ! Ensuite, nous aurons tout le temps pour nous, Enrico, et je t'apporterai ma virginité en cadeau.

A Cagliari, la doctoresse Angela Blüthgen reçut tard dans la soirée la visite du commissaire de police qui s'occupait du cas du docteur Volkmar. Il avait jugé plus convenable d'aller lui parler à l'hôtel, au lieu de la convoquer de nouveau au commissariat. Les carabiniers de Cabras qui avaient observé la doctoresse, lui avaient dit, au cours de leur rapport téléphoné, que la Signora allemande était restée assise immobile pendant quatre heures, à la place même où la tente se trouvait plantée, puis elle s'était levée pour retourner, tête basse, vers sa voiture de louage.

— Je suis venu, commença le commissaire, pour vous demander ce que l'on doit faire des objets trouvés sur la plage. — Il parlait un français boiteux tout comme Angela, mais ils avaient convenu de s'entretenir en cette langue afin de se faire comprendre l'un de l'autre. — Voulez-vous tout emporter ? Nous vous remettrons une liste établie par la police pour le cas où il y aurait des difficultés…

— Je reste ici ! dit Angela. Vous croyez vraiment à un accident ?

— Rien d'autre ne semble possible, Madame.

— Avez-vous observé la mer, Monsieur le Commissaire ?

— En tant que Sarde, je connais notre mer, Madame.

— Une mer calme, lisse, sans courants violents. Tous ces jours-ci il n'y eut aucune tempête, aucune saute de vent et Heinz était un très bon nageur. Il n'a pas pu se noyer.

— Mais s'il a nagé trop loin et s'il a eu une crampe ? C'est ainsi qu'arrivent la plupart des accidents en mer, même en ce qui concerne les bons nageurs.

— Comme médecin, il aurait su parer au danger.

— En mer ? Madame, lorsqu'un nageur est atteint d'une crampe, quel qu'il soit, il ne vaut pas mieux qu'un autre !

— Je n'y crois pas, c'est tout. — Angela leva les bras et les laissa retomber. — Je ne vois pas d'explication... c'est une impression... je sens qu'il arrivera quelque chose qui sera en relation avec Heinz si je reste ici. Vous ne pouvez pas me comprendre...

— Je comprends votre chagrin, Madame. — Le commissaire estima qu'il était préférable de terminer cette conversation. Pour lui, les sentiments ne comptaient pas, il n'y avait que ce fait : le docteur Volkmar avait été victime d'un accident. — Nous laisserons donc les objets entreposés dans le garage.

— Oui, je vous prie.

— Vous pourriez vous servir de l'auto, si cela vous convenait.

— Merci.

Elle répondit par un signe de tête lorsque le commissaire s'inclina devant elle et se hâta de quitter la chambre d'hôtel. Une jolie femme endeuillée touche aussi le cœur d'un policier.

Où donc ai-je laissé mon caractère réaliste ? se demanda-t-elle affalée dans un fauteuil tandis qu'un poste de radio dispensait des harmonies douceâtres qui, sans la déranger, la rassuraient plutôt. Ma raison me dit : il est mort, mais mon subconscient espère, espérera encore, tant que l'on n'aura pas retrouvé son corps. Peut-être ne le retrouvera-t-on jamais et il me faudra vivre avec ce mystère au cœur.

A quelque cent mètres de là, le marchand de primeurs Oreto avait une mission désagréable à accomplir. Il ne s'y était décidé qu'appâté par cinq millions de lires et, certes aussi parce qu'une menace venue de Sicile lui avait clairement fait entrevoir que l'on pouvait aussi faire sauter à la bombe les entrepôts d'un commerce de fruits exotiques. Oreto était non seulement assez raisonnable pour comprendre les choses, mais il était un parfait Italien, ce qui suffisait à lui faire prendre tout à fait au sérieux ce message.

Dans un coin des entrepôts III, un mort était étendu sur une vieille couverture. Un dentiste muni d'un appareil transportable travaillait sur la denture du cadavre. Autour du corps étaient dispersés forets, crochets, matériel pour les plombages et les obturations, tout ce qui est nécessaire aux soins dentaires. Oreto était assis auprès sur une vieille chaise et lisait à haute voix ce que lui avait transmis Soriano par téléphone :

— Numéro sept à gauche en haut amalgame de cadmium et plomb.

— Une chance qu'il n'ait pas eû de dent aurifiée, remarqua le vieux dentiste en se mettant à creuser au foret le numéro sept en haut à gauche, ce qui produisait un susurrement qui vous traversait la moelle et qu'Oreto détestait. Il n'avait peur de rien, mais dans le fauteuil du dentiste sa tension s'effondrait. Il regardait fixement la vieille fraiseuse, objet datant de l'époque pionnière de l'art dentaire et qui fonctionnait à la pédale mise en marche par le pied de l'opérateur. Mais c'était le seul appareil que l'on avait pu transporter en ce lieu. D'ailleurs, le patient ne pouvait plus rien sentir. — Une dent en or, un bridge, par exemple, je n'aurais pu les fabriquer aussi rapidement. Mais nous saurons imiter ces quelques plombages. Il avait de bonnes dents, le gars !

La fraise grinça dans la dent et la creusa à fond. Une odeur de roussi se répandit ; les paupières du mort se rétractèrent ; un regard vide vint frapper Oreto.

— Ça réveille même les morts ! dit-il d'une voix enrouée, puis saisissant un morceau de toile à sac, il le lança sur les yeux du cadavre.

Le docteur Volkmar ne vint pas, ce soir-là, dîner dans le « cercle de famille », selon l'expression de maître Soriano.

Même les raisonnements de Worthlow furent inutiles.

Volkmar avait bien revêtu son smoking blanc et le butler avait noué sa cravate noire, mais ensuite le médecin s'était assis d'un air de défi sur la terrasse avec un « non ! » retentissant.

— Il faudrait m'y porter ! Worthlow, servez-moi, je vous prie, mon dîner ici ! Je fais la grève !

— Vous n'y gagnerez rien, Sir, répondit Worthlow avec son habituelle politesse glacée.

— Je veux le provoquer ! Que voulez-vous qu'il arrive ? Je n'ai plus peur.

— Je transmettrai votre décision, Sir. — Worthlow alla au téléphone et souleva le combiné. — Vous restez ?

— Oui ! s'écria Volkmar sur la terrasse.

Worthlow appuya sur un bouton près de l'appareil et ne changea pas la moindre nuance de sa voix pour dire :

— Le docteur Volkmar vient de me demander de le servir seul dans le jardin en terrasse...

— Ce n'est pas exact, Worthlow ! — Volkmar se leva d'un bond et courut vers le salon donnant sur la terrasse où il arracha le récepteur des mains du butler : — Écoutez, Don Eugenio, je n'ai rien demandé : je refuse de dîner avec vous ! Je serais incapable d'avaler une seule bouchée à la pensée de l'homme que vous êtes ! Il ne faudrait pas me voir forcé, par-dessus le marché, de vous regarder !

— C'est très clair ! — La voix de Soriano trahissait une sérieuse préoccupation : — Je ne suis pas psychologue — vous en savez plus que moi à ce sujet — mais chez vous se manifeste maintenant la réaction qui suit une constatation. Soignez vos défis, Dottore, si cela peut vous soulager, mettez tout en pièces ! Voulez-vous, je vous prie, me passer Worthlow ?

Volkmar tendit le récepteur au butler et retourna sur la terrasse. Penché sur la balustrade, il contempla la mer toute proche. Les petites lanternes des bateaux de pêche animaient l'obscurité.

Il se retourna seulement, vivement, lorsque Worthlow parut roulant devant lui une table ronde garnie de mets appétissants qu'il plaça sous la marquise. Volkmar tendit un bras :

— Qu'est-ce que cela signifie ? Deux couverts ? Je veux manger seul !

— Vous me jetez dehors ? demanda une voix suave.

Volkmar haussa les épaules et se retourna lentement. Dans l'encadrement de la porte se tenait Loretta. Ses longs cheveux noirs voilaient en partie le décolleté profond de la robe de jersey rose qui la moulait étroitement.

— Puis-je entrer ? dit-elle comme Volkmar ne lui répondait pas.

Il fit un léger signe de tête, alla à sa rencontre et lui baisa la main.

C'est là que je suis vulnérable, pensa-t-il. Malgré cela, Don Eugenio, je n'opérerai pas !

— Mon père est attristé..., dit-elle sur le ton d'un enfant qui se plaint, puis elle se laissa guider par lui, la main dans la main, jusqu'à l'un des fauteuils de la terrasse aux capitonnages bouffis, et s'assit. Worthlow tourna une manivelle qui permettait d'élever ou d'abaisser à volonté le plateau de la table ronde. Loretta croisa les jambes dans sa robe fendue sur le côté jusqu'à mi-cuisse.

— Je reconnais qu'il a toutes les raisons de l'être ! lança Volkmar.

Il prit des mains de Worthlow la bouteille de sherry aux reflets dorés et versa à Loretta et à lui-même une bonne dose de ce nectar dans de hauts verres de cristal taillé. Elle prit son verre et le tourna entre ses doigts minces, presque transparents. Aujourd'hui aussi elle ne portait qu'une seule bague, une grande émeraude translucide enchâssée dans un jonc d'or qui luisait sur sa peau bronzée.

— Papa vous aime vraiment, dit-elle.

— A sa façon, certainement !

— Il ne vous considère pas seulement comme son hôte le plus cher... il voudrait aussi devenir votre ami.

— C'est en présence de tant de lions et de crocodiles

un vœu assez peu réalisable, répondit Volkmar sombrement.

— Je n'aime pas non plus ces bêtes, mais c'est la marotte de Papa. N'y faites pas attention !

Comment oublier ces crocodiles lorsqu'on découvre au bord de leur étang un os d'avant-bras humain et un vestige d'omoplate ? pensa Volkmar. Mais Loretta l'ignore vraiment ! Worthlow avait raison, elle passe comme un ange du paradis dans ce monde invraisemblable. Elle n'en voit que la beauté de rêve et ne se doutera jamais que ce paradis est saturé de sang. Bon Dieu, il faudrait le lui dire !

Worthlow semblait lire dans les pensées. Volkmar en avait déjà fait la remarque à plusieurs reprises.

— Non, Sir ! souffla Worthlow à mi-voix tandis qu'il servait l'entrée, une merveilleuse soupe de poissons corsée du meilleur vin rouge. — Il se pencha contre l'épaule de Volkmar et lui murmura à l'oreille : — Elle ne le croira jamais et vous n'y gagnerez rien.

— Quelles sont ces confidences ? demanda Loretta qui, son verre à la main, revenait vers eux après s'être approchée de la balustrade de la terrasse d'où elle avait jeté un regard vers les points lumineux des barques de pêche. — Apparition magique en cette nuit tiède parsemée d'étoiles, nimbée par la clarté assourdie des lampes mauresques. — Je sais ce que vous dit Worthlow, Dottore : Papa nourrit parfois ses crocodiles avec des animaux vivants, surtout des lapins. Ceux-là courent ici par milliers et causent les pires dégâts. Ils creusent des terriers dans tout le pays, ce qui provoque l'effondrement des ruines antiques. Tout de même voilà qui me déplaît !

Elle se rassit. Volkmar lui prit son verre des mains et le déposa sur un plateau que lui tendait Worthlow.

— Worthlow me demandait seulement si nous préférions les poissons aux langoustes pour le second service !

Il mentait avec une grande assurance. Worthlow lui adressa un regard reconnaissant.

— Je choisis la langouste.

— Je l'aurais deviné. — Volkmar eut un sourire

d'angoisse. — J'avais désiré des quenelles de brochet à la Bocuse et imaginez-vous cela ; Worthlow n'a montré aucune surprise. J'ai lu quelque chose dans je ne sais quelle revue au sujet de ce plat. Il existe bien peu de personnes qui soient au courant de la nouvelle cuisine de Bocuse en France ! Mais il semble que pour maître Soriano rien ne soit impossible !

— Rien, Sir ! répondit Worthlow d'un ton raide.

C'est à devenir fou, pensait Volkmar angoissé : nous sommes en train de parler de la nouvelle cuisine française allégée comme si nous prenions part à une insipide réunion d'épouses de « managers » tandis qu'une invisible horreur nous entoure ! Un aréopage de déments a décidé de gagner des millions avec des transplantations cardiaques sans considérer que tout ceci se trouve encore au stade de la recherche et que peut-être on ne réussira jamais à franchir la barrière de l'immunité biologique ! Il existe plus de cent groupes de tissus cellulaires différents et nous, médecins et biochimistes, n'en connaissons qu'une poignée. Et même avec ces quelques groupes connus, se manifestent lors des transplantations des réactions dramatiques. Mais ceci ne préoccupe guère un Soriano et son Grand Conseil. S'il arrive qu'un seul grand cardiaque voie sa vie prolongée de six mois par une transplantation, l'entreprise de Maître Soriano deviendra la poule aux œufs d'or !

Mais sans moi !

— Qu'est-ce qui, dans mon père, vous déplaît ? demanda Loretta tandis que Worthlow annonçait à la cuisine, au moyen de l'interphone, le choix des convives.

— Le fait qu'il ait une fille telle que vous, Loretta !

— C'est un compliment, Enrico, ou des paroles dites afin de me repousser ? répliqua-t-elle.

Son sourire sous le voile de sa chevelure, le jeu de ses regards, sa poitrine libre de tout soutien-gorge soulevée au rythme de son souffle sous son vêtement de jersey, rendaient toute réponse épuisante.

— C'est tout simplement la vérité, Loretta.

Il venait de l'appeler par son prénom parce qu'il lui

était impossible de s'adresser à elle en lui disant Signorina Soriano ! Elle accepta aussitôt ce changement et répliqua en l'appelant Enrico. Comme ce n'était pas là un signe d'antipathie, Volkmar en conçut presque de la joie. Une fille de rêve comme Loretta n'était pas destinée à un petit chirurgien allemand. Mais il avait, en tout cas, la liberté de la contempler. Déjà, son amour pour Angela, exprimé rarement par quelques paroles, lui semblait une étrangeté, parce que s'il savait qu'Angela réagissait en femme l'espace d'une ou deux nuits, il ne la voyait cependant pas derrière un fourneau ou maniant un aspirateur à poussière. Pourtant il n'avait cessé de tenter de la tirer hors de « l'image qu'elle s'était faite du monde », selon son expression et il lui eût volontiers arraché son stéthoscope pour lui mettre en main une écumoire. Il appelait lui-même ce désir secret sa « perversion intime ». Or, quelque chose d'analogue se manifestait dans ses rapports avec Loretta, incarnation du luxe, insaisissable et mystérieuse comme les sylphides légendaires...

— J'aurais été plus heureux si je vous avais connue dans un autre milieu, Loretta, reprit-il. Par exemple, sur une plage, dans un petit café, un bar, devant quelque vitrine de grand magasin, ou même sur la table d'opération !

— Je n'ai plus mon appendice... dommage, c'est une occasion manquée... — Elle sourit à la manière d'un ange de Botticelli : — Faut-il que je tâche d'être malade pour que vous deveniez plus gentil pour moi ?

— Je me conduis en mufle envers vous, Loretta !

— C'est-à-dire que vous vous montrez autrement que vous n'êtes réellement ! Exact ?

Worthlow sauva la situation une fois de plus en apportant langouste et quenelles accompagnées d'un vin d'Anjou sec.

Volkmar s'assit. Loretta se pencha un peu en avant. Ses seins pointaient sous la soie tendue ; ses longs cheveux noirs couvraient de nouveau ses épaules.

— Vous irez visiter la clinique demain, Enrico ? demanda-t-elle en partageant adroitement la langouste.

— Vous m'excuserez Loretta, si je vous déclare que je suis venu en Italie en qualité de touriste et non pas de chirurgien. Je ne mettrai pas les pieds dans la clinique de votre père. Ne fût-ce que par principe. Je puis me montrer singulièrement entêté, sachez-le.

— Vous manquerez quelque chose, Enrico.

— Je le crois sans peine. — Loretta ne devait pas saisir le double sens de ces paroles. — Vous connaissez cette clinique, Loretta ?

— Je l'ai inaugurée... tous ces vieux si reconnaissants...

Il était vain de chercher à confronter Loretta avec la vérité ; on aurait tout aussi bien pu la jeter aux crocodiles.

— Je préférerais me promener dans Palerme avec vous. Montrez-moi Palerme !

— Vous ne connaissez pas la ville ?

— Non. Seules *les Vêpres siciliennes*, de Verdi, l'ont évoquée pour moi parmi quelques incidents plutôt sanglants...

Worthlow toussota discrètement. Wolkmar eut un sourire indéchiffrable. Étrange comme on peut rapidement se débarrasser de la peur...

— Palerme ! — lança Loretta en plongeant le bout des doigts dans un rince-doigts empli d'eau citronnée. — Les Siciliens sont de braves gens paisibles, Enrico.

Après le dessert, ils dansèrent sous la marquise étroitement enlacés, silencieux, obéissant au rythme de la musique douce sans se permettre aucune liberté. Worthlow desservait la table qu'il couvrit de nouveau de verres de jus d'orange et de champagne. Après quoi, il se retira dans le salon de Volkmar où il resta planté contre la porte ouvrant sur le hall comme un archange à l'entrée du paradis.

— Vous dansez merveilleusement, Enrico, dit Loretta lorsque après cinq danses successives ils retournèrent à leurs fauteuils.

— Je l'ignorais, je l'avoue, dit-il en versant le champagne avec un regard vers le ciel constellé. Demain, la journée sera dure, pensait-il. Demain, ce sera peut-être une lutte à mort. La période de sursis se termine pour moi, je le sens. Jamais Loretta n'aura l'occasion de me montrer Palerme et cette soirée-ci fait partie du plan pervers imaginé par Soriano. Il faut s'y résigner ! — Cheerio Loretta ! Danser avec vous est un rêve...

Il était trois heures du matin lorsque le dîner à la manière de Loretta prit fin et qu'ils se séparèrent. Volkmar accompagna la jeune fille jusqu'au seuil de ses appartements et lui baisa la main. Alors, saisissant sa tête entre ses longs doigts fins, elle posa ses lèvres sur ses paupières. Il eut le sentiment qu'il en resterait aveugle désormais.

— Enrico, vous me plaisez, dit-elle sans détour mais aussi sans appuyer sur ces mots. Vous n'avez jamais profité d'une occasion... pourtant il y en a eu quelques-unes... Merci, Enrico !

Elle s'éloigna comme en planant et Worthlow ferma la porte derrière elle comme on tire un rideau après un dernier acte. La séance prenait fin.

— Mes compliments, Sir, dit Worthlow de sa manière figée de butler modèle. Vous avez eu la chance de voir Miss Loretta autrement que d'autres hommes la voyaient jusqu'à présent. Mais vous avez été sage, Sir...

— Je suis de méchante humeur, Worthlow, c'est tout ! lança Volkmar à haute voix. A présent, j'ai vraiment envie de me soûler, sachez-le ! Livre-t-on ici les victimes aux crocodiles et aux lions mortes ou encore vivantes ?

Worthlow ne répondit pas, s'inclina, correct, et quitta la suite de Wolkmar conçue dans le style mauresque.

Peu après — Volkmar, accoudé au bar du hall, s'apprêtait à boire jusqu'à s'effondrer sur le tapis —, la sonnerie du téléphone retentit. Il s'y attendait presque.

— Il fallait encore que vous vous fassiez entendre, Don Eugenio, autrement cette soirée n'aurait pas eu son couronnement ! Enfin, ce fut malgré tout un instant magique !

— Ma fille est fascinée par vous, Dottore ! lança la voix de Soriano où perçait sa fierté paternelle. Vous êtes le premier homme qui l'ait attirée hors de son extrême réserve. Pour Loretta, les hommes étaient des chasseurs à la poursuite de sa dot ! Elle a d'ailleurs été élevée dans cette crainte. Si elle se marie, ce sera par amour vrai et réciproque. Étonnant que ce soit précisément vous qu'elle voie avec d'autres yeux !

— Soriano, vous pouvez faire l'économie de vos diverses entourloupettes ! Même en vous servant de votre fille, vous ne me tromperez pas !

— Je m'y refuserais d'ailleurs, Docteur Volkmar, je vous l'ai déjà dit : Si avec ma fille vous...

Il ne termina pas sa phrase.

— Quand me ramenez-vous en Sardaigne par avion, afin que je puisse décemment y resurgir ?

— Nous visitons demain l'asile de vieillards.

— Je serais curieux de savoir comment vous y parviendrez ! Sous narcose ? Mais lorsque je m'éveillerai, je serai le même.

— Dottore, je suis affligé de constater que vous me croyiez un caractère aussi primitif ! Il faudra vraiment que nous ayons ensemble un très long entretien, afin que tout devienne clair entre nous. Bonne nuit !

— Je me soûlerai ! rugit Volkmar dans le récepteur.

— Worthlow aura soin, demain matin, de vous servir le café le plus corsé qui se puisse imaginer.

Volkmar but ainsi qu'il l'avait annoncé. Mais, en dépit d'une importante dose d'alcool, il réussit à se déshabiller et à se coucher comme un homme qui se respecte, revêtu d'une chemise de soie marocaine.

A onze heures du matin, deux hommes vinrent le chercher. Il ne connaissait pas l'un d'eux qui était petit, mince, avec un museau de souris et qui se montrait des plus polis. Quant au second, il le salua d'un sourire en biais : c'était Paolo Gallezzo, l'horloger de Palerme, que l'on appelait l' « exécuteur ».

— Tiens, tiens, dit Volkmar, le cœur étreint et le cerveau encore plein des brumes de la nuit précédente, ça va donc démarrer, Gallezzo ? Pour quel procédé vous êtes-vous décidé : un direct à la mâchoire, un revolver sous le nez ou un tampon imbibé de chloroforme ? Vous pouvez sans doute forcer ma résistance corporelle, mais c'est de mon cerveau que vous avez besoin et vous ne l'atteindrez pas !

— Vous voyez ça comme du cinéma, Dottore, répondit Gallezzo aimable comme toujours. Nous ne confectionnons pas de ces plats hollywoodiens complètement idiots où il n'est question que de violence... Maître Soriano... ou mieux, le docteur Nardo, vient à vous avec un problème : dans l'asile de vieillards, une femme est tombée gravement malade. On ne peut rien pour elle. Peut-être saurez-vous la soigner ?

— C'est vraiment une ficelle un peu grosse, dit Volkmar durement, et avec ça aussi stupide que possible.

— C'est l'absolue vérité, Dottore. Je vous le jure sur la tête de ma mère qui est bien vivante !

Volkmar regardait Gallezzo l'œil fixe, désemparé : c'était vrai, sans doute... Gallezzo paraissait sérieux en cet instant... Le docteur Volkmar secoua la tête ; s'il se laissait prendre à présent, il n'y aurait plus d'issue pour lui.

— Le docteur Nardo est bon chirurgien ! dit-il.

— Il est à bout de ressources, Dottore.

— Vous ne manquez pas de médecins éminents à Palerme !

— Ils n'osent pas se charger de cette vieille femme dont le cas est tellement sérieux.

— Aucun spécialiste n'a peur d'agir dans son domaine particulier...

— Alors examinez ce cas, Dottore !

Gallezzo fit un signe. Le petit homme au museau de souris tira de sa serviette l'une de ces grandes chemises typiques de couleur brune dans lesquelles on glisse les radiographies. Le docteur Volkmar se mordit la lèvre inférieure, car il se trouvait au pied du mur face à ce conflit intérieur : s'il refusait de regarder les radios, s'il s'agissait d'un cas peu fréquent, il vivrait désormais avec le poids de cette responsabilité sur la conscience, mais s'il examinait les radios, Soriano aurait gagné la première manche : Volkmar travaillerait pour la Maffia !

— Vous êtes des démons, dit-il d'une voix enrouée.

— Nous prenons en charge tous les malades âgés, Dottore !

Le museau de souris lui montra les radios. Volkmar reconnut au premier regard qu'il s'agissait de grandes photos du thorax. Il prit l'un des clichés, sortit sur la terrasse et l'éleva vers le soleil.

Épreuve très claire, excellente. La cabine radio de l'asile devait être pourvue des meilleurs appareils. Les autres clichés — Volkmar le savait d'avance — étaient des variantes de celui-ci pris sous d'autres angles. Un regard sur cette radio suffisait pour s'assurer que Gallezzo n'avait pas menti. Non, ce n'était pas un piège. Ce cliché lui révélait une maladie très grave et Volkmar comprenait que les meilleurs chirurgiens italiens eussent hésité à la vue de ces radios devant l'éventualité d'une intervention.

Le diagnostic était aussi évident que les radios.

— Une « péricardite calcifiée », déclara Volkmar tandis qu'il prenait le reste des clichés qu'on lui tendait. — Il les éleva aussi entre lui et le soleil et fut convaincu que cette vieille femme, si l'on n'intervenait pas, était promise à une mort rapide. Mais en ce cas, une intervention immédiate signifiait aussi un acte courageux, prendre un risque, être aussi calme que tout vrai chirurgien lorsqu'il s'agit du pire comme d'un cas peu sérieux. — De fortes infiltrations de calcium ont provoqué le degré aigu de péricardite constrictive. Il faut opérer tout de suite. Comprenez-vous de quoi il est question ?

— Absolument pas, répondit Gallezzo franchement, c'est pour moi du chinois !

— Cette femme a ce que l'on appelle un « cœur blindé ». Des sels de calcium se sont déposés et forment autour du cœur une solide enveloppe calcifiée ! L'apport du sang, la fonction de pompe qui est celle du cœur sont presque supprimés. Naturellement, c'est une explication des plus profanes.

— Ça existe vraiment ? demanda la face de souris angoissée.

— Et vous pourriez y porter remède ? ajouta Gallezzo.

— Seulement dans une clinique parfaitement équipée.

— Nous l'avons.

— Pas à l'asile !

— Vous serez surpris, Dottore.

— Un instant ! — Volkmar retourna dans le salon, décrocha le téléphone. Un homme se présenta au bout du fil, comme étant le secrétaire de maître Soriano. — Je voudrais lui parler personnellement, dit Volkmar, s'il est absent, je l'attendrai.

— Un instant, Signore Dottore...

Il y eut des craquements dans l'appareil, puis la voix de Don Eugenio retentit :

— Je sais, Dottore, que vous avez à présent les radios en main. Et votre diagnostic est sans équivoque. Certes, je ne suis pas savant en ce domaine, je ne sais que ce que le docteur Nardo m'en a expliqué. Il s'agit d'une pauvre femme de soixante-douze ans qui a mis au monde seize enfants — seize, Dottore ! — et a survécu à tous, sauf deux qui lui restent et qui habitent l'Amérique. Cette femme ne mérite-t-elle pas de vivre encore quelques années ?

— Je ne suis pas magicien, Don Eugenio !

— Mais un excellent chirurgien, spécialiste des opérations du cœur. Vous opérerez, n'est-ce pas ?

— Seulement dans une clinique qui...

— Venez donc ici ! Je me trouve déjà à l'asile des vieillards. L'équipe chirurgicale attend, la vieille dame est déjà préparée, vous seul, le chef, manquez !

— Et si je dis non ?

— Vous ne le pouvez pas ! Pas vous ! Avec ces radios en main...

Volkmar rejeta le combiné sur sa fourche, coinça les radios sous son bras et accepta d'un signe de tête :

— Combien de temps nous faut-il pour atteindre l'asile ? dit-il à Gallezzo.

— Une demi-heure. Les routes seront peu encombrées, nous irons en ambulance avec lumière bleue et sirène déclenchée...

L'asile de vieillards, qui était non seulement la fierté de Palerme, mais celle de toute la Sicile, était situé sur un plateau d'où l'on avait une vue enchanteresse sur la ville et la mer. Gigantesque complexe de bâtiments somptueux, séparés par des jardins et un parc à la végétation luxuriante, deux piscines, un bois de pins propice aux promenades parsemé de bancs peints en blanc, c'était une « création sociale » de maître Soriano pour laquelle il avait reçu une très haute décoration et qui représentait un effort si méritoire que nul n'eût songé à s'inquiéter de la provenance des fonds qui en avaient permis la création.

Volkmar fut impressionné dès le premier regard lorsque l'ambulance monta, sirène hurlante, l'avenue de la clinique où cinq infirmières en blanc les accueillirent. Elles dévisagèrent Volkmar comme une bête curieuse tandis qu'elles l'accompagnaient jusqu'à l'ascenseur. Il n'y avait plus que Gallezzo avec lui.

— Au second, maître Soriano vous attend à la sortie de l'ascenseur.

Volkmar sentait grandir dans son esprit le désir de sauver ce cœur infiltré de calcium et son dégoût de Soriano en était rejeté à l'arrière-plan.

— Hein ? Quelle maison ! lui lança Soriano en l'accueillant.

— Où est le bloc opératoire ? demanda Volkmar.

— Dans le bâtiment III. Nous y serons transportés tout de suite. Les espaces à parcourir sont tels, qu'il nous faut les franchir non seulement verticalement mais aussi à l'horizontale et également en cabine tractée. Voulez-vous me suivre ?

Ils se dirigèrent vers une autre porte, s'assirent sur un banc dans la cabine. Soriano appuya sur une touche et, comme s'ils se trouvaient dans un conduit de poste pneumatique géant, ils furent transportés rapidement jusqu'à ce que la cabine se fût immobilisée avec un léger heurt. Lorsqu'ils rouvrirent la porte, ils se trouvèrent devant le docteur Nardo et deux autres médecins déjà en tenue de salle d'opération attendant dans l'antichambre. Ils avaient atterri au centre du bloc opératoire. Murs tapissés de carreaux blancs, sol également carrelé d'une blancheur éblouissante, odeur de désinfectants, portes capitonnées de caoutchouc, veilleuses rouges... Tout contre le conduit de la cabine se trouvait une porte par laquelle on fit passer Soriano et Volkmar. Gallezzo s'en retourna par la cabine.

Dans un vestiaire, Volkmar se changea et se revêtit d'une tenue de chirurgien. Pantalon, chemise sans manches, bottes, tout cela d'un vert doux. Puis Soriano lui souhaita bonne chance et le docteur Nardo le conduisit dans la seconde écluse stérile tandis que Don Eugenio restait en arrière.

En ce lieu nouveau l'attendaient quatre médecins qui saluèrent le docteur Volkmar d'un signe de tête. Une infirmière noua son tablier, une autre lui mit son calot, la troisième lui posa son masque. Volkmar procéda au savonnage de ses mains dans un liquide désinfectant, après quoi on lui passa ses gants de caoutchouc fin. Au-dessus de lui, devant un écran lumineux, étaient suspendues les radios du cœur au péricarde calcifié. A travers une paroi de verre, qui séparait la salle d'opération proprement dite de la pièce de préparation, Volkmar voyait la vieille femme étendue sur la table. Devant un oscillographe se tenaient deux internes qui contrôlaient l'irrigation sanguine périphérique. Les zigzags électroniques désordonnés avaient un aspect des plus critiques. Trois autres médecins étaient assis devant la machine cœur-poumons. Il y avait une abondance déconcertante d'écarteurs, de pinces hémostatiques, de tuyaux de caoutchouc, de linges et de compresses. Le docteur Volkmar se tourna vers le docteur Nardo qui, visiblement, était fier de ses préparatifs.

— Nous avons commencé, dès que nous avons su par un message radio que vous étiez en chemin, dit-il.

— C'est fort bien ! — Volkmar jeta de nouveau un regard vers la table d'opération : — Vous avez mis en train la péricardectomie sans savoir comment je procéderais. Vous avez fait une thoraxotomie latérale, mais si j'avais voulu procéder par une ouverture médiane à gauche ? Qui opère ici ?

— Vous aurez une meilleure et plus large vision du champ opératoire par cette ouverture latérale, cher collègue, répondit le docteur Nardo d'un ton irrité. Pour détacher la carapace calcaire, il vous faut être libre de vos mouvements.

— Merci du conseil !

Le docteur Volkmar franchit le seuil de la porte qui s'était ouverte automatiquement et pénétra dans la salle d'opération conçue selon les principes les plus modernes et où rien ne manquait. Dans l'énorme réflecteur suspendu au-dessus de la table se trouvait encastrée une caméra de télévision. Volkmar la regarda et eut une grimace sarcastique.

— Nous enregistrons toute opération du cœur, dit le docteur Nardo derrière lui.

— Ah ! Vous procédez souvent à des thoraxotomies ? lança Volkmar.

— Nous avons ici beaucoup de vieux cardiaques.

Un frisson parcourut l'épine dorsale de Volkmar. Ça, c'est maître Soriano, pensa-t-il, et il lui fallut prendre une profonde aspiration. Il ne manque pas de sujets de recherche, car il a bâti dans ce but une auberge de luxe et reçoit pour la peine titres honorifiques et décorations ! Il est le grand ami des hommes et socialiste modèle. Si sur trois cents vieillards, vingt ou trente sujets atterrissent sur la table d'opération en tant que cardiaques condamnés, qui le remarquera ? Qui s'en souciera ? Qui donc s'efforcerait encore de savoir la raison du décès d'un vieil inconnu au fond de quelque asile ? Il y en a assez sur la liste d'attente qui se réjouiront de cette chambre devenue libre !

Les connexions avec la machine cœur-poumons étaient établies. Les anesthésistes et les internes donnèrent leurs mesures de pression artérielle et veineuse à mi-voix, sur un ton monotone, jeu parfaitement au point d'une équipe bien entraînée, ce que remarqua aussitôt le docteur Volkmar.

— Quelle est l'étendue des dommages secondaires ? demanda-t-il au docteur Nardo. On ne m'a montré que les radios, mais aucune récapitulation générale de l'état du malade. Je ne connais aucune fiche d'admission. Quel est l'aspect du myocarde ? Et le foie ? Les poumons ? Ainsi que me l'apprend l'oscillographe, nous avons en perspective une forte péricardite calcifiée, une adhérence de la membrane médiane est certaine et vous me flanquez tout ça sous le nez en vous disant : qu'il essaie seulement ! Il tombera à genoux à son tour !

Il s'approcha davantage de la table d'opération du côté qui revient de droit au chirurgien-chef et considéra l'ensemble de ce qui avait déjà été fait. Il n'y avait rien à redire, il fallait le reconnaître. Ce cœur enrobé de calcaire avait un aspect lamentable, c'était un bloc dur, d'un blanc grisâtre, où les veines et les artères pénétraient comme dans une pompe cadenassée. On pouvait frapper ce cœur avec un marteau comme s'il s'agissait d'une pierre.

— Bien ! lança Volkmar en se penchant sur la cage thoracique ouverte. Laissons démarrer la circulation sanguine. Les mesures concernant le sang ont-elles été correctement prises ?

— Pourquoi cela ? demanda le docteur Nardo à côté de lui.

— Pourquoi ? — Volkmar eut à l'adresse de Nardo un regard fixe. Puis il rugit si violemment que les murs recouverts de faïence en vibrèrent. — Parce que je veux sauver ce cœur ! Parce que cette femme doit vivre encore ! Parce que ce n'est pas un morceau de viande mis à notre disposition pour nous permettre de petites expériences ! Cette vieille femme se promènera de nouveau dans le parc dans un mois ! Est-ce assez clair, Docteur Nardo ?

— Non, cher collègue.

— Je m'expliquerai donc avec plus de précision : Si au cours des préparations, une faute ou un oubli a été commis, vous n'aurez plus une minute de tranquillité avec moi. M'avez-vous compris, à présent ?

— Non ! Je ne permets pas que vous me parliez ainsi, répliqua Nardo sur un ton élevé.

— Tenez votre gueule ! lança soudain une voix tranchante, glaciale, sortie d'un haut-parleur invisible : — Pietro, le médecin-chef c'est le docteur Volkmar !

— Ah ! Vous écoutiez donc, Don Eugenio ? s'écria Volkmar.

— J'entends et je vois tout grâce à ma caméra de télévision. — Maître Soriano avait repris un ton mesuré : — Dans la salle d'opération, ne compte que ce que vous dites, Enrico, vous y régnez !

Les mesures qu'on lut rapidement au docteur Volkmar étaient exactes. On n'avait rien oublié. L'opération en elle-même, le détachement de l'enveloppe calcifiée pouvait commencer. La circulation se faisait par la machine cœur-poumons. Pour la première fois depuis longtemps, la vieille femme avait une circulation sanguine normale, mais elle n'en avait pas conscience.

Le docteur Volkmar mit trois heures pour gratter, casser, scier le revêtement calcaire jusqu'à ce que le cœur pût de nouveau se dilater. Cependant le myocarde, c'est-à-dire la musculature cardiaque, et ses entrelacs de fibres avaient été tellement lésés que cette opération ne pouvait être considérée que comme un soulagement passager.

L'instant était atteint qu'attendaient Soriano devant son écran de télévision et Nardo dans la salle d'opération : la question se posait de savoir si la médecine s'arrêtait en ce point, ou si la chirurgie cardiaque pouvait découvrir un nouvel univers. Ce vieux cœur las, lésé, se mit à battre lentement lorsque le sang reflua dans son circuit naturel après le choc électrique qui lui signala : te voilà de nouveau au travail ! L'être humain étendu sur la table d'opération vivait, mais pour vivre des jours de tourments.

— Bravo ! lança la voix de maître Soriano dans le haut-parleur. Ce n'était pas seulement un travail fait de mains de maître, mais aussi la preuve que vous avez des mains infaillibles en même temps que le courage d'un héros !

Volkmar s'écarta de la table d'opération laissant le docteur Nardo et son équipe au tavail qui consiste à refermer la cage thoracique.

— Je suis fatigué ! dit-il à haute voix tourné vers la caméra de la télévision. J'ai bu toute la nuit. Cette vieille femme vivra peut-être encore six mois.

— Serait-elle plus jeune, disons âgée de quarante-cinq ans par exemple, elle aurait, avec un cœur nouveau, des chances...

— Ça suffit, Don Eugenio ! lança Volkmar durement. Je ne parlerais jamais plus de cette question avec vous ! J'ai fait mon devoir. A présent, laissez-moi en paix !

Il quitta la salle d'opération par la porte de verre s'ouvrant automatiquement, jeta dans l'antichambre calot, masque, gants, tablier, comme s'ils étaient pleins de parasites et s'en fut dans la première pièce où ses vêtements étaient suspendus. Des personnes bienveillantes les avaient désinfectés et repassés.

En ce lieu se trouvait aussi maître Soriano, assis devant un écran en train d'applaudir tandis que Volkmar pénétrait dans la pièce. Dans un coin, pelotonnée au fond d'un fauteuil blanc, Loretta détournait son visage de l'écran. Elle était pâle, avait l'air extrêmement fragile et paraissait très impressionnée.

— Loretta a voulu assister à tout ! dit Soriano qui se leva pour serrer les deux mains de Volkmar qu'il secoua avec enthousiasme. Mais elle n'a pas regardé l'écran une seule fois. Lorsque vous avez terminé, elle a dit : Comment un homme peut-il accomplir de tels prodiges ? Je dois lui donner raison !

— Il n'y a pas de prodiges, Loretta. — Volkmar la tira de son fauteuil. Comme s'ils étaient soudain un couple d'amoureux seuls dans une clairière au fond des bois, elle se serra contre lui et entoura sa taille d'un bras. — C'était mon trente-quatrième cœur calcifié. On acquiert peu à peu une certaine routine.

— Tout de même, dit-elle, on dit que l'homme le plus seul au monde est le boxeur sur le ring. Je crois qu'un chirurgien devant un corps ouvert est plus seul encore.

Maître Soriano regardait sa fille. Cette attitude de lierre qui recherche un arbre ne semblait pas correspondre à ses calculs.

— Allons, dit-il, allons-nous-en.

— Je voudrais voir encore la salle de veille et la réanimation ! dit Volkmar.

— Volontiers !

Ils sortirent et reprirent la voie rapide des cabines volantes.

— Pour Loretta, ce n'est rien qui puisse l'intéresser, dit Soriano lorsqu'ils s'arrêtèrent. Je propose de vous retrouver dans deux heures au Palermo Palace. Nous y dînerons. Désirez-vous quoi que ce soit, Dottore ?

— Oui, une bonne soupe paysanne bien épaisse et une échine de porc grillée !

— Vous l'aurez ! Loretta, précède-nous au Palace et commande le menu.

Ils attendirent que Loretta eût pris la cabine descendante de l'ascenseur et s'en furent dans une autre cabine jusqu'au sous-sol. Volkmar regardait Soriano d'un air critique.

— C'est ici la réanimation ?

— Non, nous nous trouvons dans une partie de la maison que seuls connaissent deux ou trois médecins. Vous savez que je bâtis dans la montagne un hôpital pour les enfants et un home de convalescence également pour le jeune âge, mais ceci est en quelque sorte une enseigne qui dissimule sa véritable destination. En réalité, c'est la clinique de cardiologie la plus moderne qui doit s'y élever un jour. Mais ce que l'on y pratiquera plus tard est déjà expérimenté ici. Ce que vous allez voir vous est déjà connu par l'Institut de Recherches de Munich : des rats, des cobayes, des lapins, des chiens, des singes, des porcs, des moutons... tout un zoo dont on se sert pour expérimenter la guérison des humains.

— Vous m'avez donc encore roulé, Don Eugenio.

Volkmar s'adossa au mur du sous-sol qui était blanc, c'est-à-dire recouvert de carreaux, comme dans l'antichambre du bloc opératoire, et reluisait de propreté. Par comparaison, nos salles de vivisection sont des porcheries, pensait-il, et nos laboratoires dans la vieille clinique ? Mieux vaut n'en pas parler.

— Le docteur Nardo n'ira pas plus loin, remarqua Soriano. Le temps de survie le plus long qu'il ait obtenu chez un chien était de cinq jours. Il jubilait ! Le plus souvent, ses « témoins » meurent d'infection des poumons.

Ils ouvrirent une épaisse porte de fer et pénétrèrent dans une vaste salle souterraine où résonnaient d'innombrables cris d'animaux. Les cris grinçants des singes dominaient le concert. Les chiens aboyaient à peine, ils gémissaient soudain à la vue des hommes qui venaient d'entrer.

De l'autre côté de la vaste salle, le docteur Nardo vint à leur rencontre. Deux gardiens le suivaient. Ils dévisagèrent Volkmar exactement avec la même intensité que les infirmières du rez-de-chaussée, à croire qu'il tombait d'une étoile.

— Tout va bien, dit Nardo avant que Volkmar ait pu poser une question, l'opérée va être mise en réanimation dans dix minutes.

— C'est ce qui m'intéresse uniquement ! répliqua Volkmar agressif. Il s'approcha d'une cage de singe où un chimpanzé se trouvait étendu sur un matelas. Son thorax était entouré de bandes de pansement ; il regardait les visiteurs avec de grands yeux tristes et luttait pour trouver son souffle. Lorsqu'il respirait, on croyait entendre des billes de plomb rouler sur la peau tendue d'un tambour.

— Opéré avant-hier..., dit le docteur Nardo. Transplantation de l'oreillette droite, veine cave et partie inférieure de l'artère pulmonaire.

— Mettez-le en sommeil !

Volkmar se détourna. La souffrance des animaux l'éprouvait toujours profondément, bien qu'il travaillât avec eux depuis des années. Mais beaucoup de grandes découvertes de la médecine n'auraient pas été possibles sans expériences sur les animaux. L'homme doit à la vivisection le fait qu'il vit plus longtemps que par le passé. C'est une effroyable vérité, mais qui saurait indiquer d'autres moyens ?

Ils franchirent le seuil d'une pièce qui évoquait une sorte de salle de cinéma avec écran de toile et cabine de projection. Un des gardiens d'animaux entreprenait pendant ce temps de délivrer sans souffrance le pauvre chimpanzé gratifié de la moitié d'un cœur transplanté.

— A présent, le docteur Nardo va nous montrer sa série de tentatives ! reprit maître Soriano. Ses méthodes, ses succès, ses échecs.

La lumière s'éteignit. Ils s'installèrent dans les fauteuils rembourrés. Derrière eux, l'appareil de projection susurrait. Puis le film en couleurs fut projeté net, précis, pris sur la table d'opération, même en partie avec une lentille spéciale.

En silence, Volkmar observait le docteur Nardo et ses assistants détachant un cœur de chien en plusieurs parties et transplantant un autre cœur de chien à sa place. C'était un processus purement technique. Absentes étaient les fiches de recherches sérologiques, les composés protéiniques, les recherches cellulaires, les mensurations hématologiques. Suivait un bond de deux jours : le même chien sur la table de dissection. On voyait avec précision comment la partie de cœur implanté avait été détruite par les restes du premier cœur et toutes les substances de rejet du corps.

Film après film se déroulèrent pendant deux heures. Ça devait être pour le docteur Nardo une épouvantable épreuve : il donnait sa défaite en spectacle.

— Que faisons-nous, qui soit répréhensible ? demanda Soriano lorsque les lumières se rallumèrent.

— Rien ! Et *tout* cependant.

— Que voulez-vous dire ?

Soriano s'adossa. Le docteur Nardo sortit de la cabine de projection et s'assit à côté de Volkmar. Soriano offrit des cigarettes. Volkmar avait envie d'un double cognac, mais il n'y avait rien à boire en ce lieu.

— Vous opérez exactement comme nous, comme tous ceux qui en ce monde font des transplantations cardiaques. Abstraction faite de quelques modifications, ce sont les mêmes méthodes d'opération, les mêmes recherches biologiques, préparations et précautions post-opératoires, et... les mêmes échecs ! En Amérique, surtout à Houston au Texas, on ne jure que par le futur cœur artificiel en plastique. A Paris, on préfère la méthode naturelle, cœur humain pour cœur humain, ce qui suppose une importante élimination des substances de rejet dans le corps. Cela marche naturellement... mais alors le moindre rhume devient aussitôt mortel et quiconque tousse peut commander son cercueil. Continuer à vivre à ce compte n'est pas ce que l'on espère d'un cœur neuf.

— Mais le début est déjà accompli, Enrico ! dit Soriano à haute voix.

— Il y a un début... mais il faut se demander combien de temps il durera. Déjà, dans l'ancienne Égypte, les médecins faisaient des transplantations crâniennes ! Et l'on connaissait le cancer des os aussi bien que le carcinome du gros intestin ! Tout ça des *débuts,* et de combien nous sommes-nous avancés en cinq cents ans de médecine concernant le cancer ? Bien : l'ancienne méthode, l'opération, les rayons post-opératoires, la chimiothérapie, mais soyons francs, où en sommes-nous ? Avons-nous reconnu des métastases, alors nous nous servons de beaux discours qui tournent invariablement autour du sujet. — Il écrasa sa cigarette dans un cendrier attaché au dossier du fauteuil se trouvant devant le sien. — En ce qui concerne les transplantations cardiaques, nous sommes encore suspendus aux mamelles de la médecine, mais ce sont des seins récalcitrants !

— Et vous, Dottore ? demanda Soriano.

— Comment, moi ?

— Pourquoi vos animaux d'expérience vivent-ils plus longtemps qu'avec d'autres chirurgiens du cœur ? N'allez pas me dire qu'il s'agit de hasards. J'ai fait envoyer par télex la liste de tout ce que vous avez publié et ce que l'on dit de vous en Allemagne : vous vous faites, semble-t-il, une autre conception de tout ce problème du cœur que les autres médecins, vos contemporains !

— Aux morts s'attachent toujours des légendes. Comme je suis officiellement mort !

— Après-demain seulement, sans le moindre doute. C'est alors que votre cadavre sera poussé à la côte par le flux, vous le savez, Dottore. — Maître Soriano joignit les mains.

— Vous serez le premier chirurgien capable de transplanter un cœur. Je le sais !

— Beaucoup de chirurgiens en sont capables.

— Des cœurs qui ne se laissent pas « rejeter » ?

— Non, pas encore...

— Voilà où est l'espoir ! — Soriano bondit sur ses pieds. — Cet *encore* est *l'avenir !* Pour cet *encore,* vous serez traité comme un dieu ! Si vous dites *pas encore,* je sais que vous direz un jour : Nous avons réussi ! Vous et moi. Nous disposons d'assez de temps pour attendre cet accomplissement.

Il faut reconnaître que les autorités sardes montrèrent des égards à la doctoresse Angela Blüthgen. Non seulement on ne la laissa pas seule dans sa petite chambre d'hôtel de Cagliari après qu'on lui eut dit qu'une réapparition du docteur Wolkmar était désormais impossible, mais le commissaire de police chargé du cas Volkmar, s'occupa d'elle avec commisération. Bien qu'Angela ne fût pas la veuve de Volkmar, ni que sa liaison sporadique avec celui-ci lui donnât le droit d'étaler un deuil par trop voyant, elle n'en fut pas moins transformée intérieurement.

Elle avait cédé à un sentiment de culpabilité vis-à-vis de Heinz qu'elle s'accusait à présent de n'avoir pas aimé autant qu'il le méritait, cela pour obéir à ses idées émancipatrices qui l'avaient en fait détruite elle-même. Mais il n'était plus possible de rattraper les heures où elle s'était contenue pour éviter de montrer sa tendresse. Avec cela, elle s'avouait enfin l'avoir vraiment aimé et puis, secrètement, elle se disait qu'il lui serait difficile, à trente ans, de trouver encore un homme auquel elle serait aussi intimement attachée qu'à Volkmar.

Tout cela, le commissaire de police de Cagliari ne le savait pas, mais lorsque Angela exprima le désir d'habiter deux semaines tout près du lieu de l'accident, on téléphona de tous côtés et l'on découvrit enfin au Capo San Marco une cabane de pêcheurs trop délabrée pour qu'on pût, à vrai dire, la proposer sans restrictions à une Madame venue d'Allemagne. Le pêcheur Giovanni Responatore — son nom euphonique était sa seule qualité — logeait dans cette masure avec ses filets, une vieille barque, deux moutons, un porc, un âne et sa femme. Lorsqu'un carabinier vint annoncer à Giovanni qu'une Signorina étrangère logerait chez lui — ordre de Cagliari — Giovanni accueillit la nouvelle comme une tempête au large. Il mit sa femme Recha au travail à grands coups de gueule, lui fit nettoyer son antre, s'en fut en mer où il retira de l'un de ses casiers une formidable langouste et sacrifia une bonne platée de riz pour la confection d'un rizotto monstre.

— Elle te rapportera suffisamment de lires ! avait dit le carabinier après que Giovanni eut empli pendant une heure ses oreilles de gémissements. — Avec ça, elle est un peu toquée, elle attend un mort qui ne reviendra pas.

— Pourquoi chez moi ?

— Parce que l'homme s'est noyé près d'ici.

— L'Allemand qui avait une tente ?

— Celui-là même.

— C'est sa veuve ?

— Probablement, autrement quelle raison aurait-elle d'attendre le retour du mort ? Par exemple, elle sera étonnée lorsqu'elle constatera son aspect s'il est vraiment poussé à la côte !

C'était inévitable. Angela Blüthgen s'installa chez Giovanni Responatore, mangea le rizotto, les savoureux quartiers de langouste, but un demi-litre de vin du pays, et s'en fut se promener au bord de la mer.

Giovanni l'observait derrière le rideau de ses filets tendus pour sécher et où il y avait toujours un accroc à réparer. Si jeune, si belle, elle pourrait encore bien profiter de la vie ! pensait-il, et que fait-elle ? Elle longe la plage dans l'espoir qu'un mort s'y échouera !

Dans la nuit même où Angela dormait sur une paillasse posée sur un banc de bois, après s'être dit avant de s'endormir : Si je reste ici plus de quinze jours, je perds la raison !, un rapide canot à moteur de la compagnie fruitière Adriano Oreto venant de Cagliari contournait la pointe sud de la Sardaigne et s'approchait, fanaux éteints, du Capo San Marco. Le doigt lumineux tournoyant du phare tressauta par-dessus le bateau, on stoppa les moteurs et l'on étudia encore sur les cartes marines les courants qui s'y trouvaient indiqués.

— Encore deux milles au nord ! dit le pilote, mais ce n'est pas sûr !

— Nous avons accompli ce que Don Eugenio nous avait demandé, que veut-il de plus ?

Oreto, qui ne s'embarrassait habituellement guère de scrupules, se sentait mal à l'aise comme jamais encore. Dans un réduit, près du poste de pilotage, se trouvait couché le mort revêtu du caleçon de bain de Volkmar. Le vieux dentiste avait assuré que le cadavre avait à présent la moindre obturation que présentait la denture du véritable docteur Volkmar. Ce qui n'était pas tout à fait exact, c'était l'angle que formaient les dents avec la mâchoire qui est très diversifié chez les humains, mais on espérait que nul ne se soucierait de ce détail. L'état du mort ne le permettait d'ailleurs pas. Avant de le monter à bord, on l'avait jeté sous une hélice de navire et son aspect désormais réclamait des nerfs solides s'il fallait l'examiner. Oreto n'était pas sensible ; pourtant son petit déjeuner ne passa pas.

Au sud-ouest de Poutzou Idou, ils jetèrent le mort à la mer et le suivirent des yeux tandis qu'il dérivait sur quelques mètres, puis sombrait. Ils firent tourner le canot, mirent de nouveau le cap au sud et furent d'accord pour laver à l'aide d'un vin corsé, les heures pénibles de cette nuit d'été.

— Ce devait être un homme important ! conclut plus tard Oreto dans le poste de pilotage. Non pas celui que nous avons jeté à la mer, mais celui qui *doit être mort !*

Oublions tout, Amigo... je préfère considérer encore Don Eugenio comme mon ami.

Le mort fut emporté par le flux vers le Capo Mannu, ainsi qu'on l'avait prévu à Palerme. En tenant compte du flux et du reflux, il devait s'échouer sur la côte au plus tard dans deux jours.

Alors la mort de Volkmar serait en toute certitude démontrable et définitive.

Anna arriva à Naples à l'aube.

Elle rinça encore la vaisselle du petit déjeuner des passagers, suspendit sa blouse et son tablier dans l'armoire de fer qui se trouvait dans l'antichambre de la cuisine, renonça à la rétribution de cette journée et, en dépit de toutes les conventions du travail en vigueur, quitta le navire.

Dans le grouillement humain provoqué par les déchargements des bagages et des marchandises, des passagers quittant le bord, des autos mises à quai, on ne la remarqua pas. Elle suspendit son sac de toile à voile à son épaule et s'enquit dans les bureaux des Compagnies maritimes des services de voyageurs en direction de la Sicile.

Il existait des moyens plus simples et plus rapides d'atteindre Palerme, par exemple l'avion, mais cela rognait la somme de lires qu'elle-même et Ernesto avaient touchée pour la mort de Luigi. Anna avait appris à vivre de très peu, les cinq cent mille lires qu'elle portait sur elle, elle ne les écornerait que si elle ne parvenait pas à se débrouiller par ses propres moyens. Elle avait des mains adroites, de la force pour deux, elle était habituée au climat froid des montagnes et à trimer douze heures d'affilée dans l'air chaud et confiné des écuries et elle continuerait à peiner ainsi jusqu'à Palerme, sans toucher à cet argent. Parfois, elle s'adressait à cette liasse de billets en l'appelant « Luigi mon frère ». Elle représentait pour elle comme la promesse de réussite du vœu sacré qu'elle avait fait de retrouver l'homme qui avait mis Luigi dans un état si lamentable.

Ensuite — elle l'avait juré devant la chapelle de la

Vierge sur le sentier descendant de la montagne qu'elle quittait — Anna ferait don de tout l'argent à un orphelinat. Cet argent serait alors purifié, car on lave le sang avec du sang, c'est du moins ce que l'on pense dans les montagnes de Sardaigne.

Jusqu'à midi, Anna resta assise dans le port de Naples, crachant à la figure des hommes qui venaient lui faire des propositions précises et elle se décida enfin, après une tournée dans les bureaux d'embauche, à accepter une place de femme de ménage sur un paquebot de luxe qui faisait des croisières et touchait bord à Naples. C'était le premier bâtiment qui s'en irait de Naples à Palerme où elle serait dans deux jours, après un détour par les îles Stromboli et Lipari où les Américains et les Allemands sont encore plus friands de photographie que leurs compagnes.

Palerme ! Don Eugenio ! Et l'homme qui a traité Luigi comme un animal de boucherie. Comment s'appelait-il donc ? Ganazzo ou quelque chose d'approchant. Elle le trouverait ! Quiconque a chassé le loup dans les montagnes saura aussi éventer la piste d'un homme.

Et puis Enrico... Quel sera son étonnement lorsque Anna se tiendra devant lui et dira : Me voici ! Le monde n'est pas si grand que je ne puisse te retrouver. Je t'aime. Je sais que tu es un homme important, célèbre, mais qu'est-ce que cela fait si je t'aime ? Je suis jolie, je le sais, j'ai de beaux seins fermes, un corps mince, de longues jambes solides et un entrejambe plein de boucles noires. Et même si tu es tellement célèbre que tu ne veuilles me montrer nulle part, qu'est-ce que cela fait ? Je me rendrai invisible, je t'attendrai dans un coin jusqu'à ce que tu m'appelles. Je serai près de toi sans que personne me voie. Mais *je serai* auprès de toi et ce sera toute ma vie. Je ne veux pas d'autre bonheur, Enrico — être avec toi, Enrico !

Elle s'installa dans une cabine minuscule sur le paquebot de luxe. Celle-ci se trouvait tout juste placée au-dessus de la ligne de flottaison. Mais elle était plus propre que celle qu'elle occupait sur le cargo mixte, le personnel était aussi plus convenable et, à vrai dire, plus assuré d'être écouté. Ici à bord, on ne pouvait pas ruer dans les tibias ou le bas-ventre d'un steward. Le premier d'entre eux qui arrêta Anna pour lui demander s'il était possible de contempler de plus près ce qu'elle avait dans son corsage, reçut cette réponse :

— Je viens de Sardaigne, idiot ! Va t'en trouver tes touristes suédoises !

— Tu pourrais pourtant gagner de l'argent, remarqua le steward nullement démonté. Nous avons ici à bord au moins soixante-dix vieux pots qui paient la passe jusqu'à cent dollars et plus. Si nous nous mettons ensemble, nous pourrons après six croisières nous acheter une maison !

— J'ai d'autres projets, répliqua Anna.

— Un bordel à Messine ou Palerme ? Anna, sur notre bateau, tu gagneras plus et avec moins de peine. Réfléchis !

Elle ne daigna pas réfléchir, elle ne pensait qu'à se venger et à Enrico Volkmar. Lorsque le paquebot, accompagné du hurlement de ses sirènes pendant que l'orchestre du bord jouait une marche entraînante, quitta le port de Naples, Anna se tenait contre le bastingage de l'entrepont, près des enroulements de câbles et des containers solidement arrimés, et son regard parcourait la surface des eaux en direction de la Sicile.

Encore deux jours ! Deux jours brefs et deux nuits. Alors elle achèterait à Palerme un couteau à deux tranchants de taille moyenne et un autre couteau au manche bien équilibré qui, lorsqu'on le lançait, atteignait toujours sa cible du bout de sa pointe acérée. Luigi lui avait appris à se servir d'un couteau. Il fallait avoir l'impression, au creux de la paume, que ce couteau-là était bien choisi pour servir d'arme de jet infaillible.

Dans la grande salle de bal du paquebot de luxe, les premiers danseurs arrivaient en smoking et robes longues. Des bijoux scintillaient sur les bras, les doigts, aux oreilles, aux cous. L'orchestre jouait un blues. La table du commandant était toute fleurie. Le steward-chef couvert de tresses dorées courait en tous sens afin de s'assurer que rien ne manquait.

Invisible, telle une ombre, Anna se glissa du bastingage vers un étroit escalier de fer qu'elle descendit jusqu'aux entrailles du navire. Ceux-là, là-haut, ont de l'argent, beaucoup d'argent, pensait-elle, mais moi j'ai ma vengeance et Enrico Volkmar !

Ceux-là en haut n'en ont pas autant : j'ai plus de chance qu'eux.

Le dîner au Palermo Palace fut exquis, ainsi que Soriano l'avait promis. Le cuisinier viennois vint lui-même à leur table pour recueillir l'approbation des convives. Mais en dépit de tant de perfection, le repas fut des plus silencieux. Maître Soriano se levait de temps à autre pour téléphoner.

— La bienfaisance réclame une sérieuse préparation ! expliquait-il et Loretta évita de parler de l'opération.

— Je prends demain l'avion pour le continent, dit-elle tandis que Soriano était de nouveau appelé au téléphone. Je vais à Salerne. Une de mes tantes est malade.

— Vous ne me ferez donc pas visiter Palerme ?

— Plus tard, Enrico.

— Si je suis encore ici...

— Certainement ! — Elle le regarda de ses yeux rayonnants qui annihilaient la volonté de Volkmar. — Si je vous en prie. Vous faut-il rentrer si vite en Allemagne ?

Il se tut. Comment lui dire : Je ne peux pas rentrer chez moi, je suis mort ! Mon cadavre sera poussé vers la côte par la mer dès demain ou après-demain et on l'identifiera grâce à ma denture ? Votre père, chère Loretta, travaille à la perfection ! Si je quitte Palerme, ce sera en m'évadant, en fuyant pour sauver ma vie, car maître Soriano me poursuivra comme aucun gibier ne le fut jamais. Mon retour parmi mes contemporains signifierait sa fin, nous le savons tous. Pas toi, il est vrai, angélique Loretta.

— Je puis encore rester un peu, dit-il enfin comme

elle posait sa main sur la sienne. Combien de temps resterez-vous à Salerne ?

— Peut-être une semaine.

Ce sera la semaine du combat décisif, pensa Volkmar. Soriano éloigne sa fille pour monter sur le « ring » avec moi. Jusqu'à présent, il a toujours gagné : j'ai opéré, j'ai regardé les expériences de transplantation, je me suis laissé habiller comme un gigolo, on m'a intégré à son intérieur et je me suis épris de Loretta, ce qui est bien le pire de tout parce que sans issue... L'amour de Loretta fait de moi un complice.

— Une semaine, ce sera possible, dit-il d'une voix étranglée.

— Merci, Enrico. — Elle appuya de nouveau sa main sur la sienne. Il n'osait pas la regarder. — Je compterai les jours.

— Moi aussi !

Sa pensée n'était pas la même que celle de Loretta, mais avant qu'ils aient pu poursuivre leur conversation, Soriano revenait, gai, ailé, tandis qu'il passait une main sur la chevelure noire de Loretta, plein de fierté paternelle...

Paolo Gallezzo avait annoncé que dans la région de Calascibetta, un jeune paysan avait été capturé alors qu'il se rendait à Catane où il espérait trouver du travail dans une conserverie de poissons. Il s'appelait Leone Bisenti. C'était un garçon solide, bien portant, âgé de vingt-cinq ans. Sur la route de Racalmuto à Cassicatti, un homme conduisant une très vieille Fiat s'était jeté sur un tas de pierres qui, un quart d'heure auparavant, ne se trouvait pas sur la route. L'accidenté, Arigo Melata, cinquante-quatre ans, mécanicien de son état, n'était pas blessé, il n'avait éprouvé qu'un choc, mais il avait tout de même été transporté par les gens de Gallezzo vers une destination inconnue. Avant que les recherches de la police commencent et que l'on tente de retrouver les traces de Bisenti et de Melata, toutes traces avaient disparu. Il ne restait d'Arigo que les vestiges d'une vieille voiture et de Leone rien du tout. Il était parti en auto-stop pour Catane. Comment relever sa trace ?

— Tout est prêt, Don Eugenio ! avait dit Gallezzo au téléphone. Ça peut démarrer !

— Dans deux jours ! avait répondu maître Soriano. Toute plante a besoin d'être arrosée pour pousser. La croissance des racines est ce qui importe avant tout, la floraison viendra d'elle-même.

Le quatrième jour, après l'envol de Loretta pour Salerne, Volkmar nageait de nouveau dans la grande piscine de la villa près de Solunto, lorsque Soriano s'approcha du bord et s'y assit. On avait « passé le temps » ces derniers jours avec des parties de tennis et des séances de natation. A deux reprises, Volkmar avait été rendre visite à la réanimation au « cœur calcifié ». La vieille femme allait relativement bien, elle était résistante et déjà buvait du vin rouge mêlé d'un œuf battu.

— Un appel de la clinique ! dit Soriano comme Volkmar s'approchait du bord de la piscine et se retenait au balustre de pierre. Deux nouvelles livraisons !

— Pour le docteur Nardo ! lança Volkmar. Je ne marche plus !

— Deux cas typiques, Dottore ! L'un a reçu un coup de couteau au milieu du cœur et n'est plus récupérable... L'autre a reçu un coup de feu dans le cerveau et ne survivra pas non plus, mais son cœur est parfaitement sain ; vingt-cinq ans ! Tous deux victimes de la vendetta. Théoriquement, on pourrait sauver une vie humaine si l'on échangeait le cœur poignardé contre le cœur sain...

Le docteur Volkmar se rejeta vers le centre de la piscine et nagea en s'éloignant.

— Non ! cria-t-il en envoyant des coups de pied dans l'eau. Non ! Non ! les chances sont à quatre-vingt-dix-neuf contre une !

— Un pour cent signifie donc si peu en médecine ? Je pense que c'est précisément en médecine que la plus petite chance doit être prise en considération. N'est-ce pas un devoir pour le médecin ?

— Jamais encore on n'a implanté un cœur d'homme à homme ! On n'a tenté cela que chez les animaux. S'il s'agissait d'êtres humains, ceux-ci étaient des corps morts servant à des exercices de pure technique dans le domaine opératoire.

— Je sais, Enrico ! — Maître Soriano se tenait contre le rebord de la piscine et faisait signe à Volkmar de sortir de l'eau : — Vous serez le premier qui risquera ce procédé sur des hommes en vie !

— Je serai le dernier que vous pourriez décider à risquer une telle entreprise ! — Volkmar restait au milieu de la piscine en nageant sur place. Un soupçon terrible s'était emparé de lui. Il n'osait le crier bien haut : — Don Eugenio, je sais pourquoi Loretta a été envoyée à Salerne, dit-il sur un ton mesuré. On peut inventer une tante malade. Elle est donc exilée pour un temps indéterminé !

— C'est juste ! — Soriano s'assit sur le socle de béton supportant le tremplin de saut. — je voulais, en prévision de tout ce qui va venir, être seul avec vous, Enrico. Loretta a été hors d'elle, à la vue du cœur calcifié, c'est un ange, ainsi que vous vous en êtes aperçu, et bien que Loretta vous ait admiré et éprouve pour vous un enthousiasme enfantin...

— Loretta une enfant ? Où sont vos yeux, Don Eugenio ? Ou faut-il constater que chez vous aussi s'avère l'exactitude du dicton selon lequel les pères sont en face de leurs filles comme des aveugles parmi les voyants ?

— Sortez donc, Docteur Volkmar ! s'écria Soriano.

— Non, si je nage, je tiens bien au moins une heure, aussi votre plan de me ramener à la côte dans la peau d'un noyé est-il des plus stupides. Quiconque me connaît...

— Ces deux hommes n'ont plus que quelques possibilités... Le docteur Nardo les maintient en vie artificiellement.

— Le coup de feu au cerveau... je ne connais pas son état exact, quant au cœur poignardé, on peut recoudre. Même votre docteur Nardo peut s'en charger.

— Il dit que non.

— En ce cas, je puis nager encore.

— Et vous êtes médecin ? Le grand espoir de la

chirurgie cardiaque ? Le « possédé », ainsi qu'on vous appelle à Munich ? Le chirurgien aux mains d'or ? Voici deux mourants et vous leur tournez le dos. Pouvez-vous en répondre ?

— Soriano, ne parlez pas de responsabilité ! — Volkmar retourna en nageant au bord de la piscine et se retint à la planche longue d'un mètre du sautoir. — Comment ces deux blessés sont-ils venus jusqu'à l'asile de vieillards au lieu d'être hospitalisés à la clinique chirurgicale de Palerme ?

— Ils ont été livrés par des amis, parce que l'on sait que nous avons une section de recherches...

— Voilà qui est louche, Don Eugenio ! Ou serait-ce que les vengeances sanglantes siciliennes se règlent dans votre cabinet ?

— Quelques-unes, Enrico. — Maître Soriano eut un sourire malicieux : — Je suis très apprécié.

— Je l'ai déjà compris.

— Et les préoccupations de certaines familles sont aussi les miennes. Nous autres Italiens, nous avons un sens de la famille des plus développés. La Sicile est un modèle dans ce genre. Les Siciliens sont frères dans le monde entier.

— Sauf aux U.S.A. où les familles de la Cosa Nostra se saluent réciproquement avec des salves de mitraillettes !

— Allons-nous discuter de querelles familiales, Enrico ? — Soriano se pencha et frappa du plat de la main la planche du sautoir : — Nous viendrez-vous en aide ?

— J'examinerai seulement les blessés !

— Merci, Bonne Mère, voici tout de même un pas en avant !

Volkmar grimpa hors de la piscine et jeta sa sortie de bain blanche sur ses épaules, se sécha avec une serviette et sa sortie de bain, ôta son caleçon et courut nu jusque chez lui. Worthlow l'attendait sur la terrasse avec un autre peignoir épais et moelleux. Soriano, qui courait à côté de Volkmar, faisait montre d'une étonnante vigueur.

— Vous avez un beau corps, Enrico, dit-il, dommage qu'on ne puisse vous conserver tel que vous êtes au-delà de deux cents ans !

— Peut-être mes collègues en biochimie y parviendront-ils un jour ? Mais la moindre cellule de nos corps et surtout une cellule du cerveau se trouve située à des espaces infinis de nos capacités créatrices.

— La voiture attend, Sir ! dit Worthlow avec raideur. Vos vêtements sont dans le salon, vous pouvez vous habiller tout de suite.

— J'admire votre esprit d'organisation, Don Eugenio.

Volkmar alla dans le hall et s'habilla. Non seulement Worthlow l'aida à passer ses vêtements, mais aussi Soriano qui lui tendit ses chaussettes et sa cravate, car un homme de ces régions méridionales ne se promène pas, même par la pire canicule, sans col ni cravate. On reconnaît le touriste à son short et à sa chemise ouverte jusqu'au nombril.

— Quand Loretta reviendra-t-elle ? demanda soudain Volkmar.

— Elle attend que je l'appelle !

— Ah ! si j'ai bien compris : pas de Loretta sans opération ! — Volkmar eut un sourire forcé : — Et si je vous disais, Soriano, que votre fille ne m'intéresse pas ?

— Alors je vous répondrais que le mensonge n'est pas votre fort.

— Mais elle doit, paraît-il, épouser un riche Italien et devenir une brave mama italienne ?

— Oui ! — la réponse était laconique. Le butler noua la cravate de Volkmar de manière si lâche, ou si serrée, que le fameux nœud Windsor ne faisait pas un pli et s'étalait comme tracé au pinceau en dessous du menton.
— Vous aimez ma fille ?

— Ce serait déraisonnable.

— Comme nous nous comprenons bien, Enrico ! — Maître Soriano eut un bon sourire. — Pouvons-nous partir ?

— Oui. — Volkmar enfila une veste blanche rayée de bleu comme on en porte sur un yacht. Il était superbe.

— Mon seul handicap est que, comme médecin, j'ai fait serment de venir partout et toujours en aide aux malades. Même si j'y suis invité par vous, Don Eugenio.

A l'asile de vieillards, bâtiment III, ce lieu connu des seuls initiés, qui comprenait dans son sous-sol les installations de recherches et les réserves d'animaux vivants, on les attendait déjà.

Tout était préparé comme lors de l'opération du cœur calcifié de la vieille femme. Une petite armée médicale vêtue de blouses vertes de salle d'opération attendait son capitaine. Tout était prêt pour l'attaque. Seulement, on avait cette fois dans deux salles, deux patients prêts à être opérés. Dans l'une d'elles, sous une tente à oxygène, se trouvait relié par un enchevêtrement de conduits qui assuraient les différentes perfusions nécessaires au maintien de la vie et la relation avec la machine à stimuler le cœur, le pâle Arigo Melata qui avait reçu un coup de poignard dans le cœur. Dans l'autre salle d'opération, il y avait, également relié à une circulation sanguine extra-corporelle mais cliniquement mort du fait du coup de feu reçu dans le crâne, le jeune Leone Bisenti.

Dans la pièce de préparation, Volkmar se heurta au docteur Nardo et à son équipe N° 1. L'équipe N° 2 était prête à entrer en action auprès de l'homme au cerveau anéanti. Pour tranquilliser Volkmar, les radios de chacun des blessés étaient suspendues aux gros réflecteurs : l'un présentait une large blessure dans le cœur, l'autre une destruction du cerveau. Selon les règles générales de la médecine, il était inutile de savonner ses mains et ses bras et d'enfiler des gants de caoutchouc : deux cas de mort classiques dont seule la justice aurait à s'occuper.

— Alors ? demanda maître Soriano resté dans une pièce contiguë et qui, de nouveau, assistait au déroulement des événements grâce à son téléviseur. — Qu'en dites-vous, Enrico ?

— Avertissez la police !

— Vous voulez rire? Que pourrait faire la police, puisqu'il s'agit d'une vendetta?

Le docteur Volkmar ne répondit pas. Il sortit de la salle d'opération II et examina l'électroencéphalogramme du jeune Bisenti. L'activité du cerveau était au point mort, les légers tracés de l'aiguille électronique ne montraient plus de zigzags, mais une ligne droite tremblée, et cela seulement parce que la circulation sanguine était assurée artificiellement à travers tout le corps. L'oscillographe prouvait de nouveau ceci : le jeune cœur de l'homme battait irrégulièrement, avec nervosité il est vrai, mais il fonctionnait et paraissait parfaitement sain. Avant l'action des rayons envoyés dans le cerveau, on avait même fait un électrocardiogramme; le docteur Nardo avait travaillé avec une parfaite perfidie et démontrait donc au docteur Volkmar que ce jeune cœur était organiquement intact. Un cœur de vingt-cinq ans invulnérable. Le cœur d'un solide jeune paysan qui, quelques heures auparavant, avait quitté sa ferme natale de Calascibetta afin de gagner dans une conserverie plus de lires pour nourrir les siens. Mais la Madonna représentée sur la médaille en plaqué or qu'il avait au cou n'avait pu le protéger. Gallezzo, le débrouillard, lui avait tiré si adroitement une balle dans le cerveau qu'il avait vécu assez pour permettre au docteur Nardo de faire cet électro.

— Les analyses? demanda Volkmar.

Nardo le regarda surpris :

— A quoi bon? dit-il.

— Êtes-vous médecin? rugit Volkmar.

Et il sortit aussitôt de la salle II pour pénétrer par la porte automatique dans la salle I.

Il n'examina pas Melata, presque exsangue, au cœur transpercé, qui se trouvait sous machine, mais il regarda l'*œil* de la télévision placé au centre de la grosse lampe à réflecteur au-dessus de la table d'opération.

— Soriano, dit Volkmar à haute voix, mon diagnostic est que ces deux blessés ne sont plus à traiter médicalement! Il faut les séparer des appareils de réanimation qui ne leur sont d'aucune utilité.

La voix de Soriano retentit dans le haut-parleur :

— Il est bon, Enrico, que vous constatiez leur état ! Si vous commencez maintenant, vous travaillerez sur des morts, ce qui n'est pas contraire à votre morale ? Ce qui vit encore chez ces hommes leur est administré mécaniquement. Commencez donc ! Vous avez devant vous un cœur anéanti et un cœur sain. Ces deux sujets mourront de toute manière : exact ? Mais comme chirurgien unique dans son art, vous avez la possibilité de transplanter un cœur humain en vie. Un muscle. Un moteur. Vous êtes un médecin-mécanicien qui échange un moteur contre un autre !

— Vous êtes un démon ! dit Volkmar effondré. Je ne bougerai pas !

— Alors le docteur Nardo le fera !

— Comme avec ses chimpanzés ?

— Oui.

— Il y avait là de grosses erreurs techniques...

— Faites mieux, Enrico !

— Non !

— Docteur Nardo, commencez ! — La voix de Soriano résonna dure, glacée. — Pas de progrès sans expériences !

Volkmar resta assis. La tête appuyée en arrière, il ferma les yeux. Il entendait dans la salle d'opération I le début de l'intervention, et il savait que non seulement la plus effroyable expérience de l'histoire de la médecine commençait, mais aussi que le docteur Nardo n'était pas capable de la réussir. Dans la salle d'opération II, quelque chose d'analogue avait lieu : on ouvrait le thorax du jeune Bisenti. Dans ce cas, on pouvait procéder avec plus de nonchalance. Leone était cliniquement mort, seule la pompe-cœur fonctionnait encore. Volkmar voyait derrière ses paupières closes chaque geste fait à la table d'opération ; il entendait les remarques faites à mi-voix par l'opérateur de la table I. C'était le docteur Nardo ; le cliquetis des instruments, l'aspiration des conduits véhiculant le sang, le grincement rythmique de la machine cœur-poumons et l'odeur du sang se répandant; puis il y eut soudain la puanteur de la chair brûlée.

Il ne put se contenir et bondit hors de son siège.

— Qui donc se charge ici de la coagulation ? cria-t-il. Quelle est la brute qui manie le scalpel électronique ?

— Faites mieux, Enrico ! répondit la voix calme de maître Soriano.

Le docteur Volkmar s'élança vers la table d'opération, arracha le scalpel des mains de Nardo et le jeta. Aussitôt, l'infirmière coupa le courant. En quelques pas, le docteur Nardo contourna la table et se trouva à la place du premier assistant ; derrière son masque, on ne pouvait voir son sourire. Il avait attendu la réaction de Volkmar qu'il avait provoquée par des fautes volontaires. Dans un tel cas, aucun chirurgien ne pourrait assister sans agir, comme si tout cela ne le concernait pas.

Volkmar mordait sa lèvre inférieure. L'équipe chirurgicale avait été dûment exercée à remplir son rôle, on le voyait tout de suite et il l'avait déjà remarqué au moment de l'opération du cœur calcifié : le thorax avait été ouvert avec une rapidité remarquable, la connexion avec la machine cœur-poumons était presque accomplie, de la salle. La première question vint par le haut-parleur : Quand y serez-vous ? Chez nous tout est prêt pour le transport !

Volkmar jeta un regard vers la lampe dans l'œil étincelant de la caméra de télévision.

— Ce que je fais à présent est un crime, Don Eugenio ! cria-t-il désespéré. Ici, un cœur va être transplanté sans les moindres tests biochimiques, sans examens préparatoires, sans la moindre...

Il se tut, sa voix se brisait.

Volkmar se pencha de nouveau vers le thorax ouvert, vers le cœur d'Arigo Melata traversé de part en part d'un couteau manié par un collègue de Gallezzo, qui avait une lame tellement ébréchée qu'une suture normale du cœur était impossible. Ce cœur ne faisait plus que réagir aux impulsions de la pompe mécanique. Sur l'électroencéphalographe, les émissions électriques du cerveau paraissaient presque normales. Le neurologue qui était à la machine exprimait ses remarques d'une voix calme.

— Connexion terminée ! dit le docteur Nardo d'une voix froide. Cela signifiait que le cœur de Melata était superflu ; il ne vivait plus que par la machine.

Dès lors, une tension à couper le souffle régna dans les deux salles d'opération.

Dans la salle II, on pouvait aussi voir sur un écran de télévision ce qui se passait dans la salle I.

Comment procéderait le docteur Volkmar ? Que faisait-il à présent ? Quelles directives allait-il donner ? De telles questions eussent été dans des conditions normales longuement discutées entre équipes médicales au cours de conférences prolongées. Tout, chaque geste, à la seconde, eût été prévu. Ici, en revanche, le docteur Volkmar se trouvait devant une alternative : le courage du génie ou le sang-froid du joueur qui risque son va-tout.

Le terrible coup de poignard avait détruit tout le ventricule gauche, le docteur Volkmar le remplacerait-il par le ventricule du jeune Bisenti ? C'était l'opération sans cesse recommencée parmi les expériences faites avec des animaux : une transplantation partielle.

Volkmar prit à plusieurs reprises une profonde aspiration. Une infirmière lui essuya le visage avec un linge frais trempé dans une solution stérile. Son front ruisselait de sueur jusque dans ses yeux. Une forte odeur d'alcool pénétra dans ses narines. Alors seulement, il retrouva le timbre de sa voix.

— Le cœur ! dit-il avec encore un peu de difficulté.

— Comment, s'il vous plaît ? répondit-on de la salle d'opération II.

— *Tout le cœur !* dit Volkmar à haute voix, puis il rugit : — Le cœur tout entier !

Le docteur Nardo et tous les assistants entourant la table le dévisageaient comme s'ils voyaient un fantôme et aussi les internes, les anesthésistes, les neurologues regardaient vers lui comme s'il était soudain devenu fou. Tout le cœur ? Cet homme a le vertige...

— Tout le cœur... répondit une voix enrouée venant de la salle II. Comme vous voulez... Chef !

Chef ! Ce mot le frappait pour la première fois. Le docteur Volkmar frémit.

Chef ! Chef d'une clinique régie par la Maffia ! Chef d'une équipe de médecins qui, par chacun de leurs gestes, accomplissaient un crime. Chef d'une transplantation cardiaque qui ne servait à rien si ce n'était à tenter une expérience sur l'homme !

Il se pencha vers le thorax ouvert d'Arigo Melata et commença une opération comme jamais encore il n'en avait été accompli, comme nulle part elle n'était décrite, comme personne ne s'y était risqué avant le docteur Volkmar, parce que, du point de vue médical, elle était franchement un acte démentiel.

Le docteur Volkmar sortit le cœur de Melata de son thorax. En entier ! Il détacha tous les gros vaisseaux menant au cœur avant les bifurcations reliées aux conduits de la machine cœur-poumons. Bref, il sortit ce cœur et le mit presque de force dans les mains du docteur Nardo.

— Apportez-le à Don Eugenio ! dit-il d'une voix éclatante. — Maître Soriano entendait chacune de ses paroles dans la salle contiguë. — Tenez : une recette, reprit-il. Un cœur découpé en dés préparé à la sauce piquante, un délice !

Un médecin franchit en courant la porte automatique en glaces : il portait le jeune cœur de Bisenti dans un haricot de verre tiédi par une solution stérile. A la table de la salle II, on avait pratiqué exactement la même ablation que celle du cœur de Melata. Il ne restait plus qu'à raccorder les gros vaisseaux et à les suturer.

Rien que cela !

Le docteur Nardo laissa tomber le cœur de Melata dans un seau d'émail. Dans la salle, ce fut une stupeur générale.

— C'est... c'est de la démence ! balbutia Nardo. Vous n'y parviendrez jamais, ça ne tiendra pas et vos points de suture lâcheront de toutes parts... Un cœur pèse...

— J'ai eu la meilleure note en anatomie ! dit Volkmar d'une voix terne. Ainsi, je sais aussi quels sont les différents poids des cœurs et la résistance aux tensions que l'on peut escompter des suturages de leurs vaisseaux ! Avez-vous des prothèses de vaisseaux en téflon, ici ?

— Non ! répondit Nardo.

— Et vous appelez ça une clinique moderne ? cria Volkmar en direction du microphone encastré dans le projecteur de la salle d'opération. Don Eugenio, de quoi êtes-vous si fier ? Les chromes étincelants de quelques appareils ne constituent pas une preuve de modernité ! Quelques morceaux de téflon ont plus de valeur à présent que tous les millions engouffrés dans cette maison !

Il prit le cœur du jeune Bisenti et se mit à le relier aux gros vaisseaux de Melata. Un silence oppressant accompagnait ses fins suturages des vaisseaux ; des yeux rougis par l'émotion fixaient éperdument les nouveaux raccords du vieux système circulatoire à la pompe neuve, jeune, ce muscle d'un rose pâle qui s'appelle cœur et qui demeure l'un des derniers mystères de l'homme.

Cela dura deux heures, puis le docteur Nardo se redressa souffrant de douleurs dorsales. Il eut un profond soupir.

— Pouvez-vous rétablir le cours normal ? demanda-t-il.

Ce qui signifiait remettre la circulation sanguine dans le nouveau cœur ; sur un choc électrique, reprise de l'activité de la pompe. L'instant le plus solennel que la médecine connût jamais, pendant lequel se posait implicitement cette question : un cœur que l'on avait transplanté totalement battrait-il vraiment ? Où les points de suture éclateraient-ils lorsque l'aspiration mécanique du jeune cœur exercerait une tension sur les raccords des vaisseaux ? Ce thorax ouvert deviendrait-il une fontaine de sang bouillonnant ?

— Brute ! lança Volkmar épuisé. Allez-vous provoquer par-dessus le marché une embolie gazeuse ? Nous allons d'abord vider les vaisseaux de l'air qui s'y trouve !

A l'aide de pinces hémostatiques, il bloqua les vaisseaux et regarda son équipe de médecins. Ce qu'il faisait là était vraiment un pile ou face. Oter l'air contenu dans une aorte ou une grande artère ne représentait pas un problème, c'était de la routine chirurgicale, mais la purge simultanée de tous les vaisseaux qui allaient au cœur ou en partaient, personne encore ne l'avait pratiquée. Volkmar s'y était essayé à Munich dans sa salle expérimentale avec une équipe de sept jeunes chirurgiens, et cela sur des singes, des chiens, des porcs. Le plus souvent, ç'avait été une réussite. Les causes qui avaient provoqué la mort par la suite étaient de nature purement immunologique.

— Chacun de vous sera responsable d'un vaisseau ! dit Volkmar durement. Un médecin trouvera peut-être idiot de s'exprimer de la sorte, mais maintenant nous agissons au commandement ! Nous sommes les combattants d'une bataille !

La circulation du sang fut libérée de la machine cœur-poumons et rendue au cœur nouveau. Les pinces hémostatiques furent ôtées l'espace d'une seconde. Du sang jaillit, mais avec le flot sanguin l'air fut balayé des raccords suturés. Puis le docteur Volkmar noua le dernier point, vaisseau après vaisseau, et raccorda définitivement le cœur nouveau au système circulatoire du sujet opéré. En même temps que cette purge des bulles d'air, l'interne avait donné le choc électrique. L'oscillographe, dont la ligne électronique brillait paisiblement, se mit à palpiter, à papilloter, le nouveau cœur commença vraiment à battre, le visage blême de Melata rosit, les anesthésistes donnèrent les premières mesures du pouls, la ligne des fréquences du cœur parut phosphorescente sur l'écran, se stabilisa et les pointes du graphique se régularisèrent. La respiration très faible jusqu'à cet instant reprit de la vigueur.

— Refermez ! dit Volkmar à voix basse.

Il examina une fois encore les sutures des vaisseaux et ne douta pas de ce qui allait arriver par la suite...

Il s'éloigna de la table d'opération, jeta ses gants et quitta le bloc opératoire par la porte automatique.

Il n'est pas habituel d'entendre applaudir dans une salle d'opération, mais les regards des médecins qui suivaient Volkmar exprimaient une admiration horrifiée.

Dans l'antichambre, maître Soriano pâle, les mains croisées sur ses genoux, attendait Volkmar qui était, certes, prêt à s'effondrer d'épuisement. Soriano, pour sa part, semblait paralysé. Il ne se leva pas lorsque Volkmar, sans un mot, se laissa tomber sur le sofa et ferma les yeux.

— Vous êtes un génie, commença Soriano d'une voix qu'on ne lui avait jamais entendue, ou seriez-vous le Bon Dieu ?

— Cet homme mourra. — Volkmar couvrit son visage de ses mains. — Il n'a pas la moindre chance de s'en tirer.

— Naturellement, il mourra.

— Il aura donc eu deux assassins, vous et moi !

— Tous deux étaient déjà morts. Si Melata vit seulement une heure encore, vous aurez accompli une création formidable, Enrico !

Soriano fixait du regard l'écran de télévision. On y voyait l'équipe du docteur Nardo refermer le thorax ouvert. Le jeune corps privé de son cœur qui avait été celui de Leone Bisenti avait déjà été roulé hors du bloc opératoire et disparaîtrait sans laisser de trace. Le même destin attendait Melata.

— Docteur Volkmar, dit Soriano au bout d'un moment, la nouvelle clinique modèle de chirurgie cardiaque qui se construit dans le massif montagneux de Camporeale ne sera pas terminée avant un an. Mais ce qui vous fait défaut en ce moment, vous l'aurez immédiatement : toutes les machines, ce téflon, des installations de laboratoire, tout ! Que voulez-vous ?

Volkmar ne répondit pas.

Il dormait, les bras pendant vers le dallage de marbre. Ses doigts se crispaient par moments. Ses rêves devaient être terrifiants.

Arigo Melata survécut exactement dix-sept heures à cette transplantation. Il était couché dans une pièce parfaitement stérile et ne fut pas une minute sans surveillance. Quiconque voulait l'approcher devait passer par trois portes-écluses et subir trois fois une désinfection. Au bout de quatre heures, il se réveilla même, avec toute sa conscience, et s'étonna de se trouver en un lieu inconnu. Son dernier souvenir précis était son accident d'auto. Ce maudit tas de pierres au beau milieu de la route et en plus de cela après un virage qu'il avait pris à tombeau ouvert, c'est-à-dire aussi vite que le lui permettait sa vieille Fiat hors d'usage ! A présent, il était couché dans un lit blanc, dans des draps immaculés, couvert d'un enchevêtrement de conduits souples et minces, veillé par un médecin et une jolie infirmière qui lui disait :

— Soyez bien tranquille, Signore Melata. Ne bougez pas, vous êtes très malade, mais nous vous guérirons !

Et le médecin souriait en silence.

Volkmar resta à l'asile de vieillards pour contrôler l'évolution de la situation. Le fait seul que Melata survécût à la première heure après son opération, qu'il s'éveillât, qu'il eût retrouvé sa conscience intacte, qu'il parlât même malgré toutes les interdictions : Personne n'aurait pour moi un verre de vin ? Cela seul était incommensurable. La circulation sanguine se faisait donc normalement, le cerveau recevait un apport d'oxygène suffisant, il n'y avait pas eu d'accident, tel que l'asphyxie des cellules du cerveau, ce qui ne voulait pas dire que Melata avait ne fût-ce qu'une fraction de chance de survie. Ce n'était qu'une question de temps. *Cela*, le docteur Volkmar ne pouvait le supporter... Il s'était rassuré à la pensée qu'il avait opéré deux hommes cliniquement morts et le transport d'un cœur dans un autre corps avait été pour lui presque un acte banal au cours d'une autopsie, un exercice, l'essai préludant à de nouvelles méthodes d'opération. Mais le fait que Melata continuait à vivre, qu'il avait toute sa conscience, du moins pour quelques heures, et pourtant qu'il était condamné à mourir parce qu'il continuait à vivre avec un cœur qui ne fonctionnait en lui qu'expérimentalement, c'était pour Volkmar non pas un tour de force médical, mais un meurtre concerté.

Le docteur Nardo pâle, éreinté par ces heures à la table d'opération, mais ayant montré une résistance farouche, surveillait la réanimation avec deux internes et un anesthésiste. Pas une seule palpitation du corps de Melata ne leur échappait ni d'ailleurs aux appareils électriques donnant des tracés précis. Chaque minute de plus vécue par Melata était un prodige.

Volkmar vint à quatre reprises dans la grande antichambre et se fit remettre toutes les données. Il visita aussi la vieille femme au cœur libéré de sa carapace calcaire. Elle lui baisa les mains lorsqu'on lui dit qu'il était le médecin qui l'avait sauvée. Elle pria à haute voix la Madone de lui accorder une longue vie et beaucoup de bonheur tandis que des larmes ruisselaient sur son visage. Elle croyait de nouveau en la vie ; elle pouvait donc se montrer encore de quelque utilité, la Nonna, même si elle vivait à l'asile des vieux.

Au bout de six heures, le docteur Nardo annonça :

— L'opéré est fiévreux !

— La fin ! dit Volkmar. Maître Soriano, tenez-vous à assister aussi à ce spectacle ?

— Je reste avec vous, Enrico, naturellement.

— Vous ne vous intéressez jamais plus à votre cabinet d'avocat ?

— J'ai quatre jeunes et bons avocats qui sont mes associés.

— Votre nom n'est qu'une enseigne ?

— Ma spécialité serait plutôt les cas qui ont un retentissement certain !

— Les cas qualifiés d'internationaux. Les cas qui brûlent « sous le manteau » et sont invisibles : la fameuse *Cosa Nostra !*

— J'ai fondé un asile de vieillards, une retraite modèle ! Je construis une clinique destinée aux enfants avec orphelinat, le tout unique dans son organisation et son aspect. Je construis, bien que le public ne le sache pas encore, le meilleur centre de cardiologie de l'univers ! Il faut bien que l'argent vienne de quelque part, Dottore !

— Il n'y a pas de mot pour désigner votre morale à double face ! dit Volkmar en remontant les épaules comme s'il avait froid. Allons venez, Don Eugenio, et allons nous asseoir comme deux vulgaires assassins auprès de notre victime.

Ils franchirent les trois portes-écluses et pénétrèrent dans la chambre où Melata, relié par quantité de fils et de tubes de perfusion aux appareils de mesure, était couché dans son lit. Le docteur Nardo, un second médecin et deux infirmières, tous masqués, se tenaient debout autour du lit.

— 39,6, dit le docteur Nardo.

Volkmar fit un petit signe de tête, s'approcha de Melata et se pencha vers lui. L'homme au cœur nouveau regarda ce médecin inconnu avec une sorte de peur. Il ne souffrait pas, seulement il avait tour à tour très froid ou très chaud.

— A-t-il remué ? demanda Volkmar par-dessus son épaule.

— Comment le pourrait-il avec tous ces conduits ?

— Soriano, faites comprendre à vos médecins que je ne souffre pas des réponses aussi ineptes. Naturellement, on peut remuer malgré ces diverses ficelles !

Il ausculta le nouveau jeune cœur qui palpitait quelque peu. Il prit la tension, le pouls, contrôla la teinte des muqueuses de la bouche et l'intérieur des paupières, elles étaient d'un rose pâle.

— Il s'égoutte ! fit Volkmar à mi-voix.

— Comment dites-vous ?

— Une des coutures n'est plus étanche...

Il se redressa et s'écarta du lit. Melata n'avait pas compris ce dont il s'agissait. Il ne comprenait pas pourquoi, alors qu'il mourait de soif, on ne lui donnait pas de vin.

Volkmar s'approcha de la fenêtre et regarda dehors le parc de rêve dans lequel on avait édifié l'asile de vieillards. Les médecins et maître Soriano s'étaient groupés derrière lui.

— Faut-il rouvrir ? demanda Nardo à voix basse.

— A quoi bon ? Le processus de la réaction de rejet est commencé. Vous avez tout ce que vous désiriez : on a transplanté un cœur entier. Vous avez constaté que c'est possible techniquement. Si maintenant on parvient à maîtriser le processus de rejet et si on réussit à faire des sutures tout autour d'un cœur entier qui résistent suffisamment, alors on pourra dire que le cœur humain s'est dégradé, jusqu'à n'être plus qu'un moteur échangeable.

— Vous y parviendrez, Dottore ! dit Soriano derrière lui.

— Non !

Une réponse claire que personne ne prit au sérieux. On ne lui donnait que la valeur d'une manifestation d'opposition.

— Et comment est-ce que cela va continuer ? demanda Soriano.

— Lorsque nous remarquerons que les hémorragies internes sont par trop fortes et que d'autres vaisseaux ont éclaté aux sutures et que la réaction de rejet s'y ajoutera, alors il serait juste d'être un généreux meurtrier, Don Eugenio ! — Volkmar vira brusquement sur lui-même. Il avait un aspect terrible, pâle, les traits creusés, vieilli de dix ans, un homme qui s'est perdu. — Je crèverai de ce jour-là, Soriano ! Je suis brisé ! Comprenez-vous ?

— C'est ce que je voulais, Dottore. — Maître Soriano le regardait bien en face et sans la moindre trace de cruauté. — Ce qui vous attend ne doit pas avoir de passé. Vous n'existerez plus, Dottore. Mais il y aura un chirurgien unique au monde !

Le déclin d'Arigo Melata se précipita selon le principe de l'accélération du glissement sur une pente. D'heure en heure, son état empirait. Au cours de la dixième heure après l'opération, il perdit conscience. Il bascula dans le vide avec un sourire heureux sur les lèvres car, comme il n'y avait plus rien à perdre, Volkmar lui avait permis de boire un verre de vin rouge que Melata absorba avec une ferveur presque religieuse. Puis il s'étira, pris d'un sentiment de bien-être et son esprit quitta la vie. Le pouls, la tension artérielle, les battements du cœur prouvaient que Melata avait une hémorragie interne. Ç'avait été d'abord de multiples suintements le long des sutures, puis la tension artérielle agrandirait les brèches minuscules et le flot sanguin s'écoulerait dans le thorax. Des phénomènes de rejet se manifestaient aussi. La fièvre monta à 41°3. Un corps qui reconnaît qu'il a en lui quelque chose qui lui est étranger réagit vite et massivement. C'est une sorte de mobilisation générale de toutes les substances provoquant le rejet de l'intrus.

Melata ne sentait plus rien. En ceci, la nature se montre singulièrement pitoyable, si impitoyable puisse-t-elle se montrer en d'autres cas. Le docteur Nardo avait fait arrêter toutes les perfusions, seuls les appareils de contrôle restaient en communication avec son corps, un corps qui donnait les mesures le concernant, l'activité de ses fonctions, pas davantage, c'était ce qui restait de Melata, cinquante-quatre ans, mécanicien, père de trois enfants.

Après dix-sept heures, lorsque les projections électroniques annoncèrent que le cœur de Melata n'était plus irrigué par le sang et que l'électroencéphalogramme était plat, Volkmar fit tout débrancher. Il quitta la chambre et attendit dans la première écluse des portes de verre que maître Soriano le suive.

— Le docteur Nardo fera son autopsie. Voulez-vous y assister ? demanda-t-il.

— A quoi bon ? Le résultat est clair.

— En ce cas, je vous propose un excellent dîner, Dottore.

— Maintenant ? — Le docteur Volkmar s'appuya contre le mur couvert de carreaux de faïence blanche. — Je ne pourrais pas absorber une seule bouchée, Don Eugenio.

— Worthlow a préparé un repas de fête sur votre terrasse. Loretta elle-même veille à la préparation de ce festin à la cuisine.

— Loretta ? — Le docteur Volkmar fixait Soriano de

ses yeux ternes rougis par la fatigue. Il se sentait tellement las que ses genoux tremblaient. Seul, le mur de faïence le maintenait debout.

— Elle a atterri à Palerme il y a deux heures de cela. L'opération terminée, je lui ai téléphoné, et elle a pris le premier vol pour Palerme. — Soriano ouvrit la porte : — Alors, d'accord pour un plantureux repas ?

Volkmar s'arracha du mur en criant :

— Ce ne sera pas le festin que vous croyez, Don Eugenio, mais je prendrai Loretta dans mon lit comme le petit Chaperon rouge afin de la dévorer. Qu'en dit Monsieur Père ? Sans doute me tuerez-vous ? Vos lions et vos crocodiles ont faim !

— Vous êtes surmené, Dottore, répondit Soriano tranquillement. — Sa voix trahissait la bonté, la générosité paternelle. — Vous êtes à bout de nerfs ! Qui s'en étonnerait ?

— Je la prends dans mon lit ! Oui, Loretta, et ce soir même ! cria Volkmar. Vous m'avez brisé, mais vous serez brisé à votre tour !

— Erreur ! — Soriano lui fit franchir les portes de verre. — Même si j'avais d'autres projets pour Loretta, je n'hésiterais pas à accueillir un gendre qui est un génie ! Qui construira ma clinique des opérations du cœur ! Loretta vous attend, le cœur battant. Allons, que diable, je l'avoue, bien que je sois son père : elle vous aime vraiment !

Il prit les devants. Volkmar le suivait en vacillant, comme un homme ivre.

Anna resta dans l'entrepont pendant toute la traversée en direction de Palerme. Elle récurait les couloirs, les cabines, les cuisines, les salles, les magasins, les escaliers, repoussait les matelots, les stewards, le personnel des machines, les cuisiniers, même les officiers et les passagers qui découvraient que sous ses modestes nippes se cachait un corps savoureux, ce qui était particulièrement visible, lorsqu'elle se penchait en récurant. Un passager de première classe tenta sa chance en offrant vingt mille lires. Un autre passager de seconde classe la guetta dans une coursive, la braguette ouverte.

C'était peine perdue. Quand bien même l'air de mer combinant sel et iode aurait une action stimulante et rendrait des sens à des individus au bord de l'impuissance, pour Anna il n'y avait que la pensée d'Enrico, son désir de vengeance pour la mort de Luigi, et son attente de l'étreinte du beau docteur. Elle voulait, selon la vieille coutume, montrer son drap taché de sang, preuve de sa virginité. Mais seul Enrico le verrait ; elle plierait ensuite ce drap et le garderait comme une relique jusqu'à sa mort.

Aussi agit-elle cruellement. Elle gifla l'homme aux vingt mille lires, envoya un coup de pied au dernier embrasement du cavalier à la braguette ouverte, et agit de même avec un officier, un cuisinier, un chauffeur qui s'approchèrent d'elle par derrière d'une manière faunesque. Elle alla s'enfermer dans sa minuscule cabine située directement au-dessus de la chambre des machines et les deux mains appuyées sur son bas-ventre, elle s'adressa dans l'obscurité à Enrico : « Viens, disait-elle, viens, mon loup... Fais de moi tout ce que tu voudras. Déchire-moi ! Je t'appartiens. Mais auparavant, laisse-moi tuer l'homme qui a saigné Luigi : c'est une dette que j'ai envers nous tous ! »

Là-dessus, elle s'endormit, les mains entre les cuisses, le corps pénétré d'une chaleur qui le faisait délicieusement frémir.

La pensée qu'Enrico pourrait être inaccessible pour elle ne l'effleura pas. Pourquoi l'eût-elle eue ? Elle était jolie, prête à se donner, pure, fidèle, capable, elle savait travailler, supporter sa peine, aimer, haïr, et être heureuse et humble à la fois... Un homme pouvait-il souhaiter davantage chez une femme ?

Sur la terrasse de la villa de Solunto où le couvert somptueux se trouvait mis, le butler Worthlow, vêtu de son uniforme blanc, apporta l'entrée. Des billes de melon mêlées à la chair du crabe royal dans une légère sauce madère.

La marquise avait été déployée, les lanternes étaient allumées, la mer chuchotait tout bas. Soriano et Volkmar étaient en smoking blanc. Autour d'eux resplendissait le jardin suspendu, miroitaient les eaux de la piscine dans la clarté des projecteurs placés en dessous de la surface, tandis que dans le parc, en bas, crissaient les grillons et que l'on entendait les rugissements sourds des lions dans leur cour intérieure éloignée. Loretta s'était assise auprès de Volkmar, elle tenait sa main droite serrée dans la sienne. Le voile de sa longue chevelure noire et soyeuse couvrait en partie l'épaule de Volkmar tellement était proche de lui son corps gainé d'une soie qui semblait faite uniquement de pétales multicolores. Il lui semblait incroyable qu'un être humain pût réunir en sa personne tant de beautés.

— Je lève mon verre au génie ! dit maître Soriano. — Worthlow avait empli leurs verres d'un vin doré. — Car il en est un, Loretta, reprit-il, seulement il ne le sait pas encore...

— Moi je le sais !

Elle attira son verre et y effeuilla une rose retirée de sa chevelure. Puis elle tendit le verre à Volkmar sans un mot, qui certes eût été superflu. Il but et la rose resta collée à ses lèvres. Volkmar croyait sentir sur sa bouche la bouche de Loretta, et son regard passa sur le visage de Soriano aussi inexpressif que le masque d'une méduse.

Lorsque, entre le plat de résistance et le dessert, Soriano fut appelé au téléphone, ils se trouvèrent enfin seuls. Worthlow se tenait à l'arrière-plan. Il préparait le dessert.

— Je t'aime, dit Volkmar doucement.

— Moi, je t'aime aussi, Enrico, répondit-elle tout aussi bas.

— Sais-tu ce qui est arrivé aujourd'hui ?

— Worthlow me l'a raconté.

— Peut-on faire confiance à Worthlow ?

— Il est le seul ici qui ne soit pas achetable. Mais personne ne l'a deviné.

— Sais-tu combien tu m'aimes ? — Il déposa un

baiser sur sa main. — Je sais que ma question est idiote, mais il faut que tu me répondes.

— Je t'aime comme je n'ai jamais imaginé que l'on pût aimer...

Il serra très fort sa main étroite dont les ongles aigus pénétrèrent la chair de ses paumes.

— Loretta, il faut que je m'en aille d'ici ! Il faut que je quitte cette cage dorée. On projette ici ce que l'humanité aura conçu de plus affreux ! Je manque encore de preuves, mais je me doute de ce qui doit être ! Loretta, aide-moi ! Il faut que je m'en aille !

— Je t'aiderai... Elle baisa la main de Volkmar. Dans la pièce contiguë, ils entendaient parler Soriano. Il donnait des ordres, on le comprenait au ton de sa voix.

— Je ferai tous les préparatifs nécessaires..., murmura Loretta.

— Veux-tu me suivre ? demanda-t-il.

Sa gorge était nouée.

— Où que tu ailles, dit-elle à voix basse, fût-ce vers le néant...

Soriano revint. Worthlow apporta le dessert : une bombe « à la Cardia » en forme de cœur. Soriano s'amusait de plaisanteries macabres.

Le pêcheur Giovanni Responatore avait derrière lui des temps difficiles et des jours plus durs encore en perspective, mais il l'ignorait. La cause en fut la doctoresse Angela Blüthgen que le commissaire de police avait installée dans la hutte de Giovanni. Ce ne fut pas sa présence qui troubla le climat de son foyer, mais bien Recha, la femme de Giovanni, qu'on ne croyait guère capable de faire mieux que d'écailler le poisson pour le cuire, qui, après trente-cinq ans de mariage, découvrit la jalousie.

Non pas que la doctoresse lui en eût donné des raisons, mais Giovanni, peu gâté par les charmes de Recha, ayant vu une fois Angela en costume de bain au bord de la mer, fut dès cet instant la victime d'une inexplicable révolution hormonale.

Il réparait ses filets avec une attention plus vive.

Mettait le couvert sur la table branlante recouverte par ses soins d'une serviette en papier — il en avait acheté un cent dans le grand magasin de Cabras et les avait payées avec l'argent du loyer. Il lavait même les verres dans lesquels ils buvaient du vin avec une brosse attachée au bout d'une tige en fil de fer, tout en qualifiant Recha de vieille truie lorsqu'elle lui demanda, sur un ton chagrin de maîtresse de maison offensée, pourquoi il fallait tout à coup se montrer encore plus propre que, par exemple, les infirmières de l'hôpital d'Oristano où elle avait été pour une fausse couche trente-trois ans auparavant.

— Ça, c'est une dame ! En voilà une qui ne boira pas du lait au pis de la chèvre !

— Mais toi, ses pis te tourneront la tête, vieux bouc, hein ? Lorsqu'elle balance ses fesses sur la plage, tu es derrière tes filets comme un animal lubrique et tu t'accroches aux mailles, hein ?

Cette Recha Responatore était vraiment une créature vulgaire, qui ne cessait de provoquer son malheureux époux, coupable, il est vrai, de concupiscence.

Cela prit fin cependant un matin où deux carabiniers surgirent sur leurs lourdes motos qui pétaradaient effroyablement. Ils arrêtèrent leurs moteurs, ôtèrent leurs casques de cuir et franchirent le seuil de la hutte. Recha nettoyait justement le vieux plancher en madriers sur lequel Giovanni s'abstenait de cracher désormais, ce qu'il s'était permis pendant trente-trois ans. Giovanni sortait justement d'un panier de grands poissons gris pêchés à l'aube ; la doctoresse Blüthgen reprenait le chemin de la plage.

— Nous l'avons trouvé, dit l'un des carabiniers, et il s'assit de même que son camarade, pour souffler après la course précipitée qui avait suivi la découverte affreuse d'un noyé. Celui-ci avait été non seulement mis à mal par un séjour dans l'eau salée, mais il avait dû être aussi défiguré par l'hélice d'un bateau.

— Quand ? demanda bêtement Giovanni. — Puis il comprit et tourna la tête vers la fenêtre à travers laquelle il apercevait au bord de la mer le grand chapeau de paille dont se coiffait Angela. — Madona... balbutia-t-il. Où ?

— Il se trouvait couché entre les récifs de Capo Mannu. Au nord, dans une baie. Le courant de la dernière marée l'y avait apporté... — Le policier prit le gobelet de vin versé par Recha et le but comme s'il venait d'un désert. — Le commissaire s'en doutait un peu... on avait étudié les courants... s'il devait retourner à la côte ce serait par là et voyez donc... on peut se fier à la mer.

— Et vous êtes sûr que c'est lui ? demanda Giovanni d'une voix étranglée.

— Il porte encore son caleçon de bain. Le commissaire dit que selon la description de ce caleçon, aucun doute n'est possible.

— Le cas serait donc éclairci ? demanda Recha.

— Il l'est.

— Elle pourra donc s'en aller, conclut Recha sans détours.

— Il y aura l'*identification,* dit l'un des policiers, réticent. Et voyez-vous, quand un homme a été pris dans une hélice...

Il se tut, gêné.

— Comment se comporte-t-elle ? demanda l'autre carabinier.

— Comme une vedette de film ! dit Recha avec un reniflement. Elle tortille du cul toute la journée, elle s'est même baignée nue cette nuit ! Elle courait dans les vagues comme si elle était prête à se laisser sauter par toute une compagnie de mâles ! C'en est une comme ça !

— Et autrement ?

— Ça ne vous suffit pas ? grogna Recha. Est-ce une manière d'avoir du chagrin ?

— Veux-tu qu'elle se roule dans la cendre ? rugit Giovanni.

— Peut-être le fera-t-elle lorsqu'elle l'aura vu...

Les policiers se levèrent, remirent leurs casques de cuir et vidèrent leurs gobelets de terre cuite emplis de vin une seconde fois.

— C'est une coriace ! assura Recha méchamment.

Oui, elle l'est ! Elle ne criera pas, ne s'évanouira pas, ne vomira pas comme vous autres, les hommes, poules mouillées que vous êtes ! Enfin, elle a ce qu'elle veut : elle peut le ramener en Allemagne.

Angela se leva du sable de la plage où elle s'était étendue, lorsque les deux policiers s'approchèrent d'elle lentement. Enfonçant davantage encore son chapeau de paille sur son visage, elle alla même à leur rencontre : une femme, de celles qui font siffler doucement entre leurs dents les gars qui la rencontrent.

— On l'a retrouvé, n'est-ce pas ? demanda-t-elle avant même que l'un des carabiniers eût pris la parole.

— Oui.

Son visage resta immobile bien que quelque chose se fût déchiré en elle. Un grain d'espoir lui était resté, la pensée folle que Heinz avait pu dériver et être recueilli par un bateau. Enfin, on l'avait trouvé... une partie de sa vie grande et belle se terminait. Suivrait un vide tel qu'Angela ne savait pas encore comment elle le comblerait. Avec son travail à la clinique, avec des hommes qui ne lui serviraient qu'à éteindre le souvenir de Heinz. Mais aucun, sans doute, n'y parviendrait. Pouvait-on guérir l'âme par le plaisir des sens ?

— Où ? demanda-t-elle.

— Vers le nord, à Capo Mannu. Voici deux heures... une femme qui pêchait des crabes l'a trouvé, elle s'est évanouie...

C'était s'exprimer avec ménagements mais adresse. Toute personne sensible pouvait en déduire que l'aspect du mort était atroce. Angela aussi comprit le brave policier qui s'était efforcé de trouver les mots convenant à la situation.

— Où est-il à présent ? demanda-t-elle à mi-voix.

— Dans... la cave du commissariat, Signora. — Le carabinier ôta son casque de cuir et s'essuya le front. — Si vous pouvez venir avec nous pour l'identification ? Vous savez que c'est nécessaire, autrement... il restera un mort... un mort inconnu.

— J'ai sa voiture garée près du bois.

— Nous le savons. Nous vous précéderons, pouvez-vous conduire ? Je veux dire... après cette nouvelle ?

— Naturellement, je conduirai ! Je veux le voir.

Elle passa devant les policiers et monta vers la hutte de Giovanni... Sa démarche... mais elle n'y pouvait rien, était bien telle que Recha l'avait décrite : un balancement voluptueux des hanches et quiconque la suivait du regard se mettait à rêver.

Dans la hutte, elle se changea, remplit sa valise, posa pour Giovanni un beau tas de lires sur la table sans les compter et dit :

— Bonne chance, Giovanni, et à vous aussi, Recha ! Nous ne nous reverrons sans doute jamais !

Puis elle quitta le couple Responatore et assez étrangement, Recha se mit à pleurer en accompagnant la doctoresse jusqu'à la voiture sur la hauteur à l'ombre du bois de pins, puis elle lui adressa des signaux jusqu'à ce que la voiture eût disparu à l'horizon.

— Tu es folle ? brailla Giovanni lorsque Recha revint.

— C'était une bonne femme.

— Tout à coup ?

— Elle est partie pour toujours ! Une bonne femme...

Il est plus facile de réparer des filets déchirés par les requins que de voir au fond des abîmes que recèle l'âme d'une femme.

Au commissariat de Cabras, une vieille bâtisse peinte en jaune aux volets verts gondolés où une odeur de renfermé régnait d'un bout de l'année à l'autre et où deux cellules dans le sous-sol inspiraient un effroi constant, car les moisissures y escaladaient les murs de béton, on accueillit Angela comme la reine de Thaïlande. Le commissaire lui baisa la main, un autre policier de grade élevé lui versa un verre de cognac, un autre fonctionnaire en civil — le représentant du maire — apporta une grande coupe de gâteaux sardes. On essayait à la manière méditerranéenne de calmer, de remonter Angela. Elle accueillit ces efforts avec assez d'indifférence n'attendant que l'instant de voir le mort.

On ne pouvait hésiter plus longtemps. Les trois fonctionnaires arborèrent alors des mines d'enterrement et le commissaire expédia le procès-verbal de la découverte du cadavre en omettant sa description, sauf qu'il fit remarquer que l'identification ne pourrait guère être possible autrement que par l'examen de sa denture. Y avait-il en Allemagne un dentiste ayant régulièrement soigné le docteur Volkmar ?

— Oui, répondit Angela. C'est le docteur Weissner, à Munich. Heinz était très strict lorsqu'il s'agissait de ses dents, il allait tous les trois mois chez son dentiste.

— Cela pourra probablement nous aider. Tenez-vous tout de même à voir le docteur Volkmar ?

— Oui.

Elle rejeta sa tête en arrière. Dieu, donne-moi la force, pensa-t-elle. Je voudrais dire à ce qui reste de lui que je l'ai vraiment aimé. J'ai été la pire imbécile parmi les amoureuses. Rien ne serait arrivé si j'avais agi autrement envers lui : nous aurions pris nos vacances ensemble en Sardaigne. Il ne se serait pas noyé. Et c'est précisément cela qui demeure mystérieux. Comment un homme qui nageait comme Volkmar a-t-il pu se noyer dans une mer presque immobile ? Jamais on ne l'expliquera.

— Je voudrais encore vous mettre en garde, Signora...

— Je suis médecin, Monsieur le Commissaire.

— Tout de même.

— J'ai travaillé dans des salles d'urgences.

— Mais ce cas en particulier...

— J'ai aussi fait des autopsies, Monsieur le Commissaire. Allons !

Le commissaire haussa les épaules à bout d'arguments et commença le pénible cheminement vers les sous-sols. On avait choisi une pièce particulièrement fraîche qui recélait une pénétrante odeur de moisi. La vieille serrure rouillée grinça lorsque la clef tourna, la porte s'ouvrit en gémissant sur ses gonds de fer. Tout ceci était de bonne vieille fabrication artisanale datant du siècle précédent.

Le mort était étendu sur un simple banc de bois et recouvert entièrement d'un drap blanc. Seules, les plantes de ses pieds nus en dépassaient. Elles paraissaient rongées par l'eau salée. Un policier qui avait accompagné Angela à partir de l'escalier de la cave se plaça près du chevet de cette couche funèbre et se mit à contempler la jolie Signora. Le commissaire se tenait derrière elle afin de la saisir d'une main experte si elle s'effondrait. Il avait déjà tenu dans ses bras bien des malheureux obligés de se plier à la nécessité de cette formalité.

— La tête, je vous prie, dit Angela à mi-voix, rien que la tête.

— Signora ! — Le commissaire avala sa salive. — La tête précisément... j'ai omis dans le procès-verbal le fait que le docteur Volkmar avait dû être entraîné sous une hélice de navire...

— Montrez-moi la tête, je vous prie !

Elle avança le menton et se mit à récapituler mentalement ses séances d'anatomie. Elle revoyait la salle d'autopsies où des cadavres étaient alignés, déjà en partie morcelés par d'autres étudiants en médecine, chaque fragment détaché déposé sur des tables de marbre ou des bassines de fer-blanc. Mais ici c'était Heinz Volkmar qui se trouvait étendu devant elle sous le linceul blanc, ce n'était pas un mort inconnu, congelé ou retiré d'un bain composé d'une solution de formoline, c'était son amour qu'elle n'avait cessé de combattre, qu'elle avait sous-estimé jusqu'à l'abaisser au rang d'un acte biologique.

— Je vous en prie, répéta-t-elle d'une voix à peine perceptible.

Le policier leva le linceul du côté de la tête du gisant, il prit aussitôt lui-même un visage crayeux mais il tint le coup.

La doctoresse Angela s'approcha encore du mort et considéra en silence sa tête qui n'était plus une tête. De même, les épaules, le thorax étaient méconnaissables, déchiquetés, arrachés. On ne pouvait vraiment plus identifier cet homme autrement que par sa denture.

— La main gauche existe-t-elle encore ?

— Signora ?

— La main gauche ?

— Oui.

Le policier recouvrit rapidement la tête détruite et souleva le linceul du côté gauche. L'annulaire du mort portait une étroite bague d'or ornée d'une cornaline.

Angela recouvrit elle-même le corps du suaire blanc et s'écarta du banc :

— C'est ma bague, dit-elle d'une voix sourde, je l'avais offerte à Heinz pour Noël, ce mort est bien le docteur Heinz Volkmar...

Et elle eut un geste qui persuada pour le reste de leurs jours le commissaire et le policier de ce que, dans les cas graves, une femme possède plus de force qu'un homme.

Elle se pencha vers la tête recouverte et dit tranquillement : « Heinz... je t'aime ! » Puis elle parut s'arracher du mort et s'enfuit presque jusqu'à la porte de la cave.

— Puis-je l'emmener ? demanda-t-elle sur le chemin du retour. Il doit être enterré en Allemagne.

— Nous réglerons la question aussi rapidement que possible, Signora... — Le commissaire la fit sortir du sous-sol et monter l'escalier. — Mais la comparaison des dentures est nécessaire, vous comprenez.

Elle répondit d'un signe, se laissa mener dans le bureau du commissaire et ce fut là seulement qu'elle s'effondra dans un fauteuil et pleura sans contrainte.

On la laissa seule avec du cognac et des gâteaux. Elle en fut indiciblement reconnaissante, car elle ne pouvait plus supporter que la solitude ; la présence d'autres personnes déchirait ses nerfs.

Dans la pièce voisine, le commissaire rédigeait le rapport nécessaire à la remise du corps et à son transport en Allemagne.

On commanda le cercueil de zinc.

L'homme que l'on y déposa s'appelait Sergio Rappalo, trente-trois ans, ouvrier du port de Catane, sans parents vivants connus. Personne ne s'inquiéta de lui.

Anna avait été en route sur ce paquebot exactement

l'espace de douze heures, lorsqu'il fit son entrée dans le port de Palerme avec une heure de retard sur le programme établi. Mais elle en fut moins préoccupée que les passagers, car les officiers expliquèrent qu'une installation électronique commandant le gouvernail était tombée en panne. On avait réparé en mer sans que personne s'en aperçoive, tandis que sur le pont on jouait, nageait, dansait à l'heure du thé et que dans les nombreuses cabines sous le pont les lits ne chômaient pas. Entre Naples et Palerme, la mer doit être particulièrement saturée d'iode...

En tout cas, une heure seulement manquerait au programme du voyage. Le beau navire de luxe tout blanc était un paquebot qui accomplissait des croisières en Méditerranée, abordait dans beaucoup de ports, faisait connaître aux touristes les civilisations anciennes, ce qui était une occasion pour les libidineux de visiter des ruines dont les fresques sans équivoque illustraient des lieux pudiquement désignés comme thermes.

Anna, dans les entrailles du navire où elle se trouvait, comprit que l'on avait atteint Palerme au rythme ralenti des moteurs et au battement des puissantes hélices en eaux calmes tandis que l'on arrivait à quai. Elle entendit le choc contre les gros sacs de sable et les soliveaux, entendit également mettre les passerelles et, sur le pont supérieur, l'orchestre du bord qui attaquait une marche entraînante.

Anna avait déjà emballé ses affaires. Assise sur son étroite couchette, elle attendit que les passagers eussent quitté le navire pour gravir les escaliers de fer jusqu'à l'air libre ensoleillé et regarder autour d'elle. On ne peut guère imaginer rien de plus désert qu'un navire géant délaissé par ses passagers et une partie de son équipage. Quelques stewards du pont rangeaient encore des chaises longues. Le surveillant, sur la passerelle, s'ennuyait et le matelot à l'entrée du gangway III n'eut pas la pensée de demander à Anna où elle allait et pourquoi elle descendait à terre avec un sac de voyage et une sorte de musette passée à son cou.

Lorsqu'elle se trouva sur le quai et lut sur le bâtiment

du commissariat du port le mot : Palerme, elle en éprouva une grande joie.

Qu'avait dit Ernesto, son frère, resté au foyer ? Ne t'adresse jamais à des gens qui te sont supérieurs. Adresse-toi toujours à tes semblables. Les riches te mentiront ! Pour eux, tu es une punaise ! Mais la femme qui vend du poisson à Palerme, celle-là te comprendra.

Elle se tint fidèlement à ce principe, aussi apprit-elle ce que signifie la recherche harassante d'un nom que l'on ne veut pas crier sur les toits.

Elle questionna une femme, marchande de bonbons et de sucettes dans le port, au sujet de Don Eugenio et demanda le lieu de sa résidence. La réaction de cette femme fut inattendue. La plantureuse matrone qui avait pourtant un air de bonhomie, la toisa soudain de haut, avança la lèvre inférieure, comme si elle allait lui cracher au visage et répondit enfin brutalement : Va-t'en ! Présente-toi à la clinique Santa Barbara, ils disposent là-bas de quelques chambres pour des folles comme toi !

— Il faut que j'aille le trouver, dit Anna tranquillement. Je suis venue pour cela à Palerme.

— D'où viens-tu ?

— De Sardaigne, des montagnes. Don Eugenio est un homme important dans cette ville, n'est-ce pas ? Où habite-t-il ?

— Que veux-tu lui demander ?

— Je voudrais travailler chez lui.

— Folle ! folle ! — La brave Mamma aux guirlandes de bonbons en papillotes eut un rire guttural : — Tu es vraiment idiote ! Si toutes les filles venant de Sardaigne allaient à Palerme pour travailler chez maître Soriano... Imbécile !

— Merci, Nonna, dit Anna avec un petit plongeon de politesse, puis elle s'éloigna dans le vacarme de la grande ville. Elle avait appris quelque chose de plus : Don Eugenio s'appelait maître Soriano. Elle s'arrêta au milieu de la grande piazza près du port et ouvrit les bras comme pour étreindre Palerme. Jamais encore elle n'avait vu une si grande ville, d'aussi hautes maisons, des parcs aussi magnifiques, autant de voitures, une telle foule de personnes bien habillées. Vraiment la vie pourrait être belle n'étaient les assassins comme celui qui avait saigné à blanc son frère Luigi.

— Maître Soriano.

Anna questionna le premier agent de ville qu'elle rencontra au coin d'une rue où il se morfondait d'ennui, ce qui ne lui donnait pas l'idée de secouer sa torpeur.

— L'avocat ? demanda-t-il en réponse.

— Oui...

— Corso Vittorio Emanuele... — L'agent fit un geste du pouce par-dessus son épaule. — Je ne sais pas le numéro de la maison, mais tout le monde le connaît. Demande là-bas.

Anna remercia, serra contre sa poitrine la musette de toile contenant les cinq cent mille lires, ramassa son sac de voyage et poursuivit son chemin. Elle se sentait une bonne humeur qui se communiquait jusqu'à ses jambes ; elle sautait, dansait sur l'asphalte aux harmonies d'une mélodie qui chantait en elle.

Entre les liasses de lires se trouvait le long couteau à deux tranchants bien aiguisé ; à côté, un petit coffret contenant un bâton de rouge à lèvres, une boîte de poudre, un crayon pour ombrer les paupières, un autre pour les souligner et trois boîtes de fond de teint de tons différents. Elle avait acheté ce coffret sur le paquebot dans une boutique des troisièmes classes. Lorsqu'elle paraîtrait devant Enrico, elle voulait ressembler aux dames élégantes fardées et coiffées à la dernière mode, les ongles des mains et des pieds rougis, les paupières ombrées de vert. Devant le petit miroir de sa cabine, elle avait fait l'essai de tout cela et s'était fort admirée.

— Je suis aussi jolie qu'elles, avait-elle dit s'adressant à elle-même. Je suis bien plus jolie qu'elles ! Enrico verra combien je suis belle !

Dans le Corso Vittorio Emanuele, tout le monde connaissait, naturellement, le cabinet-palais de maître Soriano. Anna eut à franchir le barrage formé par deux secrétaires d'accueil qui la jaugèrent avec d'étranges regards, car les clients de Don Eugenio avaient la plupart du temps un aspect bien différent, mais après tout, on peut se tromper, surtout lorsqu'il s'agit de campagnardes : on voit des individus qui ressemblent à des blocs de rochers et qui peuvent pourtant acheter la moitié de Palerme.

Finalement, un jeune avocat reçut Anna, lui désigna un fauteuil de cuir et lui sourit aimablement.

— En quoi pourrions-nous vous être utiles? demanda-t-il. Lui aussi la jaugea du regard avec une surprise contenue, mais il estima qu'elle devait avoir quelques difficultés conjugales.

— Me voici ! lui répondit Anna tranquillement. — elle s'était imaginé ainsi cette entrevue et avait pensé juste. On était ébahi. — Don Eugenio n'est pas là?

— Non.

— Je suis pourtant arrivée à l'heure exacte.

— S'est-il chargé de votre cas ? Je veux dire, personnellement ? Quel est votre nom, Signorina ?

— Anna Talana. — Elle regardait le jeune avocat avec confiance : — Talana, venant de Sardaigne...

— De Sardaigne ? — Décidément, certains cas importants ont d'abord l'air sans intérêt, c'est un vieux principe juridique. Je vais tout de suite demander votre dossier, dit-il à haute voix.

Il voulut décrocher le téléphone, mais Anna eut un geste de refus :

— Il n'y a pas de dossier, Signore.

— Alors il faudra en constituer un. Vous êtes arrivée aujourd'hui même ?

— Il y a une heure avec le bateau : à l'heure exacte !

— Sans doute. Malheureusement, maître Soriano prend part aujourd'hui à une conférence très importante. On ne sait s'il passera avant ce soir à son cabinet...

— Alors, je pourrais peut-être aller le trouver? Maître Soriano m'attend, ajouta-t-elle avec aplomb, je suis la nouvelle femme de chambre en second.

— Vous êtes quoi ? demanda le jeune avocat effondré. Une femme de chambre ? Vous osez pénétrer dans le cabinet en bloquant la réception ? A quoi pensez-vous ?

— A qui d'autre dois-je me présenter ? En arrivant, un homme très important m'a dit : Va trouver maître Soriano ! Et me voici ! Je ne sais d'ailleurs pas ce que je dois faire.

— Tu dois te rendre à Solunto ! lança l'avocat qui jugeait à présent inutile de vouvoyer Anna. Sais-tu où se trouve Solunto ?

— Je prendrai un taxi...

— Alors sauve-toi ! lança le jeune avocat avec un geste de lassitude comme on écarte une mouche.

Sortie des bureaux du cabinet Soriano, Anna héla un taxi, y monta, serra son sac et sa musette entre ses genoux et dit :

— Je m'en vais à la villa de maître Soriano à Solunto !

— Paie d'avance ! répondit le chauffeur en l'observant dans le rétroviseur. C'est cher, tu verras.

— Je suis la nouvelle femme de chambre de Don Eugenio.

— Quand même, donne mille lires pour la prise en charge.

Anna sortit de la musette un billet de mille lires et le jeta sur le siège avant à côté du chauffeur qui l'empocha et démarra.

Verrai-je tout de suite Enrico ? pensait Anna. Que dira-t-il ? Comment se comportera-t-il ? Cela dépendra de ceux qui seront avec lui... Naturellement, il doit se trouver parmi les personnes les plus distinguées mais l'occasion se trouvera de lui dire où j'aurai ma chambre dans la villa et aussi que je ne verrouillerai pas ma porte.

Elle s'adossa au capitonnage et n'eut pas un regard pour les beautés de Palerme qui défilaient de chaque côté du taxi. Anna ne pensait qu'à ce qu'elle éprouverait lorsque les mains d'Enrico caresseraient pour la première fois son corps dénudé.

La soirée de fête sur la terrasse ne se termina naturellement pas — ainsi que Volkmar en avait exprimé la menace — par une nuit où Loretta serait restée secrètement auprès de son amant. Maître Soriano avait pris ses précautions à cet égard. Vers une heure, il s'adressa à sa fille sur un ton péremptoire :

— Enrico est fatigué, n'attendons pas qu'il tombe épuisé…

Lorsque Volkmar se leva, Loretta s'appuya contre lui avec ostentation, prouvant ainsi à son père ses sentiments pour Volkmar. Révolte d'une brave enfant, rupture avec la tradition qu'une Italienne doit toujours respecter !

Maître Soriano négligea d'y prendre garde. Il sourit en silence. Un enfant se cramponne à son jouet. Dans les projets qu'il formait et voulait réaliser avec Volkmar, l'amour et Loretta n'avaient aucune place. Et s'il fallait tout de même en arriver là, eh bien, un gendre n'ira pas détruire son beau-père s'il anéantit en même temps sa femme ! Quoi qu'il en fût, la clinique destinée aux enfants dans les montagnes de Camporeale avait déjà son médecin-chef. Volkmar pourrait se livrer aux recherches pendant six mois encore, puis le centre de cardiologie secret s'ouvrirait, avec une transplantation selon la méthode Volkmar. Une méthode qui représenterait une nouvelle conception de la médecine que personne ne connaîtrait, à part la petite équipe d'une clinique féodale destinée aux enfants dans les montagnes de Camporeale.

Une bonne idée, mais rien qu'une idée. Maître Soriano se glissa entre Volkmar et sa fille, si bien que celle-ci fut obligée de retirer sa main de la pliure du bras de Volkmar.

— Je n'ai pas même pu trouver l'occasion de vous faire part du calendrier de nos réceptions, Dottore. Nous sommes déjà retenus pour les quinze prochains jours ! C'est-à-dire qu'à l'heure du dîner, tous les soirs nous régalerons des invités auxquels vous serez présenté.

Volkmar s'immobilisa, ne comprenant plus :

— En votre compagnie sans doute ? Je pensais que ma présence était quelque chose comme « top secret ».

— On ne saurait garder un génie sous le boisseau,

Enrico. Sans doute, votre nom est difficile à prononcer pour nous, Italiens. Dans votre existence nouvelle, vous vous appellerez le docteur Ettore Monteleone. N'est-ce pas un beau nom que je vous ai trouvé là ? Docteur Monteleone ! On croit entendre un personnage de Verdi dans « La puissance du destin » !

Volkmar eut un sourire amer :

— Je m'efforcerai de tenir le coup face à vos sarcasmes. — Il se tourna vers Loretta qui avait posé sur sa merveilleuse chevelure un voile de soie de teinte aurore. — C'en est donc fini d'Enrico...

— Ettore aussi est un joli nom.

— Vous le saviez déjà ?

— Je l'entends comme vous pour la première fois. — Le sourire de ses lèvres rouges était aussi insondable que son regard qui caressait Volkmar. Ils étaient devenus non seulement des amoureux, mais des conjurés, des complices. — Mon père se plaît à de telles plaisanteries. Par exemple, il existe ici un lion qui s'appelle Jimmy, un autre Al Sacco. Drôles de noms pour des fauves ! Pourquoi ne vous appelleriez-vous pas chez nous Ettore Monteleone ? Vous restez tout de même celui que vous êtes, n'est-ce pas ?

— Certainement.

Cette question était lourde de sous-entendus, de tout ce que l'on ne pouvait pas se dire maintenant, en présence des autres. Tous deux se comprenaient, mais cette nuance échappa à Soriano. Pour lui, il était impensable que sa fille unique, son paradis sur terre, prît ses distances envers lui.

Lorsque Loretta et Soriano se furent éloignés, Worthlow revint pour desservir la table. Volkmar était assis contre la piscine et buvait un dernier cognac, le regard perdu dans le grand bassin dont les eaux étaient éclairées au fond par des projecteurs. On l'emplissait chaque jour d'eau de mer que l'on pompait et filtrait jusqu'à la terrasse, où elle était chargée d'ozone et déversée à une température de 28 degrés.

— Savez-vous, Sir, qui était Jimmy ? demanda Worthlow en vidant les cendriers dans son petit seau d'argent.

— Le lion ?

— Jimmy Delaggio, de Boston. Il vint en Sicile chargé par sa famille de Boston de « liquider » Don Eugenio. Il a raté son coup, mais le lion qui le dévora plus tard s'appelle à présent Jimmy.

Volkmar parut rentrer sa tête entre ses épaules. Au loin, dans l'une des cours intérieures cadenassées de la gigantesque villa, il entendait les feulements des lions ensommeillés. Par une nuit aussi calme que celle-ci où la mer elle-même murmure, on percevait le moindre son avec une acuité redoublée.

— Ainsi Al Sacco a donc fait office de produit alimentaire ? demanda Volkmar d'une voix enrouée.

— Al Sacco était originaire de la région où naquit Don Eugenio. Dans l'un des villages voisins. Aux U.S.A. il n'a jamais réussi à s'imposer. Il a cru possible de monnayer ses renseignements. C'est de la démence, Sir, de croire que quelqu'un pourrait inquiéter Don Eugenio ou le forcer à quoi que ce soit ! Depuis lors, le lion s'appelle Al Sacco.

— Quand y aura-t-il un lion appelé Ettore Monteleone ou Heinz Volkmar ?

— Jamais, Sir. — Worthlow ôta des mains de Volkmar son verre vide comme on éloigne un jouet particulièrement délicat. — Don Eugenio établit le droit à la vie, selon le degré d'importance des personnes : vous vous trouvez au pinacle ! Très haut, et très seul.

— La chute n'en sera que plus grande. — Volkmar reprit son verre de cognac des mains de Worthlow et s'en servit encore un doigt de la bouteille posée devant lui. — Et Loretta ne sait vraiment rien de tout ceci ? Rien, vraiment ?

— Lorsque les affaires de Jimmy, Al Sacco et autres eurent lieu, elle se trouvait au couvent, loin d'ici. Lorsqu'elle venait en vacances, il n'arrivait rien que l'on aurait eu à lui cacher.

— Mais maintenant, Worthlow — je sais que je puis avoir confiance en vous — elle m'a dit... qu'elle interprétait certaines choses tout autrement ! Elle joue les innocentes mais elle sait exactement où elle vit ! Et comme elle comprend tout, elle a froid en plein soleil... comme moi ! — Il but son cognac d'un trait. — Imaginez-vous, Worthlow, ce qui se passera lorsque maître Soriano comprendra que sa fille l'a deviné ?

— Non, Sir, ce n'est pas imaginable.

— Comment un homme aussi intelligent que maître Soriano peut-il être assez borné pour croire que sa fille restera une enfant élevée dans du coton ?

— Cela arrive à bien des pères, Sir.

— Mais Soriano est réaliste dans le sens le plus tragique du mot !

— Cela n'empêche pas un aveuglement partiel, Sir. Avant mon entrée au service de Don Eugenio, je fus pendant trois ans butler à l'ambassade de Grande-Bretagne à Moscou, poursuivit-il d'une voix calme. Puis vint la guerre et j'ai été, en quelque sorte, déraciné par elle. Mais en Russie, j'ai appris ce vieux dicton qui, dans cette maison, s'avère singulièrement actuel : « Tue un père par sa fille ».

— Je ne l'oublierai pas, Worthlow. Que me conseillez-vous ?

— Le repos, Sir. L'attente.

— Et opérer encore pour une Maffia ! Faire des recherches pour l'un des projets les plus démoniaques jamais conçus par un cerveau humain ! Comment se fait-il que maître Soriano ne redoute pas de me présenter à ses nombreux amis sous le nom du docteur Monteleone ?

— Parce qu'ils ont tous peur de Don Eugenio.

— Et si je criais la vérité, à l'occasion d'un repas de fête ?

— On ne vous écoutera pas. On n'en parlera jamais. Chacun de nous tient désespérément à la vie, même s'il agit comme s'il en était autrement. Rien n'est plus bête que vouloir se persuader que l'on n'a pas peur de la mort. Toute la volonté de l'humanité tend vers le prolongement de la vie. Que signifie en regard de cette obsession le cri d'un homme qui prétend n'être pas le docteur Monteleone, car il s'appelle Volkmar et qu'il est prisonnier de la Maffia, forcé de transplanter des cœurs ? On l'oubliera tout de suite ! On n'a jamais rien entendu de tel ! Non, Sir, il faut que nous trouvions autre chose !

— *Nous,* Worthlow ? Vous, l'ombre soumise de votre maître ?

— J'ai aidé à élever Miss Loretta. Vous aimez Loretta, *elle,* pas la fille de Don Eugenio. Si je tiens moi-même à cette enfant, ce qui est mon droit, permettez, Sir, de vous inclure dans cet intérêt.

Ce fut la seconde fois au cours de cette soirée que Volkmar se sentit assez fort pour venir à bout de tout ce qui arriverait encore.

Le cercueil contenant les restes de l'ouvrier débardeur Sergio Rappallo, qui s'appelait désormais officiellement le docteur Heinz Volkmar, fut transporté en camion à Cagliari. L'unique corbillard de Cabras était déjà occupé par une veuve et la voiture automobile aménagée pour transporter les cercueils d'Oristano, ville voisine plus importante, était en panne. Aussi fallut-il louer un camion qui servait habituellement au transport des sacs de ciment. Le mort dans son cercueil de zinc ne dut pas s'en scandaliser, mais la doctoresse Angela Blüthgen éprouva un sentiment d'abaissement qui la fit s'écrier : Voilà une cochonnerie !

Le commissaire lui donna raison, bien qu'il pensât tout bas qu'un modeste camion était bien suffisant pour le transport de ce qui se trouvait dans le cercueil. Mais il ne dit mot eu égard aux sentiments de la Signora. Par contre on ne pouvait admettre au commissariat la remarque constamment répétée d'Angela, que le docteur Volkmar n'avait pu se noyer et que cet accident lui semblait inexplicable. Pourtant les preuves étaient indiscutables : le noyé portait son caleçon de bain, sa bague, et sa denture serait certainement reconnue par son dentiste à Munich ; quant aux empreintes digitales, elles n'existaient pas, ayant été rendues invisibles par le séjour dans l'eau salée. Cependant on avait de la peine à persuader Angela que personne n'avait pu avoir intérêt à faire disparaître le docteur Volkmar. La conclusion de l'autopsie était précise : mort par noyade. On avait trouvé de l'eau dans les poumons. Médicalement, il ne subsistait aucun mystère. Mais on ne pouvait convaincre Angela.

— Le docteur aura eu un malaise, lui dit le procureur qui devait, à contrecœur, s'occuper de ce cas.

— Impossible chez le docteur Volkmar! répondait Angela obstinée.

— D'ailleurs, finit par dire le procureur, si vous croyez que l'on a assassiné le docteur — disons-le franchement — il nous reste le devoir de trouver son meurtrier, quant à lui-même il restera mort. La manière dont il est mort est d'une importance secondaire.

— Pas pour moi ! Je veux savoir qui l'a tué !

— Qu'en aurez-vous ?

— Je ne sais pas... — Elle était assise sur un siège dur devant le bureau du procureur et regardait dans le vide. — Oui, qu'en aurai-je ? Je regarderai un ou plusieurs hommes sachant qu'ils ont tué Heinz. Puis je retournerai en voiture à Munich et il faudra bien m'accommoder de la réalité, comme des millions d'autres veuves, car je me considère comme sa veuve, si absurde que ce soit à présent.

Tandis qu'à Cagliari on attendait la photo de la denture du mort, les reporters en bons termes avec la police ne chômaient pas. Une agence répandit la nouvelle de la découverte du cadavre. Un journal illustré italien interviewa Angela dans sa chambre d'hôtel et parvint à lui extraire assez de renseignements pour la rédaction d'un bel article : « La mort d'un génie de la médecine. »

Vingt-quatre journaux et magazines répandirent cette nouvelle et même deux journaux allemands. Ceci amena le professeur Hatzport à accorder une interview pendant laquelle il donna ses réponses sur un ton paternel et protecteur. Il avait été le chef du disparu. Il crut bon de louer ses recherches sur la transplantation du cœur, bien qu'il en eût toujours plaisanté. On tressa donc des couronnes de lauriers d'or en souvenir d'un grand espoir de la médecine, disparu prématurément.

Au bout de quatre jours, on sut enfin à quoi s'en tenir à Cagliari. La photo de la denture à peine arrivée, on la soumit au jugement de deux dentistes choisis par le procureur. Leur examen approfondi permit la fermeture définitive du cercueil de zinc et sa soudure. La denture avait été trouvée exactement semblable à la photo où se retrouvait jusqu'à la moindre obturation.

— Avez-vous d'autres remarques à nous faire, Signora ? demanda le procureur à Angela, après cette vérification. Angela secoua la tête :

— Non, *c'est* le docteur Volkmar. Pouvons-nous rentrer en Allemagne ?

— Rien ne s'y oppose, Signora.

— Nous prendrons l'avion. Je voudrais quitter la Sardaigne aussi vite que possible, la Sardaigne que je ne voudrais jamais plus revoir.

Un avion de l'Alitalia ramena en Allemagne Angela et aussi ce qui, dans la soute aux bagages, restait du docteur Volkmar.

Volkmar passa des jours paisibles dans la gigantesque villa près des ruines de Solunto. Maître Soriano le laissait en paix, mis à part les devoirs mondains dont il avait parlé. On présenta Volkmar sous le nom du docteur Ettore Monteleone et Loretta eut soin de faire croire par son attitude à de prochaines fiançailles.

A part ces soirées qui se déroulaient d'une manière quasi théâtrale, Volkmar disposait de beaucoup de temps. Le plus souvent il nageait en compagnie de Loretta dans la gigantesque piscine, jouait avec elle ou Gallezzo toujours haletant au tennis ; enfin, il alla visiter les lions qui tournaient en rond dans une sorte de patio mauresque et il se prenait à songer que l'un avait dévoré Jimmy et l'autre Al Sacco. Les deux lions qui restaient portaient des noms plus rassurants : Kimbu et Simbaz.

Volkmar négligea les crocodiles. Les ossements humains aperçus sur les berges gluantes de leur étang lui avaient suffi. D'ailleurs, Soriano ne lui proposa plus le spectacle de la nourriture de sa ménagerie.

Six jours après la transplantation d'un cœur entier qu'il avait dû faire, maître Soriano vint le trouver dans ses appartements. Il arborait une mine rayonnante et déposa sur la table du petit déjeuner un paquet de journaux. Magazines du monde entier de Los Angeles à Hambourg, qui tous contenaient des articles relatant la mort d'un génie de la médecine. Les journaux allemands reproduisaient aussi l'interview du professeur Hatzport.

Volkmar parcourut un article, puis il en poussa les feuilles de côté. Elles tombèrent sur le sol de marbre :

— Voilà votre victoire, Don Eugenio ! dit-il durement. C'est une tâche accomplie ! Elle me fait disparaître du nombre des vivants et me compliquera beaucoup les choses dans le cas où je réussirais à m'évader !

— Allez-vous abandonner Loretta, Enrico ?

Maître Soriano s'assit en face de Volkmar, contre la table. Worthlow alla chercher un couvert ; visiblement, Soriano avait l'intention de déjeuner avec Volkmar. Loretta nageait encore dans le grand étang du parc, ce qu'elle faisait toujours avant de venir prendre son petit déjeuner. Elle s'asseyait alors à la table à côté de Volkmar, ses longs cheveux encore mouillés ; le plus souvent, elle gardait son bikini ou une courte robe de plage qui moulait ses formes affolantes. Soriano souffrait ces rencontres matinales. Il savait que la passion entre Loretta et Volkmar ne s'exprimait jusqu'à présent que par des regards et quelques caresses sur les mains. Mais combien de temps en resterait-elle à ce point ?

— Vous ne devriez pas rejeter la lecture de cette presse abondante, Dottore ! dit Soriano tandis que Worthlow disposait le service à café. — On n'y déplore pas seulement votre disparition, mais on y trouve aussi une quantité d'informations qui m'enthousiasment et quelques-unes qui me laissent rêveur, car vous m'avez caché quelque chose, Dottore, qui eût peut-être sauvé Melata ; vous auriez inventé un nouvel appareil à suturer les vaisseaux ?

— Non !

— Si ! une machine qui ne suture plus les vaisseaux, mais qui pose des agrafes.

— Cette invention vient de Russie, de la clinique du professeur Demichow, elle n'est pas de moi.

— Mais vous l'avez perfectionnée à tel point que l'on peut agrafer les vaisseaux les plus fins en étant parfaitement assuré de leur étanchéité.

— On n'est jamais sûr de rien en chirurgie ! On peut mourir d'un stupide panaris !

— Vous cherchez à m'échapper, Enrico ! Car vous avez bien perfectionné la machine qui agrafe les vaisseaux sanguins, Dottore ! L'argent ne compte pas, vous le savez. Avec cette machine à agrafer et vos prothèses en téflon, vous réussirez tout de même à rendre la transplantation d'un cœur pratiquement sans risque. Je sais, il y a la barrière du rejet, mais là aussi vous saurez maîtriser le problème.

— Seul un homme pourvu d'argent autant que vous peut se montrer aussi optimiste !

— Melata serait-il mort si vous aviez eu ici votre machine à agrafer les vaisseaux ?

— Oui.

Soriano loucha vers le fromage de chèvre. Aussitôt, Worthlow lui apporta le plateau de fromages.

— Voulez-vous opérer un chimpanzé demain ?

— Non.

— Bien. Le docteur Nardo s'en chargera. Mais parlons d'autre chose... — Soriano se retourna, Loretta n'apparaissait pas encore ; d'ailleurs, en cet instant, il n'avait pas besoin d'elle. — Qui est la doctoresse Angela Blüthgen ?

Volkmar laissa tomber la cuiller avec laquelle il mangeait un pamplemousse.

— Don Eugenio, dit-il d'une voix sourde, laissez donc Angela en paix !

— Elle m'intéresse parce que je suis père d'une fille qui vous aime. Qui est Angela Blüthgen ?

— Une doctoresse interne des hôpitaux, nous nous connaissons depuis le début de nos études.

— Vous avez couché avec elle ?

— Cela ne vous regarde pas !

— Bon ! Cela ne fait pas de doute ! L'aimez-vous ?

— Je voulais l'épouser.

— Et pourquoi ne l'avez-vous pas fait ?

— Elle a refusé. Elle est fière de son émancipation.

— Elle s'est donc menti à elle-même comme une folle. Angela Blüthgen vous aime, Enrico. Elle s'est rendue en Sardaigne pour y chercher vos restes mortels. Elle a mis la police de Cabras et de Cagliari sur les dents. — Soriano désigna le paquet de journaux tombé sur les dalles de marbre : — Voulez-vous lire son interview ? Vous saurez son comportement, ce qu'elle a dit... Ce sont les paroles d'une femme qui aime au-delà de la mort.

— Je ne l'ai jamais su... je ne m'en suis même pas douté, dit Volkmar à mi-voix. Don Eugenio, faites détruire ces journaux. Je ne veux rien lire de ce qu'ils relatent !

Worthlow versa le café brûlant dans de petites tasses dorées intérieurement. Angela... elle a pris un vol pour la Sardaigne, elle a ramené en Allemagne ce qu'elle croit être mes restes. Elle enterrera ce mort étranger et fleurira sa tombe, peut-être même ira-t-elle parfois me rendre visite au cimetière... Quelques souvenirs lui reviendront dans les nuits en fin de semaine et elle se rappellera mes paroles. Pourquoi ne nous marions-nous pas, puisque nous nous aimons ?

Mais si elle avait aimé avec tout ce qui, en une femme, est capable d'amour, elle s'était enfuie dans le mensonge et elle était à son tour victime d'un mensonge dans le dernier acte de cet amour désordonné, car elle pleurait et ramenait au pays un mort qui n'était pas le docteur Volkmar et que peut-être seul Don Eugenio connaissait ou ignorait même, car il ne se préoccupait pas de tels détails.

— Vous rêvez au passé ? lança Soriano. Vous devriez parler d'Angela à Loretta.

— Cela n'est pas nécessaire.

— Elle saurait alors qu'il lui faut lutter contre une ombre.

— Elle saurait alors aussi que son père a livré un mort étranger ayant ma denture, mon caleçon de bain et ma bague... Je m'imagine qu'elle poserait des questions assez dures.

— Vous avez raison, Dottore ! — Soriano eut un geste de reconnaissance à l'adresse de Volkmar : — Je n'ai pensé qu'en père, ce qui est une faute, j'en conviens. On ne doit pas oublier le but immense qui est le nôtre !

— Le *vôtre,* Don Eugenio !

— Il est le vôtre comme le mien, Dottore... — Un pas se fit entendre. Worthlow apportait un troisième couvert. — Ah ! voici Loretta ! — Soriano regarda Volkmar d'un air interrogateur : — Aimez-vous ma fille plus encore que cette Angela ?

— Je ne vous répondrai pas.

— Si vous me décevez, je vous tuerai malgré tous nos projets ! Je vous le jure ! — Puis il alla à la rencontre de Loretta, les bras grands ouverts : — Bonjour, mon ange, le jour commence seulement pour moi !

Elle portait de nouveau son bikini doré et ses longs cheveux flottaient épars. Elle était ravissante.

Anna avait atteint en taxi la presqu'île de Zafferano et se tenait muette d'étonnement devant le complexe gigantesque qui devait être une villa habitée par un seul homme.

— C'est là ! dit le chauffeur de taxi. Qui paie, ceux qui sont là-dedans, ou toi ?

— Moi.

Elle sortit de sa musette des lires en billets et ne donna aucun pourboire. Elle descendit de la voiture, déposa son sac de voyage à ses pieds et suspendit à son cou la musette contenant sa fortune. Le taxi fit demi-tour. Les filles de chambre qui entrent dans une nouvelle place ne sont pas des clientes souhaitables.

Anna considéra la gigantesque grille de fer forgé, le grand mur, la mer, et posa ses deux mains à plat sur sa musette. Elle sentit le grand couteau à travers la toile. Elle appuya sur le bouton de la sonnette et sursauta en entendant une voix sortir du mur.

— Que désirez-vous ? demanda la voix.

Anna se dit qu'on devait la voir par quelque moyen extraordinaire et elle fit un petit salut. Sa supposition n'était pas si sotte car l'entrée de la villa était surveillée par des caméras.

— Je suis la nouvelle servante, répondit-elle.

L'homme invisible parut réfléchir. Il n'avait pas entendu parler de l'engagement d'une nouvelle chambrière ; d'autre part, on savait que Don Eugenio prenait des décisions qu'il fallait bien accepter sans poser de questions. Peut-être, Worthlow saurait-il ce qu'il en était, car toutes les questions domestiques convergeaient vers lui.

Il y eut un bourdonnement dans la grande porte et Anna devina qu'elle n'aurait qu'à la pousser pour pénétrer dans ce domaine mystérieux. Elle prit son sac de voyage et dit devant la petite grille encastrée dans le mur : Merci Signore ! puis elle s'engagea dans la large avenue menant au bâtiment principal qui chatoyait au loin entre des buissons en fleur, des groupes de palmiers et de hauts cyprès.

Elle frémit lorsque la grande porte se referma derrière elle, et une angoisse étreignit son cœur.

Enrico vit donc ici, pensait-elle. Comme un roi ! Et moi, j'ai l'air d'une gardeuse de porcs ! Et là-bas, dans ce palais, vit aussi l'homme qui a saigné Luigi ! Il n'est pas si sûr que je sorte d'ici un jour...

Elle se signa et monta jusqu'au péristyle derrière lequel se trouvait le vestibule.

Il était tout à fait dans le style de maître Soriano que personne ne vînt questionner Anna sur ce qu'elle cherchait en ce lieu. De même que l'homme qui surveillait la porte d'entrée, la gouvernante de la maison, dont dépendait le personnel féminin, crut qu'Anna avait été engagée à Palerme, par les bureaux du patron, et il n'y eut entre elles qu'un bref échange de paroles.

— Qui t'a engagée ?

— Un homme, mais je ne sais pas son nom. Il a dit que Don Eugenio cherchait une fille qui puisse travailler dur.

— Et tu viens de Sardaigne, dis-tu ?

— Il m'a donné l'argent du voyage, l'adresse et le jour de mon arrivée. C'est aujourd'hui, me voici.

Cela suffit. Le nom de Don Eugenio prononcé par celui qui avait engagé cette fille était un passeport. Enfin l'argent du voyage... l'adresse... la date... Worthlow devait en savoir davantage.

On montra à Anna sa chambre, qui lui fit l'effet d'un palais. Seuls, les rugissements des lions la dérangeaient, car les logements des domestiques se trouvaient contre le mur de la cour mauresque où ils s'ébattaient. Anna reçut son uniforme : jupe courte plissée, blouse bleue. La jupe était d'une blancheur éclatante. Anna jusqu'alors ne s'était jamais habillée en vêtements de fête d'autres jours que le dimanche.

— Tu seras troisième femme de chambre auprès de la Signorina, lui dit la gouvernante lorsqu'Anna se fut lavée, coiffée et habillée.

Elle avait l'air fort accorte. Ses beaux seins tendaient l'étoffe de sa blouse, ses longues jambes bronzées et sa croupe pleine sous sa courte jupe plissée prouvaient que dans les montagnes de Sardaigne croissent aussi de fort belles plantes.

Le soir même, Worthlow rencontra Anna. Mais il ne lui accorda pas un regard. Le personnel féminin regardait la gouvernante. Loretta non plus ne posa aucune question, lorsqu'Anna se présenta devant elle, ébahie à la vue de la resplendissante beauté de la Signorina. Dans la soirée, tandis que Loretta était dans la grande salle à manger de la villa le centre d'une nombreuse société, Anna alla ouvrir tous les placards de la pièce où s'habillait sa nouvelle maîtresse et s'extasia à la vue des robes qui les emplissaient : robes pour la journée, robes du soir... Comment pouvait-on être aussi riche ? Comment gagner autant d'argent ?

Et elle pensa au petit peuple des montagnes de

Sardaigne, aux paysans, aux bergers, aux modestes artisans, à ce monde où elle avait grandi et qu'elle n'aurait jamais quitté si un homme n'était pas venu égorger Luigi.

Cet homme !

Anna se glissa hors des appartements de Loretta et essaya de jeter un regard dans la salle à manger. Elle entendait des rires. Des domestiques en livrée allaient et venaient portant des plateaux d'argent. Worthlow commandait sa garde comme un général et dévisagea Anna avec surprise. Alors elle s'enfuit en courant dehors dans le parc, puis elle alla coller son visage contre l'une des grandes portes vitrées.

Des joyaux étincelants, des robes du soir, des dos nus, des poitrines à demi voilées, des smokings blancs, même quelques habits, des lustres vénitiens aux pendeloques brillantes et translucides éclairaient cette scène, se détachant sur un fond de tentures de soie, des sols de mosaïques luisantes, dans le style antique. Un long buffet aux pièces montées extraordinaires et comestibles qu'Anna n'avait encore jamais vues... Puis elle reconnut Enrico...

Portant un smoking blanc, il se tenait auprès de Signorina Loretta, buvait une coupe de champagne et riait. Il était bronzé et d'une si mâle beauté que le souffle d'Anna s'accéléra.

Il est là, pensa-t-elle. Je suis donc bien dans la maison où je souhaitais d'aller ! Si Enrico est ici, l'homme qui a égorgé Luigi s'y trouve aussi. Réjouis-toi, Luigi. Bénie soit la tombe derrière notre hutte en pierre. Tu seras vengé !

Les jours suivants, Anna accomplit sa tâche avec zèle en silence, l'air modeste. Loretta était satisfaite de son travail et la remarquait à peine tant elle était silencieuse.

Mais chaque fois que Loretta n'avait plus besoin d'elle, Anna se mettait en chasse pour trouver une possibilité de voir le docteur Volkmar et même de le rencontrer. Elle avait découvert au bout de deux jours que de l'une des terrasses au-dessus de la grande salle, on pouvait regarder sans être vu dans le parc où se trouvaient la grande piscine et le tennis. C'est là que se pelotonnait Anna derrière des caisses de fleurs ou des statues, un foulard sur la tête pour se protéger du soleil brûlant, les yeux rivés sur la silhouette d'Enrico en bas. Elle le regardait nager, vaincre Loretta au tennis, discuter avec maître Soriano sur la terrasse, parler à des invités ou danser avec Loretta aux sons d'une stéréo. Tout cela paraissait superbe, mais Anna en était déchirée.

Elle grinçait des dents lorsqu'elle voyait Loretta danser étroitement enlacée à Enrico et elle se mordait les poings lorsqu'à l'issue d'un match de tennis, il l'attirait contre lui pour l'embrasser.

Naturellement, elle doit l'aimer, pensait Anna. Qui n'aimerait pas Enrico ? Et jolie comme elle est, qui en voudrait à Enrico s'il ne l'évite pas ? Mais cela changera lorsqu'il me reverra ! Il m'a embrassée avant elle, dans notre hutte en pierres des montagnes de Gennargentu et moi aussi je suis jolie, même si tu ne le vois pas, Signorina Loretta !

Elle se mit à s'exercer à l'art de rehausser les charmes de son visage à l'aide de son coffret de beauté, ombrant ses paupières, tirant un trait de crayon autour de ses yeux, ce qui accusait leur forme d'amande, elle précisa les contours de ses lèvres d'un trait de crayon rouge et employa son « make up » afin d'éviter que son visage ne luise et pour lui donner cet aspect satiné qui lui semblait chez la Signorina le comble de la distinction.

Loretta remarqua cette transformation dès le cinquième jour.

— Es-tu amoureuse ? dit-elle tandis qu'Anna lui brossait les cheveux.

— Oui, Signorina.

— C'est merveilleux ! — Loretta sourit en pensant à Volkmar. — On en devient toute différente, n'est-ce pas ?

— Toute différente, Signorina.

— Malheureusement, tu disposes de peu de temps, n'est-ce pas ?

— Cela me suffit, Signorina. Je suis si bien chez vous.

— Si tu désires avoir un jour de congé, dis-le-moi simplement, Anna.

— Merci, Signorina, je suis heureuse d'être ici.

Puis elle reprenait son guet sur la terrasse, regardait nager Volkmar et, un matin très tôt, elle le vit même sortir de l'eau entièrement nu, pour faire de la course à pied autour du grand bassin. Dans la villa tout dormait encore.

Dès lors, elle rêva de cette vision : un corps nu d'homme dont les muscles saillaient dans l'élan de la course, trahissant une force sauvage.

Seul, l'homme qui avait saigné Luigi restait invisible.

Paolo Gallezzo était sur le continent, afin d'acheter des mécanismes délicats et compliqués avec lesquels on pourrait confectionner des machines à suturer les vaisseaux, qui poseraient des agrafes.

Dans le bloc III où se trouvait l'asile de vieillards, on poursuivait dans le sous-sol réservé aux animaux les essais de transplantation. Singes, porcs, chiens, chats et rats étaient étendus sur des tables de marbre et recevaient des cœurs nouveaux.

Le docteur Nardo et son équipe travaillaient à présent selon les méthodes du docteur Volkmar, mais il était évident que le docteur Nardo n'était pas de force à accomplir cette tâche. Les moyens techniques étaient à sa disposition, on avait étudié les méthodes d'intervention à fond, lu, relu et discuté les publications de Volkmar, mais que vaut la meilleure théorie lorsqu'elle n'est pas mise en pratique par celui qui en possède le secret ?

Les rats et les lapins survivaient le plus longtemps. Leurs cœurs étaient assez légers pour rester suspendus à leurs vaisseaux jusqu'à l'instant où ceux-ci cédaient aussi, ce qui provoquait, comme chez l'homme appelé Melata, une hémorragie interne. On n'en arrivait jamais à aucune manifestation de rejet, les parois des vaisseaux lâchaient avant !

Le docteur Nardo se présenta au bout de neuf jours chez maître Soriano dans son bureau de ville, c'est-à-dire son cabinet d'avocat, et donna un compte rendu de la situation.

— Ce n'est pas possible ! déclara le docteur Nardo, malgré le téflon et d'autres prothèses d'appoint. Les adversaires du docteur Volkmar ont raison ! On ne peut pas transplanter un cœur de cette manière, car les tissus des vaisseaux lâcheront toujours ! Il n'y a qu'une seule possibilité qui, jusqu'à présent, a été l'objet des expériences les plus poussées : la transplantation partielle. Là, nous avons une chair musclée solide, là les sutures tiennent ! Là, nos limites sont marquées par la seule question du rejet, mais ce n'est pas un problème chirurgical, c'est une difficulté à vaincre dans le domaine de la biochimie ! Chirurgicalement, nous pouvons entreprendre des transplantations cardiaques partielles qui tiendront comme des prothèses dentaires ! C'est une question purement technique ! Il nous faut attendre l'homme qui réussira à contenir une nécrose liée à une coagulation. L'opération du docteur Volkmar reste un rêve.

— Pour vous, Pietro ! — Maître Soriano posa ses deux mains sur le paquet des comptes rendus de recherches : — Je crois en Volkmar et je ne me trompe pas. D'ailleurs, je ne me suis jusqu'à présent jamais trompé, si prétentieux que je puisse paraître !

— Amenez le docteur Volkmar à la table d'opération, Don Eugenio, vous serez alors obligé d'accepter son échec. Chez Melata...

— C'était un cas désespéré dès le début, nous le savions tous mais nous voulions savoir *comment* le docteur Volkmar s'attaquerait à ce problème. Nous l'avons pris en traître et il nous a montré combien son courage est grand, quand il tient un scalpel à la main.

— Il a été jusqu'à la barrière naturelle. Il ne peut pas aller plus loin !

— Parlons de limites ! Qui aurait jamais imaginé, il y a quelques années, que l'on enverrait des satellites dans l'espace ? Qui aurait rêvé le rayon laser qui perce les armures d'acier des blindés ? Et l'homme capitulerait devant son propre cœur ? Tout n'est qu'une question de temps.

— Et vous avez le temps, Don Eugenio ?

— Oui ! lança maître Soriano à haute voix. Et le docteur Volkmar aussi ! A Noël, nous inaugurerons la Maison des Enfants de Camporeale. Un cardinal nous apportera la bénédiction du Saint-Père. Et dès janvier, le docteur Volkmar commencera sa transplantation cardiaque, non pas sur un animal, mais d'homme à homme !

— Le sait-il déjà ?

— Non.

— Il refusera.

Maître Soriano secoua lentement la tête.

— Il le fera ! Nous avons encore cinq mois d'attente jusque-là. Vous me croyez, j'espère, capable, Docteur Nardo, de retourner un homme en l'espace de cinq mois, d'autant plus s'il aime ma fille ?

Quinze jours après la transplantation manquée chez Arigo Melata, le docteur Volkmar se refusa à prendre son petit déjeuner.

Le soleil d'août incendiait un ciel sans nuages, d'un bleu pâle, céruléen, et la mer toute proche ne donnait aucune fraîcheur. La Sicile, en plein été, se transforme parfois en poêle à frire. Volkmar vivait en caleçon de bain et chemise de pongé, nageait dans la piscine, prenait des douches glacées ou buvait — contre l'avis de tous les médecins — des seaux d'eau minérale glacée, parfois rougie d'un peu de vin.

Maître Soriano était déjà assis dans un fauteuil pourvu d'un parasol protecteur lorsque Volkmar parut sur la terrasse, débouchant du passage formé par deux colonnades. Il se leva aussitôt, mais Volkmar eut un geste de refus lorsque Worthlow s'approcha de la table portant un service à café, puis il s'adossa à une colonne.

— Je ne mangerai et ne boirai pas ! lança-t-il à haute voix.

Maître Soriano éleva un peu les sourcils et fit un signe

à l'adresse de Worthlow qui s'éloigna aussitôt avec le service à café.

— La grève ? demanda Soriano d'une voix suave.

— Appelez-le comme vous voudrez.

— Ou un défi ? Mon cher Dottore, nous ne sommes tout de même plus de jeunes fous contestataires ! Qu'est-ce qui vous met de cette humeur ?

— Tout !

— Voilà qui paraît mystérieux : tout, dans cette maison, tourne autour de vous.

— Croyez-vous que ce soit une occupation que de paresser, de nager, de figurer le soir dans des « parties » et de regarder le temps s'écouler ?

— Il existe un groupe important de personnes qui ne font rien d'autre que cultiver l'oisiveté... — Soriano fit un geste pour couper la parole à Volkmar qui voulait lui répondre. — Je vous comprends fort bien, Dottore, je ne fais pas partie moi non plus de ces hommes qui réduisent l'intérêt de leur existence à se laisser charmer par un sourire ou par l'agrément d'une conversation. Je travaille comme un cheval dans mon cabinet d'avocat et dans d'autres domaines intéressants. Je serais malheureux de vivre sans travail.

— Mais vous exigez de moi que je vive ainsi !

— J'exige quoi ? Mais, Enrico, *vous ne voulez pas* agir ! Vous avez à votre disposition une salle d'opération, des laboratoires, des équipes de médecins, des animaux destinés aux expériences, des cadavres... Vous pouvez poursuivre vos recherches aussi loin qu'il vous plaira... Mais c'est vous qui ne le voulez pas !

— Je ne le veux pas dans ces conditions.

— Ne sont-elles pas idéales ? Une clinique d'université vous offrirait-elle ce que je puis, moi, vous offrir ?

— Au point de vue matériel, non !

— J'ai toujours cru que tout chercheur scientifique s'estimait heureux d'être matériellement indépendant... me serais-je trompé ?

— Don Eugenio, ne jouons pas la comédie ! Je suis officiellement mort ayant été trouvé échoué sur la côte de Sardaigne, identifié par mon dentiste, enterré à

Munich... il n'y a plus pour moi de retour à la vie libre. Je suis votre créature, un certain Dottore Ettore Monteleone, que l'on envie parce qu'il lui est permis de danser avec la belle Loretta.

— Oublions ma fille, s'il vous plaît, elle se trouve en dehors de nos problèmes.

— Vous vous l'imaginez...

— En serait-il autrement, j'éloignerais immédiatement Loretta de Palerme.

— Est-ce là une mise en garde ?

— Une simple constatation, Dottore, une mise au point concernant l'avenir sans Loretta...

— Je vis ici comme un prisonnier !

— Comme un hôte choyé...

— Je ne puis faire de recherches ni travailler pour un club de milliardaires ! Vous voulez me forcer à transplanter des cœurs, non pas au nom de la science, mais pour remplir les caisses d'une mystérieuse mais combien puissante société ! Si je réussis, on ne connaîtra rien de mes transplantations, car je suis mort officiellement. Somme toute, vous voulez faire de moi une machine à opérer qui ne travaillera que pour vous ! Où est Loretta ? ajouta Volkmar d'une voix angoissée.

— Elle est partie tôt ce matin pour Palerme, je crois qu'elle veut vous faire la surprise d'un cadeau. Ne me trahissez surtout pas en ayant l'air de le savoir ! Mais vous n'auriez pas voulu me croire autrement. Enrico, ne me regardez pas comme si vous alliez me tuer, vous êtes médecin, vous devez sauver la vie des êtres !

— Votre cynisme est inimaginable, Maître Soriano ! dit Volkmar d'une voix sourde.

— Vous devriez vraiment prendre connaissance des comptes rendus de recherches du docteur Nardo, Dottore. C'est une catastrophe, malgré votre idée d'employer du téflon. Mais depuis trois jours, nous sommes en possession d'une machine à agrafer les vaisseaux à la manière de Demichow.

— Comment êtes-vous parvenu à vous la procurer ? dit Volkmar, effaré.

Maître Soriano sourit doucement. Le mur défensif entourant son hôte s'effritait déjà :

— Pourquoi ne croyez-vous pas que pour moi rien n'est impossible ? Venez, Enrico, venez déjeuner ! Et puis, pensez que depuis deux jours le docteur Nardo s'exerce avec cette machine à agrafer sur des cadavres, des chiens, des chats. Dans les chambres froides du sous-sol, il y a en ce moment dix morts à votre disposition...

Volkmar crut qu'une onde glacée descendait le long de son épine dorsale ; il eut un haut-le-cœur avant de répondre :

— Vous avez des cadavres ? D'où les tenez-vous ?

— Je les ai achetés, répondit Soriano sur un ton léger.

— Vous avez... quoi ?

— Enrico, essayez de voir les choses en Sicilien. La Sicile est un pays magnifique, mais des plus pauvres. Plus vous pénétrez profondément à l'intérieur des campagnes, plus la misère, dans quantité de petits villages, vous saisit par son horreur. Naître et mourir coûtent également cher... Voilà que meurt un homme ou une femme ; alors moi, m'adressant aux survivants de la famille, je leur dis : Si vous enterrez demain ce cher mort, vous n'en aurez rien, mais si moi je l'emportais, vous auriez sur votre table un paquet de 250 000 lires... Je voulais vous faire comprendre par là, Enrico, que nous n'avons jamais pénurie de cadavres comme dans votre Allemagne !

— Voilà qui est singulièrement rassurant ! remarqua Volkmar d'une voix enrouée. Mais je n'en reste pas moins sur mes positions : je n'opérerai pas !

— Et vous commencez votre grève de la faim ?

— Oui !

— Vous êtes un heureux garçon, Volkmar, puisque, à quarante-deux ans, vous avez conservé beaucoup des attitudes de votre adolescence !

— Vos sarcasmes sont inutiles, rugit Volkmar en se détachant de la colonne contre laquelle il s'adossait. — Inutiles ! Vous investissez des millions dans ma personne : c'est de l'argent perdu ! Dès à présent, je me refuse à tout ! Je suis curieux de voir comment vous me forcerez !

Il se détourna et s'engagea dans le vestibule pour descendre l'escalier de l'aile des invités. Maître Soriano le suivit du regard et secoua la tête. Worthlow parut et versa à Don Eugenio un café fumant particulièrement corsé.

— Décommandez tous les invités, Worthlow, dit Soriano pensif, supprimez toutes les « parties » jusqu'à la fin de septembre.

— Très bien, Sir, aussi la fête d'anniversaire de Miss Loretta ?

— Aussi !

— Cela suscitera une grande discussion, Sir.

— Adressez ma fille au docteur Volkmar. Il commence tout de suite sa grève de la faim.

Soriano se laissa aller en arrière dans son fauteuil. La clarté du soleil traversait le tissu orange du parasol qui l'abritait et recouvrait tous les objets qui l'entouraient d'un reflet rose. On ne peut vraiment pas le forcer, pensait Soriano, ni le contraindre par des violences corporelles car le moindre de ses nerfs est précieux. Il le sait fort bien et en ceci, il est vis-à-vis de moi le mieux placé. Il peut me faire chanter pendant des semaines, des mois. Quant à lui forcer la main comme dans le cas de Melata, on ne peut réussir deux fois la même astuce... Et même s'il consentait finalement à opérer et à travailler pour la clinique, il peut détruire tous nos projets en ratant volontairement ses opérations. S'il y avait deux, trois décès, on en parlerait aussitôt dans divers milieux auxquels nous tenons particulièrement. Alors nous nous trouverons devant des lits vides et la « Société » me demandera des comptes... Celui qui décide de la vie ou de la mort est toujours le plus fort, qui sait cela mieux que moi ? Et ici, à la table d'opération, c'est Volkmar le plus fort.

— Qu'en pensez-vous, Worthlow, lança Soriano, croyez-vous qu'Enrico soit capable de manquer volontairement une opération pour me nuire ?

— Non, Sir, jamais ! dit Worthlow presque scandalisé. Le docteur Volkmar est un vrai médecin !

— Qu'est-ce que cela veut dire ? Les médecins marron ne manquent pas. Pourquoi n'y aurait-il pas de médecins qui se servent de leurs patients comme d'une arme ?

— Vous en croyez le docteur Volkmar capable, Sir ?

— Non, mais si l'on songe à ce qu'il *pourrait faire*...

— Lorsque le docteur Volkmar a devant lui un malade, celui-ci est pour lui un être qui a besoin d'être secouru, rien d'autre.

— C'est bien mon grand espoir, Worthlow. — Soriano ferma les yeux. Il paraissait soudain plus âgé que les cinquante ans qu'il avouait. L'ombre du parasol creusait ses rides. — Peut-être ne se dérobera-t-il pas face aux souffrances d'un malade, si nous le lui présentons ainsi qu'il lui convient, mais personne, Worthlow, ne peut le forcer à transplanter des cœurs s'il affirme que, médicalement, c'est impossible. Il peut avoir notre peau !

— Vous le saviez certainement auparavant, répliqua Worthlow d'un ton raide. — On n'attendait pas de lui qu'il prît position pour ou contre, il était d'ailleurs quelque chose comme le mur des lamentations de son patron et c'était l'important pour Soriano, cette oreille qui l'écoutait, le libérait. — Mais faut-il vraiment que l'anniversaire de Miss Loretta... ? reprit-il.

— Décommandez, Worthlow. Je n'ai d'autre solution que l'attaque à coups d'épingles.

Soriano se leva et s'éloigna à l'intérieur de la villa. Worthlow desservit la table et laissa aux domestiques sous ses ordres le soin de rouler la vaisselle aux cuisines ; lui-même s'en fut d'un pas mesuré vers l'aile réservée aux invités, s'assura que les microphones avaient été débranchés dans le hall central et sortit sur la terrasse. Le docteur Volkmar était étendu sous la marquise et lisait un journal allemand vieux de quelques jours, ainsi que l'exigeaient les ordres prudents donnés par Soriano.

— Allez-vous me nourrir de force à présent, Worthlow ? jeta Volkmar lorsque le butler se trouva devant lui dans son uniforme blanc.

— Il n'en a pas été parlé, Sir. D'ailleurs, une diète vous ferait le plus grand bien, vous pesez neuf livres de trop, Sir. — Worthlow alla au bar roulant, en sortit de l'eau minérale et de la glace. — Cela non plus, Sir ?

— Non ! répliqua Volkmar en se redressant sur sa banquette de jardin qui était une sorte de balançoire. — Worthlow, je deviendrai fou, si je reste ici à ne rien faire. Pas aujourd'hui, mais dans deux ou trois mois, car je ne sortirai jamais d'ici !

— Pas de cette manière, Sir, répliqua Worthlow d'un ton froid spécifiquement britannique.

— Que voulez-vous dire ?

— Vos chances seraient plus grandes si vous travailliez comme médecin.

— Pour l'Honorable Société ? Comme chirurgien de la Maffia ? Worthlow !

— Je ne vois pas pourquoi, Sir, l'appartenance à la Maffia serait une garantie de santé et si j'étais vous, je m'intéresserais aux malades, Sir. La maison de retraite des vieillards met sans cesse les médecins devant de nouveaux problèmes — selon le docteur Nardo —, ne serait-ce que ces trente-neuf cas de cancers...

— Ils sont tous traités ici ?

— Non, on les transporte à Naples pour y être opérés. Les cas inopérables sont relégués dans une autre aile que l'on appelle tranquillement « la section des mourants ». On y soigne les vieux avec dévouement. Cette maison de retraite a d'ailleurs une chapelle et un prêtre qui la dessert, ainsi qu'un cimetière pour ceux qui étaient restés seuls au monde. Si un chirurgien tel que vous, Sir...

— Arrêtez, Worthlow ! Vous en venez à créer un climat biblique ! Celui de « la tentation au désert »...

— Vous oubliez, Sir, que je ne suis pas Satan et que vous n'êtes pas Jésus. Vous êtes médecin.

Derrière Volkmar, la glace tintait dans le verre d'eau. Mais Volkmar ne se retourna pas.

— Ce serait une capitulation ! souffla-t-il.

— Mais une bénédiction pour les malades, Sir. Le lieu du monde où vous les soignez a-t-il donc tant d'importance ?

— Mais le sentiment pour un homme de travailler avec...

— Sir, vous êtes mort ! répliqua Worthlow de plus en plus raide. Un mort n'éprouve plus rien.

Un vendredi matin, Anna aperçut l'homme qui avait saigné Luigi.

Paulo Gallezzo était revenu du continent et avait rempli sa mission à la satisfaction du Don. Il avait pris contact avec tous les fabricants d'appareils chirurgicaux par l'intermédiaire d'un nouveau bureau d'importation et avait même engagé un nouvel acheteur, jeune homme qu'il venait de débaucher d'une organisation avec laquelle il était en affaires. Il lui avait proposé un salaire doublé avec en « prime » une jeune secrétaire qui promettait d'être fort experte en exercices horizontaux.

— Pour que tu ne t'ennuies pas, mon bon, avait conclu Gallezzo. Tu n'auras pas beaucoup de nouvelles de nous, mais lorsque tu en auras, alors sois plus rapide qu'un supersonique ! Compris ?

Les jours suivants, il surveilla le tri et l'enregistrement des diverses offres d'installation de la clinique modèle, puis il reprit le chemin de la Sicile avec une serviette bourrée de catalogues. A Rome restaient deux jeunes gens qui recevaient un traitement d'ambassadeur pour surveiller la situation et jouer à la bête à deux dos.

— Fort bien, dit Soriano lorsque Gallezzo vida sa serviette et il n'accorda pas un regard aux prospectus destinés à servir de jouets au docteur Volkmar.

Car pour mieux éblouir Enrico, il devait avoir le sentiment que la clinique était son œuvre, tous ses désirs devaient être aussitôt comblés. C'était là encore une démonstration de la puissance de Soriano. Que tout fût déjà déposé dans les caves de la clinique, nul n'avait à le savoir, le docteur Nardo non plus.

Un vendredi, donc, tandis qu'Anna mettait de l'ordre dans la chambre à coucher de Loretta et, incidemment, se penchait à l'un des petits balcons donnant sur le parc, elle aperçut celui qu'elle recherchait sans trêve. A ses pieds se déployait le grand terrain de golf à neuf trous récemment établi par le maître de ces lieux. Il était parfaitement entretenu et son tapis vert luxuriant s'étendait jusqu'à un lac artificiel. Sur ce tapis vert émeraude évoluait, en manche de chemise, visiblement détendu, tirant derrière lui un caddy roulant, Paolo Gallezzo. Il portait une casquette molle à visière de plastique transparent. Debout au début du parcours, il considéra les difficultés qui l'attendaient, les petits fanions au bord des trous, et choisit un driver.

Anna, cramponnée à la grille de fer forgé de son balcon, dardait vers le parc en contrebas un regard fixe. Elle avait aussitôt reconnu l'assassin de Luigi. On n'oublie pas celui qu'on se propose pour cible.

— Maintenant, murmura-t-elle, Sainte Mère, viens-moi en aide !

Elle retourna dans la chambre, s'en fut dans le grand salon de Loretta et regarda tout autour d'elle. Trois madones, œuvres du Tintoret et d'autres maîtres fameux, étaient suspendues au mur. Elle choisit la Vierge dont le regard lui parut le plus indulgent, le plus maternel, le plus empreint de pardon, se signa en s'agenouillant, pria en silence, baissa la tête et confessa à la bonne Mère tout aussi silencieusement tout ce qui, selon le curé de Sorgono, méritait d'être confessé. Les pensées coupables qu'elle avait eues à l'égard d'Enrico en faisaient partie. Le désir de son étreinte, l'oreiller qu'elle serrait parfois la nuit entre ses cuisses lorsque son désir de lui devenait par trop violent, ses postes d'écoute où elle passait ses heures de liberté dans le seul espoir de jeter, fût-ce un seul regard sur le docteur Volkmar, elle avoua tout et se sentit ensuite tellement légère et en même temps tellement étrangère à elle-même qu'elle se regarda dans une glace pour voir si elle était encore Anna Talana.

Elle s'en fut dans sa chambre sous le toit brûlant de la villa, fouilla sous son matelas, en retira son couteau à double tranchant et le glissa dans son corsage. L'acier froid serré contre ses seins, elle éprouva à ce contact comme un désir qui pénétrait tout son corps, les mamelons de ses seins durcirent, les faces internes de ses cuisses vibrèrent, une jouissance affolante et exquise traversa en éclair son bas-ventre, elle s'adossa au mur et respira violemment comme si elle sortait juste des bras d'Enrico, empalée lascivement par sa virilité.

Paolo Gallezzo resta sur place, le regard rivé à un obstacle qui n'avait rien à voir avec un terrain de golf. Puis il renifla et se demanda s'il continuerait à jouer ou s'il se conformerait à cette situation inattendue : devant lui, au début de la haie de cyprès, entourant une roseraie, un beau derrière blanc de fille se tendait vers lui sous le soleil. Des jambes fines, de solides mollets, des fesses rondes, serrées, mais laissant voir tout de même une touffe noire frisée. La fille ne semblait pas s'apercevoir qu'on l'observait. Elle restait penchée en avant, bien bas, et cueillait des fleurs sauvages qui croissaient dans la haie.

Gallezzo sentit un picotement sous la peau de son crâne, jeta son club, se lécha les lèvres et s'élança vers la roseraie. Au même instant, la fille se redressa et franchit en balançant les hanches l'entrée de la haie qui était taillée à la hauteur de deux mètres : ce qui se passait derrière, Dieu seul le voyait.

— Arrête ! cria Gallezzo qui se mit à courir. — Le sang battait à ses tempes et comme toujours lorsqu'il pensait à certaines choses, il s'irrita contre l'étroitesse de son pantalon. — Attends un peu !...

La fille ne se retourna pas, mais secoua la tête et disparut derrière la haie. Quelle sale petite garce lubrique ! pensa Gallezzo en bondissant par-dessus les herbes. Elle savait bien qu'elle n'était pas seule et m'a tendu son cul comme une carte d'invitation ! J'accepte la partie, ma chatonne noire ! Tu seras rassasiée à en éclater !

Il arracha sa casquette et déboutonna sa chemise en courant. Lorsqu'il atteignit la haie, il l'entendit ricaner de l'autre côté, ce qui augmenta frénétiquement son désir et abolit en lui toute raison. Il se projeta presque au tournant de la haie, vit la fille debout devant lui, le corsage ouvert, les seins nus, provocants, mais il vit aussi ses yeux noirs, froids de bête cruelle, et la reconnut...

Le coup de couteau l'atteignit dans la seconde même. La longue lame traversa sa gorge sous la pomme d'Adam, trancha le moindre son, tua toute réaction, anéantit sa volonté. Il resta debout l'espace d'un éclair, tandis qu'Anna arrachait le couteau de sa gorge, puis il tomba à genoux et bascula en arrière sur le gazon entre la haie et l'allée longeant les plates-bandes de rosiers. Un torrent de sang le recouvrit, tout son corps se mit à frémir, mais il ne mourut pas tout de suite. Les yeux grands ouverts, il vit Anna se pencher vers lui pour le regarder comme un insecte à demi écrasé.

— Comment cela s'est-il passé pour Luigi ? dit-elle très tranquillement. Nous l'avons lavé pour compter ses blessures : dix-neuf ! Oui, dix-neuf ! J'en ai encore dix-huit pour toi ! Mais je crois que tu ne pourras pas les compter avec moi. — Elle s'agenouilla près de Gallezzo et reboutonna son corsage. — Tu meurs lentement, mais Luigi est mort plus lentement encore : dix-neuf coups de couteau ! Tu ne peux pas te plaindre !

Elle saisit des deux mains le manche du couteau et frappa de toutes ses forces avec tout le poids de son corps. La lame coupa en deux le cœur de Gallezzo. Il mourut avant de sentir une brûlure profonde s'irradier dans son sein.

De retour à la villa, Anna se mit sous la douche qu'elle fit couler chaude, puis glaciale. Elle se changea, mit son uniforme de camériste et retourna au salon pour s'agenouiller devant le tableau de la madone et se signer. Puis elle reprit son travail et termina le rangement de la chambre à coucher de Loretta.

Ce jour-là, le docteur Volkmar sut ce que signifiait une alerte déclenchée dans la villa de Soriano.

Une fois seulement retentit l'appel déclenché d'une sirène, mais alors toute la villa devint une forteresse. De sa terrasse, Volkmar ahuri vit des hommes, leurs mitraillettes armées, courir de tous côtés et quadriller le parc. Au-delà des murs parurent des hommes tenant des chiens policiers en laisse. Ils bloquèrent toute la région.

Volkmar s'élança dans ses appartements et essaya d'atteindre Worthlow par le téléphone intérieur. Personne ne répondit. Mais lorsqu'il voulut quitter son propre domaine, il trouva la porte de sortie verrouillée. Il la secoua, envoya des coups de pied contre le bois épais et sculpté, puis il retourna à la terrasse.

Volkmar resta enfermé ainsi plus d'une heure jusqu'à l'instant où maître Soriano parut en personne et se laissa tomber dans l'un des fauteuils profonds du hall.

— Vous n'en croirez pas vos oreilles, dit-il.

— En effet !

— Je m'excuse d'abord en tant que maître de maison de tout ce bruit qui a pu vous surprendre et aussi que nous ayons été obligés de vous enfermer ! Ce n'était qu'une mesure de sécurité. — Soriano considéra ses belles mains étroites : — Gallezzo a été assassiné.

— Assassiné ? — Volkmar considéra Soriano avec ahurissement : — Ici, dans la maison ?

— Dans la roseraie derrière la haie, il a reçu deux formidables coups de couteau, l'un dans la gorge, l'autre directement au cœur ! Vous allez le voir tout de suite et vous me direz comment doit être bâti un meurtrier pour poignarder avec une telle force un taureau tel que Gallezzo. Il n'y a pas dans tout le personnel de la maison un seul homme qui y parviendrait ! Aucun ! Vous devinez ce que cela signifie ?

— Quelqu'un venu de l'extérieur ? Impossible, avec ces mesures de sécurité...

— Il doit exister une faille. Allez voir Gallezzo et vous me donnerez raison. J'ai aussitôt envoyé Loretta et sa camériste vers une destination que seul je connais ainsi que mon chauffeur. — Il croisa ses mains et y appuya son menton. — Tout ceci reste pour moi un mystère, Enrico. Vous êtes le seul à me voir aussi désemparé. L'un de mes jardiniers a trouvé Gallezzo alors qu'il était déjà mort depuis deux à trois heures. Vous pouvez faire ce constat, Enrico ? Tous les policiers en sont capables.

— J'allais justement vous proposer de faire appeler un collègue !

— Je ne suis pas disposé à la plaisanterie, Dottore ! — Soriano se laissa aller contre le dossier de son fauteuil et appuya ses mains croisées sur sa poitrine. — Je suis inquiet. Qui a voulu me mettre en garde par le moyen de ce meurtre ?

— Vos ennemis.

— Je n'ai pas d'ennemis. Je suis aimé, respecté, ou craint, mais je n'ai pas d'ennemis. C'est ce qui fait que je n'y comprends rien : on assassine Gallezzo à ma place !

— C'est ce que vous croyez.

— Voyez-vous une autre explication ?

— Je remarque bien des choses, lorsque je pense à Gallezzo. S'il y eut un homme sans scrupule ni pitié, c'était lui !

— Cela tenait à son métier.

— Ses ennemis sont donc innombrables.

— A l'extérieur de la villa peut-être, mais pas dans ma maison ! Gallezzo jouait au golf lorsqu'on l'a tué.

— Je croyais qu'il se trouvait dans la roseraie ?

— La roseraie limite l'un des côtés du terrain de golf.

— Comment un bon joueur de golf va-t-il s'égarer dans une roseraie lorsqu'il se trouve au milieu de son parcours ? Ou Gallezzo était-il un si piètre joueur qu'il ait envoyé sa balle au diable et qu'il lui ait fallu la chercher parmi les roses ?

— Enrico ! vous avez jeté une petite lueur sur cette affaire ! Naturellement, comment un bon joueur de golf comme Gallezzo en est-il venu à abandonner sa partie ? — Maître Soriano se mit debout d'un bond. — Il faut qu'on l'ait attiré dans la roseraie !

— C'est donc un assassin qui serait venu de l'extérieur ! — Volkmar saisit sa chemise posée sur le dossier d'un fauteuil et la passa. — Je vais examiner Gallezzo.

— Je vous en suis très reconnaissant.

— Je suis anxieux pour Loretta ! Vous avez tout de même des ennemis, Don Eugenio ! — Volkmar retira de son siège-balançoire ses jeans blancs et les mit. —

Maître Soriano marchait de long en large avec des gestes nerveux. — Vous voyez, rien n'est vraiment sûr ! Ce n'est pas Fort Knox ici, reprit Vilkmar. Où est Loretta ?

— Dans un lieu connu de moi seul, je l'ai déjà dit. Vous n'avez pas non plus besoin de le savoir. Sa femme de chambre, une gentille paysanne fidèle et dévouée se trouve auprès d'elle. Loretta tient beaucoup à son Anna.

Volkmar accueillit ce nom sans qu'il résultât dans sa mémoire le moindre rapprochement avec l'Anna des montagnes sardes de Gennargentu.

On avait étendu Paolo Gallezzo dans le sous-sol sur un vieux billard au drap déchiré. On venait de le laver et il paraissait moins effrayant que lors de sa découverte par le jardinier. Les deux profondes blessures qu'il portait étaient reconnaissables dès le premier regard sur sa peau blême, encore bronzée mais que la mort pâlissait. Deux fentes encroûtées de sang, deux coupures très nettes. Soriano s'approcha du mort et posa une serviette sur sa tête. Le blanc de ses yeux sous ses paupières mi-closes le gênait. Soriano était un esthète.

— Un couteau bien affûté sur ses deux tranchants, dit-il à Volkmar qui se penchait vers les coups de couteau. — Oui, une lame large d'au moins six centimètres !

Volkmar saisit l'un des bras de Gallezzo. La rigidité cadavérique datait d'un bon moment déjà.

— Il est mort depuis au moins quatre heures, dit-il. Pour être plus précis, il me faudrait l'autopsier.

Il examina le coup situé contre la gorge et la plaie qui se trouvait exactement au-dessus du cœur et secoua la tête. Soriano le regardait d'un air interrogateur.

— A quoi pensez-vous, Enrico ?

— Le coup porté au cœur a été aussitôt mortel. L'autopsie le démontrera. Mais alors pourquoi encore ce coup à la gorge ?

— Et si c'était vice versa ?

— Si le coup à la gorge a précédé celui porté au cœur qui fut mortel, alors, Don Eugenio, vous avez dans le voisinage un ennemi au sang-froid inébranlable, un être sans pitié.

Volkmar s'écarta du billard. Un domestique étendit une couverture sur le corps dénudé. Par les fenêtres grillées du sous-sol, on entendait dans le parc gigantesque les aboiements des chiens policiers qui avaient relevé une piste, mais celle-ci se terminait au petit étang proche du terrain de golf. Le meurtrier avait été bien inspiré dans sa fuite, il avait couru à travers cette pièce d'eau, coupant ainsi sa piste. Les chiens couraient en gémissant autour de l'étang et ne relevaient plus l'odeur de l'assassin.

— Allons-nous-en, dit Soriano, je ferai emporter Gallezzo à l'asile de vieillards et nous le suivrons de près.

Ils montèrent au grand hall central à colonnes mauresques et y rencontrèrent Worthlow qui les attendait, tenant sur sa main ouverte un plateau avec des verres de cognac. Soriano et Volkmar les vidèrent et prirent ensuite une profonde respiration.

— Les morts m'impressionnent toujours profondément, dit Soriano. Je ne peux pas m'habituer à leur vue... J'ai beaucoup aimé ma femme, je vous l'ai déjà dit, mais lorsqu'elle est morte et que je me suis approché de son cercueil, j'ai été pris de frissons et de tremblements... — Il s'administra un second cognac et parut plus calme. — N'est-il pas étrange, Enrico, que je ne puisse obtenir de vous voir à la table d'opération que lorsque tout est déjà perdu ?

— Allez-vous en reparler encore ? — Ils sortirent sur la terrasse sous la galerie bordée de colonnes et Volkmar tira sa chemise par-dessus sa tête et la jeta sur son bras. La chaleur était insupportable, même le vent de mer, qui soufflait presque constamment, s'était assoupi. La Sicile rôtissait au soleil. — Vous ne voulez pas prévenir la police ?

— Non.

— Et Gallezzo ?

— Il sera enterré dans un coin du parc. On s'occupera de sa famille.

— Il en a une ?
— Une femme et trois enfants.
— Et s'ils parlent ?
Soriano eut un sourire las :
— Dottore, il existe des lois non écrites, qui sont obéies avec plus de conscience que les autres. Gallezzo n'est plus là : pourquoi donc parlerait-on ?
Deux heures plus tard, le docteur Volkmar se trouvait dans le sous-sol de l'asile des vieillards devant la table de dissection. Il ouvrait le corps de Gallezzo, comme les corps des singes et des chiens qui l'y avaient précédé pour servir aux expériences du docteur Nardo. Dernière halte que Gallezzo n'eût jamais pu prévoir.

Sur le chemin du retour, Volkmar remarqua au bout d'un moment qu'ils ne retournaient pas à Palerme, mais que la voiture s'enfonçait dans la campagne parmi de pauvres villages endormis au sein d'une nature aride. Heureusement, la grande voiture américaine de Soriano était bien ventilée.
— Qu'avez-vous en tête ? demanda Volkmar à son compagnon de route. Où allons-nous ?
— C'est une surprise, Dottore.
— Nous allons retrouver Loretta ?
— Certainement pas, je veux vous montrer quelque chose.
— Ici, dans ce désert ?
— Ne vous ai-je pas déjà parlé de ma maison de repos destinée aux enfants ? Elle sera exemplaire, certes, mais elle servira aussi de prétexte à l'existence d'une clinique de chirurgie moderne qui sera tout à fait anonyme. Sur trois étages en sous-sol se trouvera un centre de cardiologie comme l'univers n'en a encore jamais vu. Bien entendu, lors de l'inauguration du home d'enfants, on ne descendra pas au sous-sol dont, d'ailleurs, les issues sont murées. Pour les malades enfin hors de danger, il y a dix chambres ensoleillées dans le bâtiment, pourvues toutes de balcons et auxquelles est attaché un personnel qualifié.
— La clinique de la Maffia ?

— Vous ne devriez pas vous servir de telles formules, Dottore.

La grosse voiture avait quitté les chemins campagnards cahoteux et roulait à présent sur une route asphaltée. Ils se trouvaient sur un haut plateau coupé d'oliveraies et de pinèdes. Sans doute y avait-il suffisamment d'eau dans le sous-sol. Sur une colline en face d'eux s'élevait un grand bâtiment de six étages d'une blancheur aveuglante auquel différentes ailes convergeant vers ce centre donnaient l'aspect d'une étoile entourée de ses rayons. Des grues géantes se profilaient sur le ciel d'été, un important matériel monté sur chenilles pelletait, aplanissait le sol alentour et changerait bientôt le paysage.

— Votre clinique, Dottore !

— Cet ensemble de constructions me rappelle une maison de correction, dit Volkmar d'une voix sourde, car c'est bien la disposition habituelle « en étoile » de ces sortes de lieux de détention. Je ne travaillerai jamais ici !

Ils avaient atteint la large avenue menant à la clinique-palais, puis ils stoppèrent devant l'entrée de la maison de repos pour les enfants. La construction extérieure était presque terminée ; on commençait des travaux intérieurs.

— Jamais je ne travaillerai ici ! répéta Volkmar.

D'un regard il évalua les dépenses colossales que demandait une telle construction, se douta de ce que coûterait un cœur neuf chez Soriano et se demanda qui pourrait s'offrir un viscère aussi ruineux.

Soriano parut deviner ses pensées.

— La maison des enfants est une fondation, dit-il, mais pour chaque inscription nous recevrons de l'État une contribution. En outre, d'autres aides officielles sont prévues.

— Et les revenus de la clinique secrète de cardiologie resteront entièrement à la disposition de l'Honorable Société !

— Vous le dites, Enrico, mais concevez que c'est un exemple unique !

— Si la maison fonctionne !

— Elle fonctionnera avec vous comme médecin-chef !

— Pourquoi en êtes-vous si sûr ?

— Parce que ce n'est pas pour moi que vous travaillerez, mais pour les malades, Dottore. Vous aurez devant vous des condamnés à mort qui vous supplieront de les sauver. Je voudrais voir un médecin qui s'y refuserait ! Vous ne le pourrez jamais !

— Vous êtes Satan ! dit Volkmar sourdement.

— Ne pensez qu'aux malades ! Le reste n'est pas votre univers ! Depuis combien de temps maintenez-vous votre grève de la faim ?

— Voici le troisième jour.

— Cessez, Enrico. Ouvrez les portes de votre raison ! Votre conscience ne soutiendra pas longtemps cette aberration !

Volkmar ne répondit pas, mais il fit un premier pas vers l'entrée du bâtiment blanc. Soriano souffla l'air par ses narines. Gagné, pensa-t-il, et il pénétra à l'intérieur de la clinique : Il va tout regarder ! C'est gagné... gagné.

Lorsque Volkmar retourna dans sa cage dorée, il trouva sur la table à écrire de sa bibliothèque un amoncellement de prospectus provenant de nombreux fournisseurs de matériel destiné aux cliniques.

Worthlow l'attendait déjà avec un grand saladier contenant un mélange délicieux, car il ne cessait de proposer à Volkmar, en ce troisième jour de son jeûne, tout ce qui pouvait l'engager à rompre celui-ci.

— Merci, dit Volkmar en jetant un regard aux prospectus. Qu'est-ce que cela, Worthlow ?

— La nouvelle clinique n'est-elle pas admirable, Sir ? Vous l'organiserez selon vos principes...

— Bon Dieu, je n'ai pas encore la moindre idée. — Volkmar sortit sur la terrasse. Worthlow l'y suivit avec son saladier. — Je suis chirurgien, je ne me suis jamais occupé de technique, je n'ai fait que l'employer. Je sais ce dont j'ai besoin en salle d'opération, je sais ce qu'il doit y avoir dans le laboratoire. Mais organiser une clinique ? Il y a pour cela des firmes spécialisées...

— Les offres de ces firmes ont été déposées sur votre table à écrire, Sir... Un peu de salade, Sir ?

— Non !

— La clinique correspond-elle à vos désirs, Sir ?

— Maître Soriano a conçu sur le plan de la réalité ce qui jusqu'à présent était purement théorique pour ce qui est nécessaire à une transplantation cardiaque. Qui lui a donné l'idée de ces cellules stériles ?

— Vous, Sir ! Il y a cinq mois de cela, il a paru un article écrit par vous dans le journal médical « Chirurgie cardiaque ». Toutes vos idées sont réalisées par maître Soriano. Un médecin peut-il en souhaiter davantage ?

Le soir venu, Volkmar restait seul. Même Worthlow se retirait. Assis dans sa bibliothèque, il considéra longuement le monceau de prospectus. C'est de la folie, pensait-il, voilà qu'il s'imagine que le grand chirurgien sait tout, peut tout, fait tout... le Bon Dieu en blouse blanche, en quelque sorte ! La pensée qu'un homme tel que Soriano se montrait par certains côtés aussi simple décevait même un peu Volkmar. Puis ayant examiné la reproduction photographique d'un oscillographe, il jeta la masse des prospectus dans un tiroir.

Vers onze heures du soir, il reçut la visite de Soriano. Volkmar vit soudain la porte s'ouvrir doucement et livrer passage au maître portant une ample veste de toile. Soriano s'assit dans un profond fauteuil de jardin, sa veste bâilla légèrement et Volkmar vit distinctement des bretelles et l'étui d'un gros pistolet qu'elles supportaient. Soriano ne se donnait aucune peine pour dissimuler cette arme.

— Je viens de la retraite de Loretta, dit-il. Elle va fort bien. Je dois vous transmettre son bon souvenir et aussi un baiser, vous vous permettez donc d'embrasser ma fille ?

— Jusqu'à présent, sur la joue seulement, Don Eugenio.

— Pourquoi mentez-vous, Enrico ? Chacun, même l'individu le plus myope, voit ce que vous éprouvez lorsque vous êtes avec ma fille et voici une heure, Loretta m'a dit elle-même : Je l'aime ! Elle voulait absolument revenir à la maison vous retrouver...

— Et que lui avez-vous répondu ?

— Non d'abord en ce qui concerne le retour et puis : Si tu tiens vraiment à Enrico, il faut que tu l'aimes sous le nom de docteur Ettore Monteleone et pour savoir si c'est possible, il faut le demander au Dottore Monteleone lui-même ! Je pose la question, Enrico : Voulez-vous être Monteleone à jamais ?

— Si je veux ? Voilà de l'ironie amère, Don Eugenio, il *me faut* évidemment accepter !

— Réfléchissez à ce que vous allez dire maintenant, Dottore. — Maître Soriano avait l'air très grave, sa voix aussi n'avait plus cette nuance de cordialité paternelle. A présent, il parlait en avocat lancé dans une plaidoirie. — Il s'agit de Loretta ! Et vous savez ce que ma fille signifie pour moi ! Vous avez dit une fois : Je vous détruirai par votre fille ! Et je vous ai répondu : Vous n'y arriverez jamais ! Je vous sacrifierais ainsi que toute ma fortune pour rendre Loretta heureuse ! Vous en souvenez-vous ?

— Parfaitement.

— Et maintenant ? Vous avez réussi à gagner le cœur de Loretta : elle vous aime ! Êtes-vous le porc capable de se servir de cet amour contre moi ?

— Voici une situation singulière. — Le docteur Volkmar s'adossa à une svelte colonne qui supportait la galerie longeant la terrasse. Il regardait l'étrange harnachement défensif de Soriano et fut submergé soudain par la démence qui marquait son destin : — Je vous vois ici devant moi, père d'une fille que j'aime sincèrement, vous portez un pistolet sous l'épaule gauche, vous êtes le plus grand et le plus dangereux gangster dans tout l'espace européen. Vous me faites passer pour mort et enterré, vous m'insultez gravement et me forcez à transplanter des cœurs dans une clinique secrète — un million de dollars par cœur transplanté — c'est exact, n'est-ce pas ? Vous êtes le pire monstre imaginable et tout de même vous êtes aussi le père de la plus jolie femme que j'aie jamais vue et que j'aime ! Comment sortir de ce problème sans issue ?

— Vous avez dit tout ce qu'il fallait dire, Enrico. A présent, je vous déclare ceci : si j'accepte en tant que père que ma fille s'unisse à vous, alors je pourrai compter sur votre collaboration dans la clinique, c'est-à-dire que vous y opérerez !

— Loretta servant de monnaie d'échange ! Il faudrait le lui dire !

— Vous le pouvez : elle attend dans le hall.

Volkmar voulut s'élancer à l'intérieur de la maison, mais Soriano fut plus rapide et le retint par les épaules avant qu'il ait pu atteindre la porte.

— Enrico, dit-il à mi-voix, je fiche tout en l'air, moi compris, si vous rendez Loretta malheureuse. Comprenez-vous ce que cela signifie ?

— Si vous estimez que je suis une telle brute, pourquoi alors me nommez-vous chef de votre maudite clinique ?

Soriano répondit d'un signe de tête et s'effaça pour laisser passer Volkmar. Celui-ci s'élança, traversa ses appartements comme un éclair et fonça dans le grand hall. Loretta s'y trouvait, portant un costume de voyage très simple. Elle avait mis le couvert sur une table, dans un coin. Le grand saladier de Worthlow et un plat de viande froide et de volaille s'y trouvaient en compagnie de deux grands verres emplis d'un vin rouge brillant comme du sang.

— Loretta ! dit Volkmar d'une voix enrouée.

Il l'étreignit et lorsqu'elle serra sa tête contre son épaule et embrassa son cou, lorsqu'il sentit ses seins, tout son corps coller à lui, il sut qu'on l'avait vaincu.

Ils n'entendirent pas Soriano passer contre eux dans un glissement silencieux et quitter l'aile des invités. Ils s'étreignaient si étroitement qu'ils se croyaient fondus en un seul être.

Cette nuit-là, Loretta resta auprès de lui. Ni l'un ni l'autre n'en fit la proposition, il leur parut si naturel d'aller ensemble dans la chambre à coucher. Elle lui donna sa virginité et il la prit avec une délicate tendresse jusqu'à ce que, plus tard, elle découvrît d'elle-même le volcan qui dormait au tréfonds de son être, le comblant enfin de son irrésistible passion. Ensuite, elle pleura un peu et, comme une enfant, se pelotonna contre lui. Elle éprouvait une brûlure interne, mais c'était une douleur exquise et lorsqu'elle caressait son corps, ses ongles, sans le blesser, pénétraient sa chair.

— Enrico..., murmura-t-elle.

— Ettore, répondit Volkmar. — Son gosier se rétracta : — Il faut nous y habituer : je suis devenu Ettore Monteleone... le chef de la clinique patronnée par la Maffia !

Le surlendemain, le docteur Volkmar reprit ses recherches sur les transplantations du cœur. Le docteur Nardo et l'équipe des cardiologues mise à la disposition de Volkmar crurent comprendre alors seulement ce que c'est qu'un homme possédé par une idée. Il n'y avait plus d'heures de travail établies, de pauses régulières, le temps s'abolissait. On opérait singes, chiens, chats, porcs, moutons et, pour la première fois, Volkmar expérimenta sur l'un des cadavres achetés par Soriano l'appareil à poser des agrafes sur les vaisseaux. Il en conclut qu'il aurait encore à le perfectionner, avant de s'en servir.

— Que vous manque-t-il ? demanda maître Soriano lorsque, au bout de six jours, Volkmar s'adressa à lui.

— Il me faudrait un mécanicien d'appareils miniaturisés, dit-il.

— Vous aurez le meilleur que l'on trouvera en Italie ! répondit Soriano.

Ils s'étaient réunis sur la terrasse-jardin de Volkmar : Don Eugenio, Volkmar et Loretta et ils ne se doutaient pas de ce qui se passait au même instant à Palerme.

Anna prenait son premier jour de sortie depuis qu'elle était la femme de chambre de Loretta, et elle ne l'aurait jamais pris si Loretta n'était restée auprès de Volkmar en cette nuit fatidique.

Cette nuit-là, Anna resta assise dans son lit pleurant, boxant ses oreillers, déchirant sa couverture, se levant parfois d'un bond pour courir dans sa chambrette de la porte à la fenêtre, d'un mur à l'autre, s'arrachant les cheveux. Puis elle descendit dans l'appartement de Loretta, pria la Madone dans le salon, erra dans les pièces de réception jusqu'à l'aube et attendit. Elle savait que s'accomplissait alors l'union radieuse de deux corps, telle qu'elle l'avait toujours rêvée. Ce rêve, Loretta le lui ravissait à présent.

Le lendemain matin, personne ne remarqua combien elle àvait souffert dans la nuit. Mais le bonheur dont rayonnait Loretta brûla son désir qui devint de la haine. Enrico était perdu pour elle, Anna le savait à présent. Mais elle savait aussi que le docteur Volkmar vivait contre son gré, dans cette maison, même si après cette nuit, beaucoup de choses devaient changer. Venu en prisonnier, il était mort pour le monde au-delà des murs de Solunto, et il le resterait même avec Loretta dans son lit.

Ce soir-là, Anna acheta à Palerme un petit magnétophone. Elle ne savait pas bien écrire et son écriture enfantine eût pu la trahir. Mais elle pouvait parler. Elle se fit expliquer le maniement de l'appareil enregistreur, puis alla se promener dans l' « Orto Botanico » où elle s'assit à l'écart des allées dans un épais fourré de bambous. Là, elle parla le temps du déroulement de trois bandes magnétiques, en tenant un mouchoir devant sa bouche, pour déguiser sa voix, dont elle abaissa le timbre autant qu'elle put, en imitant celui d'un homme.

Elle écouta ensuite l'une des bandes pour la contrôler, fut satisfaite du résultat et retourna rapidement en ville où elle alla glisser une bobine enregistrée dans la boîte aux lettres de chacun des trois plus grands journaux de Palerme.

Puis elle songea à se restaurer dans un petit *ristorante* d'une portion de lasagnes arrosée d'un quart de vin.

Un jeune homme qui l'observait lui sourit et elle répondit à son sourire. Son cœur lui fit mal lorsque le garçon s'approcha de sa table et s'assit à côté d'elle.

— Tu es une fille merveilleuse ! dit-il sans détour.

Veux-tu coucher avec moi ? Je suis peintre, artiste, je sais admirer un beau corps. Tu serais un modèle magnifique ! Veux-tu me suivre ? J'ai une petite chambre sous les toits. Car je commence seulement, tu sais, mais je sens que tu peux me porter bonheur... Viens-tu ?

Elle le suivit et tandis que bras dessus bras dessous, ils longeaient les rues obscures de Palerme, elle pensait au docteur Volkmar et lui disait adieu, ainsi qu'à son amour. Et maintenant, elle allait livrer son corps comme on jette un déchet dans la boue et elle le fit sciemment, afin de tuer entièrement en elle ce qui pensait encore au docteur Volkmar ou lui restait attaché.

Les rédacteurs de nuit des journaux palermitains ne savaient où donner de la tête. Ils repassaient inlassablement les bandes magnétiques et savaient que cet enregistrement pouvait se comparer à une véritable bombe.

Une voix masculine, légèrement déguisée, ce que l'on comprenait aussitôt, disait :

« Le docteur Heinz Volkmar qui s'est prétend-on noyé sur les côtes de Sardaigne a été enlevé. Si vous voulez en savoir plus, adressez-vous à maître Eugenio Soriano. Le mort que l'on a enterré en Allemagne est un homme inconnu. Demandez ce qu'il en est à maître Soriano... »

Il est parfois utile d'écouter aux portes ou derrière des haies dissimulant un mur, surtout si, comme Anna Talana, on a quelque peine à lire les journaux...

La relation entre le nom du docteur Volkmar et maître Soriano était tellement brûlante, que l'on mit en état d'alerte les rédacteurs en chef des trois principaux journaux. Un seul d'entre eux se trouva prêt à téléphoner chez Soriano : un ami du procureur Brocca, lequel — on le savait — était, lui, un ami de Soriano.

Don Eugenio accueillit cette communication d'un visage d'airain. Seuls les coins de sa bouche frémirent légèrement. — Bêtises ! — lorsque le rédacteur en chef eut relu le texte de la bande magnétique. — Un fou !

Est-ce croyable ? C'est un fou qui vous aura envoyé cette bobine !

Il raccrocha et regarda d'un œil fixe le mur tapissé de soie lui faisant face.

— D'abord Gallezzo, ensuite cette saloperie ! Où est l'ennemi ? Qui veut m'anéantir ? Les autres familles en Sicile ? Et pourquoi ? Elles sont devenues riches par moi. Elles ne vivent que par mes soins ! Personne n'ira tarir la source dont il vit !

Qui sont mes ennemis ?

Il se rendit dans l'aile des invités et sonna à la porte de Volkmar. Il attendit un certain temps avant que celui-ci ne vienne ouvrir. Il semblait un peu confus. Maître Soriano eut un geste qui coupait court à toute explication et s'assit dans le hall.

— Je sais que ma fille est avec vous, dit-il, vous n'avez pas besoin de rougir ainsi. Je ne viens pas non plus chercher ma fille ou faire un scandale. Je suis seulement obligé de vous dire qu'il faut que vous quittiez la maison dès cette nuit. Vous irez dans ma maison de retraite pour personnes âgées... — Soriano se passa les deux mains sur le visage ; il eut soudain l'air épuisé : — La presse a été informée que je vous retiens prisonnier, il faut à présent que j'ouvre ma maison à tout le monde pour prouver le contraire. Croyez-vous : on a envoyé des bandes magnétiques pour apprendre cette nouvelle aux populations ! Qui donc sait que vous êtes ici, encore en vie ? — Il se leva et considéra la porte close de la chambre à coucher : — Worthlow vous aidera à faire vos bagages et dites à Loretta qu'elle n'ait pas peur de son père, bien que je meure d'envie de vous casser la gueule, Dottore, de ce que vous ayez amené ma fille à se trouver secrètement au lit avec un homme.

Une heure plus tard, une petite voiture sport avec Loretta au volant fonçait vers la maison de retraite. Volkmar assis à côté d'elle se retourna plusieurs fois et vit alors les phares de la voiture qui les accompagnait, où se trouvaient six hommes armés de mitraillettes, les gardes du corps de maître Soriano.

Dans la nuit même, on se mit à dresser les listes des

personnes qui passaient pour peu sûres, vénales, instables, ou avides de vengeance. Des personnes vivant dans le champ visuel de maître Soriano et qui avaient été confrontées avec des secrets d'un caractère particulier.

Parmi les personnes peu dignes de confiance se trouvant sur cette liste, il y avait le docteur Pietro Nardo.

A Palerme, la journée suivante se trouva remplie d'événements importants.

Pour les habitants, mais aussi pour les étrangers à la ville et les touristes qui se prélassaient au soleil avec insouciance, se promenaient en calèche ou longeaient le front de mer de la cité superbe, ce que les journaux annoncèrent, ce qui volait de bouche en bouche, ce que la radio propageait prouvait seulement que l'on vivait dans un pays plein d'aventures. Cependant, pour les initiés, ce jour fut une mise en garde et la confirmation que Don Eugenio était bien davantage qu'un simple avocat digne de respect, président de l'Honorable Société.

A des intervalles d'une heure, moururent par accident de la route, suicide, coup de feu, pendaison, noyade ou chute du haut d'une falaise dans la mer, dix-neuf personnages plus ou moins considérés. Comme on ignorait si l'on ne se trouvait pas aussi sur la liste, il était difficile de se protéger. Fuir eût été stupide. Le fait que la Sicile est une île, même si l'on voit le sol continental de ses côtes, était plus que jamais évident. Avant d'atteindre un aérodrome ou un port, maître Soriano avait déjà mis celui-ci sous le contrôle de ses hommes. Une cachette à l'intérieur du pays était tout aussi inutile, car personne ne saurait disparaître sans être vu. Il y a toujours des yeux qui vous voient et ces yeux, Don Eugenio les achetait fort chers, c'est-à-dire qu'il versait une somme qu'un pauvre ouvrier agricole n'eût pu gagner pendant toute sa vie.

Le premier qui téléphona à Soriano lorsque l'on annonça le mort n° 1 fut naturellement le procureur

Brocca. L'importance de l'action qui venait d'être déclenchée ne pouvait encore se deviner, mais la manière dont l'une de ces victimes, un riche exportateur, avait trouvé la mort, était si typique que Brocca téléphona aussitôt à la bonne adresse : Vincente Lamotta, l'exportateur, avait été trouvé dans son lit étranglé au moyen d'un nœud coulant en fil de fer. Comme il ne dormait pas seul, sa maîtresse, un jeune mannequin, avait été liquidée pour simplifier la situation. On l'avait étouffée avec son oreiller.

— Que se passe-t-il ? lança le procureur Brocca d'une voix enrouée. Tu aurais pu m'adresser un signe auparavant, Eugenio...

— Un bon conseil, Antonio : prends des vacances de quinze jours.

Maître Soriano toussota, il avait reçu de la maison de retraite un message selon lequel tout allait bien. Le docteur Volkmar occupait trois chambres dont l' « aile interdite » où se trouvaient réunis les fous et les incurables. Les murs en étaient épais, les fenêtres grillées, les portes n'avaient intérieurement pas de loquet : une cage où passer ses dernières semaines de vie...

— Il vaut mieux que tu sois absent, Antonio, reprit Soriano.

— Maintenant ? Impossible ! Qu'arrivera-t-il encore ?

— Quantité de choses. Fais-toi « porter malade » simplement !

— Alors le premier procureur prendra l'enquête en main. Tu connais Casarto... Il veut devenir procureur général. Il vaut mieux que je ne tombe pas malade.

— Comme tu veux, répondit Soriano d'une voix glaciale, mais tu auras du travail, Antonio, qui ne te procurera aucune gloire...

Et il en fut ainsi. Après le neuvième cas mortel — trois seulement furent considérés comme des meurtres, les autres n'étaient que des accidents, mais ayant eu lieu dans des circonstances qui laissaient à réfléchir — le procureur Brocca soupira et s'abandonna à son destin. Il forma une commission spéciale, organisa une conférence de presse et donna — avec la permission préalable de Soriano — l'explication suivante : « Mesdames, Messieurs, les incidents de ces derniers jours indiquent que deux groupes rivaux se livrent une lutte destructrice. La police en découvrira les acteurs et nous avons les plus grandes espérances à cet égard. Je ne saurais vous en dire davantage en considération de l'enquête en cours. »

On en resta là. D'ailleurs, on ne s'attendait pas à autre chose. La chasse aux « exécuteurs » se réduisit à des vérifications de routine, mais on ne s'occupa que davantage de ces trois bobines enregistrées qui avaient été transmises des rédactions de journaux au Parquet. Le procureur Brocca les fit de nouveau entendre. Les experts et aussi maître Soriano comme premier « agressé » étaient assis autour de l'appareil et écoutaient la voix dénonciatrice.

Le même texte, le même timbre de voix, certainement récité avec un mouchoir appuyé sur les lèvres. Le procureur Brocca essuya son front couvert de sueur.

— Avez-vous le moindre soupçon concernant une personne qui pourrait se dissimuler derrière une telle mascarade, Maître Soriano ? demanda-t-il.

— Non ! je sais seulement que je n'ai rien à cacher. — Soriano se leva brusquement. Cette voix enregistrée l'irritait plus qu'il n'en convenait. — J'invite le Parquet et la presse à visiter ma maison de la cave au grenier. Vous pourrez questionner en tête à tête tous mes employés de maison, vous êtes libres !

— Voyons, maître Soriano ! — Le procureur eut un sourire grimaçant. — Nous sommes persuadés que ces bandes magnétiques n'ont pu être expédiées que par un fou. Connaissez-vous vraiment ce docteur Volkmar ?

— Non ! Je me souviens seulement obscurément d'avoir lu quelque chose le concernant dans les journaux. En quoi m'intéresserait un médecin ? Je suis juriste...

— N'est-ce pas une explication digne d'un honnête homme ? dit vivement le procureur Brocca. Messieurs, oublions ces enregistrements qui seront conservés sous clef au Parquet.

Mais plus tard, lorsque Brocca et Soriano se retrouvèrent seuls, le procureur ne contint plus ses inquiétudes :

— Qui donc veut ta peau ? D'abord Gallezzo, et puis sans transition toi-même ! Quelles sont tes relations avec les U.S.A. ?

— Normales. La grande *mare* s'étend entre nous, le marché est partagé exactement. Il n'y a pas de difficultés.

— Et s'il fallait que l'un des grands se mette en sûreté et choisisse la Sicile pour recommencer du début ? Alors tu serais pour lui le seul obstacle lui barrant la route !

— C'est une idée que j'ai déjà prise en considération. — Soriano regarda pensivement le mur lambrissé du somptueux bureau du procureur. — Considérons aussi les incidents de la journée sous cet aspect : il faut pouvoir « mettre en garde » et c'est une mise en garde adressée à tous ceux qui pourraient s'illusionner sur la Sicile.

Dans l'après-midi — Soriano, malgré toutes les protestations d'amitié avait tenu à maintenir son offre —, tous les hommes importants de Palerme vinrent visiter la villa proche de Solunto. Worthlow avait dressé un gigantesque buffet froid flanqué d'un grand bar de jardin et d'un grill tout aussi important. Au-dessus d'un feu de charbon de bois, un cochon de lait tournait embroché. Les lions et les crocodiles avaient reçu auparavant double ration. Les fauves sommeillaient donc dans leurs cages et les reptiles se prélassaient au soleil sur leur îlot boueux au milieu du lac artificiel. Vision paisible d'un petit zoo privé. Caprice ruineux d'un riche ami des bêtes.

Quelques-uns de ces messieurs se trouvaient pour la première fois derrière les murs de la villa et paraissaient comme éblouis par la beauté de cette propriété. Leur admiration éperdue les achemina vers cette déclaration : ces fameuses bandes magnétiques étaient une plaisanterie, du plus mauvais goût il est vrai.

La considération qui entourait maître Soriano s'en

trouva accrue ; pourtant, l'un des rédacteurs en chef dit au premier procureur Brocca :

— Un cabinet d'avocat rapporte donc tant ?

— On peut entreprendre beaucoup de choses avec de l'argent, répondit Brocca d'un ton froid : spéculations boursières, achats d'immeubles et de terres... Maître Soriano a, voyez-vous, la main heureuse.

Il l'avait, en effet. En fin d'après-midi lorsque les derniers visiteurs quittèrent la villa, le dix-neuvième homme sur la liste de Soriano fut victime d'un accident. Le rapide Palerme-Messine lui détacha la tête du tronc... Comment cet homme avait-il pu s'égarer sur les rails, nul ne s'en inquiéta, surtout pas le procureur Brocca. Il convient de vivre en Sicile avec de nombreuses singularités, comme par exemple un original tel que Fabricio Frosolone qui s'en va dormir sur une voie de chemin de fer. Tandis que Worthlow desservait, aidé de son escadron de serveurs, le buffet gigantesque qui avait été fort prisé des visiteurs, Soriano, debout au bord du grand bassin, se demandait une fois de plus comment la paix qui régnait en Sicile pouvait être subitement troublée... Jusqu'à midi, il avait reçu les appels téléphoniques des autres familles : que ce fût de Messine ou de Catane, de Syracuse ou de Raguse, de Trapani ou de Caltanissetta, chaque chef de famille lui avait juré fidélité, n'avait rien appris au sujet d'une « infiltration américaine » et promettait de rester sur ses gardes, en alerte. On ne pouvait faire mieux. Tout le clan sicilien était prêt à donner l'alarme.

Worthlow eut ce soir-là un bref entretien avec Anna, la jolie camériste de Loretta.

Après son jour de congé, elle était rentrée ponctuellement à Solunto fatiguée, les yeux éteints, étrangement désemparée. Elle reprit une douche brûlante, puis glacée, mais elle ne pouvait laver ce qui s'était passé. Anna sentait encore sur son corps nu le contact des mains de l'inconnu, ses lèvres qui avaient parcouru jusqu'aux plus intimes recoins de sa chair. Et la souffrance qui la brûlait entre ses cuisses semblait inextinguible. Elle avait crié, le regard rivé au plafond et pensé encore : Enrico ! Enrico ! tandis que le jeune peintre balbutiant des paroles désordonnées et baisant ses seins pénétrait en elle.

Ensuite, Anna resta assise dans sa chambrette sous le toit, but du vin rouge, grignota une galette. A présent, ils ont trouvé les bobines des bandes magnétiques, pensait-elle en souriant faiblement, tandis que le jeune peintre jouait avec ses seins épanouis. Il prit ce sourire pour une invite, s'agenouilla devant elle et posa son visage sur son bas-ventre humide et chaud.

Demain, tu seras libre, Enrico, pensait-elle, mais je serai partie. Je suis venue trop tard pour me donner à toi. A présent, je ne vaux plus rien. Jamais, je ne suspendrai à la fenêtre mon drap taché de sang, afin que tout le monde puisse le voir et se réjouir de notre bonheur. Adieu... Enrico.

Maintenant, elle se tenait devant Worthlow encore revêtue de sa tenue de femme de chambre et le regardait de ses yeux brouillés de larmes :

— Je ne peux pas le dire à la Signorina parce que la voilà partie tout à coup ! dit-elle d'une toute petite voix. Mais il faut m'en aller, retourner dans mon village. La Nonna est au plus mal et a besoin de moi. Peut-être mourra-t-elle bientôt, mais il faut que je sois auprès d'elle. J'étais si contente ici, le travail me plaisait, mais si la Nonna...

Worthlow était depuis assez longtemps en Italie pour savoir que les Italiens révèrent par-dessus tout trois entités : la Sainte Vierge, la Nonna et les Bambini. Si l'une de ces figures sacrées est en péril, rien ne les contient plus.

— Quand veux-tu t'en aller ? demanda-t-il sèchement.

Il avait actuellement d'autres soucis que les misères de la valetaille.

— Si c'est permis aujourd'hui même, sanglota Anna non pas à cause de sa Nonna, mais à la pensée de Volkmar qu'elle quittait définitivement.

Il était parti avec Loretta, mis en sécurité. Tout ce qu'elle avait fait, tout ce en quoi elle avait cru, s'imaginant qu'elle l'aiderait à se libérer, avait été une erreur. Maître Soriano était plus fort que la petite Anna Talana. On ne pouvait pas l'anéantir avec une bande magnétique. Elle s'en était convaincue tandis que les visiteurs parcouraient durant tout l'après-midi, l'immense villa de la cave au grenier. Les meubles précieux, les sièges, tout était recouvert de housses blanches. La piscine de la terrasse était à sec, le bar vide... une aile destinée aux invités restée longtemps inhabitée.

— J'en ferai part à Signorina Loretta, dit Worthlow avec un petit signe de tête. La Nonna ! C'est dur ! Va voir l'intendant qui te paiera les gages de trois mois. Reviendras-tu si la Nonna...

— Je ne sais pas, Signore.

Anna regardait le sol luisant dallé de marbre. Je vivrai dans la hutte de pierre dans la montagne, pensait-elle. Et lorsque l'argent aura été entièrement dépensé, Ernesto détroussera de nouveau les touristes. Quant à moi, je coucherai peut-être avec eux pour de l'argent. Cela procure beaucoup de lires. J'ai appris ici quelle puissance l'argent peut donner.

— Ça va, dit Worthlow distrait. Bon voyage, Anna.

Elle fit une petite révérence :

— Merci, Signore Worthlow. — Puis croisant ses mains sur sa poitrine : — J'ai tant de peine...

Puis elle s'enfuit en courant et Worthlow l'entendit pleurer bruyamment.

C'est une chance que de travailler chez maître Soriano, pensa Worthlow, à condition d'être aussi nigaude qu'une petite paysanne.

Au crépuscule, Worthlow accompagnant maître Soriano s'en fut en voiture à la maison de retraite. Le docteur Volkmar les reçut furieux et prêt au combat. Loretta, assise dans un fauteuil contre une fenêtre grillée, regardait dehors dans la nuit. Elle ne se retourna pas et ne salua pas son père. Elle fit mine de l'ignorer. Le docteur Nardo avait déjà dit en bas, dès le seuil, que l'idée des « chambres d'isolement » était néfaste.

— Je sais ce que vous allez me dire, Dottore ! s'écria Soriano dès la porte : Pas de grilles, pas de boutons aux portes, des chambres d'isolement installées parcimonieusement... Mais il me faut agir vite et c'était la meilleure et la plus rapide des solutions... — Il jeta un regard vers le dos de sa fille et marcha lentement vers elle. — Loretta...

Comme une chatte battue, elle se retourna menaçante, les yeux exorbités par la colère.

— Que se passe-t-il ici, papa ? cria-t-elle. Pourquoi traites-tu Enrico comme un prisonnier ?

Soriano regarda Volkmar :

— Vous ne lui avez tout de même rien dit ? demanda-t-il visiblement surpris.

— Non.

— Merci.

— Vous ne viendrez pas à bout de Loretta si vous maintenez cette attitude, Don Eugenio. Elle veut des explications et vous devriez les lui donner à présent !

— Enrico sera le médecin-chef d'une nouvelle clinique près de Camporeale.

— Je le sais, siffla Loretta, ou me crois-tu aussi dépourvue de cervelle ?

— Voilà le résultat de votre influence, Dottore !

— Malheureusement non, Maître Soriano, il vous arrive seulement comme à beaucoup de pères de vous faire une idée fausse de votre fille.

— Croyez-vous ?

— Oui ! dit Loretta à haute voix. Je sais tout : le mort mis à la place d'Enrico, le projet de gagner de l'argent en vendant des cœurs, la véritable source de notre richesse qui ne se déverse pas dans ton cabinet d'avocat ! Don Eugenio, chef de la...

— Ça suffit ! l'interrompit Soriano durement. — Il s'assit sur un lit de fer au couvre-pied blanc et plongea son regard dans les yeux furieux de sa fille. Madonna, pensait-il en même temps, combien j'ai toujours redouté une telle scène ! Et je savais pourtant qu'elle était inévitable. L'heure de « faire les comptes » aurait-elle sonné ? — Ta mère, mon enfant, savait tout et elle a gardé le silence. Elle fut bonne épouse et tendre mère, croyante, modeste, admirant son époux. Elle recevait à ravir, portait avec une élégance inimitable des bijoux fabuleux sans jamais demander d'où venait l'argent. Pour elle, je n'étais jamais que l'homme qu'elle aimait et le père de sa fille Loretta... Le reste ne comptait pas. Pourquoi te faut-il me poser des questions maintenant ? Un jour tout sera à toi... Nous vivons selon de dures lois... ajouta-t-il d'une voix un peu oppressée.

Comme Volkmar fit entendre un rire sarcastique, il le regarda, désapprobateur.

— On ne peut parler ainsi que lorsqu'on est soi-même en dehors des lois ! lança Volkmar.

— Les lois de la « famille » sont dures et j'espère que vous n'aurez jamais à en subir la rigueur, Dottore ! On peut aimer sa femme, son père, sa mère, son fils, sa fille, un ami, mais lorsque la « famille » l'exige, tout doit être oublié. Ai-je parlé clairement ?

— Non !

Volkmar dévisageait Soriano. Ce n'est pas possible, pensait-il. Ce père pour qui sa fille unique est *tout* pourrait l'anéantir si la Maffia le lui demandait ?

— Vous faites à présent partie de la « famille », Dottore, reprit Soriano. Vous n'avez aucune possibilité de vous échapper, même si vous aviez l'occasion de vous évader. Vous réussiriez seulement à frapper cruellement Loretta ! Et moi ! Je sais qu'en ce qui me concerne, vous le souhaiteriez, mais vous ne pouvez séparer Loretta de mon destin... Tel est le secret de notre discipline : la conscience que nous formons une grande famille et qu'il nous faut tout porter *ensemble* sur nos épaules.

— C'est en réalité une menace inhumaine !

— Vous voyez la question sous ce jour, Enrico.

Soriano se leva du lit et s'approcha de Loretta qui remonta ses épaules comme si son père la menaçait déjà. Ses yeux rapetissèrent soudain.

— Je l'aime ! lança-t-elle à haute voix. Tout ce qui lui arrivera me sera infligé aussi !

— Ah ! c'est comme ça !

Soriano passa devant sa fille et regarda dehors à travers la grille le parc noyé dans la nuit. Le parc du plus bel asile de vieillards imaginable. Ce qui se passait dans les sous-sols restait le secret de la grande « famille ».

— Vous retournerez demain à Soluntro, dit Soriano. Et vous pourrez vous déplacer librement, Dottore.

— Tout à coup ?

— Tout ce que vous ferez sera pour le bien ou pour la destruction de Loretta !

— Et si je l'aidais, moi, à faire tout ce qu'il voudra ? s'écria-t-elle d'une voix claire.

— Ce serait bête. — Soriano se retourna et regarda longuement sa fille dans sa colère. Une infinie tristesse, un désespoir insondable marquait ses traits. — Ce serait très bête et... effroyable...

Le lendemain matin, Loretta et le docteur Volkmar retournèrent à la villa au bord de la mer. Deux voitures occupées par des hommes sérieusement armés les escortaient. Ceux qui auraient voulu se venger de maître Soriano en s'en prenant à Loretta n'auraient eu aucune chance de réussir.

Dans l'aile des invités de la villa, tout était redevenu comme avant. Worthlow attendait le retour des maîtres avec un « drink » particulièrement rafraîchissant. La maison ressemblait à une boutique de fleuriste, partout de grands vases présentaient de merveilleux bouquets. Dans un lourd cadre d'argent se trouvait l'agrandissement d'une photo ; Volkmar ne pouvait pas manquer de la voir.

— Elle va être mise en construction dès aujourd'hui, Sir ! lança Worthlow à sa manière empreinte de raideur, si typiquement britannique.

Volkmar considéra la photo d'un œil fixe.

— Jamais encore je n'ai vu rien de semblable à cette machine cœur-poumons, dit-il.

— C'est le dernier modèle aux U.S.A., Sir, apporté pour vous par la voie des airs. Les instruments électroniques de mesure aussi, ainsi que les appareils médicaux nucléaires. Ce matin, six de vos médecins ont pris un vol pour le Texas afin de se familiariser avec les nouveaux instruments. Le 1er décembre, à l'ouverture du centre pour les enfants de Camporeale, ils seront de retour.

— La date est définitivement fixée ?
— Maintenant, oui.
— Il nous reste encore trois mois, dit plus tard Volkmar à Loretta. C'est bien suffisant pour tout préparer. Nous ne pouvons nous évader qu'une fois. Si nous échouons, nous n'en aurons jamais plus la chance !

Déjà, cette chance leur était refusée.

Chaque jour, Volkmar était amené à l'asile de vieillards encadré par un commando en armes. Celui-ci le ramenait lorsqu'il faisait téléphoner le soir que son travail était terminé.

Son travail : transplantations cardiaques sur des chiens, des porcs. Sans cesse, des chaînes d'essais nouveaux avec des corticostéroïdes, l'ACTH (1), les antihistaminiques pour combattre la réaction de rejet. Une équipe de laboratoire avait commencé des recherches avec du zytrostatika, préparation chimique pour lutter contre le cancer et les tumeurs. Un troisième groupe travaillait avec des antimétabolites qui bloquent la mutation des tissus ou la transforme.

Les succès s'affirmèrent au bout de deux mois. Pour la première fois, un chien survécut avec un cœur neuf au-delà de trois semaines. La maison des enfants de Camporeale dans les montagnes était terminée et la clinique souterraine se trouvait prête à entrer en service.

Le docteur Volkmar vint visiter son « camp de travail » comme il disait, accompagné de ses gardes du corps. Il n'eut rien à redire à tout ce qu'il voyait : il s'agissait de la clinique la plus parfaite que l'on pût rêver. Et mieux encore, d'une organisation perfectionnée qui allait des examens préparatoires des sujets jusqu'à la réanimation après une opération réussie qu'une transplantation sans accrocs garantissait.

Des cœurs neufs à la chaîne, en quelque sorte. Une vision démente que maître Soriano rendait réelle.

Le 1er décembre 1967 fut un jour azuré, doux et ensoleillé, « au ciel de velours » selon la formule chère à maître Soriano.

(1) Hormone hypophysaire.

Le village de Camporeale était pavoisé, des tapis, des draps brodés flottaient aux fenêtres au-dessus des statues de plâtre de la Vierge, du Christ et des saints placées aux coins des rues et dans les entrées des maisons. Don Caesare, curé du village, courait en tous sens, faisait sonner les cloches et répéter le chœur des écoliers avant l'arrivée du cardinal qui était attendu. Il apportait la bénédiction du Saint-Père. Tout ce qui avait un nom en Sicile était accouru afin d'admirer l'œuvre nouvelle de maître Soriano.

A 10 heures, le cardinal traversa en voiture décapotable tout le village, donnant sa bénédiction à droite et à gauche et semant la joie sur son passage.

Le procureur Brocca avait bien prévenu qu'il y avait eu « menace de bombe », aussi les invités n'étaient accueillis que porteurs de leur carte d'invitation. La police surveillait les routes... Cette alerte que l'on n'avait pas tenu secrète permettait de verrouiller la maison des enfants afin d'éviter les regards que l'on supposait sans bienveillance.

Après une procession qui prit fin à quatre heures de l'après-midi parmi les fumées des encensoirs et l'inauguration de la chapelle, le cardinal présida le banquet dans le grand réfectoire du home.

— Cette œuvre admirable vous ouvrira les portes du ciel, dit en s'en allant le cardinal au maître de maison et il traça le signe de croix au-dessus de sa tête humblement baissée.

— Je voudrais l'espérer, Éminence, répondit Soriano.

— N'avez-vous pas une fille ?

— Oui, Éminence.

— Elle ne prend donc pas sa part de ce jour de joie ?

— Loretta vient de se fiancer, Éminence... elle est actuellement à Rome...

Et Soriano baissa les yeux pour éviter de mentir en regardant le prélat. Sa conscience chrétienne le lui interdisait.

— Il y aura donc bientôt un mariage ?

— Je l'espère... si Dieu le veut !

— Il le voudra ! — Le cardinal sourit avec bonté. — Je serais heureux de marier votre fille, ajouta-t-il.

Maître Soriano se pencha sur la main du cardinal et baisa son anneau. Il était très ému bien qu'il sût que le vœu du prince de l'Église ne se réaliserait jamais.

Alors que les invités dansaient encore et pillaient le superbe buffet, les portes murées ou verrouillées du sous-sol II ouvrant sur le service de cardiologie étaient rouvertes, débarrassées des panneaux en contre-plaqué qui les masquaient. Maître Soriano descendit pour un instant dans le sous-sol emportant une bouteille de champagne. Le docteur Volkmar et Loretta se trouvaient dans le grand bureau élégamment installé du médecin-chef, servis — et gardés — par le fidèle Worthlow.

Là, en bas, tout était plongé dans le silence. Le tumulte régnant au rez-de-chaussée, les danses, la musique et les rires de trois cents personnes ne parvenaient pas jusqu'à ce monde souterrain, étincelant de propreté et aussi stérile que possible.

Soriano emplit les coupes de champagne en regardant sa fille et Volkmar avec un sourire à la fois paternel et radieux :

— Comment dois-je commencer ? dit-il. Ce jour est un tournant dans nos vies... La clinique est terminée, ma fille a trouvé l'homme de sa vie, j'ai donc un fils qui est en plus chef de cette clinique. Que de joies ! Puis-je vous appeler mon fils, Enrico ?

— Non ! répondit Volkmar durement. Laissons Loretta en dehors de ce jeu effroyable qui va commencer ici !

— Comment est-ce possible ? — Soriano s'assit. — Bien, je ne dois donc pas vous considérer comme mon fils, mais... vous prétendez cependant épouser Loretta ?

— Oui.

— Tout en considérant votre beau-père comme un ennemi ?

— Vous avez vous-même provoqué cette situation.

— Et vous comptez dans ces circonstances sur mon consentement ?

— Je n'en ai pas besoin, papa ! lança soudain Loretta. — Sa voix avait un timbre singulièrement dur. — J'ai vingt-trois ans et je puis prendre moi-même les décisions qui me concernent !

— Quel monde ! — Soriano but une gorgée de champagne. — On a une fille unique élevée dans les meilleures pensions et qu'en est-il résulté ? Une révoltée contre les anciennes institutions ! Avec ça, un dédain absolu à l'égard des bases mêmes de la moralité...

— Je l'aime ! lança Loretta en entourant d'un bras les épaules de Volkmar. Je l'aime ! je l'aime ! Que vient faire ici le vieil honneur sicilien ? J'appartiens à Enrico, cela seul compte ! Tu es mon père et je veux t'aimer et te respecter en tant que père, mais dès à présent ma vie est à Enrico !

— C'est très émouvant ! remarqua Soriano en regardant le fond de sa coupe de champagne, et je ne désespère pas, Enrico, que vous en veniez un jour à entrevoir l'étendue des moyens que je mets à votre disposition et qui vous permettront d'avancer considérablement la recherche médicale. Malheureusement, vous ne recevrez jamais le prix Nobel, mais vous aurez ma fille qui vaut cent prix Nobel.

— Votre cynisme est intolérable, dit Volkmar d'une voix étranglée. Quand livrerez-vous le premier cardiaque ?

— Demain, toute la ménagerie de la maison de retraite arrivera ici. Les chercheurs des laboratoires se mettront au travail dans les nouvelles salles et j'estime que vous accomplirez la première transplantation totale à la fin de la semaine prochaine.

— Vous êtes fou ! dit sourdement Volkmar.

— Il me faut une transplantation cardiaque réussie qui me permette de me mettre sur les rangs.

— Vous voulez quoi ? demanda Volkmar abasourdi.

— Assurer ma publicité ! Je ne peux tout de même pas envoyer simplement mes représentants chez les malades du cœur et leur dire : Voulez-vous un nouveau cœur, jeune, résistant, alors venez à Camporeale ! Pour un million de dollars vous gambaderez de nouveau ! On nous prendrait pour des idiots ! Mais si nous donnons des preuves de ce que nous avançons : Voyez, cet homme n'avait aucune chance de survivre, le voici qui est de nouveau gymnaste à la barre ! Alors, nous serons capables de convaincre...

— Quand comprendrez-vous enfin, rugit Volkmar hors de lui, que la transplantation d'un cœur n'est pas une opération de l'appendicite ! Les chances de survie sont actuellement de 1 contre 99 — un pour cent de réussite escomptée ! Et l'avenir n'est pas dans une homotransplantation, dans l'échange d'humain à humain, c'est-à-dire entre individus génétiquement étrangers quoique de la même catégorie, mais dans le cœur artificiel. Et il faudra des années pour y parvenir !

— Oui, en général, dans le monde ! s'écria Soriano avec un geste superbe. Mais pas chez nous, où vous travaillerez rapidement dans une paix absolue. Nous savons tous que vous travaillez à un cœur artificiel reproduisant cet appareil de pompage mû par un moteur qu'est le cœur. Si cette construction réussit, et elle réussira si l'on reproduit tous les détails anatomiques de ce muscle et que l'on y adjoigne un moteur incorporé le maintenant en action, vous pourrez sauver des vies par milliers.

Soriano sourit à sa fille qui resta de marbre, presque hostile.

— Même avec un cœur artificiel, l'être humain ne sera plus une créature possédant toutes ses valeurs. Sa vie deviendra un combat constant contre le phénomène de rejet, comme il absorbera des médicaments qui bloquent les réactions mais augmentent le danger d'infection et que son corps sera privé de défense, il ne cessera de lutter contre les bactéries et les virus.

— Mais il vivra ! Il vivra ! Deux, trois ou quatre ans d'existence en plus, beaucoup les paieraient d'un million de dollars !

— Je frémis à la pensée qu'il y aura bientôt ici des malades qui dépenseront une fortune pour une expérience ! Don Eugenio, je le dirai à chacun sans détour !

— Vous le pourrez ! Les malades condamnés vivent soutenus par une foi inébranlable en leur médecin.

C'est vrai, pensa Volkmar. Puis à haute voix il répondit :

— Je n'opérerai qu'à la limite de l'urgence, en me basant sur de sérieuses indications médicales.

— Cela va de soi ! — Soriano leva sa coupe : Vous ne traiterez que des cas qui permettent tous les espoirs...

Les événements dépassèrent le docteur Volkmar et tous les plans de Soriano.

Le 4 décembre 1967, le monde entier ne parla que d'une seule nouvelle qui rejetait dans l'ombre la politique, la crise, les menaces de conflits : un chirurgien du Cap, en Afrique du Sud, peu connu jusqu'à présent, avait réussi la première transplantation d'un cœur.

Maître Soriano, portant un paquet de journaux, fit irruption de grand matin dans l'appartement de Volkmar et frappa à la porte de la chambre à coucher. Volkmar ouvrit.

— Les journaux ! dit Soriano d'une voix enrouée. Là ! voyez ces manchettes, le monde est sens dessus dessous !

Volkmar considéra un moment l'image du professeur Barnard, puis celle de Louis Wasansky l'opéré, et lut l'article attentivement. Puis il parcourut d'autres journaux.

— C'est tout ce que vous en dites ! s'écria enfin Soriano agacé par cette sérénité.

— J'ai entendu parler des recherches de Barnard, dit Volkmar, car les petits groupes de médecins qui s'occupent de ce problème se connaissent plus ou moins. Je ne savais pas, pourtant, que Barnard était allé aussi loin. Je m'en réjouis pour lui. Enfin, l'un de nous a *osé !*

Soriano bondit vers la terrasse et s'y laissa tomber dans un fauteuil.

— Savez-vous ce que cela signifie pour nous ? demanda Soriano.

— Je m'en doute.

— C'est une preuve éclatante de la possibilité de ce

que nous proposerons de faire ! Jusqu'à présent, on n'avait osé officiellement l'opération que sur des animaux, mais enfin voici un homme qui circule avec un cœur étranger à lui dans la poitrine !

— Wasansky ne marche pas encore !

— Il marchera !

— Attendons !

— Même s'il ne vivait qu'une semaine ! Le monde entier, chaque individu vivra dès à présent avec la certitude que l'on peut aussi échanger un cœur. Dans peu de temps, notre clinique sera bondée de candidats à la transplantation ! Le professeur Barnard n'en est pas encore à faire des transplantations à la chaîne !

— Il ne le fera jamais !

— Voyez-vous ! Mais nous le ferons ! J'ai déjà pris mes dispositions pour que l'on rassemble et nous envoie par émission radio, tous les renseignements concernant cette réussite et je puis proclamer déjà que nous sommes mieux équipés que lui, plus modernes, mieux organisés aussi ! Et nous avons le docteur Volkmar !

— Barnard n'a transplanté qu'une partie du cœur, reprit Volkmar tranquillement. Dans l'une de ses premières interviews, il a dit avoir laissé une partie du cœur restant et qu'il n'a suturé qu'une partie aussi du nouveau cœur — de deux cœurs un... C'est la méthode que nous expérimentons tous ; Barnard a brillamment réussi. Mais le danger de la réaction de rejet est, de ce fait, devenu considérable. Je veux éviter cela en transplantant un cœur entier et en introduisant entre tous les vaisseaux des pièces intermédiaires en téflon, des points de jonction en matière plastique, qui agiront comme un frein, une écluse. Je sais : le sang. La réaction protéinique. Mais le danger d'un rejet rapide n'est plus si grand si nous ne suturons plus ensemble des muscles étrangers les uns aux autres, mais que nous transplantions un organe entier sans relation immédiate avec d'autres parties du corps susceptibles de rejet.

— Et vous accomplirez cela bientôt, Enrico... Le docteur Barnard a, sans s'en douter, donné le feu vert à notre clinique ! Tant que l'euphorie mondiale au sujet de ce prodige de la médecine régnera...

— Elle ne durera guère. Attendons les commentaires hargneux et pessimistes de tous les « chers collègues » du monde entier... et si Wasansky mourrait... quelle liesse !

— Quant à moi, je compte recevoir notre premier patient au plus tard dans huit jours.

— Et où trouverez-vous le cœur d'un donneur qui lui convienne ?

Soriano eut un geste large :

— C'est mon affaire, Enrico, je vous ai promis de vous procurer tout ce dont vous aurez besoin ! Cœur compris. Ne vous inquiétez pas de cela !

De nouveau, le docteur Volkmar sentit, malgré le chaud soleil matinal, un flot glacial passer sur son épine dorsale. Il était comme paralysé lorsque Worthlow parut portant le petit déjeuner.

Le premier patient arriva six jours après la transplantation d'un cœur accomplie par Barnard. Dans un avion privé, il atterrit à Palerme. Un important homme d'affaires de Beyrouth qui avait d'abord été au Cap où le professeur Barnard l'avait renvoyé, car la liste des malades en attente d'un cœur neuf était déjà si longue que le chèque le plus énorme n'avait plus aucun poids. L'homme « de contact » que Soriano maintenait au Cap avait alors rendu visite à ce grand malade, dans son hôtel pour lui faire une certaine proposition après que l'on se fut entendu sur l'obligation de garder cette conversation absolument secrète.

L'état de santé de l'opéré Wasansky l'encourageait fort à se confier à la clinique de Camporeale. Wasansky, ainsi qu'on le savait par la presse, la radio, la télévision, était déjà assis dans son lit, mangeait avec bon appétit, avait fait ses premiers pas dans sa chambre, donnait des interviews et racontait au monde ébahi qu'il se sentait dans un état euphorique merveilleux avec son cœur neuf, à croire qu'il venait de renaître, qu'il avait vraiment rajeuni et il faisait de l'index et du majeur le V de la victoire avec un large sourire à la manière de Churchill.

Le professeur Barnard ne montrait qu'un optimisme restreint. Il connaissait les résultats des analyses de laboratoire qui lui étaient soumises quatre fois par jour et qui n'avaient encore signalé que de faibles réactions de rejet. Il attendait, étant comme tout médecin, tout chirurgien, dépendant de la nature du malade. Les médicaments dont on bourrait Wasansky stoppaient la réaction d'immunité, c'est-à-dire de rejet, jusqu'à un minimum, mais précisément ce minimum pouvait devenir dangereux avec le temps. Que le corps rejette un organe étranger brutalement et tout de suite, ou lentement, l'effet est le même.

Le monde ne savait rien de ce combat silencieux. Il ne voyait que la réussite de l'opération. Barnard, sans l'avoir voulu, devenait une idole qui aussitôt avait été accaparée par d'astucieux « managers » : Barnard représentait les temps nouveaux ! Le premier bond réussi dans un fantastique avenir.

Maître Soriano se trouvait en personne sur l'aérodrome lorsque Achmed ibn Thaleb, le grand négociant de Beyrouth, pèlerin de La Mecque et, de ce fait, ayant le droit de se dire *hadj,* atterrit dans un avion privé. Soutenu par deux gardes du corps, il quitta lentement l'avion, descendant avec peine pas à pas la petite passerelle.

Maître Soriano eut un haut-le-corps, car ce qui avançait vers lui d'un pas vacillant était une ruine humaine, un corps filiforme dans un costume devenu bien trop vaste. Il ne pouvait avancer qu'en haletant ; comment son cœur détruit pouvait encore battre, était pour Soriano un mystère. Celui-là aussi, Volkmar ne le sauvera pas, pensa-t-il tandis qu'il accueillait Achmed ibn Thaleb comme un frère. Les millions dans ce cas ne serviraient à rien. Quand on regarde cet homme, on sait qu'il ne supportera même pas la narcose et d'autant moins l'intervention. Mais à quoi bon y penser ? Thaleb avait offert deux millions de dollars contre un cœur sain, il l'aurait même s'il ne devait pas survivre.

On attribua à Thaleb la meilleure chambre, une vaste pièce dans laquelle on parvenait après avoir d'abord franchi une « écluse stérile », puis une autre pièce également stérile. C'était l'isolement le plus absolu du point de vue médical. Quand on irait auprès de Thaleb plus tard, après l'opération, on ne serait vraiment porteur d'aucun germe.

Afin de repousser toutes les bactéries, il fallait à chaque visiteur traverser un passage voûté en tôles d'acier où il était soumis de tous côtés à des rayons.

— Barnard n'a pas ça ! dit Soriano lorsqu'il eut étudié les renseignements envoyés du Cap. Ah ! cher Enrico, vous travaillez déjà au sein du XXIe siècle !

Achmed ibn Thaleb fut examiné très attentivement par le docteur Volkmar. On s'entretint en français. Contrairement à Soriano, Volkmar ne fut pas horrifié par l'état de Thaleb. L'examen n'était qu'une routine. Radios, analyses de laboratoire, tests génétiques, comptabilité des protéines, analyses du sang, des fonctions du corps. Cela dura trois jours que Soriano passa bouillant d'impatience.

— Que croyez-vous ? demanda-t-il le troisième jour. Y aurait-il le moindre espoir ? Quelle tête il a !

— L'indication nécessaire pour procéder à une transplantation est donnée, répondit le docteur Volkmar, mais je n'ai pas de *donneur.*

— Quand devez-vous opérer ? demanda Soriano tranquillement.

— Dans quatre jours, il me faut tout ce temps afin de préparer Thaleb pour l'intervention. Il est très fragile.

— Et combien ! Enrico, il faut que vous réussissiez à ce qu'il soit encore vivant trois jours après l'opération…

— Bon Dieu, mais je veux qu'il vive encore quelques années ! dit Volkmar à haute voix. Croyez-vous que je prendrais le scalpel si je n'y comptais pas ? Que vous a-t-il offert ?

— Deux millions de dollars ! répondit Soriano franchement.

— Priez pour qu'ils vous soient remis, Don Eugenio ! Quelles sont les prévisions concernant les particularités du donneur ? Le docteur Nardo peut vous les dire : il a la liste. Je ne crois pas qu'en l'espace de quatre jours, nous puissions recevoir le cœur sain et vigoureux qui lui convienne. Il n'y a pas tant d'accidents mortels à Palerme…

Il se trompait.

Les trois jours suivants des incidents étranges eurent lieu en Sicile.

Dans les montagnes près de Mursomeli et Casteltermini, près de Leonforte et Sperlinga, mais aussi sur la côte aux environs de Pizzolato et de Bonagia, disparurent, sans la moindre raison, de vigoureux jeunes paysans et de solides pêcheurs. Aucun de ceux-ci n'était âgé de plus de vingt-cinq ans et aucun d'eux n'avait jamais exprimé le désir de quitter la Sicile. Ils étaient partis le matin à leur travail, les uns aux champs, les autres avec leur pêche nocturne au marché du port. Aucun n'avait atteint son but ; ils semblaient s'être tous volatilisés, comme par exemple Domenico Barnazzi, jeune et joyeux géant qui faisait le bonheur des jolies touristes. Il était infatigable dans sa spécialité, ce qui prouve combien son cœur devait être fort !

Mais la force ne sert à rien, lorsque trois hommes vous frappent à la fois avec des bas remplis de sable et vous assomment sans épanchement de sang mais durablement ! Lorsque Domenico Barnazzi revint à lui, il se trouvait ligoté dans le coffre d'une auto qui roulait à grande vitesse. On lui avait collé un bâillon sur la bouche. A plusieurs reprises, il remonta les genoux et rua de toutes ses forces contre les parois du coffre, mais il y gagna de sentir la voiture freiner, le coffre s'entrouvrir et une fois encore d'éprouver le heurt brutal sur son crâne du bas bourré de sable, ce qui le rejeta dans l'état d'inconscience.

Cela recommença à quatre reprises. Lorsque Domenico se réveilla la cinquième fois, il était couché dans un bon lit bien blanc, la chambre où il se trouvait était carrelée en vert tendre, au-dessus de la porte qui n'avait pas de loquet se trouvait un beau crucifix, au plafond un tube fluorescent dispensait une douce clarté. Cette pièce n'avait pas de fenêtre, mais un système d'air conditionné y maintenait une atmosphère agréable.

Domenico se leva pour se ruer sur la porte contre laquelle il tambourina des deux poings, puis personne ne venant, il se mit à démolir son lit et avec l'un des pieds de fer de celui-ci les carreaux verts recouvrant les murs. Personne ne vint. Finalement, Domenico s'assit, épuisé, sur les débris de son lit et attendit. Il ne trouvait aucune explication à ce qui lui arrivait.

Il en alla de même des autres jeunes gars qui s'éveillèrent après un état prolongé d'inconscience. Ils tentèrent aussi de défoncer leur porte, mais les murs semblaient avaler les sons.

Dans une autre partie de la clinique, dans un sous-sol situé au-dessus des chambres où ces malheureux étaient isolés, se trouvaient assis face à face autour d'une table ronde, le docteur Nardo et Benjamino Tartazzi, un homme bâti comme un taureau, chef des « troupes de renfort ».

— Nous avons ramassé huit hommes ! lança gaiement Tartazzi. Des types sains, forts, pour autant que l'on pouvait en juger. Je crois qu'ils feraient chacun un bon taureau reproducteur ! Vous en faut-il davantage, Dottore ?

— L'examen dira ce qu'il en est, répondit le docteur Nardo. Il nous faut un certain type de protéine.

— Il vous faut quoi ? lança Tartazzi, effaré.

— Ça va ! — Nardo eut un geste qui coupait court. — Avez-vous eu des difficultés ?

— Non. Ça ne traîne pas... de cette manière l'approvisionnement n'est pas un problème.

Tandis qu'au bureau de police les signalements de disparitions allaient bon train, tandis que les parents des disparus se lamentaient, dans la clinique souterraine de Camporeale commençait l'examen des « candidats », ainsi que le docteur Nardo appelait les jeunes hommes encore incapables de comprendre ce qui leur arrivait. A l'aide d'un gaz inoffensif qui leur était envoyé par les conduites d'air conditionné, on annihilait leur volonté pour les transporter dans le service de radiologie, puis après des prises de sang et divers prélèvements on les ranimait pour les installer devant un plantureux repas.

Le laboratoire travailla toute la nuit. Le lendemain matin, le docteur Nardo fit savoir à Solunto que, selon son opinion personnelle, on avait trouvé le « bon donneur » pour Achmed ibn Thaleb : un pêcheur de Pizzolato. Ses molécules protéiniques réagissaient au mieux sur les tissus de Thaleb pour autant que l'on pouvait se fier à la technique du laboratoire.

Soriano alla voir Volkmar chez lui avant le petit déjeuner. Cette fois, Loretta était encore dans le lit de Volkmar et elle parut dans un déshabillé de rêve dans le hall avec Volkmar. Soriano aspira sa lèvre inférieure entre ses dents. C'était pour un père une vision peu agréable. L'impudeur de Loretta faisait battre les artères de ses tempes.

— Nous avons trouvé un cœur qui convient ! dit-il sans leur dire bonjour. Vous pouvez opérer !

— Qui est-ce ?

— Un garçon de vingt-quatre ans, accident de moto. Le docteur Nardo peut vous donner toutes les dates et aussi l'accord écrit des parents. Ce garçon est cliniquement mort, c'est-à-dire que son cerveau, si je comprends bien, ne fonctionne plus, seul son cœur est maintenu vivant, grâce aux nouveaux moyens de la médecine et il bat normalement. Combien de temps cela durera, je l'ignore. Pouvez-vous opérer tout de suite ?

Volkmar consulta sa montre-bracelet :

— Dans deux heures.

— Seulement ?

— Il faut que j'aille jusqu'à Camporeale.

— Un hélicoptère vous y amènera ! — Soriano désigna le téléphone : — Si vous appeliez le docteur Nardo et que vous lui donniez vos directives, il pourra tout préparer : il se tient l'arme au pied !

— Et le donneur ?

— Il a été transporté et se trouve déjà dans un enchevêtrement de ficelles, pour parler comme Nardo.

Dans la clinique, tout était prêt, en effet, pour

l'opération. Tandis que Volkmar parlait avec Nardo, il eut l'impression qu'Achmed ibn Thaleb était déjà préparé pour la narcose dans l'antichambre de la salle d'opération I. Les résultats des analyses que Nardo donna rapidement étaient excellents. On ne pouvait souhaiter de meilleur donneur.

— Vous avez une chance insolente, Don Eugenio ! dit Volkmar, le souffle court.

— Plus que le professeur Barnard. Son Louis Wasansky décline. Il est en proie à une infection, une congestion pulmonaire selon les dernières nouvelles de la radio.

— Mon Dieu, je puis m'imaginer ce qu'éprouve Barnard actuellement !

— Il luttera pour son patient jusqu'à l'effondrement ! — Soriano se leva. — Nous avons de meilleures perspectives. Chez nous, pas d'infections ! Mais surtout, il y a vos méthodes d'intervention, Enrico !

Une demi-heure plus tard, Volkmar pénétrait dans les salles d'opération souterraines. Deux médecins tenant en main les radios du cœur du donneur l'attendaient déjà.

Achmed ibn Thaleb avait une fois encore prié Allah avant d'être transporté sur la civière roulante jusqu'à la salle où on le préparerait pour l'opération. Les trois pièces stériles d'isolement qu'il occuperait ensuite avaient à nouveau subi un contrôle. Tous les appareils de réanimation étaient réunis. Autour du lit se trouvaient des potences chromées servant au « goutte à goutte », des écrans donnant les mesures électroniques, les conduits en plastique pour la tente à oxygène étaient prêts.

Le docteur Volkmar jeta un regard aux deux écrans placés devant sa vaste table à écrire. Des caméras de télévision transmettaient au bureau de Volkmar ce qui se passait dans les salles d'opération. Il y vit les deux équipes de médecins prêtes à l'action : dans la salle I, avec la machine cœur-poumons, ils étaient quatorze ; dans la salle II où on se bornait à retirer le cœur de la cage thoracique, ils n'étaient que quatre. Maître Soriano avait renoncé aux infirmières en salle d'opération ; le service des instruments était également assuré par des médecins.

— Les femmes ont un trop grand besoin de communiquer leurs impressions ! avait déclaré Soriano. Même si elles s'efforcent au silence, elles arrivent tout de même à parler au lit !

Dix-huit médecins, pensait Volkmar tandis qu'il regardait l'écran. Soriano croit-il vraiment que ce sont là dix-huit bouches à jamais muettes ? Avec quel enjeu énorme cet homme joue-t-il ?

Il vit comment Achmed ayant subi déjà la première phase de la narcose était roulé avec un tube dans la trachée à l'intérieur de la salle I. Par la porte automatique, on introduisait à présent le donneur. Le docteur Nardo avait préparé spécialement le jeune pêcheur pour le docteur Volkmar. Sa tête était soigneusement enveloppée, quatre ampoules de sérum avaient été mises en relation avec ses veines, un défibrillateur roulant placé contre la civière obligeait ce qui sans doute fonctionnait seul encore dans ce corps mort, le cœur, à battre normalement. Qu'il y eût là-bas en fait de momie un homme parfaitement sain, on ne pouvait le constater. Qui donc aurait eu une pensée aussi épouvantable !

Volkmar se leva, éteignit les écrans et s'en fut dans la salle de préparation. Achmed était étendu sur la table d'opération. Corps dénudé, osseux, étroit, minable, couvert de toiles vertes, sauf le champ opératoire.

Le docteur Nardo, à travers la cloison de verre, jeta un regard au docteur Volkmar. Pouvons-nous commencer ? disait ce regard. Ouvrir une cage thoracique, nous nous y sommes exercés longtemps.

Volkmar fit de la tête un signe d'assentiment et prit une profonde aspiration. L'instant décisif. La grande aventure médicale commençait.

Dans la salle II se trouvaient les quatre médecins entourant le jeune pêcheur sous narcose. Ils attendaient. L'ouverture de cette cage thoracique s'effectuerait rapidement. Il n'y avait là pas de vie à conserver, il faudrait détacher et retirer un muscle sain, animé jusqu'au dernier instant de pulsations : le cœur.

Le sort avait désigné ces quatre médecins pour accomplir cette tâche. La vivante « banque du cœur » de Soriano livrait un premier sujet humain pour la plus cruelle des opérations de notre temps.

Cependant, le docteur Volkmar ne se doutait de rien, lorsqu'il pénétra dans la salle d'opération et se plaça sous la lumière aveuglante des projecteurs.

Le docteur Nardo avait déjà commencé la thoraxotomie. Il s'en tenait strictement aux directives données par Volkmar et à la méthode qu'ils avaient appliquée ensemble sur des porcs, des singes, des agneaux et même finalement sur des veaux. Contrairement à toutes les modifications dans le procédé d'ouverture d'une cage thoracique, le docteur Volkmar restait fidèle à l'ancien procédé longuement éprouvé d'après la technique du professeur Mikulicz : pénétration à l'intérieur de la cage thoracique au moyen de la séparation des côtes. La thoraxotomie intercostale qui place l'ouverture exactement entre deux côtes suivie de l'écartement de ces côtes, ne donnait pas assez de place à Volkmar pour l'échange de cœurs entiers.

Ce travail s'accomplit au cours de la première demi-heure dans un silence presque total. On n'entendait que la succion des aspirateurs, le claquement rythmique de la plèvre, le grésillement électronique de l'oscillographe et le léger bruit de pompage de la machine cœur-poumons lorsque l'équipe du docteur Nardo déplaça la circulation sanguine (1) en dehors du corps de Thaleb. De temps à autre, des mots tombaient : les annonces de l'anesthésiste concernant la tension sanguine, le pouls, la respiration, le rythme cardiaque, l'*okay* de l'interne devant l'écran du rhéographe, les demandes d'instruments faites à mi-voix et le *rien à signaler* rassurant venant de la machine cœur-poumons.

Le cœur de Thaleb se trouvait dans un état catastrophique. Après l'ouverture du thorax, Volkmar vit le

(1) Circulation extra-corporelle.

muscle telle une masse rouge où l'on distinguait nettement les importantes lésions dues à un blocage partiel des artères coronaires. C'était un moteur qui ne fonctionnait plus qu'avec un tiers de sa puissance.

Le docteur Nardo jeta un regard à Volkmar pardessus son masque. Il suait à grosses gouttes. Un jeune assistant lui tamponnait le front et les orbites.

— Comment a-t-il pu vivre avec ce cœur ? dit-il en désignant avec une pince les parties détruites.

— On s'étonnera toujours de ce qu'un corps humain peut supporter. Que ce soit le cœur, les poumons, le foie ou les reins, il y a là des réserves de forces que nous ne pouvons expliquer. J'ai souvent déjà dit après une opération : nous avons réussi, il est vrai, mais le sujet n'y survivra pas ! Et puis nous avons vu l'organe détérioré se régénérer lentement. La nature ne capitule pas si vite et l'on oublie que pour un mort il y a cent sujets guéris !

Volkmar jeta un regard au-dessus de lui vers l'écran qui se trouvait contre le projecteur éclairant la table d'opération et qui montrait ce qui se passait dans la salle d'opération II. Il vit la cage thoracique du donneur et les mains des médecins gantées de caoutchouc en attente, prêtes à retirer immédiatement le cœur sain. Dans le haut-parleur retentit une voix calme : Plus aucune fonction du cerveau.

Merci. Volkmar était content. Pour un médecin, le jeune homme dans la salle contiguë était mort. Il ne vit pas le regard guetteur de Nardo et ne sentit pas la tension extrême que provoquait en lui cette réflexion : devine-t-il ce tour de bâton ? Comprendra-t-il qu'il y a là, à côté, un homme dans un état de santé excellent, dont nous allons détacher le cœur en le tuant de ce fait ?

Volkmar jeta encore un regard vers la table des instruments chirurgicaux et les boîtes stériles contenant les prothèses en téflon destinées aux gros vaisseaux.

— Je commence l'excision ! dit-il à haute voix. Commencez la thoraxotomie. Recevez-vous une bonne image chez vous ?

Volkmar vit deux mains s'élever et faire signe, puis de nouveau la voix dans le haut-parleur :

— Télévision venant de vous, image tout à fait précise, Chef !

Chef ! Le docteur Volkmar se pencha au-dessus du thorax béant de Thaleb. Pour la première fois, ce mot avait été prononcé dans la salle d'opération ! Certes, il l'avait entendu dire assez souvent par maître Soriano, mais jamais encore il n'avait exercé sur lui un tel effet.

Chef de clinique de la Maffia... Le premier geste qu'il ferait serait un geste signant son adhésion.

Les pinces hémostatiques se trouvaient bien placées, la circulation sanguine se faisait sans heurts par la machine cœur-poumons, si maintenant il détachait et sortait ce cœur et suturait aussitôt les gros vaisseaux d'un côté avec les pièces intermédiaires en téflon, ce n'était plus que le travail d'un préparateur. Le vieux cœur ravagé de Thaleb était mort. Sa vie ne l'animait plus de pulsations que, machinalement, par le moyen d'une pompe raffinée qui non seulement transportait son sang mais en même temps l'oxygénait, le purifiait et, par des apports nouveaux en équilibrait la masse.

Sur l'écran au-dessus de lui, Volkmar voyait l'équipe de la salle II ouvrir la poitrine de « l'accidenté ». Le découpage était grossier, puisqu'on n'aurait plus besoin de ce corps...

D'un rapide coup de ciseau, Volkmar trancha l'artère pulmonaire et la crosse de l'aorte en dessous des bifurcations. Le docteur Nardo soufflait par les narines. On avait si souvent répété cette manœuvre, mais à présent que l'échange des cœurs à la manière de Volkmar était pratiqué pour la première fois au bénéfice d'un être humain, une émotion dont il n'était pas maître s'emparait de lui. Vivre un moment crucial de la médecine était, même pour une conscience émoussée, telle que la sienne, un moment exaltant.

Volkmar lui jeta un bref regard :

— Qu'avez-vous, Pietro ? dit-il.

— Rien, Chef. — Le docteur Nardo poussa ses deux mains en dessous du coeur mort. — Ce n'est qu'une brève invocation en faveur des nouveaux temps de la chirurgie.

Au bout de quelques minutes, Thaleb se trouva sans cœur. Le docteur Nardo passa ce viscère à ses assistants ; on le déposa dans une coupe de verre et on l'emporta. C'était un document : le premier cœur complètement détaché du corps. On pouvait commencer la suturation des pièces intermédiaires en téflon, base pour l'anastomose future des grands organes creux.

Volkmar jeta encore un regard à l'écran au-dessus de sa tête. Le cœur du donneur était dégagé, la cage thoracique était largement ouverte. On ne s'était pas contenté d'ôter les pinces aux vaisseaux tranchés : avec un cautère électrique, on les avait simplement cautérisés. Il n'y avait donc plus de sang qui empêchait une vision générale et qu'il fallait aspirer. L'électro-coagulation donnait un champ opératoire net.

Le cœur du jeune homme battait énergiquement, à un rythme exemplaire. Volkmar le regardait sur l'écran : c'était un beau spectacle.

— Fréquence ? demanda-t-il.

La voix dans le haut-parleur répondit aussitôt : 70 !

— Parfait ! Dans une demi-heure, nous y serons ! Recouvrez !

— Compris, Chef.

Dans la salle n° II, la large ouverture thoracique fut recouverte de toiles chaudes, puis les quatre médecins restèrent de nouveau les yeux fixés sur l'écran et virent le docteur Volkmar coudre les moignons des gros vaisseaux aux artères en téflon. Leurs cheveux se hérissèrent ainsi qu'aux autres médecins qui entouraient la table où opérait Volkmar lorsqu'ils le virent, après avoir cousu la première pièce intermédiaire en téflon de l'artère pulmonaire, tirer sur ce morceau implanté.

La suture tenait. Les jours à venir donneraient la preuve que ces prothèses pourraient aussi soutenir le nouveau cœur. Un cœur qui n'était à présent plus qu'un moteur suspendu à des vaisseaux en matière plastique qui évitaient un contact direct avec des tissus étrangers. Cela n'évitait pas la réaction de l'immunité, mais un phénomène de rejet et la nécrose des tissus — si elle se manifestait — ne se montreraient plus comme une incompatibilité immédiate.

Le docteur Volkmar s'écarta de la table d'un pas, fit changer ses gants et laver son visage avec une solution stérile. Le docteur Nardo et les deux assistants de la table d'opération changèrent également leurs gants de caoutchouc. Lorsqu'ils se replacèrent sous la lampe-projecteur, ils eurent l'impression que le docteur Nardo avait pâli.

Maintenant, pensait-il, maintenant, tout de suite viendra cet ordre : Échange des cœurs.

Exactement comme le docteur Volkmar, il jeta un regard vers l'écran. Les médecins dans la salle II avaient de nouveau découvert le corps. Le jeune cœur battait avec énergie. Six mains tenant des ciseaux et des pinces hémostatiques se tenaient prêtes à faire l'ablation de ce cœur qui battait si fort...

— Échange ! dit Volkmar d'une voix haute et claire, et laissez de longs moignons aux vaisseaux. Je préfère les amputer par la suite...

— Compris, Chef !

Les pinces hémostatiques arrêtèrent le flot sanguin, les ciseaux tranchèrent veines et artères, le jeune cœur palpitait, se crispait comme prêt à crier. En cet instant, mourut le jeune pêcheur Rinaldi Sampieri, âgé de vingt-quatre ans, assassiné sur une table d'opération, parce que l'on avait besoin de son cœur qui rapporterait deux millions de dollars.

Ce fut la plus effroyable seconde de l'histoire de la médecine moderne.

L'opération dura quatre heures.

Le docteur Volkmar resta à la table d'opération jusqu'à ce que la circulation eût été amenée de la machine cœur-poumons à l'intérieur du cœur neuf. Un choc électrique l'obligea à reprendre son rythme de pompe et sur l'oscillographe on vit alors s'ébaucher, puis se préciser de plus en plus vite et s'élever de plus en plus haut, les courbes du graphique. Le jeune cœur battait à plein et poussait le sang chargé d'oxygène à travers le corps d'Achmed ibn Thaleb.

Une fois encore, Volkmar regarda à l'intérieur du thorax béant. Les sutures tenaient, il n'y avait aucune fuite. Rapidement les parois intérieures des prothèses en téflon seraient revêtues de sang, couche protectrice lisse qui soutiendrait le flot sanguin. Les vaisseaux seraient dûment barbouillés, selon l'expression de Volkmar.

Il fit un petit signe de tête et s'écarta de la table. Un jeune médecin lui arracha ses gants et ôta son masque. Volkmar revint sur ses pas, consulta l'oscillographe et prit une profonde aspiration.

— Ça paraît marcher, dit-il lentement. Il survivra... si nous avons de la chance !

Lorsqu'il se détourna pour s'en aller, tous ceux qui se trouvaient dans la salle d'opération applaudirent spontanément. C'était la manifestation de leur soulagement après une tension nerveuse qui était devenue à peine supportable. Dix-huit médecins applaudissaient et frappaient le sol de leurs pieds chaussés de blanc.

Volkmar arrivé à la porte se retourna encore : « Merci », dit-il avec lassitude. A présent, on voyait son épuisement. Son visage semblait devenu très vieux. Penché en avant, aspirant à trouver un lit et le repos absolu avec le désir brûlant d'absorber un triple cognac et cependant tellement ravagé intérieurement que ses mains se mettaient à trembler, il passa les trois pièces-écluses et ouvrit brutalement la porte de son grand bureau.

Là aussi, de nombreux applaudissements l'accueillirent. Maître Soriano et un monsieur inconnu, debout devant le sofa de cuir, applaudissaient, enthousiastes.

— C'est génial ! s'écria Soriano. Enrico, il n'y a pas de mots pour vous le dire ! Quelle grâce des cieux réside dans tes mains !

Il s'élança vers Volkmar et l'embrassa sur les deux joues. L'homme inconnu, un peu verdâtre de visage, car tout le monde ne voit pas un cœur ouvert, même sur un écran, sans quelque malaise, emplit de cognac trois verres, comme s'il avait deviné le désir de Volkmar, puis il loucha de nouveau vers l'écran et sa bouche pâle se crispa : le docteur Nardo commençait à refermer la cage thoracique de Thaleb.

— Faut-il encore assister à cela ? demanda-t-il.

— Je vous présente maître Ludovici Daniele, dit Soriano en présentant son hôte.

— Un confrère ? demanda Volkmar d'une voix lasse.

— Non, un juriste.

Volkmar, malgré le cognac accompagné d'une cigarette, sentait son épuisement s'accuser. Ah ! tomber comme une masse et dormir ! Ou se jeter dans les bras de Loretta, la tête entre ses seins et ne penser à rien... Il avait le sentiment de planer. Il s'adossa et ferma les yeux.

— Maître Daniele est le juriste de notre association, reprit maître Soriano. — Pour Volkmar, il semblait que Don Eugenio avait un tampon d'ouate devant la bouche. — J'ai estimé qu'il était bon qu'il assiste à un grand succès et puisse en parler à tous nos amis. D'ailleurs, le chèque de Thaleb est déjà déposé dans une banque suisse.

— Magnifique ! dit Volkmar à mi-voix. Quoi encore ?

— L'opéré de Barnard, Louis Wasansky, est mourant. Ils n'arrivent pas à maîtriser sa congestion pulmonaire. — Soriano eut un geste presque caressant sur les joues de Volkmar : — Encore un cognac, Enrico ?

— Non.

— Autre chose ?

— Oui. Laissez-moi seul. Sortez ! Je ne veux plus rien entendre.

Il s'étendit sur le sofa, allongea ses jambes et serra les poings. Pourquoi est-ce que je n'attaque pas ? Pourquoi ne leur ai-je pas envoyé un coup de pied dans le bas-ventre ? Le chèque est en Suisse... Le juriste de la Maffia observe sur l'écran mon opération. Bon Dieu, dire que j'en suis là ! Une machine à opérer pour des millions de dollars sanglants ! Et il n'y a pas moyen de s'enfuir, car chacun de ceux qu'on m'amènera sera vraiment malade et son état forcera ma conscience professionnelle à décider une intervention !

Soriano fit signe au juriste de le suivre. Ils sortirent sans bruit et refermèrent la porte. Lorsqu'ils se trouvèrent dans l'ascenseur qui les remontait des sous-sols dans le splendide home d'enfants de Camporeale, ils retrouvèrent la parole.

— Quel génie ! s'extasia Daniele. — Le cognac l'avait aussi ranimé, il n'était plus « vert » du tout. — A présent, il faut attendre pour savoir si Thaleb n'aura pas le même sort que Wasansky. On parle beaucoup des succès, mais davantage encore des échecs !

— Nous avons jusqu'à ce jour douze candidats à la transplantation. Ils reviennent tous du Cap d'où on les a renvoyés. Mes agents en Afrique du Sud travaillent à la perfection.

— Douze cardiaques ? — Maître Daniele regardait Soriano d'un air désemparé. — Don Eugenio, où voulez-vous trouver des cœurs à transplanter à ces malades ?

— La question est déjà résolue.

L'ascenseur s'arrêta au grand hall magnifiquement dallé de marbre dont le mur du fond portait encadrée la lettre du Saint-Père entourée de fleurs que l'on renouvelait chaque jour.

Soriano s'arrêta sous ce document, tandis que maître Daniele prenait connaissance du texte de la lettre en secouant la tête. Quelle brute, cet Eugenio, pensait-il. Le meilleur de nos « chefs » depuis un siècle ! Personne ne le nierait !

— Je dois surtout remercier les Français ! lança Soriano cordial.

— Les Français ?

— Précisons : il s'agit plutôt de leur plus remarquable organisation : la Légion étrangère !

Daniele regardait Soriano d'un air hébété.

— Je ne comprends pas, dit-il avec un haussement d'épaules.

— La Légion étrangère exerce toujours, bien que son époque de gloire soit passée, selon son opinion, une séduction étrange sur certains jeunes hommes. En Italie, en Sicile aussi. La vie est une aventure, qui le sait mieux que nous ? Depuis quatre jours, trois bureaux d'enrôlement illégaux travaillent à Catane, Messine et, sur le continent, à Naples.

Maître Daniele s'essuya le front :

— Je ne comprends toujours pas de quoi il s'agit Don Eugenio.

— Dans les bureaux d'enrôlement de la Légion étrangère — on a vite su leur existence — se présentent de jeunes hommes qui rêvent d'aventures et de jolies femmes. Nous les examinons à la loupe, surtout leur cœur, car la Légion n'accepte que les garçons parfaitement bien portants et résistants. S'ils répondent à nos critères, ils reçoivent comme convenu leur pécule et sont amenés ici en transports séparés de cinq hommes à la fois accompagnés de deux hommes. En ce moment, nous avons rassemblé dix-neuf gars puissants comme des taureaux, dans un étage insonorisé du bâtiment III.

— Ici ? Dans le home d'enfants ? — Maître Daniele fut pris d'une épouvante secrète. — Insonorisé...

— Lorsqu'ils se rendront compte qu'ils ne se trouvent certainement pas dans un lieu de rassemblement de la Légion, ils commenceront à faire du bruit.

Soriano prenait les devants en direction d'un bureau qu'il s'était fait installer dans la maison des enfants. Petite salle remplie de bacs fleuris meublée de groupes de fauteuils de cuir blanc. Par les hautes fenêtres, on apercevait la piscine aux quatre bassins successifs aux fonds dallés. Une foule d'enfants rieurs et pépiants pataugeaient dans ces bassins, jouaient au ballon. Deux jolies jardinières d'enfants en costume de bain surveillaient cette bande joyeuse.

Maître Daniele sentit de nouveau l'horreur l'assaillir : là-bas ces enfants, et la lettre du Saint-Père, et deux bâtiments plus loin, dix-neuf jeunes gens qui ne savaient pas qu'on les tuerait un jour pour leur ravir un cœur sain ; la banque des cœurs vivants de Soriano : un élevage de bêtes de sacrifice.

Maître Daniele comprit soudain et resta muet. Chaque mot prononcé l'eût étranglé. Même dans la Maffia, il n'avait jamais rien vu de tel. Dans l'ancienne Rome, peut-être retenait-on dans les caves des arènes des gladiateurs qui allaient combattre des lions, des ours, des taureaux ou s'entre-tueraient jusqu'à ce qu'il y eût un vainqueur et un vaincu sans espoir de grâce. Mais il restait la possibilité de voir l'empereur lever son pouce dans un geste de pitié autant pour le vaincu que pour le vainqueur.

Mais chez Soriano, il n'y aurait pas de pitié. Avait-on besoin d'un cœur, il suffisait d'un geste pour choisir dans la « réserve » l'homme qui conviendrait.

— Et vous croyez que cela ne se remarquera pas ? demanda maître Daniele lorsqu'il se sentit en état de parler.

— Celui qui s'engage dans la Légion coupe résolument les ponts derrière lui. Tout le monde le sait. Qui ira poser des questions ? Et où ? A Paris ? A la Centrale, en Corse ? Personne ne répondra ! Le légionnaire veut être oublié, il l'est et le restera. — Soriano s'accouda l'air satisfait dans son fauteuil et considéra avec plaisir les jeux des enfants dans les piscines. — Me comprenez-vous enfin, lorsque je dis que je dois de la reconnaissance à la France ?

— Cette idée, Don Eugenio, a échappé au génie maléfique de Satan ! Vous cueillez des cœurs, comme d'autres ramassent des champignons...

— A peu près. Le docteur Volkmar ne manquera jamais de cœurs à transplanter.

— Le sait-il ?

— Il ne le saura jamais. Il croira toujours que, du fait de mes nombreuses relations dans tous les milieux et celles que j'ai aussi avec les autorités, je suis avisé des accidents mortels et que j'achète ces cœurs d'accidentés. Naturellement, à un prix convenu avec les familles.

— Et s'il l'apprenait tout de même ? Les hasards sont les jeux du destin !

— C'est impossible ! Il ne voit le donneur qu'au moment où il est lui-même prêt à opérer. Tout ce qui doit se faire auparavant, le docteur Nardo s'en charge.

Lorsqu'il s'agit de victimes d'accidents, on n'a pas de temps à perdre en questions, il faut agir vite et d'autre part... Enrico, l'an prochain — je voudrais que ce soit en mai — épousera Loretta.

— Et vous croyez alors qu'il avalera tout ce que vous lui présenterez ?

— Pas cela. — Soriano eut un rire amusé. Devant lui, deux petits garçons s'aspergeaient d'eau en piaillant de joie. — Mais il n'aura pas le temps de s'inquiéter d'autre chose que de ses opérés et de sa jeune femme. Ma fille ne manque pas de tempérament et elle est de dix-neuf ans sa cadette ! Volkmar sera occupé vingt-quatre heures sur vingt-quatre !

— Et combien de temps prétendez-vous tenir le coup ?

— Quelle question ! — Soriano croisa ses jambes. Le téléphone posé sur la table de verre près de lui fit retentir sa sonnerie. Il décrocha le récepteur, accueillit sans un mot ce qui lui était communiqué et raccrocha sans commentaire. — Worthlow. Il vient de chercher le docteur Volkmar et le ramène à la maison en voiture. Pour le moment, la surveillance de la réanimation est contrôlée ; on a relié Thaleb aux machines, c'est le dernier acte de l'opération. Ah ! oui, je réponds à votre question. Combien de temps, dites-vous ? Tant qu'il y aura des cœurs malades prêts à être échangés. Le docteur Volkmar est actuellement âgé de quarante-deux ans, il tient son métier bien en main et il restera longtemps le même. Il nage, aime le tennis, le golf, il a même un brevet de voile. Lorsqu'il sera marié à Loretta, je lui ferai cadeau d'un grand yacht ! A le juger sous ces divers aspects, il pourra encore opérer pendant vingt-cinq ans et enseigner ses successeurs. Qu'en pensez-vous, Daniele ?

— On ne peut pas enfermer le destin dans une formule mathématique, Don Eugenio.

— Si, d'une certaine manière. — Soriano croisa ses longues mains étroites et regarda s'ébattre les enfants dehors. — Un jour, j'aurai aussi des petits-enfants, dit-il lentement. C'est une base sur laquelle construire un avenir : la famille Volkmar... ou, ainsi qu'elle s'appellera officiellement, la famille du docteur Monteleone. Pourquoi poserait-on encore des questions ?

Les bureaux d'enrôlement illégaux de la Légion étrangère à Messine, Catane, Naples, annonçaient une affluence que l'on n'aurait pu croire possible même avec le plus grand optimisme. Il semblait qu'il y avait plus que l'on ne croyait de jeunes hommes désirant une existence pleine d'aventures, bien que les dernières guerres d'Indochine, d'Algérie, de Somalie, eussent mis durement la Légion à contribution.

On avait camouflé les « bureaux d'enrôlement » en boutiques de primeurs. Bonne idée, car ces sortes de commerces très achalandés connaissent un va-et-vient constant de clients de toute sorte. Pendant que dans la véritable boutique deux accortes marchandes servaient les acheteurs, quelques jeunes hommes assis dans l'arrière-boutique remplissaient des formulaires et se laissaient examiner : tension, respiration ; bicyclette de gymnastique, auscultation comme premier examen cardiaque. Il nous faut uniquement des gars très résistants ! proclamait le marchand de légumes en regardant dans les yeux pleins d'impatience des candidats. Il disait enfin aux plus aptes : « Je crois qu'on pourra t'engager, mais tout sera décidé à la Centrale ! » Puis on leur remettait deux cent mille lires et une feuille de papier portant cette indication : « Après-demain à cinq heures du matin, place Garibaldi. »

Impossible de rien trouver d'anormal au petit autobus en stationnement à cinq heures du matin, non loin de l'arrêt des « bus » de la ville. Un chauffeur aimable saluait les candidats au nombre de cinq ou six et leur adoucissait la mélancolie du départ en leur disant : « La Légion sera pour vous une famille ! Et la semaine prochaine, déjà, vous aurez votre première sortie au bordel ! »

Les gars riaient et du coup se sentaient fiers et forts.

Ce fut la dernière aventure des candidats et leur dernier enthousiasme qui fut à son comble, lorsqu'ils gravirent en voiture les hauteurs de Camporeale et aperçurent au loin le gigantesque bâtiment blanc du home d'enfants.

— C'est une caserne? demandaient-ils régulièrement.

— Evidemment, non. C'est le lieu de rassemblement clandestin, mes amis. On vous y examinera encore sérieusement et lorsque tout sera satisfaisant, vous serez enfin membres de la Légion étrangère.

Le bâtiment III du home d'enfants avait un dernier étage insonorisé. Un ascenseur y montait et ne descendait que de cet étage dans les sous-sols. On ne pouvait le voir ni l'atteindre de nulle part, il reliait le bloc opératoire à l'effroyable banque du cœur de Soriano. Les quatre pièces situées en sous-sol où s'était également morfondu Domenico Barnazzi rugissant, cassant tout autour de lui, calmé enfin par des injections jusqu'à l'abrutissement, ces quatre pièces s'avérèrent bien trop exiguës, même lorsqu'on ne mettait que deux hommes par chambre car bientôt, en ce lieu de « rassemblement », se déversa le contenu d'autres bus bourrés de candidats.

Aussi le sixième étage du bâtiment II fut-il réinstallé au cours des travaux de jour et de nuit et devint-il un lieu de détention sûr et totalement insonore. On mura les fenêtres, mais seulement à l'intérieur. Si l'on regardait de l'extérieur cette construction blanche, on apercevait également au sixième étage une suite de fenêtres étincelantes. Des rideaux orange tamisaient le soleil et personne ne remarqua qu'ils restaient toujours tirés et que jamais aucune des fenêtres ne s'ouvrait pour aérer l'intérieur. Primitivement, ces pièces étaient destinées à l'isolation des opérés du cœur pendant les quinze premiers jours critiques. Elles comprenaient des climatiseurs et des filtres à air qui évitaient une contamination possible par les bactéries. C'était ce qui avait provoqué l'échec du docteur Barnard, dont le premier cas de transplantation cardiaque avait succombé à une infection venue de l'extérieur.

Lorsque les jeunes gars de Naples, Catane ou Messine

se retrouvaient à quatre dans l'une de ces chambres, après avoir subi l'examen radiologique, les prises de sang et les tests de laboratoire concernant leur albumine, il leur venait d'obscurs soupçons et bientôt la certitude d'une terrible menace planant sur leurs têtes. Ces pièces étaient sans fenêtres, les portes sans targettes, il leur était interdit de sortir, on leur apportait leurs repas et s'ils s'aventuraient à poser d'instantes questions, on leur répondait : « Attendez ! Il faut du temps pour tout ! »

Le luxe des installations était parfait. On pouvait se baigner dans d'immenses baignoires et il y avait même un solarium et une salle de gymnastique ! Mais ce qui gâtait le plaisir, c'étaient les pistolets mitrailleurs suspendus sur la poitrine des surveillants...

— Nous en avons déjà trente-trois, Don Eugenio, dit, trois semaines plus tard, le docteur Nardo au cours d'une conversation avec maître Soriano. Il faut nous arrêter et nous consacrer pour quelque temps à la vente des légumes. Ou avez-vous l'intention de rassembler toute une compagnie ?

— Combien vous en faut-il ? répliqua Soriano.

— Ces trente-trois sujets me suffiraient pour commencer. Les cœurs sont en bonne forme, les gars ont subi l'ensemble des tests avec cran.

Soriano répondit d'un signe de tête, décrocha le téléphone et appela Catane, Messine, Naples. Nardo attendit la fin des conversations, puis il tendit une liste à Soriano.

— Le docteur Volkmar a prévu quatre patients pour une transplantation, dit-il. D'après les travaux de laboratoire comparatifs, nous avons aussi les cœurs pour ceux-ci.

— Quatre, dites-vous ? lança Soriano en élevant ses sourcils. Nous avons ici onze malades !

— Le docteur Volkmar estime que pour sept d'entre eux, une transplantation ne s'impose pas.

— Je vais éclaircir cette question ! — Soriano se leva : — Parlez aux malades, Pietro, et promettez-leur qu'ils seront tirés d'affaire.

Ce n'est pas admissible, se dit-il en retournant dans sa voiture à Solunto. Il faut expliquer clairement à Enrico qu'on ne peut pas envoyer simplement au diable quatorze millions. Comment en prendre la responsabilité à l'égard de la Société ?

Achmed ibn Thaleb avait subi l'implantation totale de manière satisfaisante. Le jeune cœur du pêcheur inconnu battait vigoureusement dans sa poitrine, sa pression sanguine était presque normale et le rythme de ses battements, dont le graphique était donné par des appareils, ne laissait rien à désirer. Thaleb restait relié à quelques ampoules de sérum, sa poitrine était barrée de fils électriques et d'électrodes que l'on avait mis en relation avec toutes sortes d'instruments. Désirait-on le voir, il fallait traverser deux cellules stériles, être balayé de rayons, vaporisé avec des désinfectants, changer de vêtements pour pénétrer enfin dans la réanimation pur de tout germe. Au début de la convalescence, un masque respiratoire avait été de rigueur.

Louis Wasansky était mort au Cap. Au bout de dix-huit jours de combat, le professeur Barnard avait dû capituler devant une congestion pulmonaire. Il s'était fourvoyé dans ce cercle diabolique : d'une part, il fallait bourrer Wasansky de drogues qui empêchaient une réaction de rejet (immunité) du cœur, d'autre part, on retirait à ce corps, de ce fait, toute possibilité de défense contre les plus simples infections. Un combat sans espoir prenait fin.

Maître Soriano parut fort soucieux lorsque l'on vit sur l'écran de télévision le professeur Barnard quitter, épuisé, les yeux entourés de larges cernes, le Groote Schuur Hospital et avouer au reporter de la télévision : « Nous avons épuisé toutes les possibilités. Aucune force humaine ne pouvait le secourir… »

Mais lorsqu'on lui demanda : Voulez-vous encore transplanter des cœurs ? Barnard avait répondu nettement : Oui !

Volkmar vit aussi cette émission dans ses appartements privés. Loretta était de nouveau auprès de lui dans un déshabillé de rêve en soie jaune si diaphane que son corps radieux semblait enveloppé d'un voile. Elle était étendue sur un lit de repos, la tête sur ses genoux, caressant sa poitrine velue tandis que sur l'écran le professeur Barnard refusait de répondre à d'autres questions des reporters et rejoignait sa voiture d'un pas rapide.

— Noël est dans deux jours, dit-elle en déposant un baiser sur les mains de Volkmar qui passaient sur ses yeux dans un geste caressant.

— Ne me le rappelle pas !

— Je sais ce que papa t'offrira !

— Dix cardiaques. Ils sont déjà hospitalisés.

— Non, un grand yacht à voiles qui arrivera demain en provenance directe des chantiers.

— Un yacht à voiles pour moi ? C'est une dérision !

— Avec quatre hommes d'équipage.

— Tiens ! Ce sont quatre geôliers chargés de nous empêcher de prendre le large vers la liberté !

Il se dégagea de l'étreinte de Loretta, alla vers l'écran de télévision, tourna le bouton et resta en contemplation devant la grande porte-fenêtre de la terrasse. C'était une nuit glaciale pour la Sicile. Une vague de froid venue de l'est passait sur la Méditerranée. Il avait même neigé sur les montagnes de Monti Erei. Depuis trois jours, des camions militaires apportaient aux montagnards de l'eau et des vivres. Les chemins étaient couvert de verglas, les conduites d'eau gelaient.

— Il faut nous en aller, Loretta, dit-il tout bas. Tu peux seule nous secourir encore ! La surveillance qui m'entoure est parfaite. Une seule sortie m'est possible : d'ici à la clinique et retour, avec, bien entendu, dans mon dos deux aimables escorteurs !

— Où veux-tu aller ? reprit-elle. En Allemagne ? Tu es mort, là-bas.

— On comprendra vite que je suis vivant.

— Et puis ? — Elle était venue se placer derrière lui et l'étreignait des deux bras ; il sentait le contact de ses seins dans son dos et comprit qu'il ne pourrait jamais se séparer de cette femme. — Il n'est pas si facile de ressusciter d'entre les morts, dit-elle. Et surtout, la police t'interrogera.

— Naturellement, j'ai beaucoup à lui dire.

— Tu veux que j'anéantisse mon père ?

— Il est le chef de la Maffia, Loretta.

— Mais il reste mon père. Tu ne peux pas me demander cela, Enrico !

— Mais tu es capable de supporter que je transplante secrètement des cœurs pour la Maffia ? Deux millions de dollars pour un cœur ! Et encore, c'est un prix d'ami ! Tu peux vivre avec ça ? — Il se retourna vivement et la serra contre lui. Elle noua ses bras autour de son cou dans un élan de don total.

— Je t'aime, dit-il d'une voix enrouée, mais ça ne peut pas continuer...

— Nous ne pouvons pas non plus trahir papa. Enrico, le lieu où tu opères a-t-il de l'importance ? Que ce soit à Munich, New York, Londres ou Paris ? Ce sont des malades qui ont besoin que tu les secoures. Songe que tu es seul à pouvoir les sauver !

— Ils sont pour ton père une marchandise, rien de plus. Il fait des affaires avec eux, cœur contre pactole !... c'est effroyable... — Il la serra plus fort et enfouit son visage dans sa longue chevelure noire. — Il faut que je sorte d'ici, Loretta, dit-il dans une sorte de gémissement. Le monde est assez grand pour nous !

— Papa nous retrouvera partout. Naturellement, nous pouvons nous enfuir, mais ce serait une fuite sans fin. Nulle part, nous n'aurons la paix ! Jamais !

— Je m'installerai comme médecin de campagne Dieu sait où...

— Ça te suffit ? Toi, dont les mains sont bénies ? Toi qui es le premier à échanger deux cœurs ?

— J'aspire au repos, Loretta. La paix et ton amour... lui seul vaut une vie !

— Essayons, Enrico.

Et elle l'entraîna comme un enfant vers la chambre à coucher, l'attira à son côté et couvrit de baisers ses yeux, ses lèvres, son front. C'était une tendresse où l'on pouvait se réfugier comme une bête mourante dans une caverne.

Ses caresses l'apaisèrent.

Il se laissa aller, se détendit, ferma les yeux, respira plus profondément.

Loretta se pencha vers lui. Ses paupières vibraient et sa bouche avait des crispations.

— J'essaierai tout, dit-elle, tout, tu ne sais pas combien je t'aime.

— Merci..., répondit-il.

Sa voix semblait lointaine, mais il l'avait entendue, il était heureux.

Le lendemain, ce fut tout autre chose.

Le docteur Nardo téléphona de la clinique. Les malades aussi avaient suivi le reportage du Cap et se montraient inquiets. Wasansky était mort. Cette première transplantation se terminait sur un échec de la chirurgie. Est-ce que ces tribulations se répéteraient ici ? Ou y serait-on plus capable de succès qu'au Cap ? Avait-on de meilleurs chirurgiens que le professeur Barnard ? Était-on déjà condamné lorsqu'on vous roulait vers la salle d'opération ? En ce cas, on aurait effeuillé dans le vent, pour un cœur hypothétique, deux millions de dollars !

Le docteur Nardo, allant de chambre en chambre, essayait de rassurer les malades en leur montrant des photos d'Achmed ibn Thaleb, assis dans son lit en train de déjeuner gaiement et même on avait pris une bande magnétique de sa voix que le docteur Nardo mettait sur une machine dans les chambres des malades en attente : Thaleb disait sur un ton joyeux que son nouveau cœur était merveilleux et qu'il se sentait rajeuni de trente ans. Voyez, ajoutait-il, c'est à peine si je parvenais à articuler quelques mots sans étouffer, maintenant vous entendez ? Je suis si heureux que j'en pleurerais de joie !

Mais cette bande enregistrée ne convainquait qu'à demi ; le reportage du Cap était plus crédible, hélas ! Wasansky mort existait vraiment et personne n'avait vu Thaleb, le ressuscité, encore confiné dans ses pièces stériles et couvert d'électrodes.

— A vous de les convaincre, Chef ! lança le docteur

Nardo au téléphone. Si vous réussissez de nouvelles transplantations… l'instant est propice : il y a à Palerme un accidenté de la route qui s'accorderait aux « tissus » de Basil Hodscha.

Basil Hodscha était le patient n° 6 sur la liste, un richissime homme d'affaires venu de Lyon avec un défaut irréparable de la valvule du cœur qui ne permettait à cet homme massif que des gestes ralentis. Les agents de Soriano l'avaient interpellé au Cap et amené aussitôt à Camporeale après le refus d'opérer du professeur Barnard. La particularité de Basil Hodscha, un Arménien, était qu'il offrait trois millions de dollars au lieu de deux contre un cœur neuf. Soriano n'en avait encaissé que deux, le troisième devait être versé comme « prime de succès ».

— Il sera pour toi, Enrico, avait-il dit à Volkmar, un million « noir » sur un compte suisse !

— Il y pourrira ! avait répondu Volkmar. Ou serait-il possible que je retourne jamais en Suisse ?

— Pourquoi pas ? Lorsque vous serez mariés… Lorsque tu te seras enfin habitué à moi…

— C'est donc qu'il « pourrira » tout de même !

On en resta là, quant à cette question. Cependant Hodscha, qui se trouvait dans la chambre 6, subissait un traitement qui devait soutenir son cœur en attendant une transplantation. Volkmar l'examina et conclut que Basil ne devait pas subir d'opération. Non seulement son cœur était fortement détérioré, mais son système veineux se révéla dans un état déplorable étant fortement encrassé de cholestérol : un cœur neuf ne résoudrait le problème qu'à demi.

— Il n'existe encore aucun moyen de nettoyer les vaisseaux comme on débarrasse les conduites d'eau de leurs accumulations de calcaire, dit Volkmar à Soriano et à Nardo. Je déconseille une opération pour Basil Hodscha.

On n'en parla plus. Inutile de discuter avec le docteur Volkmar, mais Nardo plaça Hodscha comme n° 2 sur la liste et rechercha dans le lot des trente-trois « légionnaires »en attente en haut du bâtiment II, les hommes dont les tests pouvaient convenir. Il y en avait deux : un ouvrier agricole de Mascalucia, près de Catane, et un électricien de Caserte, près de Naples. Tous deux étaient âgés de vingt-deux ans, grands, solides et possédaient un cœur d'un modèle exemplaire.

— Je n'opérerai pas avant Noël, avait dit le docteur Volkmar au téléphone. Et surtout pas Basil Hodscha ! Mais j'irai voir les malades. Est-ce que Thaleb a appris la mort de Wasansky ?

— Non, faut-il le lui dire ?

— Pas encore, il n'est pas sorti du stade critique.

A la clinique, Volkmar avait fort à faire pour rassurer les opérés en attente. Le plus souvent, les conversations se passaient en anglais, mais Basil Hodscha ne parlait que l'arménien et le français.

Cependant, Volkmar disait franchement aux candidats à la transplantation : Je ne peux rien vous promettre et si vous estimez trop grand le risque que vous courez, je serais le dernier à vous empêcher de rentrer chez vous. Une transplantation telle que je la pratique comprend toujours le plus grand risque médical. Et je vous le répète, il n'y a pas de garantie, il n'y a que la foi dans la réussite...

— Vous appelez ça « rassurer » les malades ? dit plus tard le docteur Nardo à son collègue d'une voix aigre-douce.

— Je ne peux pas mentir !

Achmed ibn Thaleb était en bonne voie de guérison. Sur les écrans où s'inscrivaient ses diverses fonctions corporelles, tout était net. Après une première montée de température qui signalait la réaction de rejet et que l'on combattit aussitôt avec des injections de corticostéroïdes, la nature de Thaleb parut s'habituer au nouveau cœur qui pompait énergiquement son sang dans son système circulatoire. Son état général s'améliora visiblement. Lorsque Volkmar s'approchait de son lit, il prenait sa main dans les siennes et la retenait tant que Volkmar lui parlait. Parfois même il semblait vouloir la baiser.

— Nous n'avons pas encore gagné, M. Thaleb, disait

Volkmar. La grande épreuve vous la subirez en quittant votre lit si vous le pouvez, lorsque vous aurez la permission de marcher, lorsque je vous retirerai du milieu parfaitement stérile où vous vivez présentement, pour vous laisser pénétrer dans une liberté souillée de bactéries ! Je ne sais ce qui arrivera *alors*. Car alors seulement, nous saurons que votre cœur est capable de tenir le coup et qu'il vous faudra absorber des médicaments toute votre vie. Quant à savoir si vous survivrez à une infection purulente des amygdales, on le saura sous peu. Telle est la situation, M. Thaleb.

— Je me défendrai de toute contagion, Docteur !

— Comment ? Prétendez-vous vivre dans une housse de plastique ? Ne respirer que par un filtre ?

— C'est donc si grave ? demanda Thaleb à mi-voix en regardant Volkmar de ses yeux de biche qui mendiaient une bonne parole.

— Nous essaierons d'entretenir dans votre corps une certaine forme de défense qui ne nuira pas au viscère transplanté. Nous ne pouvons qu'attendre et avoir toujours le courage nécessaire.

— Je l'ai, docteur ! Allah vous protège !

Dans le bâtiment III, la révolte avait éclaté. Derrière les fenêtres murées, les candidats à la Légion étrangère se rebellaient, tentaient de défoncer les portes, braillaient des injures. Comme nul ne leur répondait, ils arrachèrent les lavabos et les tuyauteries provoquant dans leur prison une inondation monstre. Les triques en caoutchouc des gardiens y mirent bon ordre.

Cependant, on approchait de la veille de Noël qui fut célébré chez Soriano selon le rite qu'il avait institué. D'abord il y eut distribution de cadeaux au personnel ; à sa tête se trouvait Reginald Worthlow qui reçut une montre-bracelet automatique en or. On ne voyait pas de l'extérieur que c'était en réalité un petit émetteur, une « punaise » comme disent les gangsters dans leur jargon. Comme Volkmar chaque fois qu'il avait quelque chose de particulier à dire brouillait sa voix avec la radio ou des disques, afin que les microphones dissimulés dans ses appartements ne captent pas ses paroles,

Worthlow devait se trouver désormais à portée de ses paroles murmurées. Un don funeste, en quelque sorte, car il était désormais impossible aussi à Worthlow de parler à Volkmar de la même manière qu'auparavant.

Le voilier venait d'arriver. Il avait jeté l'ancre à une centaine de mètres de la côte et hissé ses pavillons dans la nuit de Noël en se couvrant de lumières. Soriano, en smoking de soie noire, les bras chargés de roses rouges dont chacune des tiges portait une papillote enveloppant un bijou — cadeau de rêve —, s'en vint trouver Volkmar chez lui en feignant la désinvolture d'un hôte généreux doublé d'un futur beau-père qui manifeste une honnête gaieté de jour de fête.

Worthlow avait mis la table. Loretta était depuis trois heures auprès de Volkmar, éclatante dans une robe du soir d'un rouge profond au décolleté vertigineux. Sur ses épaules, elle avait jeté une cape de chinchilla. Dans sa chevelure noire, sa coiffeuse, qui venait chaque jour, avait mêlé des petites fleurs d'or.

— Tu viens d'une autre planète, avait dit Volkmar à mi-voix lorsqu'elle entra chez lui. Je n'ose pas te toucher !

— Embrasse-moi ! avait-elle répondu en tendant sa tête en avant. Embrasse-moi bien vite ! Il faut que tu sentes combien je suis une créature terrestre !

Alors Worthlow avait battu en retraite dans le hall d'entrée, sa montre-bracelet ne devait pas *tout transmettre !*

— Notre premier Noël ensemble ! remarqua Soriano d'une voix émue.

Et notre dernier ! pensa Volkmar. Il sentait la main de Loretta qui cherchait à saisir la sienne. Il la prit et l'attira à lui. Soriano s'en aperçut et eut le sourire d'un père bienveillant.

— Je crois que l'instant est venu de te remercier, Enrico...

— Un instant, Don Eugenio ! l'interrompit Volkmar.

Il sentait les ongles de Loretta pénétrer les chairs de sa paume. Non... je t'en prie... non... pas maintenant, le soir de Noël... Laisse-le parler, qu'importe ! disaient ses doigts.

— Je sais ce que tu vas dire..., reprit Soriano en secouant lentement la tête. Nous nous affronterons toujours... mais Loretta t'aime, vous serez bientôt mariés et tu seras pour moi un fils. Qui m'empêchera de penser ainsi ? Mais ce n'est pas seulement cela que je voulais te dire aujourd'hui : tu as réalisé un prodige en médecine qui ne fut possible que grâce à moi ! Ce grand événement nous soude ensemble à jamais !

— Faut-il vraiment que j'écoute de tels propos ? dit Volkmar durement.

— Non ! — Soriano eut un geste tranchant. — C'est déjà terminé ! Tu devrais pourtant savoir que pour moi aussi il existe des choses qui peuvent me bouleverser. — Il passa devant Loretta et Volkmar et s'en fut sur la terrasse où il ouvrit les bras en contemplant la mer comme s'il voulait dire : le monde entier m'appartient ! — Viens ! s'écria-t-il. Viens voir mon cadeau pour toi et Loretta !

Volkmar resta un moment accoudé, silencieux, à la balustrade de la terrasse, le regard fixé sur le voilier blanc tout illuminé sur la mer nocturne. C'était pour lui une vision irréelle. Mon yacht, pensait-il. Le petit chirurgien de Munich possède un voilier qui a bien coûté un million de dollars... ou mieux : la moitié d'un cœur ! Et pourquoi en est-il devenu le propriétaire ? A-t-il travaillé à en crever, ou a-t-il fait un héritage ? Non, il aime la fille d'un « boss » de la Maffia, étant lui-même chef d'une clinique de la Maffia, où l'on échange des cœurs vivants comme des moteurs de voitures.

— Jamais je ne monterai à son bord, dit-il d'une voix oppressée, mais tout de même merci, Don Eugenio... Combien d'hommes d'équipage ?

— Six.

— Parfait ! Assez pour empêcher un homme de choisir la liberté.

Il eut un rire amer, se détourna pour regagner le salon. Loretta retint son père par la manche de son smoking de soie lorsqu'il voulut suivre Volkmar.

— Je l'aime ! dit-elle à voix basse mais sur un ton menaçant qu'il n'avait encore jamais entendu. Le mal que tu lui feras me frappera moi aussi...

— Ma petite chérie ! — Soriano mit la gerbe de roses dans les bras de sa fille et voulut l'embrasser. Elle rejeta la tête en arrière et recula d'un pas. Il la regarda effaré.
— Mon ange..., dit-il dans un souffle.

— Je voudrais pouvoir te détester ! — Elle jeta les roses aux papillotes précieuses sur une chaise de jardin, comme un déchet. — Mais tu es mon père ! Je ne sais pas comment concilier cela !

— Loretta ! dit Soriano saisi. Comment peux-tu avoir de telles pensées ? Tu veux détester ton père ?

Il se tut brusquement. Worthlow venait de paraître sur la terrasse et s'inclinait légèrement.

— Vous êtes servi, Sir.

— Nous venons tout de suite. Où est le docteur ?

— Au bar, où il boit de la vodka pure, ce que je lui ai pourtant déconseillé.

Worthlow s'inclina de nouveau et retourna dans la maison. Soriano offrit son bras à sa fille, mais elle feignit de ne pas voir son geste.

— Si tu désires encore quelque chose, dit-il d'une voix rauque, tu sais que je puis satisfaire tous tes désirs, petit ange !

— Permets que nous partions, Enrico et moi, pour l'Amérique ou pour Londres, ou encore pour l'Australie... loin, bien loin. Libère-le, seulement !

— C'est le seul de tes vœux que je ne puisse satisfaire. — Soriano baissa les yeux. Soudain, il avait pris l'aspect d'un très vieil homme. — Même si je le voulais... ce n'est plus possible : je ne suis pas seul à décider de son sort.

Quatre jours après, le 29 décembre, le docteur Volkmar dut opérer de nouveau. Personne ne l'y força, mais l'état de Basil Hodscha ne lui permettait plus de choisir.

Si le malade pouvait être sauvé, il fallait agir immédiatement. Dans la clinique, le docteur Nardo avait une fois de plus tout préparé à la perfection. La seconde chambre d'isolation avait été rendue stérile et même le nouveau cœur était déjà prêt. Le docteur Nardo avait choisi celui du jeune électricien de Caserte. Ses protéines étaient les plus « compatibles » dans le test de tolérance.

L'électricien se montra enchanté d'être le premier, parmi ses trente-trois camarades, à prendre le chemin des casernes de la Légion en Corse ! Il fit ses adieux à tous et serra les mains qui se tendaient vers lui.

— Vous me suivrez certainement bientôt ! dit-il heureux. Il faut du temps pour tout. A bientôt ! A bientôt !

Un médecin l'accueillit dans l'ascenseur qui le descendait au sous-sol.

— Encore un examen ? demanda l'électricien de Caserte.

— Seulement une injection contre la diphtérie. — Le jeune médecin souriait gentiment. — Et puis...

— Et puis le grand large !

— Vous l'avez dit : le grand large !

Ils rirent tous deux bruyamment, tandis que l'ascenseur plongeait vers les caves dont un jeune cœur ne pouvait ressortir que dans un autre corps.

Peu avant l'opération, il y eut encore un retard déplaisant. Soudain, le docteur Volkmar exigea de voir le consentement écrit de la famille de l'accidenté, dont le cœur serait transplanté.

Mais il n'existait rien que maître Soriano n'eût prévu. Au nombre de ces prévisions, il y avait aussi depuis l'existence de l'effroyable banque du cœur, des témoignages préparés à l'avance, auxquels on n'avait qu'à ajouter des noms. Imiter les signatures tremblées des père et mère n'était qu'un détail dont s'acquittait le plus souvent Soriano lui-même.

— Et puis il y a plus, maître Soriano, disait le docteur Nardo au téléphone. — Basil Hodscha était prêt à être opéré, l'électricien de Caserte avait reçu son injection et s'était effondré. A présent, il était préparé pour l'ablation du cœur. — Le docteur Volkmar veut parler aux parents en personne !

— Parler aux parents ? Le « document » ne lui suffit pas ?

— Non. Et la situation devient critique s'il veut examiner lui-même le donneur, alors nous serons obligés de provoquer un accident !

— Je vais lui livrer les parents, dit Soriano d'une voix glaciale. Quand veut-il les voir ?

— Dans une heure. « Avant l'opération », a-t-il dit. Mais nous commencerons dans une heure à peu près !

— C'est possible !

Soriano raccrocha. Nardo fixa le récepteur avec effroi avant de le replacer sur sa fourche.

Avec Don Eugenio, tout était possible : un cœur neuf, un couple de vieux parents qui vendaient le cœur de leur fils, un document qui couvrait juridiquement l'horreur qui se perpétrait dans ce sous-sol.

Il advint ainsi qu'une grande voiture très belle et très chère s'arrêta devant la masure d'un couple de vieux paysans un quart d'heure plus tard. Il ne fut pas trop difficile pour Benjamino Tartazzi, remplaçant du défunt Gallezzo, d'expliquer à ces humbles montagnards qu'il y avait 400 000 lires à gagner s'ils pleuraient publiquement un fils mort d'accident récemment, après quoi ils apposeraient leurs signatures sur une pièce officielle dans l'étude d'un notaire.

Tout se passa ainsi, une heure plus tard, dans le secrétariat du home d'enfants à Camporeale où maître Soriano, revêtu de sa nouvelle dignité de notaire, présida la séance qui débuta par des cris et des lamentations siciliennes de la part des pseudo-parents, et se termina par les signatures maladroites des deux vieux paysans.

Volkmar, qui n'avait posé que quelques brèves questions au père et à la mère de son *donneur,* parut apaisé enfin et quitta aussitôt le secrétariat. Il croyait sincèrement au deuil des deux vieux, ignorant sans doute à quel point la comédie du désespoir est un jeu facile et presque naturel aux individus de leur race.

Le brave ménage Alvio, habitant aux environs du village de San Cipirello, disparut à compter de ce jour.

Les meilleurs détectives ne les auraient pas retrouvés, car qui eût pu supposer la moindre relation entre deux petits vieux campagnards et les lions, les crocodiles de Soriano ?

La transplantation du cœur selon la nouvelle méthode du docteur Volkmar réussit également techniquement pour Basil Hodscha. Mais lorsqu'on eut ouvert le thorax et que l'on sutura les prothèses en téflon entre les gros vaisseaux, il s'avéra que Volkmar avait vu juste : le système circulatoire de Basil était fort endommagé par des années d'une vie gastronomique par trop généreuse. Les vaisseaux se trouvaient rétrécis par des couches de cholestérol et le flot sanguin s'écoulait avec difficulté.

— Il n'y a pas grand-chose à faire ! déclara Volkmar à la fin de l'opération. Le voilà pourvu d'une nouvelle pompe, mais s'il bouffe et boit comme par le passé, son cœur sera bientôt à jeter au fond du seau à débris !

Cette fois, maître Soriano ne se trouvait pas dans la salle de réunion des médecins devant l'écran de télévision afin d'applaudir avec enthousiasme les succès obtenus. Il était à Palerme dans son cabinet d'avocat où le Grand Conseil s'était réuni en séance extraordinaire. Le premier bilan de la nouvelle clinique était remarquable et cela un mois seulement après l'ouverture de ce centre : deux transplantations cardiaques réussies, deux millions, puis trois millions de dollars, huit « receveurs » sur la liste d'attente se trouvaient déjà à Camporeale, chacun ayant versé deux millions de dollars. Cela constituait un capital de vingt et un millions de dollars. Les frais, en revanche, étaient peu importants. Les honoraires des médecins, des infirmiers et les frais techniques donnaient des colonnes de chiffres ridicules en regard des sommes encaissées. Le docteur Volkmar travaillait même gratuitement.

— « Gratuitement », c'est exagéré, remarqua Soriano sarcastique lorsqu'on toucha à cette question. Il me coûte ma fille ! Bien, je me suis résigné à avoir un gendre allemand ; il m'est assez sympathique, mais j'avais d'autres projets pour Loretta. Enfin, si Enrico opère tous les huit jours, il rapportera plus de capital que le meilleur parti ! Vous voyez... — Il jeta un regard à la ronde sur le Grand Conseil composé des chefs de diverses familles, de tous ces visages qui lui étaient connus depuis des années. — Je ne suis pas « fantasque » comme vous l'avez toujours dit de moi ! L'entreprise secrète la plus énorme est mise solidement sur pied ! Je ne crois pas qu'il y ait beaucoup d'institutions rapportant par mois huit millions de dollars ! Je pense, chers amis, que nous devons être satisfaits.

Le docteur Volkmar aussi se disait satisfait de son premier opéré, Thaleb. Le Libanais, fou de joie, se déplaçait librement depuis trois jours. Il avait quitté sa chambre stérile et les « écluses » pour une belle chambre de malade. Il goûtait sa guérison comme une vie nouvelle. Les contrôles qu'il subissait chaque jour témoignaient que les indices de rejet étaient stoppés. Thaleb n'avait pas de température, les médicaments annihilaient toute réaction d'immunité.

— C'est une question d'équilibre, M. Thaleb, lui dit un jour Volkmar. Vous aurez à vous en préoccuper chaque jour : tenir en respect la défense naturelle de votre corps contre l'implant et la lutte contre les infections provenant de l'extérieur et contre lesquelles votre corps n'a plus les moyens de se défendre.

Volkmar quitta Thaleb peu après et ôta dans l'antichambre son vêtement stérile de teinte verte. Il s'en étonnera sûrement, pensait-il. Il vit encore sous une cloche de verre totalement protégé de l'atmosphère générale, ses problèmes commenceront lorsqu'il se retrouvera parmi ses semblables, à « l'air libre » comme on dit, qui est un épais brouet de bactéries et de virus. Ça commencera lorsqu'il se retrouvera au lit avec une femme dont les lèvres amoureuses déposeront sur lui des millions de microbes pathogènes tandis que sa sueur le plongera dans une mer de bactéries. Tout ce qu'il touchera sera souillé dans le sens médical. Son corps ne cessera de se défendre.

Est-ce une vie souhaitable ?

La peur constante qu'une toux normale signifie un

arrêt de mort. Un rhume ? Une bronchite ? Allez chercher le prêtre ! Une telle vie mérite-t-elle qu'on la vive ?

Le 29 mars fut un radieux jour de printemps. Les mimosas qui, après un hiver sévère, avaient fleuri tardivement, se mêlaient aux camélias. La Sicile s'étendait sous un ciel de soie bleue. Les étrangers affluaient vers les centres de tourisme. Achmed ibn Thaleb avait été rendu à la liberté, bien portant, avec un cœur qui battait vigoureusement. Il avait plusieurs fois écrit de Beyrouth. Pas trace d'infection. Sa troisième femme était enceinte, phénomène qui valait à lui seul un million. Thaleb avant sa transplantation n'eût pas survécu à une nuit d'amour. A présent, il se retrouvait presque comme en ses jeunes années et pouvait satisfaire ses quatre femmes au tempérament brûlant. Preuve que les prothèses en téflon s'étaient intégrées à son système circulatoire. « Je crois que nous tenons le bon bout ! », avait dit Volkmar.

Quant à Basil Hodscha, il était retourné à Paris, moins vivace que Thaleb mais considérablement mieux en comparaison du passé. Il avait payé le million de dollars promis en cas de succès. « Je sais bien que ma circulation est restée défectueuse, disait-il, mais ne durerais-je qu'un an, cela en vaut la peine. »

Dans la clinique de Camporeale vivaient à présent, isolés les uns des autres, onze patients au cœur neuf et, dans le bâtiment III de l'étage supérieur, une vingtaine de solides jeunes hommes qui s'étiolaient, abrutis par les stupéfiants. S'il leur arrivait de se révolter tout de même, on les « calmait », selon l'euphémisme hardi du docteur Nardo, en instillant un gaz inodore et sans nocivité par le système d'aération des salles où ils se trouvaient. Alors les donneurs restaient affalés sur leurs lits, paralysés pour des heures ou des jours, mangeant et buvant comme des automates. Leur seule consolation était de voir l'un d'eux être cherché afin de partir pour la Corse. Les choses avançaient, bien que lentement, et le docteur Nardo expliquait cette lenteur par l'inguérissable incurie de la bureaucratie française qui n'en finissait pas de faire des recherches et de demander des explications écrites.

Ce 29 mars, Loretta téléphona à la clinique peu avant la visite qui avait lieu avant le déjeuner. Volkmar était assis dans son bureau et examinait les dernières radios de ses transplantations. Il regarda le téléphone qui sonnait, avec quelque crainte, car, depuis sa dixième opération, il redoutait de décrocher l'écouteur. Jusqu'alors ses émotions avaient été sans raison, il ne s'agissait que de détails, plusieurs fois il avait entendu la voix paternelle de Soriano qui lui annonçait, par exemple : Enrico, j'apprends que dans le port un jeune débardeur a été écrasé par une caisse... il vit encore et on le fait respirer artificiellement. Nous pourrions l'utiliser...

Oui, il disait *utiliser* et c'était exact, car ces appels atteignaient Volkmar lorsque le « team » du docteur Nardo avait prouvé la compatibilité protéinique entre un cardiaque en attente et un « donneur » de la banque du cœur.

Sans le moindre soupçon cette fois-là encore, Volkmar avait profité de l'occasion, il avait opéré !

Il prit l'écouteur et entendit la voix de Loretta. Une voix frémissante, chuchotée comme si elle allait être assaillie par un danger imminent. « Ma chérie, dit-il, que se passe-t-il ? »

Loretta et lui vivaient à présent comme un couple marié. Elle s'était installée chez lui et Soriano avait avalé la pilule. Mieux : Soriano avait renoncé à Worthlow pour le prêter aux jeunes gens comme serviteur de base et troisième œil de Don Eugenio. L'émetteur placé dans la montre-bracelet de Worthlow fonctionnait parfaitement. Mais Soriano avait oublié que Worthlow pouvait l'arrêter, lorsqu'il parlait avec Loretta et Volkmar. Il pensait que si l'émetteur se taisait et que la bande magnétique restait vierge, cela signifiait que Worthlow était seul.

— Je suis à Palerme, Enrico, dit Loretta très vite, dans une cabine téléphonique. Le moment est venu... Nous pouvons prendre à 19 heures le vol Catane-

Francfort : j'ai les billets. Giuseppe est au bar où il boit un apéritif. J'ai été aux toilettes pour téléphoner d'ici à Catane, les billets d'avion sont prêts. Je viens te chercher dans deux heures. Giuseppe seul nous accompagnera !

Volkmar regardait fixement le mur en face de lui. Giuseppe, pensait-il. De taille moyenne, bien entraîné et, pour une attaque par surprise, aucun problème. Seulement, il ne devait pas se servir du pistolet suspendu dans sa gaine qu'il portait en bandoulière ; en ce cas, il aurait été imbattable. Jamais encore Volkmar n'avait vu un homme tirer avec autant de précision et si vite que Giuseppe, talent dont il lui arrivait de faire la démonstration le soir, pendant le retour vers Solunto. Giuseppe abattait alors de main de maître un lièvre fuyant en travers de la route.

— M'entends-tu, Enrico ? s'écria Loretta comme si elle allait être prise. Pourquoi ne dis-tu rien ? Je suis obligée de raccrocher, autrement je me fais remarquer ! J'ai les billets d'avion !

— Francfort ! C'est très joli, mais je n'ai pas de passeport. Sans passeport, nous ne franchirons pas les contrôles.

— Mon Dieu, je n'y ai pas pensé ! Que dois-je faire ?

— Rends les billets et prenons un vol pour Rome ! A Rome, nous louerons une voiture et nous tenterons de passer illégalement la frontière quelque part... — On frappa à la porte. Volkmar tint sa main par-dessus le récepteur. — Quelqu'un vient, murmura-t-il... Terminé...

— Chéri...

Il raccrocha vivement et cria : Entrez ! C'était un nouveau médecin, très jeune, qui entra dans son bureau, l'air assez affolé. Volkmar ne le connaissait que depuis la veille. Le docteur Nardo l'avait placé en considération de sa politique personnelle dans l'équipe chargée de l'immunologie. Ce jeune homme avait la meilleure qualification : son père était l'un des hommes marquants de la « famille » de Syracuse.

— Le docteur Nardo est absent, dit-il un peu désemparé. Je suis chargé de la surveillance, mais je ne suis pas au courant de tout : ils sont tout à coup devenus nerveux et se comportent comme des fous...

— Mais c'est impossible !

Volkmar se leva d'un bond et appuya sur le bouton de contrôle à distance assurée par la télévision. Ce qui se passait dans la première chambre parut sur l'écran. Le patient, entouré de tuyaux de caoutchouc et d'électrodes, était tranquillement étendu sur son lit tandis qu'un infirmier en blouse blanche changeait l'ampoule d'un goutte-à-goutte. Volkmar appuya sur d'autres boutons qui montrèrent dans les autres chambres de malades un spectacle tout aussi paisible. Les trois autres malades déjeunaient.

— Qu'avez-vous donc vu ? demanda Volkmar.

— Ce n'étaient pas les malades ! lança le jeune médecin. Mais les autres.

— Quels autres ?

— Les donneurs de cœurs.

— Qui, dites-vous ?

— Les hommes du bâtiment III. — Le jeune médecin, désemparé, regardait son chef. — J'ai aussi alerté le docteur Crichi, il dit qu'il s'agit d'une sorte de gaz... mais qu'il ne connaît rien à la question. Il a couru au plus pressé, alors j'ai pensé que vous, Monsieur le Médecin-Chef... ne serait-ce qu'à cause de ce gaz...

Le docteur Volkmar eut l'impression que tout son corps se glaçait. Il avait même soudain de la peine à s'exprimer.

— Quel gaz ? dit-il lentement.

— Comme calmant. Mais je ne sais pas...

Le jeune médecin se tut. Le changement qui bouleversait le visage de son chef l'effrayait visiblement. Volkmar avait pâli.

— Je... vais m'en occuper ! — Il contourna sa grande table à écrire d'un pas d'automate. Puis subitement il se jeta sur le jeune médecin et le secoua par les revers de sa blouse. — Où est-ce ? cria Volkmar. Où et qui ?

— Les hommes du bloc III, bégaya le jeune assistant, notre banque du cœur.

— Conduisez-moi ! Tout de suite ! Tout de suite ! rugit Volkmar.

Il retourna le médecin comme un mannequin et le poussa devant lui. Docile, le jeune « nouveau » ne se doutant de rien courut tout le long du couloir, tourna dans le hall central et ouvrit une porte que Volkmar n'avait jamais remarquée parce qu'elle portait sur une petite pancarte le mot « magasin » ; en dessous se trouvait un dessin amusant et coloré, une foule d'enfants chargés de ballons et de poupées.

Le jeune médecin ouvrit cette porte. Ils se trouvèrent dans une petite pièce au fond de laquelle il y avait la porte palière en acier d'un ascenseur. La cabine descendit rapidement après une légère pression sur un bouton, puis elle remonta tout aussi vite.

La partie condamnée de l'étage supérieur du bâtiment II était défendue par deux portes d'acier à deux épaisseurs dont les espaces entre les vantaux étaient emplis de sable. Elles avaient des serrures à levier telles qu'on en voyait autrefois dans les « bunkers » ou abris bétonnés pendant la dernière guerre mondiale. Avec une clef spéciale, le jeune médecin les ouvrit, poussa les battants et les rejeta ensuite derrière lui.

Ils se trouvaient dans un long vestibule aux murs nus. Un silence total les environnait. Le jeune médecin regarda son chef et haussa les épaules :

— Lorsque je suis parti, c'était l'enfer ici ! dit-il comme pour s'excuser, peut-être que le docteur Crichi a déjà...

Volkmar sentit un tremblement secouer tout son corps. — Crichi ! hurla-t-il dans le silence oppressant. Crichi ! où êtes-vous ?

— Il est certainement dans la chambre des machines, dit le jeune médecin.

— Porcs ! balbutia Volkmar, démons, assassins !

Le médecin se méprit sur le sens de ces paroles et passa une main sur son visage juvénile :

— Jusqu'à présent, le docteur Nardo a toujours lui-même... Le docteur Crichi ne sait pas non plus la dose... Mais je ne crois pas que quelque chose a pu se passer...

En nous expliquant ce que nous devions faire, le docteur Nardo nous a dit...

Volkmar poussa l'assistant de côté et se rua sur la première porte qu'il aperçut. Celle-ci aussi avait deux épaisseurs et se fermait par un levier que l'on manœuvrait à la main.

— N'ouvrez pas ! cria le médecin. — Il saisit Volkmar aux épaules et l'attira en arrière avant qu'il eût pu soulever et tourner le levier. — Chef ! vous allez être assommé. On vient d'insuffler le gaz !

— Ouvrez ! dit Volkmar d'une voix sourde. Ouvrez la porte ! Tout de suite ! Ou je vous défonce le crâne ! — Il serra les poings.

Le jeune médecin ne comprenait plus son chef. Il fit un petit signe de tête, tourna les talons et s'élança dans le long couloir. « Crichi ! criait-il. Expulse le gaz ! Aère les salles ! Le chef veut y entrer ! » Tout à fait au bout du couloir, la dernière porte s'ouvrit, le docteur Crichi parut et regarda Volkmar d'un air ébahi. Le jeune médecin s'arrêta et leva la tête comme pour écouter. Du plafond leur parvenait un léger ronronnement : un moteur bourdonnait.

— L'air frais ! dit le jeune médecin. Vous pourrez tout de suite entrer, Chef !

Il fallut attendre encore cinq minutes — une éternité pour Volkmar — jusqu'à ce que le docteur Crichi sorte de la chambre des machines, pâle, le visage parcouru de crispations, la tête enfoncée entre les épaules.

Une immense pièce sans fenêtres éclairée comme en plein jour. Sept lits dont on avait arraché et déchiqueté les matelas ; dans ce chaos entre des tables de chevet brisées et des armoires crevées, se trouvaient couchés ou assis, le regard morne, immobiles, comme paralysés, sept jeunes hommes qui ne levèrent pas la tête ; lorsque la porte s'ouvrit, ils ne virent pas Volkmar. Le gaz absorbé par leurs poumons avait rompu pour eux tout contact avec le monde qui les entourait.

— Ils vivent encore, constata le docteur Crichi soulagé. Mais quel vacarme ! Il faut dire que je ne connaissais pas la dose exacte... j'ai vu seulement une fois le docteur Nardo envoyer le gaz...

Volkmar ne répondit pas. Il se détourna et quitta sans un mot l'étage supérieur du bâtiment III. Avec l'ascenseur secret, il redescendit dans le hall central et s'en fut dans sa chambre. Là seulement il s'effondra sur le divan de cuir, se couvrit le visage des deux mains et comprit soudain qu'il peut y avoir dans la vie d'un homme des situations qui lui font désirer la mort. Mourir, sur place et ne plus être... Ce serait merveilleux. Quitter ce monde de meurtres et de mensonges. Qu'avait dit Sartre ? « L'enfer c'est les autres ! » Quelles paroles lénifiantes en comparaison de ce qui venait de lui être révélé !

Mourir, il n'y avait que cette issue. On ne pouvait pas vivre avec ce qu'il savait.

Loretta le trouva dans cet état, une heure plus tard. Il était encore étendu sur le divan, les mains appuyées sur le visage. Lorsque la porte se referma, il écarta les doigts et les tendit loin de lui :

— N'approche pas ! dit-il d'une voix enrouée. Surtout, ne t'approche pas, ne me touche pas, tu ne sais pas qui tu touches ! Loretta, va-t'en, je t'en prie !

Elle s'arrêta contre la table à écrire et s'appuya au rebord. Son visage devint blanc de peur :

— Que s'est-il passé ? demanda-t-elle, puis, bien qu'il l'eût repoussée, elle s'approcha : — Enrico, qu'as-tu ? Est-ce que... une opération se serait mal terminée ?

— Une opération ? Ne prononce jamais plus ce mot ! Jamais plus ! cria-t-il. Tu as les billets pour Rome ? C'est bien ! Pars tout de suite et va aussi loin que tu le pourras, te cacher dans le dernier recoin du monde là où on ne connaît pas ce nom : Soriano ! Tu as un passeport, va-t'en te tapir quelque part, change de nom et oublie, oublie bien vite tout ! Giuseppe, le garde du corps ? Ce n'est pas un problème, je sors et je le liquide tout simplement ! Un mort de plus, qu'importe ? Peut-être pourra-t-on *utiliser* son cœur ? Il y a ici quatre malades qui en attendent un tout neuf ! Où est Giuseppe ? Je vais te débarrasser de sa personne ! — Il recula devant Loretta lorsqu'elle voulut aller vers lui et étendit de nouveau ses bras. — Ne me touche pas ! Où est ton père ?

— A Palerme, balbutia Loretta avec un regard épouvanté à l'adresse de Volkmar. Il défend un voleur à la tire…

— Ah ! ça lui va ! ce brave avocat des pauvres ! Le défenseur de l'enfance ! le bienfaiteur des vieux ! Qui baise l'anneau des cardinaux et reçoit la bénédiction du Saint-Père ! Il peut sauver des condamnés à mort, mais en même temps il fait commerce de cœurs bien vivants ! Et jeunes ! qui n'ont pas plus de vingt-quatre ans ! Tout ça est réuni à Camporeale. Pour deux millions de dollars, vous aurez une nouvelle vie ! Et moi, idiot, je crois transplanter des cœurs d'accidentés, je n'ai rien deviné, je n'ai pas su voir que près de moi, dans la salle voisine, on assassinait avec dextérité ! Et je faisais signe d'apporter le cœur de remplacement et on le tirait, en effet, d'une poitrine sciée comme on tire une carotte de la terre. Quatorze assassinats ! Quatorze ! — Il s'adressa au mur et considéra Loretta de ses yeux exorbités : — As-tu compris ? Sais-tu enfin qui je suis ?

— Non, dit-elle, je sais seulement que je t'aime.

— Ton père est un meurtrier, Loretta.

Elle ferma les yeux et pencha la tête sur sa poitrine :

— Viens, dit-elle d'une toute petite voix, il faut nous en aller pour être à l'heure exacte à Catane.

— J'ai tué quatorze malheureux !

— Ce n'est pas toi !

— Que je l'aie su ou non, c'est sur mon ordre qu'on les a tués pour retirer leurs cœurs ! Loretta, prends le premier avion et enfuis-toi aussi loin que tu le pourras ! J'ai encore quelque chose à faire ici !

— Je reste avec toi ! dit-elle soudain d'une voix forte, précise, ou toi tu pars avec moi.

— Non !

— Enrico, tu n'y survivras pas ! Tu es seul ! Seul contre mon père et l'*Organisation !* Tu n'as aucune chance de leur échapper. Pas ici… Mais en Allemagne, tu pourras informer le monde entier…

— Qui me croira ? Qui ? A Camporeale, dans les

belles montagnes de Sicile, il y a un magnifique home d'enfants que le Saint-Père a béni ! Mais ce n'est qu'un leurre, car dans les caves se trouve la clinique la plus moderne où l'on opère de grands cardiaques ! Et tout au bout du même bâtiment III, on prépare trente-trois jeune hommes, comme un bétail de choix, destiné à la boucherie, car ce sont des *donneurs,* ceux qui seront sacrifiés pour que leur cœur puisse être transplanté à de richissimes malades... Et il y a l'idiot, le chirurgien allemand que la Maffia s'est approprié alors qu'il passait ses vacances en Sardaigne, cet idiot qui ne remarque rien, fait des transplantations selon une méthode toute nouvelle... Ah ! la *banque des cœurs* instituée par maître Soriano ! Et tu crois que l'on va ajouter foi à ce que je crierai ? On m'enfermera ! Et ici, que crois-tu qu'il arrivera : le procureur Brocca alertera tout de suite son cher ami maître Soriano et si la police vient enquêter ici, que trouvera-t-elle ? Cent vingt enfants joyeux et très bien soignés ; quant aux caves, elles seront vides ou murées. Comment imaginer en ces lieux une clinique moderne ? Et le dernier étage-prison ? Il n'y eut jamais trente-trois jeunes gens parqués là, sur cette terrasse ensoleillée ! Pourtant les lions et les crocodiles du parc Soriano auront la panse pleine à en crever ! Loretta ! tu peux m'écouter te dire tout cela sans crier ? Sans perdre la raison. C'est *ton père !*

— Je t'aime, dit-elle dans un souffle.

Son joli visage se crispait, ses lèvres frémissaient. Elle va tout de même crier, pensait Volkmar. Elle est forte, très forte, je le vois à présent, mais aucune femme ne peut faire face à ça ! Il regrettait de lui en avoir dit autant, mais il ne pouvait s'y prendre autrement pour lui faire comprendre pourquoi une fuite était impossible. S'il faut en découdre avec Soriano, ce sera ici, et non pas de loin ! Il faudrait régler la question entre Soriano et moi seulement ! Le public, les journaux, la justice, tout était sous le contrôle de la Maffia. D'homme à homme, il ne voyait que cette solution.

— Tu veux tuer mon père ?

— Oui ! Et je le ferai !

— Et ensuite ? murmura Loretta.

— Alors ce sera la fin de ce cauchemar.

— Il ne fera que commencer, Enrico ! Don Eugenio sera mort, mais les autres seront présents, Don Giacomo de Catane, Don Franco de Messine, Don Bertoldo de Syracuse, Don Franco de Trapani. Que sommes-nous comparés à eux ? Ils nous atteindront partout !

— Mais toi, ils t'épargneront, et moi... — Il fit un geste qui exprimait une profonde résignation. — Loretta, il ne faut pas que tu manques l'avion.

— Je ne partirai qu'avec toi, tu le sais bien !

— Alors je t'accompagne et je tue Giuseppe pour que tu puisses prendre la voiture.

— Tu sais parfaitement que tu n'en es pas capable. — Elle le regardait dans les yeux. Ses lèvres frémissaient de nouveau. — En ce qui concerne mon père, reprit-elle, tu dis vrai : tu pourrais le tuer, je le vois dans ton regard, et moi aussi je le pourrais ! Maintenant ! S'il entrait ici tout à coup et ma main ne tremblerait pas. Elle plongea la main dans son sac et en sortit un petit pistolet à canon court dont la crosse était incrustée de nacre. Un joujou mortel.

— D'où tiens-tu cette arme ? demanda Volkmar à voix haute.

— De Worthlow.

— Donne-la-moi !

— Non ! — Elle arma le pistolet et le glissa de nouveau dans son sac à main, prêt à faire feu. — Enrico, dit-elle lentement, pourquoi veux-tu jouer au héros et te faire trouer la peau par des mitraillettes ? Tu ne changeras rien en Sicile si tu tues mon père, tandis que nous pourrions être heureux quelque part, loin, en ce monde. N'as-tu pas dit une fois : être médecin de campagne, avec une maison, un jardin, ce serait un paradis des plus modestes, mais il serait bien à nous ? Nous irons là-bas, chéri.

— Avec ce que nous savons ? Avec le poids de quatorze meurtres ? Loretta, j'ai transplanté des cœurs d'hommes en pleine santé !

— Tu ne le savais pas !

— Ce n'est pas une excuse, j'ai aussi manqué à mon devoir en n'allant visiter aucun des « cas d'accidentés », me contentant des diagnostics et des analyses des laboratoires que me transmettait Nardo, cela c'est ineffaçable. Comment vivre avec cette faute sur la conscience : quatorze morts à attribuer à ma nonchalance !

— Tu y survivras, mon pauvre Enrico, dit-elle à mi-voix, plus tard ce ne sera plus qu'un mauvais rêve.

— Plus tard ? Sais-tu ce que mes collègues médecins feront de moi si je leur racontais la vérité ? Ton père a vu juste : le docteur Heinz Volkmar, de Munich, est mort à jamais ! Et s'il réapparaissait, il serait aussi supprimé. Avec quatorze meurtres ! — Il étendit les bras et resta immobile, comme crucifié. — Je n'ai plus d'avenir, Loretta ! Je suis fini. Mais toi, tu peux encore te sauver !

— Tant que je vivrai, tu pourras vivre aussi, dit-elle. N'est-ce pas une formule bien simple : toi et moi ? Elle compte plus pour nous que tout au monde. Viens !

Elle s'approcha de lui, prit son visage dans ses mains et l'embrassa. Puis elle s'empara de sa veste jetée sur la table à écrire et l'aida à la mettre.

— Je voudrais tout faire sauter ! dit-il d'une voix étranglée.

— Viens !

Elle le prit par la main et l'entraîna à sa suite hors de son bureau.

Dans le hall d'entrée, il fut salué par les jardinières d'enfants qui, avec leurs troupeaux bruyants, revenaient de la piscine chauffée. Rires d'enfants et piaillements, tout cela le frappa au visage.

Il adressa un signe de tête aux jeunes femmes, se courba et courut, comme pourchassé par les furies, dehors à l'air libre. Le chauffeur garde du corps Giuseppe l'y attendait à côté de la Lancia blanche que Soriano avait généreusement mise à la disposition du docteur Volkmar. Giuseppe, à la manière d'un chauffeur de voiture de maître bien stylé, ouvrit la portière et ôta sa casquette.

Le même trajet, comme d'habitude, de Camporeale à Solunto ; il y eut seulement un petit changement. Loretta ne monta pas avec Volkmar au fond de la voiture ; elle s'assit à l'avant à côté de Giuseppe.

Tiens ! les voilà fâchés, pensa Giuseppe avec un sourire narquois. C'est à peine s'ils se parlent ! Après tout, pourquoi seraient-ils différents des autres amoureux ?

Il fit claquer les portières, contourna la Lancia et démarra. Au-delà de Camporeale, sur la route en lacets menant à Alcamo où l'on bifurquait sur l'autoroute de Palerme, Loretta dit d'un ton léger : — Giuseppe, arrête un peu...

— Ici ?

Il freina et se demanda ce qu'ils pouvaient avoir à faire ici : oliveraies, plantations d'orangers, quelques granges, aucune maison habitée. La roue d'une vieille éolienne tournait comme ensommeillée.

Giuseppe ne parvint pas à poser sa question. Par-derrière, un formidable coup de poing s'abattit sur sa nuque et le paralysa. En pleine conscience mais incapable de se mouvoir, il vit que le docteur Volkmar sautait de la voiture, l'arrachait de son siège, tandis que Loretta se mettait au volant, que lui-même était traîné jusqu'au coffre arrière. Là, il reçut le second coup du tranchant de la main sur la tempe. Giuseppe eut encore un sourd gémissement, puis il s'évanouit.

Bien que le chauffeur fût un homme de taille moyenne, Volkmar eut de la peine à le jeter dans le coffre.

— J'ai des cordelettes dans ma poche ! s'écria Loretta.

Volkmar contourna le coffre. Loretta lui lança son sac à main. Il le ramassa et l'ouvrit ; à côté du petit pistolet, il y avait trois paquets de cordelettes et, dans une enveloppe en plastique, un large pansement adhésif.

— Tu as pensé à tout ! dit-il.

— Les leçons de la télévision sont excellentes ! répondit-elle. On y apprend ce qu'il convient de faire dans un enlèvement.

Le docteur Volkmar garrotta les mains et les pieds de Giuseppe et lui colla le pansement adhésif sur la bouche. Puis il rabattit le dossier de la banquette arrière vers l'avant, afin que Giuseppe n'étouffe pas dans son coffre.

— Fini ! haleta Volkmar lorsqu'il se laissa tomber près de Loretta dans la voiture. Combien de temps nous reste-t-il ?

— Assez, chéri.

Elle posa un baiser sur son front, rejeta en arrière sa longue chevelure de jais et mit les gaz. Aussitôt, la voiture fila à tombeau ouvert. Loretta conduisait avec assurance, mais la petite route étroite ne permettait guère la vitesse. Cependant, elle traversait en trombe les villages, les cols entre les hauteurs, puis elle descendit le flanc de la montagne et prit des virages à donner la chair de poule. A Misilmeri, ils atteignirent l'autoroute Palerme-Catane et se mirent aussitôt à droite. Volkmar se retenait d'une main à la boîte à gants :

— Bon Dieu, où as-tu appris à conduire ? s'écria-t-il.

— J'ai des ailes ! dit-elle en riant.

— C'est précisément ce que je crains.

— As-tu peur ?

— Il n'est pas tout à fait normal qu'une voiture se soulève du sol !

Elle rit de nouveau et tout en conduisant lui mit un baiser sur la joue. Dans son coffre, Giuseppe sorti de son évanouissement envoyait des coups de pied contre les parois, essayait de se redresser et de passer par la fente derrière le siège arrière rabattu. Il essaya de crier, mais son bâillon l'en empêcha ne laissant passer que quelques sourds grondements. Ses liens aussi ne cédèrent pas à ses efforts pour les briser, un chirurgien a, certes, appris à faire des nœuds.

Loretta s'arrêta dans un petit parking en bordure de l'autoroute et laissa Volkmar descendre de voiture. Il ouvrit la portière arrière et se pencha vers Giuseppe qui le regardait de ses yeux chargés de haine.

— Écoute, mon gars, dit Volkmar persuasif, si tu n'es pas tranquille, je serai obligé de t'assommer de nouveau, compris ? Jamais tu ne déferas tes liens. Tu ne peux pas appeler. Que choisis-tu ?

Giuseppe répondit une injure sous son bâillon.

— Ce n'est pas la bonne réponse...

Volkmar hésita, mais il n'y avait pas d'autre parti à prendre si leur fuite ne devait pas se transformer en échec. Il frappa donc de nouveau du poing contre la tempe du chauffeur et repoussa le corps à l'intérieur du coffre. Lorsqu'il se rassit auprès de Loretta, il vit que sur le dessus du tableau de bord elle avait posé son sac à main ouvert.

— Faut-il le tuer ? demanda-t-elle.

— Non ! je ne pourrais pas.

— Faut-il que je m'en charge ?

— Tu pourrais tuer ?

— Pour toi, je ferais n'importe quoi, Enrico. Giuseppe aussi doit être un assassin comme tous les employés de mon père.

— Continue à rouler, dit Volkmar d'une voix sans timbre. Assez de sang colle déjà à mes mains ! Combien de temps nous reste-t-il ?

— Encore six heures.

— Six heures ? C'est prendre un grand risque. Que de choses peuvent se passer en six heures ! Nous allons déposer Giuseppe dans quelque coin désert, car on ne peut pas stationner avec un furieux dans le coffre sur le parking d'une aérogare !

— Attendons.

Loretta poursuivait sa course à une allure démente en direction de Catane. Il leur fallut stopper encore une fois pour réassommer Giuseppe. Puis dans les faubourgs de Catane, Loretta prit une allure mesurée pour n'être pas remarquée de la police jusqu'à l'instant où Volkmar posa sa main sur le bras de Loretta.

— Arrête ! dit-il. Voici une pharmacie, je vais essayer de mettre à exécution les conseils donnés par la leçon n° II des « policiers » de la télévision !

Loretta freina et se rangea le long d'un trottoir.

— Que veux-tu demander ?

— Tu vas voir. Si cela « marche », il se pourrait que nous ayons gagné.

Il sauta de la voiture, traversa la rue et entra dans la pharmacie.

Derrière le comptoir, une jolie fille en blouse blanche lui sourit. La pharmacie assez vieillotte était déserte.

— Je suis médecin, Signorina, le docteur Ettore Monteleone, il me faudrait une fiole d'éther...

— De l'éther ?

— Ou de l'halothane.

— Nous n'avons pas d'halothane.

— Peut-être un atomiseur avec du chlorure d'éthyle ?

— Nous avons de l'éther, mais...

— Un accident, cela presse ; si vous ne me croyez pas, venez voir, j'ai un ami qui s'est blessé l'avant-bras à la serrure d'une portière, ma voiture est là-bas...

— Combien d'éther, Docteur ? demanda la jeune fille, bien persuadée qu'elle avait affaire à un médecin, car qui d'autre eût pu lui demander de l'halothane ?

— Et un paquet d'ouate, s'il vous plaît ?

Volkmar, une fois qu'ils eurent dépassé la ville, souleva le rabat du coffre de la voiture et tira à lui Giuseppe, qui envoyait de violentes ruades. Ayant imprégné un gros tampon d'ouate d'éther, Volkmar l'appuya sur le nez de Giuseppe qui se démenait frénétiquement et retint aussitôt sa respiration jusqu'à ce que ses poumons fussent près d'éclater. Alors il fit une profonde aspiration et absorba l'éther. Ses yeux fixèrent une fois encore, avec une expression de haine mortelle, avant de s'agrandir en prenant un vif éclat, puis ils se révulsèrent dans l'inconscience.

Volkmar referma le flacon d'éther, jeta le paquet d'ouate au bord de la route et monta auprès de Loretta dans la voiture.

— Terminé ! dit-il haletant. S'il a le cœur solide, il dormira une heure.

— Il nous faut plus de deux heures, chéri.

— Alors je recommencerai !

Loretta passa près de Catane en direction de l'aérogare et arrêta sa voiture à l'extrémité du parking.

Volkmar examina encore Giuseppe. Celui-ci dormait profondément, mais la narcose ne durerait pas deux heures.

Il hésita, mit son oreille contre la poitrine de Giuseppe et ausculta son cœur.

— Donne-lui plus d'éther, dit Loretta.

— Et s'il meurt ?

— Giuseppe hésiterait-il à nous abattre d'un coup de feu ? Je ne m'en étais jamais occupée, Enrico, mais au cours de ces derniers mois, je me suis renseignée sur la Maffia. On n'y connaît pas la pitié.

Volkmar soupira. Elle a raison, pensa-t-il, nous luttons pour notre vie, à présent ! Si cette évasion est manquée, nous n'échapperons plus au pouvoir de Soriano et nous pourrons dire comme dans l'Enfer de Dante : « Abandonnez toute espérance »...

Il fit encore couler un peu d'éther sur le nez de Giuseppe et referma le coffre.

Ce ne fut qu'un simple hasard si, à la même heure, le secrétaire de Don Giacomo, le chef de la Maffia à Catane, s'en vint prendre à l'aérogare un billet d'avion pour Milan. Il connaissait Loretta Soriano, naturellement, et s'étonna qu'en compagnie du docteur Monteleone elle vînt demander deux billets pour Rome. Il courut aussitôt vers une cabine de téléphone dans le hall de l'aérogare.

— C'est, en effet, étrange, répondit Giacomo surpris, j'envoie tout de suite quatre hommes et je préviens Don Eugenio.

Il n'y eut pas de lutte dramatique ni de poursuite sauvage comme dans les films, lorsque le docteur Volkmar et Loretta furent pris par les hommes de Don Giacomo. On les entoura seulement en les interpellant comme des vieux amis avec la plus grande cordialité. On les pria d'être sages et de suivre le mouvement. Devant l'aérogare attendait une grande voiture fermée, une Cadillac gigantesque. Près du chauffeur souriait un formidable gorille, entre ses jambes luisait une mitraillette.

— Votre père vous fait dire bonjour ! lança-t-il amical. Il est heureux que vous soyez assez raisonnable pour ne pas faire de difficultés.

Alors seulement Loretta se mit à pleurer en posant sa tête sur l'épaule de Volkmar, puis elle dit parmi ses sanglots : — Nous ne sommes pas des gangsters, vois-tu, Enrico !

Il l'entoura d'un bras, la serra contre lui et l'embrassa. Il avait le sentiment que c'était peut-être leur dernier baiser.

Les pressentiments du docteur Volkmar se confirmèrent.

Les hommes de Giacomo ne prirent pas le chemin de Solunto mais celui du Camporeale où l'on sépara Volkmar de Loretta pour le conduire dans les sous-sols jusqu'au bureau du médecin-chef au niveau des salles d'opération. Maître Soriano s'y trouvait, assis sur le sofa de cuir, il se leva lorsque Volkmar fut amené.

Un bref instant, les deux hommes se mesurèrent du regard, puis Volkmar dit avec tout le mépris dont il était capable :

— Vous êtes un assassin !

— Et vous un idiot ! répondit Soriano.

— Dans notre cas, c'est un titre honorifique !

— Croyez-vous ? — Soriano avait fait mettre sur la table une bouteille de vin rouge dont il emplit un verre que Volkmar refusa en secouant la tête lorsqu'il le lui offrit. — Que vous êtes-vous donc imaginé en commettant cette bévue ? Je sais... vous avez découvert les « donneurs » de cœurs. Vous ne deviez jamais apprendre « le fond des choses », mais c'est arrivé et on ne saurait revenir en arrière. Nous châtierons comme il convient cet imbécile de jeune médecin et aussi le docteur Nardo pour cette coupable négligence. Je vous prie donc, Enrico, de renoncer désormais à l'aide du docteur Nardo et de travailler avec le docteur Sampieri.

— Encore deux morts ! — Volkmar regardait fixement le verre de vin rouge. — Vous pataugez dans le sang et vous pouvez boire ce vin qui a la couleur du sang ?

— Tout est une question de nerfs. Mais je me demande ce que vous avez pu imaginer en espérant aller de Rome dans un pays étranger. En ce qui concerne Loretta, cela n'a rien qui me surprenne. L'amour rend aveugle, mais vous, Enrico, vous auriez dû savoir qu'il n'y a pas d'évasion possible. Où en ce monde ne pourrais-je vous atteindre ? Certes, vous aviez le désir de me détruire. Quelle bêtise ! Qui croyez-vous que je suis ? Le tout-puissant Eugenio ? A vos yeux peut-être, mais à l'intérieur de la « Société » elle-même, je ne suis que le « gouverneur de la Sicile ». Un sous-fifre, en quelque sorte, qui a la responsabilité des transactions italiennes. Moi aussi, je dois m'incliner très bas devant le « Capo di tutti Capi » (1) et celui-là trône à New York ! — Soriano but une gorgée de vin. Son gosier était en feu, non pas d'avoir trop parlé, mais du fait de cette constatation angoissante : *Avant tout l'Organisation, ensuite votre propre vie*... Quiconque ne comprenait pas ce principe, ne mourait pas dans son lit. — Enrico, quel mal vous m'avez fait !

— Combien d'individus avez-vous sur la conscience ? cria Volkmar.

— Vous ne vous doutez vraiment pas du tout de la gravité de votre acte ! — Soriano se laissa retomber sur le sofa et appuya sa tête sur ses deux mains. Soudain, il avait l'air très vieux, pitoyable, la peau grisâtre, anéanti, un vieillard en élégant costume gris clair. — Vous opérerez demain et serez témoin n° 1 lorsqu'on sortira le cœur sain du donneur.

— Vous êtes fou, Soriano ! lança Volkmar horrifié. Vous êtes vraiment un cas pathologique !

— C'est un ordre, Enrico.

— Vous ne pouvez pas donner cet ordre ! Jamais plus je n'opérerai dans cette clinique d'assassins !

— Vous opérerez ! — Soriano regarda Volkmar de ses yeux soudain remplis de larmes. Volkmar eut un sursaut d'effroi. Mais c'est qu'il pleure, là devant moi, en silence, ce n'est pas possible. — Enrico... — Soriano

(1) La tête qui commande à toutes les têtes.

sanglotait vraiment : — Il faut que vous opériez et vous le ferez !

— Non, jamais !

— Demain à neuf heures du matin, tout sera prêt pour l'opération de Lyonel McHartrog, d'Edimbourg...

— Je suis dans vos mains. Vous avez tout pouvoir : faites-moi tuer !

— Vous opérerez, Enrico ! — Maître Soriano fit une profonde aspiration et soudain il se leva d'un bond et cria : — Dans l'autre salle d'opération se trouvera le donneur et à côté de lui Loretta !

— Loretta... balbutia Volkmar et ses genoux se mirent à trembler.

Il dut s'asseoir, secoué de frissons.

— Si vous refusez, c'est le docteur Sampieri qui se chargera de l'opération, mais alors c'est le cœur de Loretta qui sera transplanté. Comprenez-vous ? Le cœur de Loretta ! — Soriano rugit ces paroles et souligna chacune d'elles d'un coup de poing sur la table à écrire. — Le cœur de Loretta !

— Satan ! gronda Volkmar. Vous en seriez capable ?

— Moi ? Qui parle de moi ? — La tête de Soriano heurta le dessus de la table. Il s'agenouilla devant Volkmar et pleura bruyamment comme un enfant : — Pourquoi avez-vous agi ainsi ? Tu veux donc voir demain à neuf heures comment Loretta... — Puis dans la violence de son désespoir, il frappa de sa tête le dessus de la table jusqu'à ce que sa peau éclatée se mît à saigner. — Ils en ont donné l'ordre ! hurlait-il en même temps. Mon enfant, mon ange, ma Loretta... Enrico, tu dois opérer... je t'en conjure... Sous nos yeux, ils arracheront de sa poitrine le cœur de Loretta ! Votre fuite... j'en porte la faute et les fautes sont mortelles *parmi nous*, Enrico, il n'y a pas de choix !

Soriano ne se calma que lentement. Il appuya un mouchoir sur son front blessé et regarda fixement devant lui. Volkmar avait inspecté par le poste de télévision chacune des parties de la clinique. Tout y était normal. Dans les chambres de malades se trouvaient les richards avec leurs cœurs neufs, les uns encore en réanimation, les autres débarrassés de leurs électrodes et perfusions. Les médecins qui n'étaient pas de service se trouvaient dans leur salle de réunion autour d'une grande table ovale. Le docteur Sampieri discourait debout devant sa chaise.

Soriano fit un signe de tête.

— Le voilà qui explique la nouvelle situation.

Le docteur Volkmar se leva d'un bond pour regarder intensément l'écran. Ses yeux s'étaient crispés.

— J'y vais tout de suite pour m'en mêler ! Je veux savoir ce qu'il déclare et je servirai à mes collègues une tout autre vérité !

Soriano eut un geste las. Qu'un homme tel que lui se résignât soudain expliquait sans commentaires la gravité de la situation.

— Évite ce faux pas, Enrico ! dit-il en retrouvant le tutoiement familier. A quoi bon ? Qu'en auras-tu ? Rien. Le docteur Sampieri te raillera et dira aux autres médecins : voyez le héros qui ne remarque pas qu'on a chié dans ses bottes ! Et les chers collègues se tordront ! Ils y sont forcés, personne ne prendra ton parti, la discipline et l'obéissance sont chez nous des règles de base, quiconque les dédaigne peut aussi bien se coucher tout de suite dans son cercueil.

— J'ai beaucoup lu au sujet de ces braves gens, mais je croyais que les auteurs montraient à leur sujet une fantaisie débridée.

— La réalité est toujours plus fantastique. Souviens-toi de ce que je te dis : il n'est rien pour nous qui ne soit possible !

Volkmar regardait sur l'écran le docteur Sampieri qui parlait :

— D'où vient ce type ?

— Il était chirurgien-chef à Messine.

— Et le voilà tout à coup ici ?

— Nous travaillons vite, dit Soriano amer.

— Et le docteur Nardo ?

Soriano se tamponna encore le front :

— Parti.

— Mort ?

— Je ne sais pas. Toute espèce de décision m'a été interdite. — Les ordres n'émanent que du Grand Conseil. — Soriano tendit une main vers l'écran : — En veux-tu des preuves ?

Le docteur Sampieri paraissait avoir appris que, même dans la salle de réunion des médecins, une caméra de télévision était installée. Il leva les yeux vers le coin où se trouvait suspendu l'appareil qui avait le docteur Volkmar directement dans son champ visuel. Sampieri sourit avec impertinence, fit une réflexion, mais comme aucun microphone ne captait ses paroles car il n'y en avait pas dans la pièce, on ne le vit qu'au mouvement de ses lèvres. Les autres médecins rirent, puis Sampieri tira de la poche de son pantalon un petit revolver et visa l'image apparue sur l'écran. Celui-ci explosa ; il ne resta que de l'obscurité et un vrombissement monotone.

— Le nouveau style ! dit Soriano sourdement. Enrico, votre fuite vous a anéanti et moi en même temps ! C'est clair ?

— Nous allons voir ! dit Volkmar en s'élançant vers la porte. Je n'ai pas peur du revolver de Sampieri… lui et votre Grand Conseil ont besoin de moi !

— Essaye !

Volkmar ouvrit violemment la porte. Dehors, dans le vestibule, se trouvaient quatre messieurs élégamment vêtus, chevelure noire, costume sur mesure, chemise, cravate, chaussures en harmonie avec le reste. Ils fumaient et, certes, les mitraillettes qu'ils portaient en bandoulière gâchaient un peu l'ensemble. Lorsque le docteur Volkmar sortit du bureau avec précipitation, leurs armes, par un simple mouvement de l'épaule, glissèrent dans leurs mains, tandis que les cigarettes restaient collées aux coins de leurs bouches.

— Dottore, dit l'un des hommes, l'air dans votre bureau est sûrement meilleur qu'ici !

— Il me faut rejoindre mes malades et les médecins ! cria Volkmar.

— Si c'est nécessaire, le docteur Sampieri vous remplacera.

— Et s'il arrive quoi que ce soit aux malades, vous en porterez la faute !

— Il ne se passera rien... Je vous en prie, Dottore, retournez dans votre bureau... — La voix de l'homme avait même pris des inflexions adoucies. — Je ne voudrais pas me quereller avec vous, au contraire, car je vous suis reconnaissant d'avoir opéré ma mère dans la maison de retraite, Dottore. Elle avait un énorme furoncle dans la nuque. Vous souvenez-vous ?

Volkmar ne répondit pas, il retourna dans le bureau. Soriano haussa les épaules :

— Ne te l'avais-je pas dit ? Chez moi, tu avais toutes les libertés, à présent il n'y aura plus que des contraintes...

— S'ils touchent à Loretta... — Volkmar se laissa tomber dans son fauteuil de bureau. — Ne fût-ce qu'une égratignure superficielle...

— Tu ne feras rien, rien du tout. *Tu ne peux* rien faire. Chaque fois, toujours, ils rouleront Loretta sur une civière jusqu'à la salle d'opération II. Elle sera déjà sous l'effet de la narcose et si tu n'opères pas, c'est le docteur Sampieri qui s'en chargera et Loretta... — Sa tête tomba sur sa poitrine, il était de nouveau près des larmes.

— Où est-elle maintenant ? demanda Volkmar d'une voix terne.

— Je ne sais pas, Giorgio et Jacobo l'ont emmenée, ces salauds ! Pendant neuf ans, je les ai nourris et maintenant ils se comportent à mon égard comme s'ils m'étaient étrangers. C'est vrai, Enrico. L'individu est néant, seule l'*Organisation* est la vie !

— Sampieri sait-il où est Loretta ?

— Possible.

Volkmar tourna les boutons de la télévision transmettant la vue de toutes les pièces de la clinique et attendit que toutes les petites lampes rouges de signalisation fussent allumées.

— Docteur Sampieri ! dit-il d'une voix dure, venez me trouver tout de suite, même si vous croyez être devenu ici le grand Turc, je vous déclare que vous n'êtes qu'un zéro ! Je ne vous confierais pas même à soigner un clou sur une fesse !

Il tourna les boutons et s'adossa. Soriano serra dans sa main son tampon ensanglanté et le jeta près du sofa de cuir.

— Il m'a entendu ! dit Volkmar calmement.

— Rêveur sans imagination ! répondit Soriano sur un ton de condoléances.

— J'ai parlé dans toutes les pièces, sur tous les écrans, même ceux qui se trouvent dans les chambres de malades, chez les riches « receveurs » en attente d'un cœur neuf !

— Tu es fou ! Après cette émission générale dans toute la clinique, personne ne voudra plus se faire mettre sur le billard par Sampieri ! Cette demi-minute de « vérité » coûte à la Maffia un flot de millions !

— Sampieri te haïra à mort !

— C'est un plaisir personnel ! Et je n'en reste pas là ! Allons-y encore !

— Enrico ! Sois prudent, pense à Loretta !

— A elle, rien qu'à elle !

Volkmar mit de nouveau en service tous les postes de télévision, puis il s'écria d'une voix forte :

— Je m'adresse à tous ici ! A tous ! Je vous annonce que je n'opérerai plus ! Je ne me sens plus en état de le faire, à ma place il y aura le bousilleur, le docteur Luciano Sampieri ! Mes condoléances, chers amis !

Soriano gémissant s'adossa au mur.

— C'est ta fin, Enrico, et tu as aussi sacrifié Loretta. Si j'avais un pistolet sur moi, je t'abattrais, et moi ensuite !

Dans le vestibule, il y eut soudain du bruit, un échange de paroles violentes, puis la porte s'ouvrit brutalement et le docteur Sampieri se rua dans le bureau. Il était assez grand pour un habitant du sud de l'Italie, ses cheveux étaient coupés comme ceux des militaires. Dans son large visage congestionné, ses yeux noirs lançaient des éclairs, il avait peine à contenir sa rage. Volkmar l'accueillit comme un vieil ami.

— Allez-y ! pas de complexes ! s'écria-t-il avant que

Sampieri eût ouvert la bouche. — Une balle pour Don Eugenio, une autre pour moi ! Nous attendons ça ! Vous avez montré combien vous frappez juste ! Sur une innocente caméra de télévision ! Mais ici ce sont de vraies cibles ! Allons, tirez, porc !

— C'est votre dernier sale coup ! — Sampieri referma la porte derrière lui brusquement et resta, sur place, haletant. — J'ai été au poste central pour mettre le circuit interne au point mort.

— Vous avez l'air de vous y connaître s'il s'agit de mort !

— Ne me provoquez pas, non pas vous !

— Je sais. Vous avez les mains liées. La Maffia a besoin de moi. C'est le beau de l'histoire — le combat de la puce contre l'éléphant !

Le docteur Sampieri enfonça ses mains dans les poches de sa blouse et s'adossa contre le mur près de la porte :

— Croyez-vous avoir effarouché les malades avec vos déclarations fracassantes sur l'écran de la télévision ? A quoi bon ? Même si ceux-ci, pris de peur, s'en allaient, il en viendra d'autres ici qui ne savent rien de « l'époque Volkmar » et qui recevront leur cœur neuf selon la méthode Volkmar !

— Qui le fera ?

— Moi !

— Vous ? Ne surestimez-vous pas vos capacités en chirurgie ?

— Je vous répondrai par les paroles que vous venez de prononcer : il me semble que vous surestimez vos talents. Jusqu'à présent, je n'ai pu m'informer de ces questions que superficiellement. Mais je vais prendre connaissance de vos comptes rendus d'opérations et voir les films de vos transplantations. Et si c'était encore nécessaire, dans le sous-sol à la vivisection, je transplanterais le cœur d'un veau en faisant chaque geste synchroniquement avec le geste que je vous verrais faire sur le film. Le lendemain matin à neuf heures, Mr Lyonel McHartrog recevra son nouveau cœur, de ma main !

— Voilà qui le rassurera beaucoup de savoir qu'il ne survivra pas à l'opération !

— Je suis un bon technicien, ce que vous ne savez pas encore. Et puis le « donneur » sera Signorina Loretta.

— Je ne vous crois pas ! répliqua Volkmar dont les narines se gonflèrent tandis que derrière lui Soriano jetait un long gémissement.

Cependant, il s'étonnait lui-même de se sentir un sang-froid imperturbable. Je joue au poker avec ce que j'ai de plus cher, avec Loretta, pensa-t-il, mais que puis-je faire d'autre pour la sauver ? Je dois la mettre en jeu pour gagner ce jeu mortel. Un homme, une femme, seuls face à la Maffia.

— Je vous en donnerai la preuve demain à neuf heures : à ce moment-là, votre fiancée sera sur la table de la salle d'opération voisine de la mienne ! lança Sampieri. Et je me ferai apporter son cœur !

— Je vois, vous l'avez déjà dit clairement, mais vous oubliez que Loretta, son père, moi, nous avons encore la faculté de vous échapper par la mort et alors, que restera-t-il ? La Maffia sera obligée de renoncer à la clinique : la grande entreprise, le commerce des cœurs vivants sera terminé avant même d'avoir vraiment commencé. Peut-être que vos salons d'attente seront pleins, mais il n'y aura plus personne pour exécuter les transplantations !

— Demain à neuf heures, vous parlerez différemment ! répondit Sampieri haletant. Je vous le jure, je m'exercerai dès maintenant à employer votre méthode — toute la nuit — pour vous le prouver.

— Bourrique présomptueuse ! Je vous vois apprenant en une nuit ce que j'ai mis dix ans à mettre au point !

Le docteur Sampieri comprenant qu'il était inutile de poursuivre la dispute ouvrit violemment la porte et sortit. La tension nerveuse de Volkmar se traduisit aussitôt par un énorme éclat de rire.

Maître Soriano regardait Volkmar de ses yeux pleins de tristesse :

— Sais-tu ce que tu viens de faire ? dit-il. A présent, Loretta est vraiment morte... Ah ! pourquoi n'ai-je pas la force de t'étrangler ? Tu n'as toujours pas compris à qui tu as affaire !

— La Maffia, aussi, peut être vaincue !

— Tu parles comme un fou... — Maître Soriano ferma les yeux tandis qu'il continuait à parler comme s'il lisait de longues listes inscrites dans sa mémoire : — Mais qui sait ce que nous sommes ? Nous sommes la plus puissante et la plus riche firme du monde, mais aucune statistique ne nous cite... Les plus grandes entreprises de la planète sont des blagues comparées à nous ! Tu ne me crois pas ? Qui donc selon les statistiques occupe la première place ? Le trust pétrolier Exxon avec un chiffre d'affaires de 51,5 milliards de dollars et un gain de 2,6 milliards, nous en rions ! La Maffia a — connu de nous seulement — un chiffre d'affaires de 48 milliards de dollars. Mais comme nous ne payons pas d'impôts, nous réalisons, après avoir soustrait tous les frais, un gain net de 25 milliards de dollars. Et puis nous sommes représentés dans toutes les grandes entreprises de ce monde où nous possédons des parts souvent énormes : immobilier, bâtiment, pompes funèbres, hôtels, bars, restaurants, grandes laveries, marques de spiritueux. Nous avons des usines, des conserveries. Mais il y a mieux pour faire venir l'argent à nous en bien plus grandes masses : les jeux de hasard illégaux, la prostitution ; nous sommes aussi les premiers usuriers de cette terre, nous présidons aux combats de boxe comme aux ventes de stupéfiants sur une vaste échelle, ne parlons pas de la pornographie, c'est de l'or en barres. L'année dernière, nous avons doublé notre chiffre d'affaires de 1,5 milliard de dollars ; l'industrie du cinéma pornographique n'est pas non plus dans nos mains une affaire négligeable, et c'est ça, pauvre insecte que tu prétends combattre, comprends-tu que tu as tué Loretta ?

Soriano jeta ces dernières paroles dans un cri de désespoir.

— Et si j'opérais encore... que gagnerais-je ?

— Nous resterions en vie !

— Une vie de prisonnier de la Maffia ! Un « sursis »

et ton fameux Capo di Tutti Capi pourra à chaque instant nous liquider comme il le veut à présent !

— Non, si demain tu transplantes un cœur à Mr McHartrog, tout redeviendra comme si ce jour n'avait jamais été. Au contraire, tout sera bien amélioré. Nous pourrons retourner à Solunto, tu pourras te déplacer librement, épouser Loretta, et tu auras ta villa au bord de la mer, tu voyageras dans le monde entier si tu en trouves le temps. Tu auras ton yacht. Tu seras un homme opulent, envié, mari d'une femme ravissante. Il n'y aura plus de contrainte ni de peur, parce que la Maffia n'aura plus à s'inquiéter de toi : lorsque s'accomplira la transplantation d'un cœur demain matin, à ce moment-là *tu sauras* que dans la salle voisine un jeune homme en bonne santé est tué en tant que *donneur*. Tu prendras son cœur palpitant, pour le transplanter dans une autre poitrine. *Tu partageras le secret, le crime !* Y a-t-il rien qui puisse alors inspirer plus que toi confiance à l'Organisation ?

— C'est exact, dit Volkmar à mi-voix. *Alors* il n'y aura plus à revenir en arrière, à moins de choisir le suicide.

— Qui signifiera également la mort de Loretta.

— Quel enfer ! murmura Volkmar.

— Que comptes-tu faire ? demanda Soriano.

— Il faut que je parle à Loretta. Quelques minutes seulement.

— On ne le permettra pas. Et pourquoi parler ? Opère !

— Impossible.

— Oublie d'où viennent les cœurs.

— Comment le pourrais-je ! cria Volkmar. Je verrai à présent à travers une glace, comment on assassine un homme pour prendre son cœur ! Et j'accueillerai ce rapt ! Comment pourrait-on me dire : tu ne sais rien, tu ne vois rien ! Tu recevras seulement un cœur que tu sutureras dans l'autre corps ! Ne te soucie pas de sa provenance ! Personne ne supporterait une telle épreuve ! Chaque opération est un meurtre !

— Nous tournons en rond, Enrico : si tu ne le fais pas, tu tueras Loretta avec tes hésitations. Le peux-tu ?

— Il faut que je lui parle, dit Volkmar sourdement. Il le faut !

— Demain, après l'opération, tu pourras rentrer à la maison avec elle. Tu seras un homme libre ! Tu feras cela pour que Loretta vive, Enrico. Dis-toi sans cesse : Je sauve Loretta ! Sans moi, elle mourrait !

— Et vous êtes le coupable, Don Eugenio. L'idée de la clinique des cœurs fut uniquement la vôtre !

— Oui, c'est juste, dit Soriano à voix basse. Tu vois, Enrico, on peut se passer un nœud coulant au cou sans réfléchir. Pour dire franchement les choses, je n'avais pas compté sur un caractère aussi obstiné que le tien. Un autre, tôt ou tard, se serait résigné et aurait accueilli son destin tel qu'il lui était offert. Toi seul, maudit honnête homme, tu renâcles et, de jour en jour, tu es plus fort ! — Maître Soriano éleva ses deux mains et les laissa retomber sur ses genoux dans un geste d'impuissance. — Tout ce qu'on peut dire, je te l'ai dit. Rien n'est plus digne de pitié que nous sous le soleil. Nous pourrions être les plus heureux !

— Pas moi ! lança Volkmar. Il enfouit son visage dans ses mains et pensa au déroulement des opérations à venir. Même si je le voulais, je ne le pourrais pas. Mes doigts seraient incapables de trancher, de suturer des chairs...

A huit heures et demie, le lendemain matin, deux hommes silencieux en blouse blanche vinrent chercher le docteur Volkmar.

Il avait passé une nuit effroyable. Le bureau de réunion des médecins était devenu une prison féodale. Les gardes se relevaient devant la porte. Ils souriaient à Volkmar lorsque celui-ci l'ouvrait, mais ils secouaient la tête en silence lorsqu'il faisait un pas au-delà de celle-ci. Le prisonnier finit par renoncer.

La télévision était débranchée. Le téléphone muet, l'interphone aussi. Le docteur Sampieri avait réduit au silence tout ce qui aurait pu permettre à Volkmar un contact avec le monde extérieur. Soriano partageait la prison de Volkmar ; assommé par l'épreuve, il s'était endormi sur le sofa après un repas apporté par un infirmier.

Vers trois heures du matin, il reçut une visite. Le docteur Sampieri parut affublé d'un long tablier de caoutchouc souillé de sang, coiffé encore du calot vert, le visage exprimant son triomphe.

— Le veau a reçu son nouveau cœur qui bat parfaitement ! Il n'a pas crevé entre mes mains, ainsi que vous vous y attendiez ! J'ai exactement copié chacun de vos gestes d'après le film de votre opération ! Et la suspension du cœur par les vaisseaux au moyen des prothèses en téflon, voilà qui est... génial ! C'est un malheur, convenons-en, qu'un si grand chirurgien soit aussi une brute insigne ! Il me fallait vous le dire cette nuit même !

— Attendez seulement que le veau soit toujours vivant après-demain ! répliqua Volkmar, cela dépend des sutures !

— Je ne l'ignore pas ! On m'a « repassé » cinq fois le film en gros plans concernant les sutures des vaisseaux, et je crois que j'ai réussi !

— Félicitations. S'il en est ainsi, vous pourrez demain, non dès aujourd'hui, opérer...

— Un seul cœur... celui du donneur. — Le docteur Sampieri ôta son calot, il ruisselait de sueur. — Quant à la transplantation, c'est vous qui l'exécuterez ! Quant à savoir qui sera le donneur, c'est aussi votre affaire : ce sera un mitron de Salerne, Pietro Foco, ou Loretta Soriano. Maintenant, ne me sautez pas de nouveau à la figure, Dottore ! Je n'y puis rien changer ! Je n'ai que des ordres ! Croyez-vous que j'obéisse de gaieté de cœur ? Je suis contraint d'accomplir cette tâche. J'avais une bonne situation de médecin-chef à Messine et tout à coup on m'appelle au téléphone pour me dire : Mon cher Luciano, nous avons rencontré en ville ta chère femme et ton petit garçon. Ils sont si pâles qu'il convient de leur faire changer d'air, aussi les avons-nous envoyés en vacances. Quant aux conditions de leur entretien, le mieux serait que vous en discutiez tout de suite... puis on cita un nom qui me fit ployer les genoux... J'ai d'abord couru à l'église San Michele et j'ai prié et allumé un énorme cierge, ensuite j'ai été trouver le Don... Bah ! le nom ne vous dira rien. C'est alors que j'ai reçu l'ordre de travailler ici. C'est tout ! J'aime ma femme et plus encore mon fils Franco, autant que vous aimez Loretta. Il n'y a donc que deux solutions : Vous opérez, ou l'un de nous en même temps que sa femme mourra. Je ne veux pas être celui-là, docteur Volkmar, l'héroïsme ce n'est pas mon affaire, si l'on peut éviter l'épreuve ! Réfléchissez.

— Où est Loretta ? demanda Volkmar.

— Je l'ignore... sincèrement... même si vous me regardez comme un monstre, je ne le saurais pas davantage. Trois messieurs des plus élégants l'ont accueillie et me la livreront aujourd'hui vers huit heures, afin que je la prépare pour l'opération.

— Vous ne ferez pas ça, Sampieri ! s'écria Volkmar.

— Je veux revoir ma femme et mon petit Franco. C'est pourquoi aussi je suis venu vous trouver en abandonnant le veau que je viens d'opérer. Croyez-vous, Docteur, que j'entaillerai volontiers le sternum de votre Loretta ? Mais ai-je le choix d'agir autrement ? En tant qu'homme normal, vous ne pouvez vous imaginer comment on pense et sent dans l'*Organisation !*

— Je l'ai compris, Sampieri.

— Et vous vous obstinez à devenir un héros qui s'immole ainsi que sa jolie fiancée, afin de passer les portes du paradis la conscience pure ? C'est idiot ! On me force, on vous force, il n'y a plus de discussion possible. Ce qu'il nous faudra faire n'est plus que réaction légitime au sein du plus grand péril. Dieu nous le pardonnera un jour. A présent, je m'en vais pour m'exercer encore au suturage des vaisseaux : dans le cas où vous choisiriez le suicide.

•

Le docteur Volkmar, à neuf heures moins le quart du matin, ouvrit comme en état second la porte du bloc opératoire et se trouva dans l'antichambre de la salle d'opération. Même vision que d'habitude. On attendait le médecin-chef. Un infirmier aida Volkmar à passer la tenue verte réglementaire. On avait déjà ouvert l'eau chaude et préparé la solution désinfectante pour les mains. A côté, sur une table roulante, la coupe chromée contenant les gants stériles. Du plafond rayonnaient les appareils anti-germes chargés de tuer les dernières bactéries. Volkmar s'approcha de la paroi de verre et regarda à l'intérieur de la salle d'opération. Le docteur Sampieri avait déjà commencé à ouvrir le thorax de Mr Lyonel McHartrog. L'équipe médicale, bien entraînée par Volkmar, travaillait vite, en silence, avec des gestes précis. Sampieri, comme chef à la table, n'avait presque rien à faire et se trouva dégradé par les assistants au rang de poseur de pinces hémostatiques. Les conduits de la machine cœur-poumons étaient préparés. Dans l'oscillographe palpitaient les courbes électroniques : elles indiquaient un cœur fatigué. McHartrog avait déjà trois infarctus derrière lui, une grande partie des coronaires étaient mortes ou dégénérées. Lorsqu'il montait seulement dans une voiture, il haletait.

Dans la salle d'opération II, il y avait deux tables l'une à côté de l'autre. Les corps étaient recouverts de toiles vertes. Quatre médecins se tenaient encore immobiles et contrôlaient simplement l'anesthésie. Leur activité : le meurtre par le scalpel n'interviendrait que plus tard, lorsque Sampieri ou Volkmar donnerait l'ordre de commencer. Alors le cœur sain serait retiré de sa cage thoracique et transmis dans la salle I.

Le cœur du jeune et solide mitron Pietro Foco, de Salerne. Ou le cœur de Loretta. Ça n'avait pas d'importance que les tests de tolérance fussent plus ou moins bons, il s'agissait uniquement de tuer, de venger la Maffia d'un rebelle à sa loi.

Volkmar appuya son front contre la paroi de verre.

— Je veux la voir ! dit-il d'une voix blanche. On peut avoir recouvert n'importe quel corps...

L'un des assistants téléphona à la salle II. Volkmar vit l'un des chirurgiens s'approcher de la seconde table et soulever la toile verte enveloppant la tête du sujet sous narcose. La longue chevelure noire de Loretta était enroulée autour de sa tête comme un turban. Son merveilleux visage en forme d'amande parut pâle et translucide comme une porcelaine. Ses lèvres disparaissaient sous les rondelles de caoutchouc des tubes enfoncés dans son gosier.

C'est vraiment elle ! reconnut Volkmar dans un sursaut d'angoisse. Et on l'a déjà « tubée ». Ce n'était pas du bluff ! La voici étendue devant moi afin d'être tuée avec tout l'art chirurgical possible.

Il s'éloigna de la vitre à reculons et fit un signe de tête. Un infirmier lui mit son calot, un autre attacha son masque et sur ses mains tendues, on enfila des gants de caoutchouc. L'assistant qui avait téléphoné à la salle II se plaça sous le rayon de l'œil électrique. La porte automatique de la salle d'opération glissa de côté en silence. L'odeur du sang mêlée à des désinfectants pénétra dans l'antichambre.

Les mains tendues devant lui, le docteur Volkmar entra dans la salle d'opération et s'approcha de la table. Les chirurgiens assistants n'interrompirent pas l'opération, ils lui adressèrent seulement un signe de tête qui était franchement amical :

— Bonjour Chef !

Le docteur Sampieri lui fit place ainsi qu'il convenait et se mit derrière le premier assistant.

— Avez-vous entendu ce bruit retentissant ? demanda-t-il.

— Quel bruit ? répondit Volkmar.

— A côté de vous ! C'était le pavé qui tombait de mon cœur !

— La respiration faiblit ! annonça l'anesthésiste placé à la tête de McHartrog. Le pouls est irrégulier...

C'était aussi ce que montrait l'oscillographe. Les lignes devenaient chaotiques. Volkmar regarda à l'intérieur du thorax ouvert et examina un cœur détérioré, fatigué, qui n'était plus capable d'accomplir son devoir.

— Tout est prêt pour la circulation hors circuit ?

— Prêt, Chef. C'était la réponse des servants de la machine cœur-poumons.

— L'oxygénation ?

— Tout okay, Chef !

— J'aboute la sous-clavière. Assez de sang ? Il m'en faut plus que d'habitude, les mesures sont très faibles. — Volkmar jeta un regard sur la liste des analyses de laboratoire qu'un infirmier tenait sous ses yeux. Il vit alors seulement les résultats. — Je veux autant que possible échanger...

— Nous avons suffisamment de sang, Chef.

— Alors, allons-y !

La seconde phase de l'opération commençait : la mise en communication avec la machine cœur-poumons. Le docteur Volkmar leva encore une fois la tête :

— Comment se fait-il qu'il y ait assez de sang ?

— Du fait des analyses de laboratoire, Chef, le docteur Sampieri y a pourvu !

Volkmar tourna la tête. Sampieri se tenait derrière lui. Il semblait heureux de n'être plus obligé d'opérer.

— Vous ?

— Il arrive qu'une poule aveugle trouve une perle... — Sampieri souriait narquois sous son masque. — J'ai écrit un ouvrage d'hématologie. — Il regarda vers la salle II. Volkmar suivit son regard. Les quatre chirurgiens se tenaient entre les deux tables. A droite ou à gauche ? Pietro Foco ou Loretta Soriano ? Sampieri soupira bruyamment.

— Ne pensez à rien du tout ! dit-il d'une voix rauque.

— Le pourriez-vous ? répliqua Volkmar.

— Maintenant oui ! Nous allons recevoir un muscle que nous transplanterons. Tout le reste est sans intérêt. Avant tout, ne regardez pas vers la vitre. Vous n'avez pas besoin de contrôler quoi que ce soit. Je suis prêt aussi à faire signe pour vous, Docteur Volkmar.

— C'est donc que vous avez de meilleurs nerfs que moi.

— J'ai une femme et un petit garçon.

— Vous avez raison, en quelque sorte, Sampieri. Nous avons besoin d'une excuse qui nous sauve de l'autodestruction. Mais, en réalité, à quoi cela sert-il ? Aujourd'hui j'opère l'homme que j'ai été moralement jusqu'à présent, je détache de moi ma vieille personnalité et je la jette au fond de ce seau aux détritus, comme ce cœur devenu inutile. Je ne serai jamais plus *moi* après cette opération. — Il considéra le champ opératoire. Les assistants avaient mis en connexion la machine cœur-poumons, on pouvait déclencher la circulation extracorporelle. La troisième phase de l'opération débutait.

— Nous allons tout de suite être des assassins complices, Sampieri !

— Non, des victimes !

— Je vous ai insulté hier, Sampieri, reprit Volkmar d'une voix enrouée et je ne sais plus ce que j'ai pu vous dire dans mon emportement. J'ignorais tout de votre femme et de votre fils... et puis vous vous comportiez comme un gangster de film américain.

— On m'observait, Docteur Volkmar. — Sampieri eut un rire douloureux. — C'était une sorte d'épreuve de qualification. Je ne pensais qu'aux miens. Vous m'étiez indifférent. Mais maintenant...

Volkmar jeta un regard à la table des instruments chirurgicaux. Tout était prêt : les pinces hémostatiques, les ciseaux tranchants, les prothèses en téflon, la machine à suturer les vaisseaux, les porte-aiguille. L'aspirateur sifflotait doucement. L'intérieur de la cage thoracique était nettoyé de tous les vestiges sanglants. Le champ opératoire devenait parfaitement net, d'où l'on enlèverait un cœur vidé de son sang, mort, un paquet de chair que l'on pouvait détacher d'un coup de ciseaux car, de la salle II, allait venir le jeune cœur de Pietro Foco, aide-boulanger à Salerne, un gars qui avait rêvé de se livrer avec enthousiasme à son métier, en Corse, dans la boulangerie de la Légion Étrangère, où il confectionnerait pain et gâteaux pour ses camarades. On le lui avait promis au bureau d'enrôlement de Naples.

Volkmar appuya son menton sur sa poitrine et ferma les yeux. La circulation sanguine hors circuit fonctionnait, le vieux cœur de McHartrog était exsangue, ses battements las cessèrent. Sur l'oscillographe parut une ligne droite, un être humain était mort et vivait cependant. Deux heures plus tard, un cœur battrait de nouveau dans sa poitrine, un cœur de vingt-trois ans. Un moteur bien rodé.

— Faites signe, Sampieri, dit Volkmar, et sa voix se brisa.

Maintenant ! Mon Dieu, pardonne-moi...

Il s'appuya à la table d'opération et attendit. Derrière lui, il entendait Sampieri respirer laborieusement.

Il a fait signe, pensait Volkmar. A côté, ils ouvrent à présent la cage thoracique, pincent les artères et les veines et, de quelques coups de ciseaux, détachent le cœur pour le déposer dans une coupe de verre et courir ensuite jusqu'à moi.

Le mitron Pietro Foco est tué.

Je ne peux pas ! criait Volkmar intérieurement. Je ne peux pas ! Mes doigts sont comme paralysés, je ne peux pas saisir ce cœur, je ne peux pas le transplanter et je vais crier si je prends ce jeune cœur vivant et fort dans sa coupe de verre, mon Dieu je veux bien devenir fou...

Une main gantée de caoutchouc vint à tâtons lui donner une petite secousse. Le premier assistant, avec un regard qui disait : Continuez, Chef !

Volkmar répondit d'un faible signe de tête. Il écarta les doigts. De la table des instruments chirurgicaux, l'infirmier lui mit dans la main les premiers ciseaux.

L'excision du vieux cœur avait commencé. A partir de cet instant, Volkmar travailla comme dans un état d'hypnose. Ses doigts coupaient et suturaient, transplantaient et déplantaient. Dix pinces mécaniques exécutaient chaque geste comme programmé à l'avance et le travail se poursuivait tel une bande perforée qui se déroule.

Le nouveau cœur fut implanté avec les joints en téflon dans le système des gros vaisseaux, et suturé. En arrière-plan, on entendait le claquement amorti de la machine cœur-poumons qui pompait le sang, le purifiait, le mélangeait d'oxygène et l'échangeait avec du sang pris aux donneurs.

— Elle est déjà partie, murmura Sampieri à l'oreille de Volkmar et comme il ne réagissait pas, il ajouta : —

Loretta est partie tout de suite sur sa civière roulante dès que j'ai fait signe.

— Fermez votre gueule ! grinça Volkmar, ou je cogne !

Contrôles des sutures. Retour au système circulatoire normal. Choc électrique du défibrillateur. Les premières palpitations du nouveau cœur. L'annonce de l'oscillographe : le cœur fonctionne, la courbe se stabilise ! Et cet événement formidable : un cœur étranger a pris en charge la continuation de la vie.

Volkmar quitta la salle d'opération. Dans l'antichambre, il n'y avait ni gorilles armés de mitraillettes, ni aucun représentant de la Maffia ; il avait bien cru reconnaître en entrant, parmi le déploiement d'hommes de main, un certain Don Giacomo, qu'il savait faire partie du Grand Conseil des Familles. Il était seul et il le fut encore dans l'ascenseur. Mais pourquoi aurait-on désormais importuné le chirurgien-chef de la Maffia ?

Volkmar se rendit alors à son bureau et en poussa brusquement la porte. Presque en même temps, maître Soriano et Loretta se levèrent d'un bond du sofa où ils s'étaient assis. Avec un cri strident, Loretta courut vers lui et tomba dans ses bras.

— Mon chéri ! Mon pauvre, pauvre chéri ! Qu'ont-ils fait de toi ?

Puis elle se mit à pleurer suspendue à son cou. Il la reporta sur le sofa, s'assit auprès d'elle, posa sa tête sur ses genoux et se mit à caresser sans cesse son visage parcouru de frémissements.

Maître Soriano le regardait fixement de ses yeux bordés de chairs tuméfiées.

— Je te suis reconnaissant, Enrico, dit-il sur un ton à peine perceptible. Je ferai tout ce que tu voudras. Je n'oublierai jamais que tu as sauvé mon ange... je ne veux pas te remercier, car ce serait beaucoup trop peu pour te dire ma gratitude.

— Comment cela va-t-il continuer ? demanda Volkmar d'une voix lasse.

Il baisa les paupières humides de larmes de Loretta et ne bougea pas lorsqu'elle saisit sa main et lui mordit l'index comme si elle enfonçait ses dents dans un morceau de bois.

— Si tu veux, nous partons tout de suite pour Solunto. La Cadillac est dehors et j'ai déjà pu téléphoner à Worthlow. Il était fort inquiet mais... imperturbable, il avait raison et maintenant il prépare, m'a-t-il dit, un repas de fête.

— Depuis combien de temps Loretta est-elle ici ?

— Depuis plus d'une heure. Elle était encore assez titubante et vacillait sur ses jambes lorsque Don Giacomo, un des « représentants », l'a amenée, mais elle s'est remise rapidement et n'a plus pensé qu'à toi, prié pour toi, afin que tu aies beaucoup de courage dans l'épreuve. Et tu l'as eu !

— Erreur ! Je suis complètement brûlé, en cendres, intérieurement. — Volkmar rejeta sa tête en arrière et fixa le plafond recouvert de bois de noisetier aux tons fauves. — Je ne sais pas comment je survivrai à ça..

— Tu t'y habitueras.

— M'habituer ? A transplanter chaque jour le cœur d'un individu assassiné ? Il faut m'habituer à ça ?

— Je t'aime, dit Loretta en l'entourant de ses bras. Je t'aime.

— Tu m'aimes ? Tu devrais crier de dégoût lorsque je te touche.

— C'est pour moi que tu as vaincu ton horreur, tes angoisses. — Elle serrait son visage contre la poitrine de Volkmar. — A présent, je ne vis vraiment que par toi. Tout dépend de toi.

— C'est infâme : vivre à la seule condition que l'on tue !

— Plus il y aura de sacrifices, plus le succès sera grand ! lança Soriano en se dirigeant vers la porte.

Il était redevenu le grand Soriano, l'avocat célèbre de Palerme, Don Eugenio qui avait reçu la Sicile comme un fief. On pouvait mettre un trait sur la nuit passée. Ce n'était plus qu'un épisode. Seul, son front encroûté de sang rappelait les heures où un certain maître Soriano n'était plus qu'un petit tas d'épouvante.

— Partons-nous ? reprit-il. J'ai une faim de cannibale ! Worthlow nous attend. Venez, mes enfants, et réjouissez-vous sans arrière-pensée de votre nouvelle liberté ! Enrico : notre maison au bord de la mer, ton yacht, le parc et ses grandes eaux...

— Les crocodiles et les lions...

— Je les ferai disparaître. — Soriano poussa la porte, fit un pas dehors dans le vestibule et revint dans le bureau. — Enrico, dit-il tout bas, je n'oublierai pas *ce qu'ils nous ont fait* cette nuit ! Je sais quelques noms que l'on peut déjà rayer du nombre des vivants ! Je dois encore veiller à l'accomplissement de certaines mesures avant de me retirer définitivement !

— Vous êtes avide de vengeance, n'est-ce pas ? — Volkmar se leva du sofa en attirant Loretta à sa suite. — Je ne suis plus les méandres de vos pensées. La Maffia, comme avant, nous détient en tant que gages Loretta et moi !

— Nous verrons ça... — Soriano déjà dans le vestibule, eut un geste d'invite : — Allons, mes enfants, on ne m'y prendra pas une seconde fois !

Le médecin munichois Heinz Volkmar était bien mort, il ne ressusciterait pas. Depuis ce jour, il n'y aurait plus de retour en arrière.

Il s'étendit près de la piscine sur le sol dallé de marbre dont la fraîcheur l'apaisa. Loretta, dans la chambre à coucher, maniait un séchoir à cheveux.

J'ai capitulé, pensait-il, jugez-moi ! Mais je ne suis qu'un homme ! Qu'auriez-vous fait à ma place ? Sacrifié Loretta ? Celui qui me répondra dans ce sens, je le qualifie aussi d'assassin !

Il frémit. Loretta, revenue sur la terrasse, se pencha vers lui pour l'embrasser. Ses cheveux répandaient le parfum des roses, son corps était doux comme un velours.

Elle se pencha davantage encore jusqu'à ce qu'il vît luire ses jolis seins au-dessus de ses yeux. Elle était nue, il l'attira à lui.

— Es-tu folle, murmura-t-il, Worthlow...

— J'ai poussé le verrou, oh ! mon chéri... — Elle se

plaqua contre lui comme un serpent lisse et souple, ses mains, ses lèvres l'émurent indiciblement. — Nous sommes en vie, dit-elle dans un murmure en lui mordillant l'oreille. Mon Dieu, nous sommes en vie ! Sais-tu pour combien de temps ? Chaque heure, chaque minute est précieuse.

Ils s'aimèrent sur le sol de marbre au bord du grand bassin, puis le corps encore brûlant, ils se glissèrent dans l'eau. Loretta dit en riant : « Pourquoi donc avais-je pris soin de sécher mes cheveux ? »

Deux ans après, il y eut à Rome un accident de la circulation.

Un homme qui, à en juger par son costume, devait être fort opulent, sortit d'un café, traversa la rue pour regagner sa voiture et ne prit pas garde qu'un jeune motocycliste arrivait à toute vitesse dans l'autre sens. Avant que le jeune homme eût pu avertir ou freiner, il y eut collision. Le monsieur d'un certain âge fut projeté en l'air et retomba sur la chaussée où il resta étendu sans connaissance. Il s'est jeté sur moi ! clama le jeune homme qu'une foule hostile entourait déjà. Mais il s'agissait avant tout de porter secours au blessé. Lumière bleue clignotante, sirène hurlante, l'ambulance fonça vers l'hôpital. Le jeune médecin amené d'urgence mit un masque à oxygène au blessé pendant le trajet. Mais le visage de l'accidenté bleuissait de plus en plus. Son pouls faiblissait.

— S'il en est encore temps ! s'écria le médecin des urgences lorsqu'on sortit la civière de l'ambulance.

Un interne examina l'homme et s'écria :

— Service de cardiologie ! Massage du cœur !

Au pas de course, des infirmiers portèrent le mourant jusqu'au service des urgences où, informés par le bureau d'accueil, un médecin et une infirmière les attendaient L'interne qui marchait auprès de la civière, fit un geste de refus en voyant l'appareil à oxygène que l'on roulait vers eux.

— C'est idiot ! s'écria-t-il en courant vers la cuvette pleine d'une solution stérile dans laquelle il plongea ses mains qu'il secoua ensuite. — Mettez-le sur la table ! Et tout de suite l'ouverture intercostale et le monitoring (réanimateur) !

— Arrêt du cœur ! annonça le jeune médecin des urgences en regardant l'interne.

— Ouvrez, bon Dieu !

L'interne s'élança vers la table d'opération et prit le scalpel qu'on lui tendait. C'était une question de secondes. L'arrêt de l'alimentation en oxygène pouvait à chaque instant provoquer des dommages cérébraux irréversibles. Cela signifiait une survie dans un état de gâtisme.

L'infirmière et l'interne arrachèrent la chemise du blessé. Deux médecins assistants pénétrèrent à la hâte dans la salle d'opération des urgences afin d'apporter leur aide. Puis ils restèrent tous, l'interne compris, comme cloués au sol devant ce thorax dénudé. Une longue cicatrice incurvée s'étendait sur tout le thorax.

— Maria ! lança l'interne à mi-voix, on dirait qu'il a déjà subi une opération du thorax ! Il faut ouvrir ! Amenez l'oxygène, le plasma sanguin. Bon Dieu, quels lambins vous faites !

Ouverture intercostale, pénétration à l'intérieur où se trouvait une masse musculaire qui palpitait à peine encore. Les doigts de l'interne foulèrent rythmiquement le cœur, le forçant à reprendre son activité. En même temps, les perfusions antichoc étaient installées, de l'oxygène pur véhiculé par le sang irriguait à flots le cerveau.

— Nous y arriverons, gémit l'interne, mes amis le cœur se ranime. Là... il reprend... C'est gagné...

Trois heures plus tard, le vieux monsieur qui, selon le passeport trouvé sur lui, s'appelait Leone Tortalla, banquier à Milan, dormait encore, épuisé par le choc qu'il avait subi. Cependant, les médecins de l'hôpital s'étaient réunis dans le bureau du médecin-chef, le professeur Latungo. Dix radios thoraciques étaient suspendues sur la paroi lumineuse de la salle. Les médecins contemplaient cette galerie de radios avec un étonnement muet et pensaient tous également : ce n'est pas possible !

Le professeur Latungo parla net :

— Messieurs, je n'ai pas besoin de vous expliquer ce que vous voyez tous ! Signore Tortalla a subi une transplantation du cœur. Fait peu habituel, mais qui n'est plus sensationnel. Mais ce que vous voyez là, il n'en a encore jamais été parlé : une transplantation totale ! Un cœur absolument neuf ! Et transplanté selon une méthode inconnue. Où a été exécutée cette transplantation ? Qui s'en est chargé ? Et, mystère plus grand encore : comment Signore Tortalla y a-t-il survécu ? Il faut que nous éclaircissions tout cela !

Il n'y avait rien à éclaircir ou à expliquer. Leone Tortalla se refusa à toute investigation, repoussa sèchement toutes les questions qui lui furent posées.

— Je demande que l'on me ramène à Milan ! dit-il lorsqu'il eut retrouvé assez de force, ce qui arriva à la surprise des médecins au bout de deux jours. — Et je désire que l'on me laisse en paix. Qui donc vous a permis d'ouvrir ma cage thoracique ? N'avez-vous pas d'autres méthodes de réanimation ? C'est un scandale ! Je veux rentrer immédiatement à Milan !

— Vous avez un cœur neuf qui en a remplacé un autre, répondit patiemment le professeur Latungo.

— Non !

— Signore Tortalla ! Les radios que nous avons prises, l'ouverture qui a été pratiquée dans le thorax... vous n'allez pas tromper un médecin... Vous avez subi une transplantation totale du cœur, d'ailleurs une opération fantastique. Racontez, je vous prie, où elle a été faite et qui fut votre chirurgien.

— Je veux la paix ! cria Tortalla. Je ne vous ai pas demandé de photographier l'intérieur de ma personne !

— Vous avez..., reprit le professeur.

Mais Tortalla frappa du poing ses couvertures.

— Plus un mot ! Je veux qu'on m'apporte un téléphone, afin d'informer mes avocats de ma situation. Vous m'insultez ! Je me sens menacé par vous ! Comment un médecin peut-il oser...

— Votre cœur a été transplanté, reprit le professeur impavide. Il l'a été selon une méthode inconnue ! Je dois vous garder ici, Signore, et alerter le procureur de la République. Votre cœur neuf n'est pas une affaire de caractère absolument privé. Non, pas un cœur tel que celui-ci !

— Que voulez-vous dire par : un cœur tel que celui-ci ?

Contre la volonté de Tortalla qui menaçait de porter plainte pour violences et privation de liberté, on prit d'autres radios de son thorax, sur toutes les faces, avec une minutie qui permit de constater l'évidence de la transplantation d'un cœur relié au système circulatoire par des prothèses que l'on y avait introduites. Le corps avait non seulement accepté le cœur étranger, mais aussi les prothèses en tant que vaisseaux sanguins.

Quatre jours après l'accident arrivé à Tortalla, quarante-neuf médecins se retrouvaient dans le grand bureau du professeur Latungo et se faisaient expliquer ce qui leur paraissait à peine possible. Étaient également présents le procureur de la République à Rome, deux procureurs généraux, deux avocats que Tortalla avait fait venir et un représentant du ministère de l'Intérieur. Pour rendre la séance encore plus théâtrale, y figurait aussi à côté d'une série de radios exposées un monsieur âgé assis dans un lit, soutenu par des oreillers, rouge de fureur et grondant sans trêve.

Ces radios révélaient l'histoire mystérieuse d'une existence.

Le professeur Latungo fit un long exposé sur la chirurgie cardiaque, il parla de ses difficultés, des espérances qu'elle permettait enfin, ainsi que des diverses méthodes employées par les plus grands chirurgiens du monde pour réussir la transplantation totale du cœur.

— Mais ici, poursuivit-il, nous sommes les témoins d'un événement tout à fait nouveau ! Ici, Messieurs, vous le voyez tous — il désigna de l'index les radios —, c'est une transplantation totale qui a été réalisée et cela dans le secret le plus absolu, elle ne nous fut révélée que grâce à un hasard. Et l'on veut que nous acceptions ce fait sans poser de questions ? Non !

— Vous devez accepter ce fait, le reste ne vous regarde pas ! dit posément l'un des avocats de Tortalla.

— Nous n'avons pas à nous incliner ! lança l'un des procureurs généraux qui se leva pour considérer avec hauteur le cercle des médecins et des juristes. Je prends votre protestation en considération, Maître. Cependant, l'État fera l'enquête qui s'impose et décide comme première mesure de retenir Signore Tortalla dans cet hôpital.

— Nous protestons ! s'écria le premier avocat de Tortalla.

— Nous en prenons note. — Le procureur général eut un sourire moqueur : — Je vous l'ai déjà dit, comment voulez-vous protester ? Publiquement ? Vous détruiriez ainsi les chances d'éclaircir ce mystère... A moins que vous m'expliquiez vous-même...

— Je vous donne ma parole d'honneur, Monsieur le Procureur Général, que nous ignorons où notre client a été opéré. Il a voyagé à cette époque, nul n'a su vers quelle destination, et il est revenu au bout de trois mois possesseur d'un cœur guéri, bien portant, transformé.

— Ainsi Signore Tortalla peut seul nous renseigner.

— Inutile d'y compter.

— Nous essaierons de l'obtenir de lui dans l'intérêt de centaines de milliers de cardiaques qui seront peut-être sauvés par ses révélations.

— C'est peu probable ! conclut le professeur Latungo en éteignant la paroi lumineuse de son bureau. — Les radios restèrent suspendues à leurs pinces chromées comme des images abstraites. — Voyez-vous, reprit le professeur, il n'y aura jamais assez de donneurs...

Qui donc eût jamais pu imaginer rien d'aussi sinistre que la vivante banque des cœurs de maître Soriano ?

Pendant sept jours, le pauvre banquier Leone Tortalla fut cuisiné par les procureurs et les médecins. Ses avocats déposèrent des protestations écrites qui furent mises de côté, pour commencer. C'est la force des autorités dans tous les pays, pas seulement en Italie. On peut rarement leur prouver qu'elles ne font rien ! On vous explique régulièrement que « l'affaire suit son cours. »

Leone Tortalla insulta les médecins par des paroles peu dignes d'un banquier jouissant d'une grande considération. Il recevait les représentants des procureurs et même monsieur le procureur général en personne, avec des remarques ordurières.

Les choses se compliquèrent encore lorsque le cinquième jour de sa « détention », sa petite amie de vingt-sept ans sa cadette arriva à Rome pour s'installer à son chevet. Une beauté, il fallait en convenir, mais une de ces souris qui, au lit, se métamorphosent en chat sauvage. Poitrine épanouie, taille de guêpe, jambes longues, regard de feu. Le fait que Tortalla l'avait apprivoisée jusqu'à présent témoignait en faveur de la réussite totale de sa transplantation cardiaque.

Mais Tortalla jurait aussi en présence de sa jolie maîtresse. Elle disait par exemple :

— Mon Loulou, dis donc à la police ce qu'elle veut savoir ! Ça n'a pas d'importance. Je sais bien que tu as un cœur neuf. C'est merveilleux ! Songe que tu peux vivre cent ans. Réfléchis combien de temps cela nous donne pour nous deux !

Tortalla luttait contre l'envie de jeter dehors sa souris indiscrète. Mais elle se mettait à le couvrir de baisers, passait ses mains sous la couverture et constatait une guérison rapide.

— Plus un mot à ce sujet ! répliqua-t-il, la respiration soudain accélérée sous la caresse de la maudite petite main. — Veille à ce que je sorte d'ici le plus tôt possible, et je te promets que nous irons avec le yacht à Marbella !

Mais il n'en fut rien.

Le neuvième jour, Tortalla eut soudain de la température, 39°. Une grande lassitude s'empara de son corps. Les médecins, à leur tête le professeur Latungo, avaient l'air soucieux. Leur diagnostic était précis : le lobe droit du poumon était pris, un exsudat s'y formait, les percussions donnaient un son mat, à quoi s'ajoutaient une sensation de pesanteur dans la poitrine, des douleurs dans l'épaule droite, des difficultés à respirer avec râles. « Nous l'avons, le « mauvais coup » ! déclara le professeur lors de la discussion matinale des médecins. Une pleurésie exsudante caractérisée ! Pourquoi ? Il est préférable d'en parler à voix basse : parce que nous avons négligé pendant nos nombreuses recherches à son sujet, de respecter l'immunité anti-infectieuse constante dont il doit être assuré comme nouveau receveur ! Messieurs, voici qui n'est pas à notre honneur... nous nous comprenons ? Signore Tortalla ne doit pas sortir d'ici les pieds en avant ! »

On fit tout pour parer à la catastrophe. On insuffla de hautes doses d'antibiotiques dans le circuit sanguin de Tortalla, on lui fit une ponction pleurale à l'aide d'un trocart introduit entre deux côtes et l'on fit s'écouler les sérosités accumulées, lesquelles étaient de coloration verdâtre et contenaient une quantité de leucocytes. Mais Tortalla réagit à peine à ces interventions. Les médicaments absorbés constamment par lui pour combattre les phénomènes de rejet avaient privé son corps de sa capacité de défense. Il succombait à présent à une infection venue de l'extérieur. Le professeur Latungo sentit que le temps lui était compté, il espérait à peine gagner la course.

Les avocats assis au chevet du malade recevaient des instructions précises de la part de Tortalla brûlant de fièvre, elles concernaient les poursuites à introduire contre « les médecins maudits qui veulent me tuer ». Les procureurs qui, tels des vautours, restaient perchés dans le voisinage dans l'espoir d'extraire du malade affaibli la clé du grand mystère, étaient gratifiés par le banquier d'appellations telles que « chiens fascistes », « aides-assassins ».

Tortalla mobilisait tout ce qu'il avait de volonté en lui, mais son corps rendu incapable de réaction n'obéissait plus, à présent qu'il s'agissait de sa vie. Il avait maintenant des crampes au cœur et le rythme de ce viscère qui avait été exemplaire faiblissait. Le professeur Latungo n'osait le proclamer : les premiers symptômes de rejet se manifestaient déjà.

— Nous devons nous attendre à tout, dit-il le douzième jour lors de la conférence des médecins à midi. Si nous ne stoppons pas l'infection, il faudrait, pour la seconde fois, lui transplanter un cœur, ce qui ne nous est pas possible, seul peut-être notre mystérieux collègue, auteur de la première transplantation, en serait capable, mais diable, où est-il ?

Pendant quinze jours, Leone Tortalla lutta contre lui-même et le serment fait à maître Soriano de ne jamais révéler d'où lui venait son nouveau cœur. « Jamais de la vie ! », avait-il juré. Mais était-ce encore vivre ? N'était-ce pas déjà la descente vers la mort ? Mais c'était arrivé sans faute de sa part, il pouvait l'affirmer. Seules la négligence des médecins et leur curiosité à l'égard du transplanteur mystérieux en portaient la responsabilité. Tortalla mourrait donc, parce qu'il se taisait. Mais maître Soriano n'avait pas parlé de la mort. « Jamais de la vie », telle avait été la formule exacte, mais la fièvre emportait la vie.

Tortalla en discuta avec ses avocats. Il apprit, au cours de cet entretien qu'il subit avec beaucoup de peine, haletant, brûlant de fièvre, avec des crampes au cœur et un poids paralysant dans tout le côté droit du thorax jusqu'en dessous du foie, que le serment qu'il avait fait à maître Soriano — pour la première fois, ce nom surgit dans la conversation — avait désormais, dans sa situation, perdu sa raison d'être.

— Alors il faut agir tout de suite, dit Tortalla d'une voix affaiblie. Immédiatement ! Téléphonez à maître Soriano à Palerme ! Corso Vittorio Emanuele. Tout le monde le connaît là-bas, et dites-lui que je crèverai misérablement s'il ne vient pas me chercher tout de suite ! Il doit garder toujours une chambre libre. Je paierai un million de dollars lorsque je serai sauvé et encore un autre million de dollars si la transplantation d'un autre coeur s'imposait !

Leone Tortalla se laissa retomber en arrière dans ses

oreillers et ferma les yeux. Il baissait visiblement. Les avocats se regardèrent désemparés.

— Palerme ? Qu'est-ce que Camporeale ? Deux millions de dollars pour un coeur ? Signore Tortalla...

— Téléphonez, je vous prie, en communication prioritaire... — Le malade râlait. Dans quelques minutes, le liquide pleural devait être de nouveau évacué par aspiration. Un supplice affreux. — Seul, le docteur Monteleone peut me venir en aide.

— Le docteur Monteleone ?

— C'est lui... Tortalla avait de la peine à s'exprimer. — Le grand chirurgien. Mon Dieu, téléphonez donc ! je ne veux pas mourir ! Pas comme cela ! Louez un avion pour Palerme, vite... vite...

Les avocats acquiescèrent d'un signe et, en s'en allant, se heurtèrent au procureur général qui allait entrer dans la chambre du malade.

— Il n'est pas bien, n'est-ce pas ? dit-il. Mon Dieu, comment peut-on être aussi entêté au bord de la tombe ! Peut-être le médecin qui s'est occupé de lui jadis pourra-t-il...

— Nous avons réussi à connaître son identité... — L'avocat qui s'était jusqu'alors montré si combatif désigna une cabine téléphonique au bout du long couloir. — Nous ne pouvons vous donner, pas plus qu'avant, aucune information, mais si vous voulez écouter notre conversation téléphonique, il sera possible que vous ayez été par hasard tout près de nous pendant celle-ci et que nous ne nous en soyons pas aperçus...

Le procureur sourit faiblement, suivit les avocats en trottinant et s'appuya contre la porte de la cabine téléphonique.

Une demi-heure plus tard, le Parquet était informé. Le procureur général mit au courant, de son côté, le ministre de la Justice et le ministre de l'Intérieur et demanda la plus grande discrétion. Seul, un cercle restreint de personnes savait enfin la vérité et se réunit dans le bureau du procureur général pour préparer l'« Action Sicile », comme un coup de main militaire.

C'était aussi la seule manière de procéder pour exploiter cette chance de réussite. Il fallait ménager un effet de surprise totale.

On ne négligerait pas d'opposer les forces de police habituelles aux hommes de main de Soriano.

— Je prends la situation en main, dit le procureur général en terminant son exposé. Selon les dernières informations que j'ai reçues, maître Eugenio Soriano est le Capo di Tutti Capi de Sicile. De mèche avec Don Eugenio — c'est une constatation que nous avons déjà faite — il y a la police de Palerme et le procureur Brocca, une bande de grands industriels et des entrepreneurs de toutes sortes. La puissance de la Maffia englobe tout le pays, du plus pauvre gardien de chèvres au millionnaire. Nous connaissons ça. Maître Soriano jouit d'une réputation internationale. Arriver jusqu'à lui était impossible jusqu'à présent, mais enfin, enfin, nous avons une arme contre lui avec laquelle nous pourrons le désarçonner. Même si tout devait s'avérer des plus innocents — pourquoi n'y aurait-il pas à Palerme un chirurgien du nom de Monteleone capable de transplanter des cœurs ? Même s'il en était ainsi, nous avons planté nos griffes dans sa peau et nous ne le relâcherons pas de sitôt ! — Il jeta un regard aux notes qu'un secrétaire venait d'apporter : — Dans deux heures exactement, un avion privé transportant un commando de quarante policiers spécialisés, triés sur le volet et en civil, décollera pour se rendre directement à Palerme. Tous ces hommes sont des tireurs d'élite et portent des gilets pare-balles. Je dirigerai moi-même cette entreprise. C'est pour moi un acte de justice personnelle, Messieurs : voici vingt-quatre ans, j'étais, à cette époque, jeune substitut au Parquet de Messine, Soriano s'est opposé à moi. Non pas dans la salle du Palais de Justice ni à l'occasion d'un procès, mais dans le domaine privé. Il enleva la jeune fille que j'aimais. Elle devint la femme de Soriano. Un an plus tard — elle était enceinte — je quittais la Sicile pour me fixer à Rome ! Je sais, il y a longtemps de cela, vingt-quatre ans ! Et je n'en dirais pas un mot si déjà alors, Soriano n'avait été un porc : il fit voir à ma fiancée des photos truquées qui me montraient avec des femmes dans d'indescriptibles situations. Le même soir, choquée par des images qu'une jeune fille de son milieu, ayant son éducation, n'avait jamais pu imaginer, elle se donna à lui. Je la perdis ainsi. Messieurs, je serai charmé de revoir maître Soriano !

Exactement à 12 heures 30, l'appareil loué à l'Alitalia décolla de l'aéroport de Fiumicino. Pas même le capitaine de bord ne savait qui il transportait. On lui avait dit qu'il s'agissait d'un groupe de savants chargés de faire des recherches géologiques en Sicile. Comme ils étaient chargés de mission par le gouvernement, leurs bagages ne passèrent pas sur la bascule et ne subirent aucun contrôle. On ne pouvait s'imaginer des géologues allant en voyage de recherches pourvus de pistolets mitrailleurs, de munitions et même de deux légers lance-grenades démontables. La Maffia ne fut pas alertée à temps, personne ne la prévint par le moindre signe, aucun renseignement ne transpira, ce prodige fut dû au fait que le procureur général menait lui-même cette action.

Un compte personnel assez mince, qui serait réglé en souvenir d'un incident négligeable, comparé aux autres méfaits dont il s'était rendu coupable, allait être jeté en travers du chemin de Soriano et pouvait le détruire.

Dans l'avion, à l'avant des premières classes, se trouvait aussi Leone Tortalla, banquier à Milan. Enveloppé de couvertures, relié à trois ampoules goutte-à-goutte, accompagné de deux jeunes médecins, il s'éteignait doucement, plus proche de la mort qu'il ne s'en doutait, mais en dépit de son état désespéré, plein d'une revigorante espérance.

— Il me sauvera, lui seul en est capable.

Le docteur Ettore Monteleone, de la clinique de pédiatrie à Camporeale, deux étages sous terre, dans le service de cardiologie le plus moderne du monde, la clinique de la Maffia.

La clinique des cœurs perdus.

Les avocats étaient restés à Rome et tenaient compagnie à la petite amie de Tortalla, dont les adieux à son ami furent déchirants parmi des cris et des sanglots. Avait-elle aimé si profondément Leone Tortalla ? Elle se calma seulement lorsque les avocats lui révélèrent que son ami, *en cas de malheur*, lui assurait un capital de dix millions de lires.

— Y a-t-il encore de l'espoir ? reprit-elle en se tamponnant délicatement les yeux.

L'avocat regarda vers la piste d'envol où l'avion de l'Alitalia décollait de la piste de béton. Ils étaient assis dans le salon de l'aérogare réservé aux personnages de marque où flottait encore l'odeur des désinfectants répandue par Leone Tortalla.

— Seul, le docteur Monteleone le sait, répondit l'avocat, s'il est encore là-bas...

Le docteur Volkmar avait changé en deux ans.

Deux ans chef de clinique de la Maffia, deux ans de transplantations cardiaques, deux ans d'indicible horreur, derrière une paroi de verre que nul son ne franchissait — un jeune corps recouvert de toiles vertes, un garçon qui s'était réjoui de s'engager dans la Légion... un des objets numérotés, retiré de la vivante banque des cœurs.

Qui résisterait à une telle épreuve ?

Le docteur Volkmar avait subi une grande métamorphose. Extérieurement, on ne le voyait pas. Il était toujours l'homme élégant, sportif, actif, éblouissant, recherché de toutes les dames siciliennes, plus encore à présent que ses tempes s'étaient argentées des deux côtés de son visage bronzé aux traits plus accusés, barré de quelques rides.

Mais il était devenu plus secret, plus laconique et gardait parfois un silence blessant, ce que les femmes mettaient au compte d'une intense concentration de pensée et qu'elles excusaient avec enthousiasme. Lorsqu'il n'opérait pas à la clinique où ses patients guérissaient avec une rapidité étonnante, il suivait le plus souvent les côtes siciliennes dans son yacht, étendu sur le pont, se demandant anxieusement comment serait sa vie dans quelques années. Il serait riche, certes, il n'aurait rien à se refuser, mais le prix en serait le même qu'aujourd'hui : la même descente aux enfers du sous-sol dans les salles d'opérations où des hommes condamnés à mort par la maladie seraient sauvés de sa main tandis qu'en même temps de jeunes vies seraient détruites.

L'Honorable Société ne le surveillait plus, du moins Volkmar ne s'en apercevait-il pas. Il était évident qu'on l'observait de loin et que l'on sévirait aussitôt qu'il risquerait une nouvelle évasion. La seule arme de la Maffia contre lui était Loretta. Elle serait toujours la victime. Il n'y avait pas de chaîne plus sûre pour le retenir prisonnier que son amour pour Loretta.

Au mois de mai 1969, ils s'étaient mariés. Comme maître Soriano le leur avait promis. Ç'avait été un mariage qui ne pouvait être comparé qu'aux fêtes éblouissantes données par les princes de la Renaissance. Les festivités durèrent quatre jours, du mariage religieux au feu d'artifice auquel prit part tout Palerme parce qu'il fut tiré dans le port et enveloppa la cité d'une pluie d'étoiles colorées, puis dorées. Dans le parc, dans la Via delle Libertà, on installa d'énormes chaudrons, des pavillons où l'on offrait des vins et une énorme broche à rôtir. Maître Soriano, le docteur Monteleone et sa ravissante épouse Loretta invitèrent à festoyer les pauvres de Palerme. De 11 heures du matin jusque tard dans la nuit, les sans-toit, les mendiants, les vieux restèrent assis à de longues tables de bois couvertes de victuailles, servis par le radieux père de la mariée et dix de ses amis, tous de grands bourgeois de la ville.

Seules, les prises de photos étaient rigoureusement interdites.

Loretta et Volkmar ne firent pas de voyage de noces. Ils restèrent simplement huit jours sur leur yacht pour longer la côte africaine, heureux d'être seuls. Au retour, lorsqu'ils virent surgir au loin les toits de Palerme, l'horreur les reprit dans ses griffes.

Lorsque Volkmar se maria, quarante-six donneurs se trouvaient dans le home d'enfants. Volkmar connaissait ce chiffre par le docteur Sampieri. Lui-même ne pénétra jamais plus dans le dernier étage du bâtiment III.

— C'est me mentir à moi-même, je le sais, dit-il une fois à Loretta. C'est une fuite vers l'aveuglement. J'attends le jour où je me briserai.

— Je serai auprès de toi, mon chéri, dit-elle dans un murmure.

Elle était prête à se sacrifier pour Volkmar. Une vie sans lui ne serait rien. C'était la garantie absolue de l'Honorable Société : sur cette passion prête à tous les sacrifices se basait l'infâme entreprise. Il n'était pas pensable que le docteur Volkmar choisisse de se jeter consciemment dans le malheur.

Les « parties » dans la villa Soriano étaient, comme jadis, les points culminants de la vie mondaine en Sicile. De temps à autre, le Grand Conseil y prenait une part discrète. De gros messieurs élégants, qui frappaient Volkmar sur l'épaule, baisaient la main de Loretta et la couvraient de compliments, d'autant plus qu'ils étaient fort satisfaits des bilans financiers de la clinique.

Deux fois cependant, une transplantation ne réussit pas. Mais ce fut du fait d'un incident étranger à l'opération : l'un des malades mourut d'une hépatite, l'autre, une femme, épouse d'un grand pétrolier, d'un carcinome du pancréas qui prit une forme d'évolution galopante.

Worthlow, pour la première fois de sa vie, avait pris des vacances. Il fut même autorisé à aller dans sa patrie, en Angleterre, où il resta deux mois et revint porteur de nouvelles intéressantes.

— Sir, dit-il à Volkmar, alors qu'ils se trouvaient seuls sur la terrasse-jardin, le regard tourné vers la mer, je me suis efforcé de trouver ce qui vous conviendrait et je crois avoir réussi. Je suis originaire du comté de Wigtown, de Glenduce. Qui connaît ce coin ? Mais plus inconnu encore est Ballantrae, sur la côte face à l'Irlande. A Ballantrae, on serait heureux d'avoir un médecin, Sir. Même il y aurait une belle maison près de la mer, habitable tout de suite. Vous auriez, il est vrai, peu de travail, les habitants ont une bonne santé, mais dans cette région justement vous pourriez aussi soigner les animaux. On s'y habitue, Sir. En tout cas, vous auriez la paix, nul ne s'inquiéterait de votre passé et vous auriez nombre de vrais amis. Ce serait vivre sous un vaste ciel devant des flots sans cesse tonnants. Un pays resté pur et sauvage.

— Worthlow, vous devenez lyrique !

— J'aime ce pays, Sir. Si vous vous décidiez à y vivre — avec moi, si je vous conviens... sur la côte de Ballantrae on pourrait tout oublier. Et comment pourrions-nous aller de Palerme à Ballantrae ? En allant avec le yacht à Tunis, de Tunis avec l'avion à Marseille, de Marseille à Londres. Même si l'on devait nous poursuivre sur cette partie du parcours à partir de Londres il n'y aurait plus de traces. Vous seriez alors mort pour la seconde fois. D'abord en tant que docteur Volkmar, puis comme docteur Monteleone. A Ballantrae vous vous appellerez le docteur Selby. Votre passeport parfaitement en règle avec votre photo est en sûreté chez l'une de mes cousines à Glasgow.

— Vous êtes un vieux et rusé renard, Worthlow ! — Volkmar considérait la mer qui brillait sous le soleil. Le yacht se balançait contre le long débarcadère de bois. Deux matelots nettoyaient le pont au faubert. Leurs torses nus luisaient de sueur. — Tout cela est d'une simplicité séduisante...

— Mais c'est simple, Sir.

— Le docteur James Selby... je voudrais, une fois encore, être le docteur Heinz Volkmar !

— Cela ne sera jamais plus possible, Sir. Même si le corps médical allemand tolérait des circonstances d'exception : on vous appellera toujours le médecin de la Maffia. Cette marque au fer rouge restera indélébile. Vous connaissez vos collègues !

— Ah ! comme je les connais, Worthlow ! Mais je n'éviterai pas ce combat.

— Et Mrs Loretta ? Vous pouvez encore rendre les coups, mais que fera-t-elle si les épouses des chers confrères l'appellent la fille du gangster ? Elle en sera brisée, je le sais. L'amour qu'elle a pour vous, et la haine bien entretenue du monde qui l'entourera... qui aurait la force de tenir toujours ? A Ballantrae, personne ne cherchera à en savoir davantage en ce qui vous concerne. Là-bas, vous serez le docteur James Selby que tout le monde respectera parce qu'il est un bon médecin... — Worthlow loucha vers Volkmar qui avait une tête de plus que lui : — Ou auriez-vous l'ambition de transplanter autre part des cœurs ?

— Ce fut la grande tâche de ma vie, Worthlow, j'ai fait un grand pas en avant dans la médecine de l'avenir. Nous pouvons pousser la porte du XXIe siècle !

— Plus vous, Sir. Excusez-moi. Vous ne retrouverez la paix que sur les grèves de la mer d'Irlande. Sous le nom du docteur Selby, vous nourrirez les mouettes, ou vous pêcherez dans l'arrière-pays le saumon des rivières d'une clarté cristalline qui viennent des montagnes. C'est aussi une existence merveilleuse.

— Je réfléchirai, Worthlow, répondit Volkmar à voix basse. J'en parlerai à Loretta et si nous nous décidons ce sera... tout de suite !

— Je suis prêt, Sir.

Les semaines suivantes, il fut impossible d'établir le plan d'évasion. Deux cœurs devaient être échangés et après chacune de ces effroyables opérations, Volkmar était à bout de nerfs. Il lui fallait des jours pour surmonter le choc.

Maître Soriano s'en rendait compte et se donnait beaucoup de peine pour distraire son gendre et lui faire des cadeaux agréables.

Au nombre de ceux-ci fut le sacrifice qu'il fit à Volkmar en manière de dernier cadeau de mariage. Après le retour du bref voyage de noces, Soriano parut au petit déjeuner sous la colonnade de la grande terrasse portant deux fusils de chasse :

— Je vous ai promis, mes chers enfants, dit-il presque solennellement, de me retirer peu à peu de la vie active de la « Société ». Votre bonheur est parfait et cela seul compte pour moi. Vous avez aujourd'hui la possibilité de faire un pas décisif...

— Je t'en prie, ne demande pas que je t'abatte d'un

coup de feu, Eugenio. Tu aurais dû me faire cette proposition il y a deux ans…

— Suivez-moi !

Soriano les précéda, traversa en bas l'immense parc et s'arrêta devant le lac artificiel où les crocodiles restaient vautrés au soleil dans la fange des petites îles.

Soriano remit à Loretta comme à Volkmar un fusil.

— Ils sont chargés de balles qui percent les blindages, le mieux est encore de viser dans l'œil.

Loretta fut la première qui attira à elle le fusil avec un geste violent. Ses grands yeux noirs flamboyaient.

— Je les ai toujours haïs ! dit-elle d'une voix oppressée. Toujours ! Dès l'enfance ! Merci, papa…

— Et toi, Enrico ?

Volkmar prit le fusil d'un geste hésitant et regarda longuement les gigantesques sauriens. Le cimetière de Soriano, pensa-t-il avec un frisson dans le dos. Dans ces gueules tout avait disparu de ce qui ne devait pas laisser de traces. Ici et chez les lions.

Soriano prouva une fois de plus qu'il lisait dans la pensée des autres.

— Nous nous occuperons des lions pour finir, dit-il. Considérez cela comme mon ultime cadeau de mariage. Je vais clore par cette décision l'ère de Don Eugenio.

Loretta épaula son fusil. Dans la mire de l'arme à longue portée surgit un crocodile formidable, glacé, caparaçonné de plaques de corne.

Loretta tira. Dans le fracas de la détonation, le crocodile bondit, projeté en l'air, se dressa tout droit sur sa queue hérissée d'écailles et s'abattit dans la vase.

— Remarquable, dit Soriano d'une voix enrouée. Comme elle sait tirer ! De temps à autre, Enrico, je reconnais mon sang en elle, Loretta n'a pas tout hérité de sa mère.

Cela dura une demi-heure jusqu'à ce que tous les reptiles du lac artificiel eussent été tirés. Soriano prit part à l'hécatombe car lorsqu'il avait vu Volkmar tirer à côté de la cible, lui prenant le fusil des mains il s'était mis aussi à viser ses crocodiles.

— Je ne peux pas tuer, dit Volkmar en se détournant. Je ne veux jamais que conserver la vie.

De retour seul sur la terrasse, il s'assit sous la galerie soutenue par des colonnes, et se fit préparer un « long drink » par Worthlow.

— Nous décampons, Sir, n'est-ce pas ? demanda le butler.

— Chez les crocodiles et les lions...

— Il y a deux ans, une telle décision eût été impensable.

— Quant à moi, il me faut opérer encore !

— Sir, la côte de Ballantrae attend le docteur James Selby.

— Peut-être dans trois semaines, Worthlow. J'ai dit à Soriano qu'il me fallait absolument du repos, renouveler ma force nerveuse. Je ne peux pas me permettre le moindre tremblement des mains et je tremble dès que je m'approche de la table d'opération.

— Je préparerai tout pour cette date, Sir. Avez-vous des anesthésiants ? Dans la pharmacie de bord ?

— Naturellement.

— C'est bien, Sir... A cause de l'équipage. S'il donnait l'alarme, nous devrions au moins voler déjà vers Londres.

Volkmar regardait en face de lui le chemin menant au lac artificiel. Les coups de feu avaient cessé.

— Et si cela tourne mal, cette fois aussi ? dit-il à mi-voix.

Worthlow s'approcha de la table ronde d'un pas plein de dignité et y déposa le classique verre de lait devant le fauteuil en osier de Soriano. Au loin, ils voyaient venir Loretta et son père, chacun le fusil sur l'épaule.

— Alors nous en subirons tous les conséquences, Sir, répondit Worthlow glacial.

Après le petit déjeuner, qui se passa en silence, maître Soriano s'en fut seul dans la cour mauresque. Loretta chercha à tâtons la main de Volkmar et elle la retenait solidement dans la sienne lorsque retentirent à quatre reprises des coups de feu secs, comme des claquements de fouet dans le silence saturé de soleil et du parfum des fleurs.

Loretta appuya sa tête sur l'épaule de Volkmar et ferma les yeux :

— Sais-tu ce que cela signifie pour papa ?

— Je crois.

— Il change radicalement de mode d'existence... à cause de nous.

— Trop tard, chérie, bien trop tard. Les crimes qu'il a commis pendant des dizaines d'années ne s'effaceront pas en abattant quelques animaux de sa ménagerie.

— J'ai tout ignoré... me crois-tu ?

— Autrement je ne t'aurais jamais épousée Loretta, si belle, intelligente, tendre, désirable que tu sois... Si j'avais découvert que tu avais jeté, ne fût-ce qu'un regard, sur la vie double de ton père sans hurler d'horreur, je ne t'aurais effleuré la main qu'avec effroi.

— Et maintenant ?

— Dans trois semaines, nous volerons vers Londres. Worthlow a tout préparé. Tu t'appelleras Mrs Selby.

— Il m'a tout raconté. — Elle l'entoura de ses bras et se serra contre lui. — Qu'est-ce qu'un nom ? Peu importe, tu es avec moi, je n'ai pas besoin de plus en ce monde.

— Une côte déchiquetée... une mer brutale...

— Tu seras là !

— Le cri des mouettes. Les ouragans qui fouettent de leur poigne chargée d'aiguilles de glace, des arbres courbés par le vent, l'herbe dure qui croît dans le sable et les cailloux, des plateaux dénudés rongés par l'érosion. Quelques troupeaux de moutons. Des humains aux visages tannés.

— Tu seras avec moi !

— Une vieille maison de campagne autour de laquelle la nuit la tempête hurlera a faire craquer les poutres.

— Je dormirai, heureuse, dans tes bras.

— Tu ne reverras jamais plus la Sicile. Plus de palmiers, plus de bois de pins, d'oliveraies, de jardins d'orangers. Plus de mer d'un bleu d'encre, ni de bateaux de pêche aux lanternes vacillantes à l'avant. Plus de fleurs de citronniers, plus de jasmin, plus de charrettes à âne peinturlurées de couleurs vives que mènent des paysans, ni ces pentes couvertes de vignobles.

— Je regarderai au fond de tes yeux et j'y retrouverai tout cela !

— Combien d'amour te faudra-t-il, Loretta ?

— J'ai assez d'amour pour deux vies.

Soriano revint de la visite à ses lions. Il était très grave. La mort de ses fauves bien-aimés l'avait visiblement ébranlé. Il jeta son arme dans l'herbe et s'assit dans un fauteuil d'osier.

Worthlow servit du cognac dans de grands verres ballons. Soriano vida le sien d'un trait.

— Pourquoi ne dites-vous rien ? demanda-t-il lorsqu'ils eurent gardé le silence un long moment assis les uns en face des autres.

— Que peut-on dire ? — Volkmar faisait tournoyer le cognac dans son verre. — Cette conclusion ne me touche pas. Je dois toujours transplanter les cœurs de victimes assassinées !

— Personne ne peut échapper à son destin, Enrico.

— Ce n'est pas mon destin : c'est *toi* qui l'as programmé !

— Qui se serait douté que toi et Loretta... — Soriano se passa les deux mains sur le visage. — Nous subirons la rigueur de ce destin ensemble.

Volkmar ne répondit pas. Worthlow desservait la table. Loretta tourmentait les liens de ses sandales. Ils n'osaient se regarder.

Le docteur James Selby, à Ballantrae, dans le comté de Wigtown. Médecin des humains et des troupeaux. Bien accueilli dans les « pubs ». Le dimanche, pêche au saumon en hautes bottes de caoutchouc debout jusqu'aux cuisses dans les eaux bouillonnantes des rivières montagnardes. Une fumerie de poisson installée par lui dans sa grange, deux petits chevaux hirsutes attelés à la voiture de chasse aux grandes roues, mais que l'on pourrait aussi monter engoncés dans d'épais pulls, le béret de feutre enfoncé jusqu'aux yeux. Temps de trot le long de la plage dans l'âpre vent marin qui se cristallise en croûte de sel sur la peau.

Mr James et Mrs Loretta Selby.

Encore trois semaines. Puis la vie et la liberté ou l'échec et la mort.

— Que ferons-nous ce soir ? demanda Soriano dans le silence oppressant.

— Je n'ai pas de projets.

— Mario del Monaco donne ce soir à Catane un récital... l'*Othello* de Verdi. Allons-y ! Je vais téléphoner pour avoir des places.

Soriano se leva et s'éloigna courbé, les épaules ployées en avant, sa chevelure presque blanche emmêlée par le vent.

— Il porte le deuil de ses lions, dit Worthlow avec une froideur britannique imperturbable. Il faut le comprendre, ils étaient le symbole de sa puissance.

A sept heures du matin, le yacht blanc à moteur se détacha du débarcadère de Solunto et piqua vers le large en direction de Tunis.

Tout était prévu. Worthlow avait demandé de Palerme les billets d'avion Tunis-Marseille-Londres qui devaient être retirés à l'aéroport de Tunis. Volkmar avait pendant deux jours poursuivi son activité médicale avec une nonchalance marquée, tellement que le docteur Sampieri osa lui conseiller :

— Chef, vous devriez vous reposer quelques jours ; un chirurgien qui joue de la guitare avec son scalpel n'est pas forcément digne de confiance !

Loretta aussi feignait de se montrer nerveuse, bousculait ses femmes et prenait à partie la caméristе qui avait succédé à Anna Talana jusqu'à ce que Soriano lui dît enfin :

— Mon ange, allez donc vous promener quelques jours en mer. Enrico peut se le permettre. Ses derniers opérés sont en bonne voie de guérison. Les deux prochaines transplantations peuvent attendre huit jours. Jusque-là, les analyses des laboratoires seront terminées. Voguez donc jusqu'aux îles Lipari. Cela vous fera du bien.

Sans doute.

— Merci, Papa ! lança Loretta qui déposa un baiser sur son front tout en se rappelant Judas.

Au revoir, père. Je sais combien tu m'aimes, mais cette tendresse est pour nous mortelle. Là réside peut-être le tragique de ta vie : tu t'es fait Satan pour m'offrir un paradis, mais nul ne peut y vivre.

Elle s'élança à travers le parc jusqu'à la grande piscine, puis jetant sa robe légère comme une gaze, elle bondit sur le plongeoir, leva les bras et, après un saut à l'élégante révolution, elle plongea dans l'onde.

Soriano sourit avec fierté. Ma fille ! Dieu permette que je meure avant elle, autrement il faudrait me fracasser le crâne au premier mur venu !

Tandis que l'avion spécial transportant quarante géologues venus de Rome et leurs bagages où se trouvaient mitraillettes et lance-grenades atterrissait sur l'aérodrome de Palerme, le yacht *Loretta* fusait vers la côte nord-africaine ayant mis le cap sur Tunis.

Pour la première fois, la chance se trouva du côté de Volkmar, elle lui ouvrit la porte d'une troisième vie.

Ce qui se passa à Palerme les heures suivantes, le monde ne l'apprit que par bribes, par la radio, la télévision, la presse et les communiqués officiels. Le procureur général de Rome, agissant au nom du gouvernement, imposa une censure rigoureuse à toutes les nouvelles venant de Sicile. Seul ce que le Parquet jugea utile de laisser savoir fut livré au public.

C'était fort peu. Car ce que l'on trouva était tellement terrifiant que l'on ne pouvait risquer une telle révélation, eu égard à la masse populaire.

Avec une exactitude toute militaire, le commando « clinique » accomplit sa mission. D'abord, maître Soriano fut arrêté dans son cabinet. Tous les postes de téléphone furent occupés et les clients renvoyés chez eux. Trente spécialistes entraînés à combattre la Maffia, emportant les deux lance-grenades, s'en furent à Camporeale. Là-bas aussi, on interrompit toutes les communications du home d'enfants, et l'on arrêta Signore Tonio Albengo, maire de Camporeale, pour lequel la visite du cardinal lors de l'inauguration avait été le point culminant de sa carrière. Vincente Lucca aussi, le carabinier de Camporeale, fut arrêté parce qu'il n'était simplement pas croyable qu'il eût ignoré ce qui se passait en haut de la colline à l'intérieur du merveilleux palais de verre et de marbre.

La « prise » de la clinique souterraine suivit — bien que ce fût moralement contestable — avec l'aide de Leone Tortalla mourant. Une ambulance venue de Palerme parut et deux policiers en blouse blanche d'infirmiers arrivèrent au pas de course pour porter sa civière à l'intérieur du home. On les y accueillit avec des regards effarés. L'infirmière-chef expliqua qu'il s'agissait d'une maison de repos pour le jeune âge et nullement d'une clinique pour adultes.

— Un médecin, je vous prie ! dit l'un des infirmiers. Vous avez bien un médecin ici ?

Les fonctionnaires venus de Rome eurent de la chance. Après quelques coups de téléphone à l'intérieur même du home d'enfants, un médecin parut, grand, maigre, presque chauve, et se présenta comme étant le docteur Sampieri. Un regard sur le banquier Tortalla lui apprit que son cas était des plus urgents.

— Il a absolument voulu venir ici ! dit l'infirmier qui était en réalité un policier, le commandant Luigi Dellanove. Il vient de Rome et dit qu'on l'a déjà opéré dans cette clinique ! Il s'appelle Leone Tortalla. Nous voici arrivés et nous nous trouvons dans une institution destinée aux enfants ! Qu'est-ce que cela signifie ?

Pour Sampieri, le nom de Tortalla avait une signification : c'était l'homme venu de Milan avec une catégorie de protéïnes très peu fréquente ! A présent, dans un tel état... Et le Chef qui était en voyage !

— Suivez-moi, dit Sampieri sans hésiter.

Il les précéda d'un pas rapide, se dirigeant vers l'ascenseur secret derrière la porte marquée par le mot « Magasin ». Les infirmiers portant Tortalla mourant le suivirent au pas de course. Ce fut seulement lorsque la porte fut retombée sur eux que les autres représentants de la justice pénétrèrent dans le grand hall, non pas déguisés mais avec la mitraillette en bandoulière. Sur une petite hauteur du terrain de jeux des enfants d'où l'on avait vue sur les alentours, les deux lance-grenades avaient été placés. L'infirmière-chef s'effondra dans l'un des fauteuils de cuir du hall et se mit à prier à haute voix.

— Une attaque ! Une attaque !

Il lui fallut longtemps pour se convaincre que ces hommes d'aspect dangereux étaient des policiers.

Dans le sous-sol II, un infirmier prit en charge la civière de Tortalla, la déposa sur un chariot et courut vers la réanimation. Le docteur Sampieri voulut le suivre, mais il vit sous son nez deux canons de pistolet dont le menaçaient les infirmiers.

— Commandant Dellanove ! dit l'un.

— Sergent Patti ! dit l'autre.

— Venus de Rome en mission spéciale ! Docteur Sampieri, vous êtes arrêté provisoirement. Ne faites pas de difficultés, montrez-nous la clinique et ne nous jouez pas de tours ! Le téléphone est coupé, la maison est occupée par trente hommes. On tirera aussitôt sur les fuyards !

Le docteur Sampieri pâlit. Il avait toujours rêvé de la fin de sa carrière de chirurgien de la Maffia, mais il ne se l'était pas imaginée ainsi. Son plus vif désir avait été de retrouver bientôt à Messine dans son jardin sa femme et son petit garçon avec lequel il aurait joué.

— Je vous précède, dit Sampieri, et je vous montrerai tout ! Mais ici, nous ne sommes tous que des exécutants, des outils exploités. Les responsables ne sont pas dans la clinique en sous-sol, mais autre part. Vous savez ce que je veux dire.

Le commandant Dellanove fit une aspiration sifflante par le nez. A présent seulement, il comprenait où il avait pénétré. Cette action mettrait toute la Sicile sens dessus dessous.

— Ce n'est pas vrai... dit-il d'une voix terne.

— Pas vrai, vous allez voir ! — Sampieri fit un grand geste du bras : — Le meilleur centre de cardiologie du monde ! La clinique de la Maffia ! Si vous voulez me suivre...

Tandis que le docteur Sampieri ouvrait toutes les portes et que les fonctionnaires romains parcouraient hors d'eux le domaine souterrain de la clinique des cœurs perdus, dans la salle d'opération mourait Leone Tortalla. On lui avait rouvert la cage thoracique en risquant une opération de secours, on avait aspiré le liquide séreux, fait des lavages aux antibiotiques, en vain, car son cœur aussi commençait à montrer des velléités de rejet. Mais il n'y aurait plus de cœurs neufs. Plus jamais.

La voix du commandant Dellanove tremblait lorsqu'au bout de trois heures, sur une ligne téléphonique rétablie, il fit son rapport au procureur général qui se trouvait dans le cabinet de Soriano, à Palerme. Le docteur Sampieri avait aussi ouvert la banque des cœurs où le bétail humain, prêt à être immolé, attendait son transport en Corse à la Légion Étrangère. Ce fut une vision qui fit blêmir les policiers les mieux « blindés ».

— Il ne faut pas qu'on l'apprenne jamais ! avait dit Dellanove. Jamais ! Il n'est pas permis qu'un humain agisse de la sorte ! Ça n'a jamais existé !

Le procureur général écoutait en silence ce que Dellanove lui révélait de Camporeale. Puis il posa lentement l'écouteur sur son socle et regarda Soriano assis entre deux policiers en civil dans l'un des profonds fauteuils de cuir.

— Je parlais avec Camporeale, Eugenio, dit le procureur. Nous avons tout en main.

Soriano répondit d'un léger signe de tête. Son calme, l'élégance de ses gestes, son regard clair, disaient que cet homme en avait fini avec la vie.

— J'avais deviné, répondit-il. Te voilà content, n'est-ce pas ? Après vingt-six ans, tu peux riposter enfin. Et comment !

— Vingt-quatre ans.

— Vingt-six. Loretta est maintenant âgée de vingt-cinq ans.

— Nous avons trouvé ta banque du cœur. Eugenio, es-tu encore un être humain ? Qui donc a transplanté les cœurs ?

— Le docteur Monteleone.

— Il n'était pas à Camporeale, ni dans ta maison à Solunto.

— Il est parti. En sécurité.

— Et Loretta ?

— Aussi.

— Qui les a prévenus ?

— Ce fut le fait d'un vrai hasard... Aussi me vois-tu léger et joyeux.

— Joyeux ? Mon Dieu ! Tu as enfermé quarante-quatre jeunes hommes comme des bêtes de boucherie et tu es joyeux ?

— Le docteur Monteleone n'a travaillé que sous la plus dure contrainte — en danger de mort. S'il ne s'était livré à ces transplantations, on aurait extrait le cœur de Loretta... Que pouvait-il faire ? Moi aussi, je n'ai été ensuite qu'une victime.

— Ah ! Le Grand Conseil ! — Le procureur s'assit au bord de la table à écrire. — Nous avons trouvé les listes de ses membres dans ta maison à Solunto. Ces chers « Dons » seront à l'heure dite arrêtés dans leurs villas. Voilà un coup destructeur pour vous tous, Eugenio.

— Je le sais, Alberto, et ce sera un procès qui fera du bruit dans le monde entier ! Ton nom sera gravé un jour dans la pierre, au-dessus de l'entrée du Palais de Justice.

— Je ne le crois pas. Ce qui s'est passé ici, on ne peut le porter à la connaissance du public ! Nous sommes déjà d'accord là-dessus, bien que nous ne connaissions pas encore toute l'étendue du crime. Les autres sujets de plainte ne manquent pas. Ta clinique de la Maffia, Eugenio, deviendra sans doute un secret d'État... — Le procureur général plongea une main dans sa poche et en retira un pistolet qu'il posa sur l'accoudoir du fauteuil de Soriano : — On ne peut pas parler d'un mystère ni exprimer un jugement à son égard. Eugenio... nous allons sortir un instant, cinq minutes, devant la porte.

— Je te remercie, Alberto.

Maître Soriano prit le pistolet, l'arma et se leva de son fauteuil. Il regarda s'éloigner ses visiteurs avec un sourire lorsqu'ils tirèrent la porte derrière eux, en silence, la tête baissée.

Soriano se retourna. Sur le mur lambrissé se trouvait suspendu le portrait à l'huile de sa femme, grandeur nature, en robe du soir, au décolleté vertigineux. Posée sur ses épaules, une cape de chinchilla blanc-bleu. La plus jolie femme que Soriano eût jamais vue. Seule sa fille l'égalait.

Le procureur général regarda sa montre lorsque retentit derrière la porte le claquement sec du coup de pistolet. Il avait quitté Soriano il y avait cinq minutes exactement.

— Messieurs, dit-il en prenant une profonde aspiration, ce n'était certes pas une solution satisfaisante, mais elle reste sans doute la plus élégante. Dans l'intérêt de l'humanité, il faut pouvoir garder le silence sur certains faits.

Les enquêtes qui suivirent se perdirent comme un ruisseau dans le sable.

Dans le port de Tunis, on captura le yacht *Loretta*. Il était abandonné. Sur les listes des vols à l'aérogare, le nom du docteur Monteleone ne se trouva pas. Malgré cela, on suivit la piste d'un jeune couple qui était inscrit sous le nom de docteur et Mrs Selby. Ils avaient pris un vol pour Marseille et de là s'étaient dirigés vers Londres où l'on perdit leur trace...

Trois jours plus tard, les journaux annoncèrent l'action entreprise par la police contre la Maffia en Sicile. Pourtant, on ne sut jamais qu'il y avait eu une clinique de la Maffia, moins encore une banque des cœurs.

Sur la côte de la mer d'Irlande, dans le comté de Wigtown, à Ballantrae, le paysage est âpre et beau. Les habitants y luttent constamment avec la nature et sont cependant heureux.

Le médecin du village est l'objet de leur fierté ; ils en parlent volontiers et donnent des exemples de son dévouement, car il n'hésite pas à se rendre en pleine nuit par la tempête auprès de ses malades.

Il a maintenant trois enfants aux cheveux noirs comme ceux de leur mère qui accompagne son mari à la pêche au saumon, bottée de caoutchouc, et reste des heures debout dans les remous des cours d'eau comme le médecin.

Mais la grande attraction de la région est Reginald Worthlow, oui, un natif du comté, un butler que la reine même engagerait volontiers. Lorsqu'il va faire des courses à Girvan, la grande ville la plus proche, les commerçants le saluent comme s'il était un lord. Un de ces gentlemen dont la race est en voie de disparition.

Ainsi vont les choses à Ballantrae : seul notre docteur nous manquait jadis, à présent nous sommes au complet.

Comment s'appelle le docteur ? James Selby, et sa femme Loretta. C'est un nom un peu italien, mais elle n'est pas originaire d'Italie, personne ne l'a entendue parler la langue de ce pays. Les enfants parlent un pur carrick-english.

Si vous allez à Ballantrae, je vous souhaite de goûter le grog préparé par le médecin et ses saumons fumés sur des brassées de genièvre.

Une chose pourtant étonne chez lui : dans son cabinet de consultation, il y a le gigantesque modèle en plastique d'un cœur. Pourtant, il n'y a guère de cardiaques dans le pays.

Mais chacun à son « hobby ».

Tout le monde est heureux que le docteur Selby se trouve parmi nous.

Le docteur Volkmar l'était aussi.

Achevé d'imprimer le 18 juin 1981
sur les presses de l'Imprimerie Bussière
à Saint-Amand (Cher)

— N° d'imprimeur : 1767. —
— N° d'éditeur : 316. —
Dépôt légal : 2ᵉ trimestre 1981.

Imprimé en France

H. G. KONSALIK

DEUX FILLES EN LIBERTÉ

Karin et Monika sont des jumelles de dix-sept ans. Elles sont très jolies avec leurs longs cheveux blonds, leurs grands yeux bleus, leurs longues jambes. Elles sont aussi identiques physiquement qu'elles sont différentes moralement. Monika est douce, sage, raisonnable. Karin est malicieuse, provocante, folle de son corps. Qu'arrivera-t-il si l'une se fait passer pour l'autre ? Des quiproquos, des imbroglios… Dans le camp de vacances au bord du lac Wolfgang, Karin joue avec les cœurs. Elle crée le trouble et sème la confusion. Des drames se nouent, jusque dans leur famille… Leur petit frère est enlevé… Leurs parents ne s'entendent pas… Comment vont-elles se sortir de toutes ces complications ?